O PRÍNCIPE LEOPARDO

OBRAS DA AUTORA PUBLICADAS PELA EDITORA RECORD

Trilogia dos Príncipes
O Príncipe Corvo
O Príncipe Leopardo
O Príncipe Serpente

Série A Lenda dos Quatro Soldados
O gosto da tentação
O sabor do pecado
As garras do desejo
O fogo da perdição

ELIZABETH HOYT

O PRÍNCIPE LEOPARDO

LIVRO DOIS

Tradução de
Ana Resende

9ª edição

EDITORA RECORD
RIO DE JANEIRO • SÃO PAULO
2023

CIP-BRASIL. CATALOGAÇÃO NA PUBLICAÇÃO
SINDICATO NACIONAL DOS EDITORES DE LIVROS, RJ

H849p Hoyt, Elizabeth, 1970–
9ª ed. O Príncipe Leopardo / Elizabeth Hoyt; tradução de Ana Resende. –
        9ª ed. – Rio de Janeiro: Record, 2023.

Tradução de: The Leopard Prince
Sequência de: O Príncipe Corvo
Continua com: O Príncipe Serpente
ISBN: 978-85-01-10983-5

1. Romance americano. I. Resende, Ana. II. Título.

17-41558

CDD: 813
CDU: 821.111(73)-3

Título em inglês:
THE LEOPARD PRINCE

Copyright © 2007 by Nancy M. Finney

Trecho de *O Príncipe Serpente* copyright 2007 by Nancy M. Finney

Todos os direitos reservados. Proibida a reprodução, no todo ou em parte, através de quaisquer meios. Os direitos morais da autora foram assegurados.

Texto revisado segundo o novo Acordo Ortográfico da Língua Portuguesa.

Direitos exclusivos de publicação em língua portuguesa somente para o Brasil adquiridos pela
EDITORA RECORD LTDA.
Rua Argentina, 171 – 20921-380 – Rio de Janeiro, RJ – Tel.: (21) 2585-2000, que se reserva a propriedade literária desta tradução.

Impresso no Brasil

ISBN 978-85-01-10983-5

Seja um leitor preferencial Record.
Cadastre-se em www.record.com.br e receba informações sobre nossos lançamentos e nossas promoções.

EDITORA AFILIADA

Atendimento e venda direta ao leitor:
sac@record.com.br

Para minha irmã, SUSAN.
Nenhum personagem imaginário foi ferido enquanto este livro era escrito.

Capítulo Um

Yorkshire, Inglaterra
Setembro de 1760

Depois de a carruagem ser destruída e um pouco antes de os cavalos fugirem, Lady Georgina Maitland percebeu que o administrador de suas terras era um homem. Ora, é claro que ela sabia que Harry Pye era um homem. Não tinha o delírio de que ele fosse um leão, um elefante ou uma baleia, nem, de fato, qualquer outro mamífero — se é que era possível dizer que uma baleia era um mamífero, e não simplesmente um peixe muito grande. O que ela queria dizer era que sua *masculinidade* de repente se tornara muito evidente.

Georgina, de pé na desolada estrada que conduzia a East Riding, em Yorkshire, franziu as sobrancelhas. Ao redor deles, as montanhas cobertas de tojo se estendiam no horizonte cinzento. A escuridão não tardava a cair; a chuva a trouxera precocemente. Os dois pareciam estar no meio do nada.

— O senhor considera a baleia um mamífero ou um peixe muito grande, Sr. Pye? — gritou ela para o vento.

Os ombros de Harry Pye se retesaram. Estavam cobertos apenas por uma camisa molhada que grudou nele de modo esteticamente agradável. Ele havia tirado o casaco e o colete para ajudar John Cocheiro a desenganchar os cavalos da carruagem que capotara.

— Um mamífero, milady. — A voz do Sr. Pye, como sempre, era invariável e grave, com um tom meio rouco no final.

Georgina nunca o ouvira elevar a voz nem demonstrar emoção de alguma forma. Nem quando ela havia insistido em acompanhá-lo até a propriedade de Yorkshire; nem quando a chuva começou, fazendo com que viajassem a passos de tartaruga; nem quando a carruagem capotou, vinte minutos atrás.

Que coisa irritante!

— O senhor acha que vai conseguir consertar a carruagem? — Ela puxou a capa encharcada por cima do queixo enquanto contemplava os restos do veículo. A porta estava presa por uma dobradiça, batendo ao vento, duas rodas haviam sido amassadas, e o eixo na parte de trás se encontrava num ângulo esquisito. Aquela pergunta foi totalmente estúpida.

O Sr. Pye não indicava por nenhum gesto ou palavra estar consciente da tolice de sua indagação.

— Não, milady.

Georgina suspirou.

Na verdade, era praticamente um milagre que eles e o cocheiro não tivessem se ferido ou morrido. A chuva havia deixado as estradas escorregadias e enlameadas, e, na última curva, a carruagem começara a deslizar. Em seu interior, ela e o Sr. Pye ouviram o cocheiro gritar enquanto tentava estabilizar o veículo. Harry Pye havia pulado de seu assento para o de Georgina, como um grande gato. Ele a envolvera antes que ela pudesse sequer proferir qualquer palavra. Seu calor a envolvera, e o nariz dela, enterrado intimamente na camisa dele, havia inalado o odor de linho recém-lavado e de pele máscula. Nesse momento, a carruagem se inclinara, e ficara óbvio que eles cairiam na vala.

Lenta e terrivelmente, o veículo havia tombado com uma pancada e o barulho de algo sendo esmagado. Os cavalos relincharam lá na frente, e a carruagem gemeu, como se protestasse contra seu destino. Georgina havia agarrado o casaco do Sr. Pye enquanto seu mundo se revirava, e ele resmungara de dor. Então tudo parou novamente. O veículo estava caído de lado, e o Sr. Pye cobria Georgina como um grande e quente cobertor. Mas Harry Pye era bem mais firme do que qualquer cobertor que ela já tocara antes.

O administrador havia pedido desculpas, muito corretamente desvencilhando-se dela e subindo no banco para forçar a abertura da porta acima dos dois. Ele se esgueirara pela saída e então puxara Georgina para fora. Ela esfregou o pulso que o Sr. Pye segurara. O homem era desconcertantemente forte — ninguém nunca teria imaginado isso ao olhar para ele. Em certo momento, quase todo o seu peso era sustentado pelo braço dele, e ela não era uma mulher pequena.

O cocheiro deu um grito, que foi levado pelo vento, mas foi o suficiente para trazê-la de volta ao presente. A égua que ele havia soltado estava livre.

— Vá com a égua até a próxima cidade, Sr. John Cocheiro, se puder — orientou Harry Pye. — Veja se consegue outra carruagem para vir nos buscar. Ficarei aqui com milady.

O cocheiro montou na égua e acenou antes de desaparecer no aguaceiro.

— Qual é a distância até a próxima cidade? — perguntou Georgina.

— Vinte ou vinte e cinco quilômetros. — Ele soltou uma das correias dos cavalos.

Ela o estudou enquanto ele trabalhava. Apesar de estar molhado, Harry Pye não parecia nem um pouco diferente de quando o grupo havia partido de uma estalagem em Lincoln, pela manhã. Ainda era um homem de altura mediana. Um tanto magro. O cabelo era castanho — nem escuro nem avermelhado —, apenas marrom. Ele o amarrara num rabicho simples, sem se importar em usar pomadas ou pó. E estava de marrom: calça, colete e casaco, como se fosse uma camuflagem. Somente seus olhos, de um verde-esmeralda escuro, que às vezes tremeluziam com o que poderia ser emoção, lhe davam um pouco de cor.

— Só estou com muito frio — resmungou Georgina.

O Sr. Pye ergueu o olhar rapidamente. Seus olhos se direcionaram para as mãos dela, tremendo em seu pescoço, e então se focaram nas montanhas ao fundo.

— Sinto muito, milady. Eu deveria ter percebido o seu desconforto antes. — Ele deu as costas para o cavalo assustado que tentava soltar. Suas mãos deviam estar tão dormentes quanto as dela, mas continuavam se movendo. — Tem um chalé não muito longe daqui. Nós podemos ir neste cavalo e naquele outro. — Ele apontou para um dos animais. — A égua está manca.

— É mesmo? Como o senhor sabe? — Ela não havia notado que o animal estava ferido. Os três cavalos estremeceram e relincharam com o assobio do vento. A égua que ele havia indicado não parecia em pior estado que os outros animais.

— Ela está favorecendo a pata dianteira direita — resmungou o Sr. Pye e, no mesmo instante, os três cavalos se viram livres da carruagem, embora continuassem amarrados uns aos outros. — Ôa, docinho. — Ele segurou o cavalo da frente e o afagou, e sua mão direita morena se moveu delicadamente sobre o pescoço do animal. Faltavam duas juntas no dedo anelar.

Georgina virou a cabeça na direção das montanhas. Os criados — e, na verdade, um administrador de terras era simplesmente um tipo superior de criado — não deveriam ter gênero. Claro, sabia-se que eram pessoas com vida própria e tudo o mais, mas facilitaria muito se eles fossem considerados assexuados. Como uma cadeira. Uma cadeira servia para se sentar quando se estava cansado. Por outro lado, ninguém nunca pensava muito nelas, e era assim que deveria ser. Como era incômodo se perguntar se a cadeira tinha percebido que seu nariz estava escorrendo, ficar curiosa para saber o que ela estava pensando ou notar que os olhos dela eram muito bonitos. Não que cadeiras tivessem olhos, bonitos ou não, mas homens tinham.

E Harry Pye tinha.

Georgina voltou a encará-lo.

— O que vamos fazer com a égua?

— Vamos ter que deixá-la aqui.

— Na chuva?

— Sim.

— Isso não será bom para ela.

— Não, milady. — Os ombros de Harry Pye se retesaram mais uma vez, uma reação que Georgina considerou curiosamente fascinante. Ela queria que ele fizesse esse movimento com mais frequência.

— Talvez devêssemos levá-la conosco, não?

— Impossível, milady.

— O senhor tem certeza?

Os ombros de Harry Pye se tensionaram, e ele lentamente virou a cabeça. No clarão de luz que iluminou a estrada naquele instante, ela viu aqueles olhos verdes brilharem, e um arrepio percorreu sua espinha. Então, o trovão seguinte caiu como o prenúncio do apocalipse.

Georgina se encolheu.

Harry Pye se empertigou.

E os cavalos saíram em disparada.

— Oh, céus! — exclamou Lady Georgina, com a chuva pingando do nariz fino. — Parece que estamos encrencados.

Encrencados, realmente. Aquilo estava mais para uma merda fenomenal. Harry estreitou os olhos para observar a estrada onde os cavalos desapareceram, correndo como se o próprio diabo os estivesse perseguindo. Não havia sinal dos tolos animais. E, pela velocidade com que galopavam, não iriam parar antes de estarem a um quilômetro ou mais de distância deles. Não adiantava ir atrás deles naquele aguaceiro. Harry voltou a olhar para a mulher que era sua patroa há menos de seis meses. Os lábios aristocráticos de Lady Georgina estavam azuis, e a pele na borda de seu capuz estava em desalinho e encharcada. Ela mais parecia uma criança de rua em trapos de roupas sofisticadas do que a filha de um conde.

O que ela estava fazendo ali?

Se não fosse por Lady Georgina, ele teria ido a cavalo de Londres até a propriedade em Yorkshire. Teria chegado à Mansão Woldsly no dia anterior. Neste momento, estaria desfrutando de uma refeição quente na frente da lareira no próprio chalé, e não congelando o esqueleto, parado no meio da estrada, debaixo de chuva, sendo rapidamente cercado pela escuridão. Mas, na última viagem de Harry a Londres para entregar a Lady Georgina um relatório sobre suas posses, ela decidira acompanhá-lo até a Mansão Woldsly. O que significara viajar na carruagem que agora jazia num monte de madeira quebrada na vala.

Harry conteve um suspiro.

— A senhora consegue andar, milady?

Lady Georgina arregalou os olhos, azuis como um ovo de sabiá.

— Ah, sim. Faço isso desde que eu tinha 11 meses de idade.

— Ótimo.

Harry vestiu o colete e o casaco com um movimento dos ombros, sem se dar ao trabalho de abotoá-los. Suas roupas estavam completamente encharcadas, assim como todo o restante dele. Ele desceu de maneira desajeitada pelo barranco para recuperar as cobertas que estavam dentro da carruagem. Por sorte, ainda estavam secas. Ele as enrolou e pegou o lampião, que permanecia aceso; então segurou o cotovelo de Lady Georgina, para o caso de ela escorregar e cair sentada sobre a pequena bunda aristocrática, e começou a subir o morro coberto de tojo.

De início, Harry pensara que o desejo da patroa de ir até Yorkshire fosse apenas um capricho infantil. Um passatempo para uma mulher que nunca precisou se preocupar com a origem da carne em sua mesa ou das joias em seu pescoço. Para ele, aqueles que não trabalhavam para garantir sua sobrevivência frequentemente tinham ideias frívolas. Porém, quanto mais tempo passava na companhia dela, mais começava a duvidar de que Lady Georgina fosse aquele tipo de mulher. Ela dizia bobagens, era verdade, mas Harry percebera de imediato que fazia isso apenas para se divertir. Ela era mais inteligente do que a maioria das damas da sociedade. Ele tinha a sensação de que havia um bom motivo para a viagem de Lady Georgina a Yorkshire.

— Fica muito longe? — A dama ofegava, e suas bochechas, normalmente pálidas, tinham duas manchas vermelhas.

Harry examinou as montanhas, à procura de um ponto de referência na escuridão. Será que aquele carvalho retorcido que crescia contra uma rocha lhe era familiar?

— Não muito.

Pelo menos, ele esperava que não. Fazia anos que não andava por aquelas colinas, e talvez estivesse enganado sobre a localização do chalé. Ou talvez o chalé tivesse desmoronado desde a última vez que ele o vira.

— Espero que o senhor saiba acender uma fogueira, Sr. Pye. — Seu nome vibrou nos lábios dela.

Lady Georgina precisava se aquecer. Se não encontrassem o chalé logo, ele teria de fazer um abrigo com as cobertas da carruagem.

— Ah, sim. Faço isso desde que tinha 4 anos, milady.

Isso lhe rendeu um sorriso atrevido. Os olhos de ambos se encontraram, e Harry desejou... Um relâmpago repentino interrompeu seu pensamento, e ele viu uma parede de pedra iluminada pelo clarão.

— Ali está. — *Graças a Deus!*

Pelo menos o minúsculo chalé continuava de pé. Quatro paredes de pedra com um telhado de palha escurecido por causa do tempo e da chuva. Ele forçou a porta lisa com um ombro, e, após um ou dois empurrões, ela cedeu. Harry entrou cambaleando e levantou o lampião bem alto para iluminar o interior do chalé. Pequenos vultos correram para as sombras. Ele tentou não estremecer.

— Eca! Está fedendo aqui. — Lady Georgina entrou, abanando a mão diante do nariz rosado, como se pudesse espantar o fedor de mofo.

Harry bateu a porta atrás dela.

— Sinto muito, milady.

— Por que o senhor simplesmente não me diz para calar a boca e ficar feliz por não estar mais na chuva? — Ela sorriu e tirou o capuz.

— Eu não faria isso. — Harry foi até a lareira e encontrou alguns tocos de lenha queimada pela metade. Estava tudo coberto com teias de aranha.

— Ora, Sr. Pye. O senhor sabe que quer fazer i-is-isso. — Os dentes dela ainda batiam.

Havia quatro frágeis cadeiras de madeira ao redor de uma mesa torta. Harry pousou o lampião sobre a mesa e pegou uma das cadeiras. Ele a bateu com força na lareira de pedra, e ela se partiu; o encosto saiu e o assento se quebrou.

Atrás dele, Lady Georgina deu um gritinho.

— Não, não quero, milady — disse ele.

— Verdade?

— Sim. — Ele se ajoelhou e começou a colocar as pequenas lascas da cadeira junto com a lenha queimada.

— Muito bem. Suponho que tenho que ser boazinha, então. — Harry ouviu quando ela começou a arrastar uma das cadeiras. — O que o senhor está fazendo aí parece muito eficiente.

Ele encostou a chama do lampião nas lascas de madeira. O fogo pegou, então ele acrescentou pedaços maiores de madeira, tomando o cuidado de não abafar a chama.

— Humm. Isso é bom. — A voz dela soava rouca às suas costas.

Por um momento, Harry ficou paralisado, pensando no que as palavras e a entonação dela poderiam sugerir em outro contexto. Então ele afastou os pensamentos e se virou.

Lady Georgina esticou as mãos para as chamas. O cabelo ruivo estava secando em cachos finos sobre a testa, e sua pele branca reluzia à luz da lareira. Ela ainda tremia.

Harry pigarreou.

— Creio que a senhora deveria tirar o vestido molhado e se enrolar nas cobertas. — Ele foi até a porta, onde deixara o que havia resgatado da carruagem.

Atrás de si, Harry ouviu uma risada baixinha.

— Creio que nunca tenha ouvido uma sugestão tão imprópria feita de modo tão apropriado.

— Minha intenção não foi parecer impróprio, milady. — Ele lhe entregou as cobertas. — Me desculpe se eu a ofendi. — Por um instante, seus olhos encontraram os dela, tão azuis e risonhos; depois, ele virou as costas para ela.

Atrás dele, ouviu-se um farfalhar. Harry tentou controlar seus pensamentos. Não imaginaria aqueles ombros pálidos e nus dela em cima dele...

— O senhor não foi impróprio, como bem sabe, Sr. Pye. Na verdade, estou começando a achar que seria impossível que agisse dessa forma.

Se ela soubesse... Harry pigarreou, mas não fez qualquer comentário. Ele se obrigou a olhar em torno do pequeno chalé. Não havia armário na cozinha, apenas mesa e cadeiras. Uma pena, pois seu estômago estava vazio.

O farfalhar perto do fogo cessou.

— Pode se virar agora.

Ele se preparou mentalmente antes de se virar, mas Lady Georgina estava protegida pela coberta de pele. Harry ficou contente por ver os lábios dela mais rosados.

Ela liberou um braço nu e apontou para o outro lado da lareira.

— Deixei um para o senhor. Estou confortável demais para me mover, mas posso fechar os olhos e prometo não espiar se o senhor quiser tirar a roupa também.

Harry desviou o olhar do braço dela e encontrou aqueles olhos azuis e inteligentes.

— Obrigado.

O braço desapareceu. Lady Georgina sorriu, e suas pálpebras baixaram.

Por um momento, Harry simplesmente a observou. Os arcos avermelhados de seus cílios se agitavam contra a pele pálida, e um sorriso pairava na boca curvada. O nariz era fino e muito comprido, os ângulos do rosto, um tanto pronunciados. Quando ela ficava de pé, era quase da altura dele. Não era uma mulher bela, mas Harry percebeu que tinha de controlar o olhar quando ela estava por perto. Havia alguma coisa no movimento dos lábios dela quando estava prestes a zombar dele. Ou no modo como suas sobrancelhas se erguiam na testa quando ela sorria. Os olhos dele eram atraídos para o rosto de Lady Georgina como uma lixa de ferro perto de um ímã.

Harry tirou tudo menos as roupas de baixo e puxou a última coberta em torno dele.

— Pode abrir os olhos agora, milady.

Os olhos dela se abriram.

— Ótimo. Agora nós dois parecemos dois russos prontos para o inverno da Sibéria. Que pena que não temos um trenó com sinos também! — Ela alisou a coberta em seu colo.

Ele assentiu com a cabeça. O fogo estalava no silêncio do interior do chalé enquanto Harry tentava pensar no que mais poderia oferecer a ela. Não havia comida ali; nada a fazer além de esperar o dia amanhecer. Como a classe abastada se comportava quando se via completamente sozinha em sua sala de estar palaciana?

Lady Georgina estava puxando os pelos de sua coberta, mas subitamente juntou as mãos, como se quisesse controlar o impulso.

— Conhece alguma história, Sr. Pye?

— História, milady?

— Sim. História. Contos de fadas, na verdade. Eu os coleciono.

— Mesmo? — Harry estava confuso. O modo de pensar da aristocracia às vezes era impressionante. — E como a senhora os coleciona, se não se importa de me contar?

— Perguntando. — Será que ela estava zombando dele? — O senhor ficaria impressionado com as histórias que as pessoas se recordam de sua juventude. Claro, babás mais velhas e pessoas de mais idade são as melhores fontes. Creio que já pedi a cada um dos meus conhecidos que me apresentasse sua antiga babá. A sua ainda está viva?

— Eu não tive babá, milady.

— Ah. — Suas bochechas ficaram vermelhas. — Mas alguém... sua mãe? Ela deve ter lhe contado histórias quando você era pequeno, não?

Ele se mexeu para jogar outro pedaço da cadeira quebrada no fogo.

— O único conto de fadas do qual me lembro é *João e o pé de feijão*.

Lady Georgina lançou-lhe um olhar de dó.

— O senhor não tem nada melhor do que isso?

— Infelizmente, não. — As outras histórias que ele conhecia não eram exatamente apropriadas para os ouvidos de uma dama.

— Bem, eu ouvi uma muito interessante recentemente. Da tia da minha cozinheira, quando ela veio a Londres. O senhor gostaria que eu lhe contasse?

Não. A última coisa de que Harry precisava era ficar mais íntimo de sua patroa do que a situação já o obrigava a ser.

— Sim, milady.

— Era uma vez um grande rei, e ele tinha um leopardo encantado a seu serviço. — Ela remexeu o quadril na cadeira. — Eu sei o que o senhor está pensando, mas a história não continua assim.

Harry piscou.

— Milady?

— Não. O rei morre logo no início, então ele não é o herói. — Ela o encarou em expectativa.

— Ah. — Ele não conseguia pensar em outra coisa para dizer.

Isso pareceu funcionar.

Lady Georgina acenou com a cabeça.

— O leopardo usava uma espécie de corrente de ouro em volta do pescoço. Ele fora escravizado, entende? Mas eu não sei como isso aconteceu. A tia da cozinheira não me contou. De qualquer forma, quando o rei estava no leito de morte, fez o leopardo prometer que iria servir ao *próximo* rei, que era seu filho. — Ela franziu a testa. — O que não parece muito justo, não é? Quero dizer, normalmente eles libertam o criado fiel a essa altura. — Ela se remexeu na cadeira de madeira novamente.

Harry pigarreou.

— Talvez a senhora ficasse mais confortável no chão. Sua capa está mais seca. Eu poderia fazer um catre.

Lady Georgina lançou-lhe um sorriso radiante.

— Que ótima ideia!

Ele estendeu a capa e enrolou as próprias roupas até formarem um travesseiro.

Lady Georgina se moveu com a coberta e se estatelou na cama rústica.

— Melhor assim. O senhor também poderia se deitar; provavelmente, ficaremos aqui até o amanhecer.

Jesus.

— Não creio que isso seja aconselhável.

Ela o encarou.

— Sr. Pye, essas cadeiras são duras. Por favor, venha se deitar na coberta, pelo menos. Prometo não morder.

Seu queixo trincou, mas ele realmente não tinha opção. Era uma ordem velada.

— Obrigado, milady.

Cautelosamente, Harry se sentou ao lado dela — ele estaria condenado caso se deitasse ao lado daquela mulher, com ou sem ordem — e deixou um espaço entre seus corpos. Ele passou os braços ao redor dos joelhos dobrados e tentou ignorar o perfume dela.

— O senhor é teimoso, não? — resmungou Lady Georgina.

Ele a encarou.

Ela bocejou.

— Onde eu estava mesmo? Ah, sim. Então a primeira coisa que o jovem rei fez foi ver a pintura de uma linda princesa e se apaixonar por ela. Um cortesão, mensageiro ou seja lá quem havia lhe mostrado o quadro, mas isso não importa.

Lady Georgina bocejou novamente, emitindo som dessa vez, e, por alguma razão, o pênis de Harry reagiu. Ou talvez fosse o perfume dela, que alcançava seu nariz, quisesse ele ou não. O aroma o fazia lembrar-se de especiarias e flores exóticas.

— A princesa tinha a pele branca como a neve, lábios vermelhos como rubis, cabelo preto como, ah, piche ou algo assim etc., etc. — Lady Georgina fez uma pausa e fitou o fogo.

Harry se perguntou se ela já havia acabado e se aquele tormento terminara.

Então ela suspirou.

— O senhor já percebeu que os príncipes dos contos de fadas se apaixonam por lindas princesas sem saber coisa alguma sobre elas? Lábios de rubi são muito bonitos, mas, e se ela sorrisse de um jeito estranho ou batesse os dentes enquanto comesse? — Lady Georgina deu de ombros. — É claro que os homens da nossa época também se deixam apaixonar por cachos escuros reluzentes, então eu suponho que não deveria me preocupar com isso. — Os olhos dele se arregalaram no mesmo instante, e ela virou a cabeça para fitá-lo. — Não quis ofender.

— Sem problemas — respondeu Harry, sério.

— Humm. — Ela pareceu em dúvida. — De qualquer forma, ele se apaixona por esse quadro, e alguém lhe diz que o pai da princesa vai dar a mão da filha em casamento ao homem que lhe trouxer o Cavalo Dourado, que está em posse de um ogro terrível. Então — Lady Georgina virou o rosto para o fogo e apoiou a bochecha na mão —, ele manda chamar o Príncipe Leopardo e ordena que ele capture o Cavalo Dourado. E o que o senhor acha que aconteceu?

— Não sei, milady.

— O leopardo se transforma num homem. — Ela fechou os olhos e murmurou: — Imagine isso. Todo o tempo, ele era um homem...

Harry esperou, mas, dessa vez, não houve mais história. Depois de um tempo, ele ouviu um ronco baixinho.

Ele puxou a coberta até o pescoço de Lady Georgina e a ajeitou ao redor do rosto dela. Seus dedos roçaram a bochecha dela, e Harry fez uma pausa, estudando o contraste de seus tons de pele. Sua mão era escura sobre a pele dela, seus dedos, grosseiros, enquanto ela era macia e delicada. Lentamente, ele passou o polegar pelo canto da boca de Lady

Georgina. Tão quente. Ele quase reconhecia aquele perfume, como se o tivesse inalado em outra vida ou há muito tempo. O aroma o fazia ansiar por algo.

Se ela fosse uma mulher diferente, se aquele fosse um lugar diferente, se ele fosse um homem diferente... Harry cortou o sussurro em sua mente e puxou a mão. Ele se esticou ao lado de Lady Georgina, tomando cuidado para não encostar nela. E fitou o teto, expulsando todos os pensamentos, todos os sentimentos. Então, fechou os olhos, embora soubesse que levaria um tempo até pegar no sono.

O NARIZ DELA estava coçando. Georgina passou a mão nele e sentiu os pelos da coberta. Ao seu lado, alguma coisa farfalhou e então parou. Ela virou a cabeça. Olhos verdes encontraram os seus, irritantemente atentos tão cedo pela manhã.

— Bom dia. — Suas palavras saíram como o coaxar de um sapo. Ela pigarreou.

— Bom dia, milady. — A voz do Sr. Pye era fluida e cálida, como chocolate quente. — Se a senhora me der licença.

O administrador se levantou. A coberta que o protegia deslizou pelo ombro, revelando a pele morena antes de ele se ajeitar. Caminhando em silêncio, o Sr. Pye saiu pela porta.

Georgina franziu o nariz. Será que nada perturbava aquele homem?

Subitamente lhe ocorreu o que ele deveria estar fazendo do lado de fora. Sua bexiga soou o alarme. Rapidamente, ela se levantou cambaleante e colocou o vestido ainda úmido e amassado, fechando o máximo de colchetes possível. Ela não conseguia alcançar todos os ganchos, e o vestido devia estar aberto na cintura, mas pelo menos a roupa não iria cair. Georgina vestiu a capa para cobrir as costas e então seguiu o Sr. Pye até lá fora. Nuvens negras pairavam no céu e ameaçavam chuva. Não havia sinal do administrador de terras em parte alguma. Olhando ao redor, ela escolheu um celeiro em ruínas para servir de banheiro e deu uma volta para encontrar o melhor lugar.

Quando ela voltou do celeiro, o Sr. Pye estava parado diante do chalé e abotoava seu casaco. Ele havia refeito o rabicho, mas as roupas estavam amassadas, e seu cabelo não estava tão arrumado quanto o habitual. Pensando em sua própria aparência, Georgina sentiu que abria um sorriso maldoso e divertido ao mesmo tempo. Nem mesmo Harry Pye conseguia passar a noite no chão de uma cabana e não demonstrar os efeitos disso na manhã seguinte.

— Quando a senhora estiver pronta, milady — disse ele —, sugiro que voltemos à estrada. O cocheiro pode estar nos esperando lá.

— Ah, espero que sim.

Os dois refizeram o caminho da noite anterior. Durante o dia, seguindo morro abaixo, Georgina ficou surpresa ao perceber que não era uma grande distância. Logo eles ultrapassaram o último morro e se depararam com a estrada, que estava vazia, exceto pelos destroços da carruagem, ainda mais deploráveis sob a luz do dia.

Ela soltou um suspiro.

— Bem, acho que temos que ir andando, Sr. Pye.

— Sim, milady.

Os dois seguiram em silêncio pela estrada. Uma névoa úmida e terrível pairava acima do solo, com um leve odor de podre. Ela penetrava por seu vestido e subia por suas pernas. Georgina estremeceu. Queria muito uma xícara de chá quente e, talvez, um bolinho coberto com mel e manteiga. Georgina quase gemeu ao pensar nisso e então notou um estrondo aumentando atrás deles.

O Sr. Pye ergueu o braço e parou a carroça de um fazendeiro, que fazia a curva.

— Olá! Pare! Você aí, precisamos de uma carona.

O fazendeiro fez o cavalo parar. Ele afastou a aba do chapéu e ficou olhando.

— Sr. Harry Pye, não é?

Harry Pye se retesou.

— Sim, isso mesmo. Da propriedade Woldsly.

O fazendeiro cuspiu no chão e, por pouco, não acertou as botas do Sr. Pye.

— Lady Georgina Maitland precisa de uma carona até Woldsly. — O rosto do administrador de terras estava impassível, mas sua voz ficara fria como a morte. — Foi a carruagem dela que você viu no caminho.

O fazendeiro virou-se para Georgina, como se só agora tivesse notado sua presença.

— Sim, senhora. Espero que não tenha se machucado no acidente.

— Não. — Ela lhe deu um sorriso charmoso. — Mas nós precisamos de uma carona, se o senhor não se importar.

— Fico feliz em ajudar. Tem espaço na parte de trás. — O fazendeiro apontou um dedo sujo por cima do ombro, indicando a traseira da carroça.

Georgina lhe agradeceu e deu a volta na carroça. Ela hesitou ao ver a altura das tábuas. Elas alcançavam sua clavícula.

O Sr. Pye parou ao seu lado.

— Com sua permissão. — Ele mal esperou que ela concordasse antes de segurá-la pela cintura e erguê-la.

— Obrigada — disse Georgina sem fôlego.

Ela observou enquanto ele apoiava as palmas da mão na beirada e pulava para dentro da carroça com a facilidade de um gato. O veículo andou para a frente com um solavanco tão logo o Sr. Pye terminou de afastar as tábuas, e ele foi lançado em direção à lateral.

— O senhor está bem? — Ela esticou uma das mãos.

O Sr. Pye desprezou o gesto e se sentou.

— Muito bem. — Ele a encarou. — Milady.

O administrador não disse mais nada. Georgina se recostou e ficou observando a paisagem. Campos verdes acinzentados com muros de pedra baixos emergiam e, em seguida, voltavam a se esconder por causa da névoa sinistra. Após a última noite, ela deveria ficar grata pela carona, por mais sacolejante que pudesse ser. Mas alguma coisa na hostilidade do fazendeiro em relação ao Sr. Pye a incomodava. Aquilo parecia pessoal.

Eles chegaram a um cume, e Georgina observou, como quem não quer nada, um rebanho de ovelhas numa encosta próxima. Elas estavam paradas como se fossem pequenas estátuas, talvez congeladas pela névoa. Somente suas cabeças se moviam enquanto comiam o tojo. Algumas estavam deitadas. Ela franziu a testa. As que se encontravam no chão estavam completamente paradas. Ela se inclinou para a frente para ver melhor e ouviu Harry Pye xingar baixinho ao seu lado.

A carroça parou com uma sacudida.

— Qual é o problema com aquelas ovelhas? — perguntou Georgina ao Sr. Pye.

Mas foi o fazendeiro quem respondeu, com a voz sinistra:

— Estão mortas.

Capítulo Dois

— George! — Lady Violet Maitland saiu correndo pelas imensas portas de carvalho da Mansão Woldsly, ignorando o resmungo de reprovação de sua acompanhante, a Srta. Euphemia Hope.

A garota mal tinha conseguido se controlar para não revirar os olhos. Euphie era um encanto, uma mulher baixinha e redonda, com cabelo grisalho e olhos meigos, mas praticamente todos os atos de Violet a faziam resmungar.

— Por onde você andou? Nós a esperávamos há dias e... — Ela parou no pátio de seixos e encarou o homem que ajudava sua irmã a saltar da estranha carroça.

O Sr. Pye ergueu o olhar quando ela se aproximou e acenou com a cabeça. Seu rosto, como sempre, era uma máscara sem qualquer expressão. O que ele estava fazendo ali, viajando com Georgina?

Violet estreitou os olhos ao encará-lo.

— Olá, Euphie — cumprimentou Georgina.

— Ah, milady, estamos tão contentes com a sua chegada — arfou a acompanhante. — O tempo *não* tem sido dos melhores, e ficamos bastante *apreensivas* quanto à sua segurança.

Georgina sorriu em resposta e deu um abraço em Violet.

— Olá, querida.

O cabelo cor de marmelada da irmã, vários tons mais claros do que as madeixas exuberantemente flamejantes de Violet, tinha cheiro de jasmim e chá, os aromas mais reconfortantes do mundo. Violet sentiu seus olhos se encherem de lágrimas.

— Sinto muito que vocês tenham ficado preocupadas, mas creio que não esteja tão atrasada assim. — Georgina beijou a bochecha da irmã e deu um passo para trás a fim de olhá-la melhor.

Violet se virou apressadamente para inspecionar a carruagem, um veículo em precárias condições que em nada se parecia com o de Georgina.

— Por que você estava viajando dentro daquilo?

— Bem, tem toda uma história por trás disso. — Georgina tirou o capuz. O penteado estava inacreditavelmente horroroso, até mesmo para ela, que não se importava muito com isso. — Vou lhe contar durante o chá. Estou faminta. Nós só comemos uns pãezinhos na estalagem onde conseguimos a carruagem. — Ela olhou para o administrador e perguntou um tanto tímida: — Gostaria de se juntar a nós, Sr. Pye?

Violet prendeu a respiração. *Diga que não. Diga que não. Diga que não.*

— Não. Obrigado, milady. — O Sr. Pye fez uma reverência, inclinando-se de modo sério. — Se a senhora me der licença, tenho que resolver algumas questões relativas à propriedade.

Violet soltou o ar num suspiro de alívio.

Para seu horror, Georgina insistiu:

— Mas será que isso não pode esperar mais meia hora ou algo assim? — Ela abriu aquele sorriso encantador, de um canto a outro da boca.

Violet encarou a irmã. No que ela estava pensando?

— Receio que não — retrucou o Sr. Pye.

— Ah, muito bem. Afinal de contas, suponho que seja para isso que eu lhe pago. — Georgina pareceu arrogante, mas pelo menos o Sr. Pye não se juntaria a elas para o chá.

— Sinto muito, milady. — Ele fez uma nova mesura, desta vez seu corpo estava um pouco mais rígido, e se afastou.

Violet quase sentiu pena dele — quase. Ela enganchou o braço no da irmã quando deram meia-volta e seguiram na direção de Woldsly. A mansão tinha centenas de anos e se misturava à paisagem como se tivesse nascido naquele lugar, como se fosse um elemento natural das montanhas ao redor. Hera verde subia pelos quatro andares da fachada de tijolos vermelhos. As videiras eram podadas ao redor das janelas altas, com pinázios. Inúmeras chaminés subiam até o telhado de duas águas, como se fossem alpinistas numa montanha. Era uma casa receptiva, perfeitamente adequada à personalidade da irmã.

— A cozinheira preparou tortas de limão hoje cedo — comentou Violet enquanto as três subiam os amplos degraus da entrada. — Desde então, Euphie está ansiando por elas.

— Ah, não, milady — exclamou a acompanhante atrás delas. — Não estou mesmo. Pelo menos, não pelas tortas de limão. Mas quando se trata de tortas de *frutas cristalizadas*, admito ter certa preferência, que temo não ser muito *requintada*.

— Você é o epítome do requinte, Euphie. Todas nós ansiamos por seguir o seu exemplo — elogiou Georgina.

A mulher mais velha se empertigou feito uma galinha garnisé cinza.

Violet sentiu uma pontada de culpa por ficar sempre tão irritada com aquela doce senhora. Ela fez a solene promessa de tentar ser mais gentil com a acompanhante no futuro.

As três cruzaram as imensas portas duplas de carvalho, e Georgina acenou com a cabeça para Greaves, o mordomo. A luz entrava pela janela em forma de crescente acima das portas, iluminando as paredes cor de café com leite e o antigo assoalho de parquete da entrada.

— Você arrumou alguma coisa com a qual se divertir em Woldsly? — perguntou Georgina enquanto seguiam pelo corredor. — Confesso que fiquei surpresa quando você falou que queria vir para cá apenas com Euphie. Isso aqui é um fim de mundo para uma garota de 15 anos. Embora, claro, você seja sempre bem-vinda.

— Andei desenhando — explicou Violet, mantendo a voz cuidadosamente tranquila. — As paisagens daqui são bem diferentes das de Leicestershire. E mamãe estava ficando bem chata. Ela cismou que tem um novo tumor na perna direita e trouxe um charlatão da Bélgica, que está lhe medicando com alguma coisa horrorosa que cheira a repolho cozido. — Violet trocou um olhar com Georgina. — Você sabe como ela é.

— Sim, eu sei. — A irmã afagou seu braço.

A garota desviou o olhar, aliviada por não ter de explicar mais nada. A mãe predizia a própria morte desde antes do nascimento da filha caçula. Em geral, a condessa ficava na cama e era assistida por uma paciente criada. De vez em quando, porém, ela ficava histérica sobre algum novo sintoma. Quando isso acontecia, ela quase enlouquecia Violet.

Elas entraram no salão matinal cor-de-rosa, e Georgina retirou as luvas.

— Bem, agora me diga... qual foi o motivo daquela carta...

— *Psiu!* — Violet apontou com a cabeça bruscamente na direção de Euphie, que estava ocupada instruindo a criada a trazer o chá.

Georgina ergueu as sobrancelhas, mas entendeu rapidamente, por sorte. Ela franziu os lábios e jogou as luvas em cima da mesa.

Violet falou claramente:

— Você ia nos contar por que mudou de carruagem.

— Ah, isso. — Georgina franziu o nariz. — Minha carruagem saiu da estrada na noite passada e ficou destruída. Na verdade, foi bem impressionante. E imagine só o que aconteceu? — Ela se sentou num dos canapés cor de açafrão, apoiou um dos cotovelos no encosto e pousou a cabeça na palma da mão. — Os cavalos fugiram. E eu e o Sr. Pye ficamos ao deus-dará, completamente ensopados, claro. *E* no meio de sabe-se lá onde.

— Mas que diab... — Violet flagrou o olhar de censura de Euphie e mudou a exclamação. — É mesmo? E o que foi que vocês fizeram?

Várias criadas com bandejas de chá carregadas entraram neste exato momento, e Georgina ergueu uma das mãos, indicando a Violet que ela terminaria o relato depois que o chá fosse servido. Um instante depois, Euphie serviu-lhe a bebida.

— Ahhh! — Georgina deu um gole satisfeito em sua bebida. — Creio que chá é capaz de curar a mais terrível das doenças mentais, se for administrado em quantidades suficientes.

Violet se remexeu impacientemente em seu assento até a irmã entender a deixa.

— Sim... bom, felizmente o Sr. Pye sabia que havia um chalé por perto. — Georgina deu de ombros. — Então nós passamos a noite lá.

— Ah, milady! Sozinhos vocês dois, e o Sr. Pye nem é casado. — A revelação de que Georgina havia passado uma noite inteira com um homem pareceu deixar Euphie mais chocada do que o acidente com a carruagem. — Acho que não deve ter sido uma situação confortável para a senhora. Não, não foi *mesmo*. — Ela se reclinou e abanou o rosto, fazendo com que as fitas castanho-avermelhadas em seu gorro balançassem.

Violet revirou os olhos.

— Ele é apenas um administrador das *terras*, Euphie. Não é um cavalheiro de boa família. Além disso — continuou ela de modo objetivo —, George tem 28 anos. Ela é velha demais para causar um escândalo.

— Obrigada, querida. — Georgina soou um tanto seca.

— Um escândalo! — Euphie segurou o pires do chá com mais força. — Eu sei que a senhora gosta de fazer piadinhas, Lady Violet, mas creio que não deveríamos mencionar a palavra *escândalo* com tamanha frivolidade.

— Não. Não. Claro que não — murmurou Georgina em tom tranquilizador enquanto Violet tentava se controlar para não revirar os olhos. *De novo.*

— Sinto que toda essa agitação me deixou cansada. — Euphie se pôs de pé. — A senhora vai ficar ofendida se eu tirar um cochilo, Lady Violet?

— Não, claro que não. — Violet conteve um sorriso. Todos os dias após o chá, como se fosse um relógio, Euphie dava uma desculpa para tirar uma breve soneca. A jovem ficara torcendo para que a acompanhante seguisse sua rotina hoje tal como nos dias anteriores.

A porta se fechou atrás de Euphie, e Georgina olhou para a irmã.

— Então? Sua carta foi incrivelmente teatral, querida. Creio que você usou a palavra *diabólico* duas vezes, o que parece improvável, considerando-se que me pedia para vir a Yorkshire, normalmente o lugar menos diabólico do mundo. Espero que seja importante. Eu tive que recusar cinco convites, inclusive o do baile de máscaras de outono dos Oswalts, que prometia ser recheado de escândalos este ano.

— É importante. — Violet se inclinou para a frente e murmurou: — Alguém está envenenando as ovelhas nas terras de Lorde Granville!

— É mesmo? — Georgina ergueu as sobrancelhas e deu uma mordida na torta.

Violet soltou o ar de modo exasperado.

— Sim! E a pessoa que está fazendo isso é alguém que trabalha para você. Talvez na própria Mansão Woldsly.

— Nós vimos mesmo algumas ovelhas mortas perto da estrada hoje de manhã.

— Você não está preocupada? — Violet se levantou num pulo e começou a andar de um lado para o outro na frente da irmã. — Os criados não falam de outra coisa. Os fazendeiros da região desconfiam de que podem ser bruxas, e o Lorde Granville falou que você será considerada responsável por isso se o envenenador trabalhar aqui.

— Sério? — Georgina enfiou o restante da torta na boca. — Como ele sabe que as ovelhas foram realmente envenenadas? Elas não poderiam simplesmente ter comido algo que fez mal para elas? Ou, o que é mais provável, terem morrido por causa de alguma doença?

— As ovelhas morreram de repente, todas ao mesmo tempo...

— Então foi uma doença.

— Mas restos de plantas venenosas foram encontrados perto dos corpos!

Georgina se inclinou para a frente para se servir de uma xícara de chá. Ela parecia estar achando graça.

— Mas, se ninguém sabe quem é o envenenador... e ninguém sabe, não é?

Violet balançou a cabeça.

— Então como sabem que ele trabalha em Woldsly?

— Pegadas! — Violet parou diante da irmã com as mãos nos quadris.

Georgina ergueu uma sobrancelha.

Violet se inclinou para a frente, impaciente.

— Antes de eu escrever para você, *dez* ovelhas foram encontradas mortas nas terras de um arrendatário dos Granvilles, logo acima do riacho que divide as propriedades. Havia pegadas enlameadas que iam dos cadáveres à margem do riacho. Pegadas que continuavam do outro lado, nas *suas* terras.

— Humm. — Georgina pegou outro pedaço de torta. — Isso não parece muito incriminador. Quer dizer, o que impede alguém que veio das terras de Lorde Granville de ir até o riacho e voltar para fazer parecer que está vindo de Woldsly?

— *Geor*-gina. — Violet se sentou ao lado da irmã. — Ninguém na propriedade dos Granvilles tem motivo para envenenar as ovelhas. Mas uma pessoa em Woldsly tem.

— Ah? Quem? — Ela levou o pedaço de torta à boca.

— Harry Pye.

Georgina congelou com a torta ainda a caminho dos lábios. Violet sorriu, triunfante. Ela finalmente havia conseguido a atenção total da irmã.

Com cuidado, Georgina pôs a torta de volta na bandeja.

— Que motivo poderia ter o meu administrador para matar as ovelhas de Lorde Granville?

— Vingança. — Violet assentiu com a cabeça em resposta ao olhar incrédulo da irmã. — O Sr. Pye tem ressentimento por alguma coisa que Lorde Granville fez no passado.

— O quê?

Violet se deixou cair no canapé.

— Eu não sei — admitiu ela. — Ninguém quer me contar.

Georgina começou a rir.

Violet cruzou os braços.

— Mas deve ter sido alguma coisa terrível, não deve? — perguntou ela acima da risada da irmã. — Para ele voltar anos depois e tramar uma vingança diabólica?

— Ah, querida — arfou Georgina. — Os criados, ou seja lá quem estiver lhe contando essas histórias, estão brincando com você. Dá para imaginar o Sr. Pye se esgueirando por aí para dar ervas envenenadas para as ovelhas? — Ela voltou a gargalhar.

Violet remexeu no restante da torta de limão de mau humor. Realmente, o maior problema com irmãs mais velhas era que elas nunca levavam você a sério.

— Sinto muito por não ter estado com a senhora, milady, quando houve o acidente — arfou Tiggle atrás de Georgina, na manhã seguinte. A criada estava fechando uma interminável fileira de colchetes no vestido safira que a patroa havia escolhido usar.

— Não sei o que você poderia ter feito além de ir parar na vala conosco — retrucou Georgina por cima do ombro. — Além disso, tenho certeza de que você gostou de ter ido visitar seus pais.

— Gostei, sim, milady.

Georgina sorriu. Tiggle havia merecido um dia de folga extra para ficar com a família. E, como o pai dela era o proprietário da estalagem em Lincoln onde eles haviam parado no caminho para Woldsly, parecia uma boa oportunidade para deixar a criada com os familiares por mais um dia. Mas, por causa do acidente, Tiggle não havia chegado tão depois. O que foi bom, porque Georgina teria feito uma bagunça se tivesse de arrumar o próprio cabelo. Tiggle tinha mãos de artista quando se tratava de domar os cachos revoltos dela.

— É que eu não gosto de pensar na senhora sozinha com aquele Sr. Pye, milady. — A voz de Tiggle estava baixa.

— Por que não? Ele foi um perfeito cavalheiro.

— Espero que sim! — Tiggle pareceu ultrajada. — Ainda assim, ele não é muito simpático, é? — Ela deu um último puxão e recuou. — Agora sim. Está pronto.

— Obrigada. — Georgina alisou a parte da frente do vestido.

Tiggle lhe servia desde antes de Georgina debutar, muitos anos atrás. Ela amarrara e desamarrara mil vestidos e se lamentara com Georgina por causa do frisado do cabelo vermelho-alaranjado. O cabelo de Tiggle era liso e dourado, a cor preferida em todos aqueles contos de fadas. Seus olhos eram azuis, e os lábios tinham o requerido tom vermelho-rubi. De fato, ela era uma mulher adorável. Se sua vida fosse um conto de fadas, Georgina seria a pastora de gansos, e Tiggle, a princesa.

Ela foi até a penteadeira.

— Por que você acha que ele não é simpático? — Georgina abriu a caixa de joias e começou a procurar as pérolas.

— Ele nunca sorri, não é? — No espelho, ela podia ver a criada juntando suas camisolas. — E o modo como aquele homem olha para uma pessoa. Eu me sinto como uma vaca que ele está avaliando, tentando descobrir se vou ser uma boa reprodutora por mais uma estação ou se seria melhor me mandar para o matadouro. — Ela estendeu o vestido que Georgina tinha usado no dia do acidente e o examinou de forma crítica. — Ainda assim, tem um bocado de jovens nos arredores que o consideram muito atraente.

— Ah, é? — A voz de Georgina saiu como um grasnido. Ela mostrou a língua para si mesma diante do espelho.

Tiggle não ergueu o olhar. Ela estava com a testa franzida, olhando para um buraco que havia acabado de descobrir na bainha do vestido.

— Sim. As criadas na cozinha vivem falando de seus belos olhos e do traseiro bonito.

— Tiggle! — Georgina deixou o brinco de pérola cair. Ele rolou pela superfície envernizada da penteadeira e parou em uma pilha de fitas.

— Ah! — A mão de Tiggle voou para sua boca. — Sinto muito, milady. Não sei o que deu em mim para dizer isso.

Georgina teve de rir.

— É sobre isso que as criadas conversam na cozinha? Sobre os bumbuns dos homens?

O rosto de Tiggle ficou vermelho, mas seus olhos brilhavam.

— Receio que sim, na maior parte do tempo.

— Talvez eu deva visitar a cozinha com mais frequência. — Georgina se inclinou para a frente para se ver no espelho enquanto colocava um dos brincos. — Várias pessoas, inclusive Lady Violet, dizem ter ouvido rumores sobre o Sr. Pye. — Ela deu um passo para trás e virou a cabeça de um lado para o outro, examinando os brincos. — Você ouviu alguma coisa?

— Dos rumores, milady? — Tiggle dobrou o vestido lentamente. — Eu ainda não fui à cozinha desde que cheguei. Mas ouvi algo enquanto estava com meu pai. Um fazendeiro que estava viajando e morava na terra dos Granvilles falou que o administrador de Woldsly estava fazendo uma maldade. Ferindo animais e pregando peças nos estábulos de Granville. — Tiggle olhou nos olhos de Georgina pelo espelho. — É esse tipo de coisa que a senhora quis dizer, milady?

Georgina respirou fundo e soltou o ar lentamente.

— Sim, foi exatamente isso que eu quis dizer.

NAQUELA TARDE, HARRY se curvou sobre a sela debaixo da garoa implacável. Ele havia imaginado que seria convocado para ir até a mansão quase no instante em que pisaram em Woldsly. Surpreendentemente, levara um dia e uma noite inteiros para que Lady Georgina o chamasse. Ele esporeou sua égua para um trote ao passar pela entrada sinuosa e longa até a Mansão Woldsly. Talvez fosse porque ela era uma dama.

Quando descobrira que o proprietário das várias terras que administraria era uma mulher, Harry ficara surpreso. Mulheres, em geral, não eram donas de terras. Normalmente, quando uma mulher possuía uma propriedade, havia um homem — um filho, um marido ou um irmão — por trás de tudo, o verdadeiro mandante, a pessoa que decidiria como as terras seriam administradas. Mas, embora Lady Georgina tivesse três irmãos, era a própria dama que estava no controle. E, além disso, ela se tornara dona das terras devido a uma herança, e não em função de um casamento. Lady Georgina nunca havia se casado. Uma tia lhe deixara tudo e aparentemente estipulara no testamento que a sobrinha controlaria a propriedade e a renda gerada por ela.

Harry bufou. Era evidente que a velha senhora não via os homens com bons olhos. O seixo estalava debaixo dos cascos da égua quando ele entrou no amplo pátio que antecedia a Mansão Woldsly. Harry cruzou-o antes de saltar do cavalo e jogar os arreios para um garoto.

Eles caíram nos paralelepípedos.

A égua recuou, nervosa, arrastando os arreios. Harry a acalmou e ergueu o olhar para encarar o garoto. O rapaz o fitou, com o queixo erguido e os ombros retos. Parecia um jovem Santo Estêvão se preparando para as flechas. Quando foi que sua reputação ficara tão ruim?

— Pegue-os — ordenou Harry baixinho.

O garoto vacilou. As flechas pareciam mais pontiagudas do que ele havia imaginado.

— Agora — murmurou Harry.

Ele girou nos calcanhares, sem se dar ao trabalho de verificar se o garoto cumpria a ordem dada, e seguiu para a propriedade, subindo os degraus de dois em dois até as portas principais.

— Diga a Lady Georgina Maitland que estou aqui — falou ele para Greaves. Harry empurrou o tricórnio nas mãos de um lacaio e entrou na biblioteca sem esperar ser conduzido até lá.

Janelas altas, com cortinas de veludo verde-musgo cobriam o lado oposto do cômodo. Se o dia estivesse ensolarado, as janelas banhariam a biblioteca com a luz. Mas não havia sol. Havia semanas que ele não brilhava neste trecho de Yorkshire.

Harry percorreu o recinto e olhou pela janela. Campos e pastagens se estendiam até onde o olho podia enxergar; uma colcha de retalhos em verde e marrom. Os muros de pedra que dividiam os campos haviam sido erguidos séculos antes de ele nascer e estariam ali séculos após seus ossos terem se transformado em pó. Para ele, aquela paisagem era deslumbrante, e seu coração se apertava sempre que a via, mas algo estava errado. Os campos deveriam estar cheios de ceifeiros e carroças, colhendo feno e trigo. Mas os grãos estavam úmidos demais para serem colhidos. Se a chuva não parasse em breve... Ele balançou a cabeça. O trigo apodreceria no campo ou teria de ser ceifado enquanto estava úmido e, neste caso, apodreceria nos celeiros.

Harry cerrou o punho na moldura da janela. Será que ela se importava com o que sua demissão significaria para aquele lugar?

Atrás dele, a porta se abriu.

— Sr. Pye, acho que o senhor deve ser uma daquelas pessoas detestáveis que acordam cedo.

Ele relaxou os dedos e se virou.

Lady Georgina caminhava em sua direção num vestido que era um tom mais escuro que seus olhos azuis.

— Quando mandei chamá-lo, às nove da manhã, Greaves me olhou como se eu tivesse um parafuso a menos e me informou que o senhor provavelmente havia deixado o seu chalé há horas.

Harry fez uma mesura.

— Sinto muito pela inconveniência, milady.

— Deveria sentir mesmo. — Lady Georgina se sentou num canapé verde e preto e se recostou casualmente, fazendo com que as saias azuis se espalhassem ao seu redor. — Greaves tem um talento especial para fazer uma pessoa se sentir como um bebê babão aprendendo a andar. — Ela estremeceu. — Não consigo nem imaginar como deve ser trabalhar sob as ordens dele. O senhor não vai se sentar?

— Se a senhora assim deseja, milady. — Ele escolheu uma poltrona. O que será que ela pretendia?

— Desejo, sim. — Atrás dela, a porta se abriu, e duas criadas entraram carregando bandejas cheias. — E não apenas isso, mas também insistirei para que o senhor tome o chá.

As criadas colocaram um bule, xícaras, pires e todas as outras coisas confusas de um chá aristocrata sobre uma mesa de centro entre os dois, e então saíram.

Lady Georgina ergueu o bule de prata e serviu o chá.

— Ora, o senhor terá que ser paciente comigo e tentar não me lançar esse olhar ameaçador. — Ela dispensou uma tentativa de pedido de desculpas. — O senhor aceita açúcar e leite?

Ele fez que sim com a cabeça.

— Ótimo. Bastante dos dois, então, pois tenho certeza de que o senhor é secretamente apaixonado por doces. E dois biscoitos amanteigados. Seja forte e aguente esta provação. — Ela entregou o prato a ele.

Harry a encarou de modo curiosamente desafiador. Hesitou por um momento antes de pegar o prato. Por uma fração de segundo, seus dedos roçaram os dela, tão macios e quentes, e então ele se recostou. O biscoito folhado era macio. Ele comeu o primeiro com duas mordidas.

— É disso que estou falando. — Ela suspirou e afundou nas almofadas com o próprio prato. — Agora eu sei como Aníbal se sentiu depois de conquistar os Alpes.

Harry sentiu a boca se contorcer enquanto a observava por cima da xícara. Os Alpes teriam se empertigado e implorado que Lady Georgina marchasse na direção deles com um exército de elefantes. O cabelo ruivo formava um halo ao redor de seu rosto. Se não fosse o olhar malicioso, ela seria angelical. Ela mordeu um pedaço do biscoito amanteigado, que se partiu. Georgina pegou as migalhas do prato e lambeu o dedo de uma maneira não muito apropriada a uma dama.

Harry sentiu uma comichão entre as pernas. *Não*. Não por aquela mulher.

Ele pousou a xícara com cuidado na mesa.

— O que a senhora queria falar comigo, milady?

— Ora, isso é bastante constrangedor. — Lady Georgina pousou a própria xícara na mesa. — Receio que as pessoas estejam espalhando histórias sobre o senhor. — Ela ergueu uma das mãos e começou a contar nos dedos. — Um dos lacaios, o engraxate, quatro... não, cinco criadas, minha irmã, Tiggle e até Greaves. O senhor acredita nisso? Eu fiquei um pouco surpresa. Nunca pensei que ele seria do tipo de fazer fofoca. — Ela o encarou.

Harry sustentava o olhar dela, impassível.

— Isso desde a tarde de ontem, depois que nós chegamos. — Ela não tinha mais dedos para contar e abaixou a mão.

Harry não falou nada. Ele sentiu algo se contorcendo em seu peito, mas era inútil. Por que Lady Georgina seria diferente das outras pessoas?

— Todos parecem achar que o senhor vem envenenando as ovelhas do vizinho com um tipo de erva. Embora — ela franziu as sobrancelhas — eu não entenda por que todo mundo resolveu tirar conclusões precipitadas sobre ovelhas, mesmo que sejam ovelhas mortas.

Harry a encarou. Sem dúvida, ela estava brincando, não é? Mas, por outro lado, Lady Georgina era da cidade.

— As ovelhas são a base desta região, milady.

— Eu sei que todos os fazendeiros criam ovelhas nos arredores. — Ela olhou para a bandeja de bolos, com a mão pairando acima da comida, aparentemente escolhendo um doce. — Tenho certeza de que as pessoas gostam muito do gado...

— Elas não são bichinhos de estimação.

Lady Georgina ergueu o olhar ao perceber o tom ríspido dele, e suas sobrancelhas se franziram.

Harry sabia que havia sido impertinente com aquele comentário, mas, maldição, ela precisava saber.

— Elas são vida. As ovelhas são a carne e as roupas de um homem. Elas dão a renda que paga ao proprietário de terra o que lhe é devido. Elas são o que mantém sua família viva.

Ela ficou imóvel, e seus olhos azuis se tornaram sérios. Ele sentiu alguma coisa suave e frágil que o conectava àquela mulher tão acima de sua posição social.

— A perda de um animal pode significar que a esposa de um homem não terá um vestido novo. Talvez falte açúcar na despensa. Duas ovelhas mortas podem privar as crianças de sapatos de inverno. — Harry deu de ombros. — Talvez ele não consiga pagar o aluguel, ou precise matar o restante do rebanho para alimentar a família.

Os olhos dela se arregalaram.

— Esse é o caminho da ruína. — Ele apertou o braço do canapé, tentando explicar, tentando fazê-la entender. — Esse é o caminho da indigência.

— Ah. Então a coisa é mais séria do que eu pensava. — Ela se recostou com um suspiro. — Acho que então eu tenho que agir. — Lady Georgina o encarou, ao que parece, com expressão arrependida.

Finalmente. Ele se preparou para o pior.

As portas da frente bateram.

Lady Georgina levantou a cabeça.

— O que...?

Eles ouviram alguma coisa se quebrar no corredor, e Harry ficou de pé com um salto. Havia som de vozes exaltadas e tumulto ali perto. Ele se colocou entre a porta e Lady Georgina, sua mão esquerda baixando até o topo da bota.

— Eu falarei com ela agora, maldição! — A porta se abriu com um estrondo, e um homem de rosto vermelho entrou com expressão de raiva.

Greaves o seguia, arfando e com a peruca torta.

— Milady, eu sinto muito...

— Está tudo bem — tranquilizou-o Lady Georgina. — Pode nos deixar a sós.

Parecia que o mordomo queria protestar, mas ele captou o olhar de Harry.

— Milady. — Ele fez uma mesura e fechou a porta.

O homem girou e olhou para Lady Georgina, ignorando Harry.

— Isso não pode continuar, senhora! Eu já aguentei o suficiente. Se a senhora não consegue controlar esse bastardo do seu empregado, eu terei prazer em resolver o problema com minhas próprias mãos.

Ele deu alguns passos para a frente, o rosto furioso corado em contraste com a peruca empoada de branco, as mãos girando ameaçadoras nas laterais do corpo. O homem praticamente não mudara desde aquela manhã, dezoito anos atrás. Os olhos grandes e castanhos tinham seu charme, mesmo na velhice. Ele tinha os ombros e braços de um homem forte — robusto, como um touro. Os anos diminuíram a diferença em suas alturas, mas Harry ainda era meia cabeça mais baixo. E o sorriso de desdém nos lábios grossos — sim, aquilo certamente não havia mudado. Harry levaria a lembrança daquele sorriso para o túmulo.

O homem estava ao seu lado agora, sem prestar a menor atenção nele, com o olhar fixo em Lady Georgina. Harry esticou a mão direita, seu braço uma barra sólida no caminho do outro homem. O intruso tentou passar pela barreira, mas Harry se manteve firme.

— O que...? — O homem se interrompeu e olhou para a mão de Harry. A mão direita.

Aquela na qual faltava um dedo.

Lentamente, o outro homem ergueu a cabeça e encontrou os olhos de Harry. O reconhecimento ardeu em seu olhar.

O administrador mostrou os dentes num sorriso, embora nunca tivesse se sentido menos contente na vida.

— Silas Granville. — Ele não mencionou o título de propósito.

Silas se empertigou.

— Maldito seja você, Harry Pye.

Capítulo Três

Não era de admirar que Harry Pye nunca sorrisse. A expressão em seu rosto, naquele momento, era capaz de deixar qualquer criança tremendo de medo. Georgina sentiu um aperto no peito. Ela alimentava esperança de que todas aquelas fofocas sobre o Sr. Pye e Lorde Granville fossem apenas isto: histórias inventadas para entreter camponeses entediados. Mas, a julgar pelos olhares raivosos que os dois homens trocavam, eles não só se conheciam como tinham de fato um passado sórdido.

Ela suspirou. Isso complicava as coisas.

— Seu canalha! Como ousa se dirigir a mim depois do... do dano criminoso que causou às minhas terras? — gritou Lorde Granville bem no rosto do Sr. Pye. Ele cuspia ao falar.

Harry Pye não retrucou, mas ele tinha um sorriso incrivelmente irritante nos lábios. Georgina retraiu-se. Ela estava quase tomando as dores de Lorde Granville.

— Primeiro, as armações no meu estábulo: os cabrestos cortados, a ração estragada, as carruagens vandalizadas. — Lorde Granville se dirigia a Georgina, mas não tirava os olhos do Sr. Pye. — Depois, as ovelhas mortas! Meus fazendeiros perderam mais de quinze animais saudáveis só nas últimas duas semanas. Vinte, antes disso. E tudo começou quando ele voltou a este distrito como seu funcionário, senhora.

— Ele tinha excelentes referências — murmurou Georgina.

Lorde Granville virou-se em sua direção. Ela se encolheu, mas o Sr. Pye se moveu suavemente com o outro homem, mantendo seu ombro sempre entre eles. Essa demonstração de proteção fez Lorde Granville ficar com mais raiva ainda.

— Chega, é o que digo. Exijo que a senhora dispense esse... esse patife! — Lorde Granville cuspiu a palavra. — Está no sangue dele. Assim como o pai, esse homem é o pior tipo de criminoso.

Georgina respirou fundo.

O Sr. Pye não falou nada. Mas um pequeno ruído saiu de seus lábios repuxados.

Meu Deus, aquilo soava como um grunhido. Rapidamente ela tomou a palavra:

— Ora, Lorde Granville, creio que o senhor esteja sendo um tanto precipitado ao condenar o Sr. Pye. Afinal, há algum motivo para supor que seja o meu administrador que está prejudicando o senhor, e não outra pessoa?

— Motivo? — sibilou Lorde Granville. — Motivo? Sim, eu tenho um motivo. Há vinte anos, o pai deste homem me atacou. Quase me matou de tão louco que estava.

Georgina ergueu as sobrancelhas. Ela lançou um olhar ao Sr. Pye, mas sua expressão estava tomada pela costumeira indiferença.

— Não vejo por que...

— Ele também me atacou. — Lorde Granville enterrou o dedo no peito do administrador de terras. — Ele conspirou com o pai para matar um membro da nobreza.

— Mas... — Ela olhou de um homem para o outro; o primeiro era a personificação da raiva, o outro não deixava transparecer qualquer emoção. — Mas, vinte anos atrás, o Sr. Pye não era um homem feito. Ele devia ser um garoto de... de...?

— Doze anos — disse o Sr. Pye, falando pela primeira vez desde que pronunciara o nome do outro homem. Sua voz era baixa, quase um sussurro. — E isso aconteceu há dezoito anos, exatamente.

— Doze anos é idade suficiente para matar um homem. — Lorde Granville desconsiderou a objeção com um gesto da mão. — Sabe-se muito bem que essa gentalha amadurece cedo. Isso facilita a geração de mais parasitas. Aos 12 anos, ele era tão homem quanto agora.

Georgina piscou ao ouvir essa declaração ultrajante, feita de forma tão segura, aparentemente tida como um fato para Lorde Granville. Ela olhou mais uma vez para o Sr. Pye, mas, se ele esboçava alguma reação, era de tédio. Era óbvio que já ouvira esse tipo de declaração antes. Por um instante, ela se perguntou com que frequência ele escutara tais bobagens na infância.

Georgina balançou a cabeça.

— Seja como for, milorde, não me parece que o senhor tenha provas concretas da culpa do Sr. Pye neste momento. E eu realmente sinto...

Lorde Granville jogou algo aos pés dela.

— Eu tenho provas. — Seu sorriso era bastante repulsivo.

Georgina franziu a testa e olhou para o objeto perto da ponta de seu sapato bordado. Era uma pequena estátua de madeira. Ela se inclinou para pegá-la, uma estatueta cor de melado, menor do que seu polegar. Os detalhes estavam parcialmente obscurecidos por lama seca. Georgina revirou a pequena peça e limpou a sujeira com a mão. Um porco-espinho entalhado em detalhes ficou visível. O artista fora inteligente ao se aproveitar de uma parte escura na madeira para destacar os espinhos no dorso do minúsculo animal. Que graça! Ela sorriu, encantada.

Então Georgina se deu conta do silêncio no cômodo. Ela levantou a cabeça e viu que o Sr. Pye olhava, imóvel, para a figura em sua mão. Meu Deus, é claro que ele não tinha...

— Isso, creio eu, é prova suficiente — concluiu Lorde Granville.

— O que...?

— Pergunte a ele. — Lorde Granville gesticulou para o porco-espinho, e Georgina instintivamente fechou os dedos ao seu redor, como se quisesse protegê-lo. — Vá em frente, pergunte a ele quem fez isso.

Ela encarou o Sr. Pye. Será que viu um lampejo de arrependimento nos olhos dele?

— Fui eu quem fiz — confessou ele.

Georgina aninhou o entalhe nas mãos e o levou até o peito. Sua próxima pergunta era inevitável.

— E o que o porco-espinho do Sr. Pye tem a ver com suas ovelhas mortas?

— Ele foi encontrado perto do cadáver de uma ovelha, nas minhas terras. — Os olhos de Lorde Granville tinham o brilho profano do triunfo. — Hoje de manhã.

— Entendo.

— Por esse motivo, a senhora deve dispensar Pye, para dizer o mínimo. Eu registrarei as acusações e emitirei um mandado para prendê-lo. Nesse meio-tempo, vou levá-lo sob minha custódia. Afinal, eu sou o magistrado desta região. — Lorde Granville era quase jovial em sua vitória. — Talvez a senhora possa me ceder uns dois lacaios fortes também.

— Creio que não. — Georgina balançou a cabeça, pensativa. — Não, isso não me parece certo.

— Perdeu o juízo, mulher? Eu me ofereci para resolver o seu problema... — Lorde Granville se interrompeu com impaciência. Marchou até a porta enquanto acenava com a mão. — Muito bem. Voltarei à minha propriedade e trarei meus próprios homens para prenderem este sujeito.

— Não. Creio que não — falou Georgina. — O Sr. Pye ainda é meu empregado. O senhor deve deixar que eu lide com essa questão da maneira que considero correta.

Lorde Granville parou e se virou para ela.

— A senhora é louca. Até o pôr do sol, esse homem vai estar em minhas mãos. A senhora não tem o direito...

— Eu tenho todo direito — interrompeu-o Georgina. — Estamos falando do meu administrador, da minha casa, das minhas *terras*. E o senhor não é bem-vindo aqui. — Caminhando com passos rápidos, ela surpreendeu os dois homens ao passar por eles antes que pudessem dizer qualquer coisa. Georgina abriu a porta, decidida, e seguiu pelo corredor. — Greaves!

O mordomo devia estar rondando o cômodo, pois apareceu numa velocidade impressionante, acompanhado dos dois maiores lacaios a seu serviço.

— Lorde Granville está de saída.

— Sim, milady. — Greaves, como um mordomo exemplar, não demonstrou satisfação ao se apressar e entregar a Lorde Granville seu chapéu e suas luvas, mas seus passos eram mais animados que o habitual.

— A senhora vai se arrepender disso. — Lorde Granville balançou a cabeça lenta e pesadamente, como um touro enraivecido. — Vou garantir que isso aconteça.

De repente, o Sr. Pye estava ao lado de Georgina. Ela imaginou que podia sentir o calor dele, mesmo sem os dois se tocarem.

— Vou acompanhá-lo até a porta, milorde — comunicou-lhe Greaves, então os lacaios se aproximaram e se posicionaram, um de cada lado de Lorde Granville.

Ela prendeu a respiração até que as grandes portas de carvalho se fechassem. Então soltou o ar pesadamente.

— Bem, pelo menos ele está fora da mansão.

O Sr. Pye passou rapidamente por ela.

— Nossa conversa ainda não acabou — falou Georgina, irritada. O homem poderia, ao menos, agradecer-lhe antes de sair. — Aonde vai?

— Tenho algumas perguntas que precisam de respostas, milady. — Ele fez uma mesura rápida. — Prometo me apresentar à senhora amanhã de manhã. Tudo o que tiver que me dizer poderá ser dito depois.

E então ele se foi.

Georgina lentamente abriu a mão e voltou a olhar para o delicado porco-espinho.

— E se o que eu tiver a dizer não puder esperar até amanhã?

Maldito Harry Pye! E aquela vadia arrogante! Silas Granville esporeou o cavalo preto, instigando-o a um galope ao passar pelos portões da Mansão Woldsly. O animal tentou se encolher ao sentir a pontada das esporas, mas Silas não diminuiu o ritmo. Ele puxou os arreios com crueldade, forçando o bridão nas partes moles do focinho do cavalo até que o animal sentisse o gosto do próprio sangue. O cavalo cedeu.

Por que Lady Georgina estava protegendo Harry Pye? Silas não tardaria a retornar e, quando o fizesse, faria questão de ir acompanhado de um pequeno exército. Ela não seria capaz de impedi-lo de levar Pye embora.

O cavalo hesitou diante do vau do riacho que separava as terras de Granville da propriedade Woldsly. O riacho era amplo e raso ali. Silas esporeou o animal, e ele fez a água espirrar com um borrifo. Gotas brilhantes de sangue giraram no ar, misturaram-se à corrente e foram levadas rio abaixo. As colinas se estendiam desde o riacho e ocultavam a proximidade do Casarão Granville. Um homem a pé, carregando cestos num jugo sobre os ombros, cruzava a estrada. Ele cambaleou para o lado ao ouvir o barulho dos cascos do cavalo. Quando Silas passou, o homem retirou o gorro para cumprimentá-lo, mas o outro não lhe deu atenção.

Sua família era proprietária daquelas terras desde a época dos Tudors. Os Granvilles se casaram, se reproduziram e morreram ali. Alguns foram fracos, e outros não se mostraram nada comedidos com bebida e mulheres, mas isso não importava. O que importava era a terra. Pois a terra era a base de sua riqueza e de seu poder — a base do poder de *Silas*. Ninguém — muito menos um administrador de terras pobretão — ia colocar essa base em risco. Não enquanto o sangue ainda corresse em suas veias. As perdas financeiras com as ovelhas mortas em suas terras eram mínimas, mas a perda do orgulho — da honra — era grande demais para suportar. Silas jamais esqueceria a insolência no rosto jovem de Pye quase vinte anos atrás. Mesmo enquanto cortavam seu dedo, o garoto o havia olhado nos olhos e sorrido com desdém. Pye nunca se comportou como um camponês. Era importante que Silas desse a ele uma punição exemplar por sua afronta criminosa.

O cavalo virou para os grandes portões de pedra, e Silas esporeou o animal para outro galope. Ele subiu o topo do morro, e o Casarão

Granville apareceu. De granito cinza, com quatro andares de altura e alas que formavam um quadrado em torno de um pátio interno, a mansão agigantava-se acima dos campos ao redor. A construção era imponente e severa, feita para indicar *aqui está a autoridade* para qualquer um que a visse.

Silas foi a meio-galope até a porta principal e deu um muxoxo indignado ao ver a figura de escarlate e prata nos degraus.

— Thomas. Você parece um sodomita nesses trajes. — Ele desmontou e jogou os arreios para um cavalariço. — Quanto me custou essa roupa no alfaiate?

— Olá, pai. — O rosto do filho mais velho ficou manchado de vermelho. — Nem foi tanto assim, na verdade. — Thomas percebeu o sangue nas laterais do cavalo e passou a língua pelos lábios.

— Meu Deus, você está corado feito uma moça. — Silas passou pelo rapaz. — Vamos, venha comer, seu mariquinhas.

Ele deu um sorriso irônico quando o filho o acompanhou, hesitante. O rapaz não tinha muitas opções, tinha? Não a menos que lhe tivessem surgido colhões do dia para a noite. Silas entrou batendo os pés na sala de jantar, perversamente satisfeito ao ver que a mesa não estava posta.

— Onde diabos está o meu jantar?

Lacaios se sobressaltaram, criadas se apressaram, e o mordomo balbuciou um pedido de desculpas. Pouco tempo depois, a mesa estava posta, e os dois se sentaram para comer.

— Coma um pouco disso aí. — Silas apontou com o garfo para a carne malpassada que se encontrava numa poça de sangue no prato do filho. — Quem sabe não faz nascer pelo no seu peito. Ou em outro lugar.

Thomas arriscou um meio-sorriso para a provocação de Silas e moveu um dos ombros, nervoso.

Jesus! Como ele pôde pensar que a mãe daquele garoto seria uma boa reprodutora? Sua prole, fruto de suas entranhas — e ele nunca duvidara disso, pois a falecida esposa nunca teria coragem de meter-lhe um chifre — estava sentado diante dele e cutucava a carne. O filho havia herdado a altura e os olhos castanhos de Silas, e apenas isso. O nariz comprido, os lábios quase inexistentes e a natureza chorosa eram todos da mãe. Silas bufou, indignado.

— O senhor conseguiu falar com Lady Georgina? — Thomas tinha dado uma mordida na carne e a mastigava como se tivesse comendo esterco.

— Ah, sim, eu falei com aquela vadia arrogante. Falei com ela na biblioteca de Woldsly. E com Harry Pye com aqueles malditos olhos verdes. — Ele pegou um pãozinho.

Thomas parou de mastigar.

— Harry Pye? O mesmo Harry Pye que morava aqui? Não é outro homem com o mesmo nome? O administrador, quero dizer.

— É. O *administrador* dela. — Ao pronunciar a ocupação do homem, a voz de Silas se ergueu para um falsete afetado. O filho voltou a corar. — Não consigo esquecer aqueles olhos verdes.

— Suponho que não.

Silas olhou com expressão séria para o filho; seus olhos se estreitaram.

— O senhor vai prendê-lo? — perguntou Thomas rapidamente, com um dos ombros elevado.

— Quanto a isso, tenho um pequeno problema. — Silas curvou o lábio superior. — Parece que Lady Georgina não quer que seu administrador seja preso, aquela vagabunda idiota. — Ele tomou outro gole de cerveja. — Ela não acha que a evidência seja suficiente. Provavelmente não dá a mínima para o rebanho morto, *meu* rebanho morto, porque é de Londres.

— O entalhe não a convenceu?

— Não. Não a convenceu. — Silas retirou um pedaço de carne preso entre os dentes da frente. — De qualquer forma, é ridículo deixar uma mulher ter tantas terras. Para que ela quer aquilo tudo? Provavelmente ela dá mais importância a luvas e à dança do momento em Londres do que à propriedade. A velha deveria ter deixado tudo para um homem. Ou tê-la obrigado a se casar, para que o marido pudesse cuidar de tudo.

— Talvez... — Thomas hesitou. — Quem sabe eu possa falar com ela?

— Você? — Silas jogou a cabeça para trás e riu até engasgar. Lágrimas surgiram em seus olhos, e ele teve de tomar um gole da bebida.

Thomas estava em silêncio do outro lado da mesa.

Silas enxugou os olhos.

— Você agora leva jeito com mulheres, Tommy, meu garoto? Como seu irmão Bennet? Aquele rapaz chupou a primeira teta quando ainda estava na escola.

Thomas baixou a cabeça, e seus ombros subiram e desceram.

— Você já levou uma vadia para a cama? — perguntou Silas baixinho e maliciosamente. — Já sentiu tetas gordas e macias? Já cheirou o odor de peixe de uma boceta ansiosa? — Ele se recostou na cadeira, balançando-a sobre duas pernas, e observou o filho. — Já meteu sua vara numa mulher e a fodeu até ela gritar?

Thomas se retraiu. Seu garfo deslizou da mesa e caiu, fazendo barulho.

Silas se inclinou para a frente, e as pernas da cadeira baixaram com uma pancada.

— Eu creio que não.

O rapaz se levantou tão subitamente que sua cadeira caiu, batendo no chão.

— Bennet não está aqui, está? E provavelmente não vai aparecer por um bom tempo.

Silas deu um muxoxo ao ouvir isso.

— Eu sou seu filho mais velho. Um dia, estas terras serão minhas. Me deixe tentar conversar com Lady Georgina.

— Por quê? — Silas inclinou a cabeça.

— O senhor pode ir lá e pegar Pye à força — continuou Thomas. — Mas é provável que ela não fique muito contente com essa atitude. E, enquanto ela for nossa vizinha, é melhor mantermos uma boa relação. Ele é apenas o administrador dela. Não acredito que ela seja capaz de começar uma briga por causa do homem.

— Está bem. Afinal de contas, imagino que você não possa piorar as coisas. — Silas bebeu toda a cerveja e bateu a caneca com força na mesa. — Vou lhe dar dois dias para tentar colocar juízo na cabeça daquela mulher.

— Obrigado, pai.

Silas ignorou o agradecimento do filho.

— E, quando você fracassar, vou arrombar as portas de Woldsly, se for preciso, e arrastar Harry Pye de lá pelo pescoço.

HARRY ESTREMECEU AO conduzir a égua baia pela trilha que levava ao seu chalé. Na pressa de interrogar os fazendeiros de Granville pela manhã, não tinha se dado ao trabalho de pegar uma capa. Agora, já havia passado um bom tempo que o sol se fora, e as noites de outono eram bem frias. Acima de sua cabeça, as folhas das árvores chacoalhavam com o vento.

Ele deveria ter esperado, deixado Lady Georgina falar o que quer que fosse naquela manhã. Mas a descoberta de que alguém estava tentando incriminá-lo pelas mortes das ovelhas o impelira para fora do cômodo. O que estava acontecendo? Fazia semanas que circulavam rumores maldosos sobre ele ser o assassino. As fofocas haviam começado no momento em que a primeira ovelha fora encontrada morta, um mês antes. Mas Harry tinha se recusado a dar ouvidos àquele falatório. Um homem não podia ser preso por causa de boatos. Com provas, a coisa mudava de figura.

O chalé ficava afastado da entrada principal da Mansão Woldsly, construído, Deus sabe lá por quê, num pequeno bosque. Do lado oposto ficava o chalé do guarda, uma construção muito maior. Ele poderia ter expulsado o guarda e tomado posse da casa maior quando chegara a Woldsly. Afinal, um administrador ocupava uma posição social mais elevada que um simples guarda. Mas o homem tinha mulher e família, e o chalé menor ficava muito mais afastado da estrada e oculto pelas árvores. Tinha mais privacidade. E ele era um homem que valorizava sua privacidade.

Harry saltou da égua e conduziu-a ao minúsculo galpão na parte de trás do chalé. Acendeu a lanterna que estava pendurada do lado de dentro, perto da porta, e retirou a sela e os arreios do animal. O cansaço de corpo e espírito repuxavam seus membros. Mas ele escovou a égua cuidadosamente, lhe deu água e uma dose extra de aveia. Seu pai incutira nele, desde a tenra idade, a importância de cuidar dos próprios animais.

Com um afago final na égua que já cochilava, Harry pegou o lampião e saiu do estábulo. Deu a volta no chalé pela trilha desgastada e foi em direção à porta. Ao se aproximar da entrada principal, seus passos hesitaram. Uma luz tremeluzia na janela de seu chalé.

Harry apagou o lampião. Ele recuou até os arbustos ao lado da trilha e se abaixou para pensar. Pela luminosidade, parecia ser uma única vela. Não se movia, portanto era provável que estivesse sobre uma mesa. Talvez a Sra. Burns tivesse deixado a vela acesa para ele. Algumas vezes, a esposa do guarda vinha limpar a casa e deixava uma refeição para ele. Mas a Sra. Burns era uma mulher econômica, e Harry duvidava que ela tivesse coragem de desperdiçar uma vela — mesmo uma vela de sebo como as que ele usava — num chalé vazio.

Alguém estava esperando por ele dentro da casa.

E isso não era nenhuma surpresa depois da discussão com Granville naquela manhã. Se planejavam atacá-lo, seria melhor esperar na escuridão, não? Afinal, Harry não suspeitara de nada até ver a luz. Se o chalé estivesse escuro, ele teria entrado sem hesitar, confiante como um cordeiro recém-nascido. Harry deu um breve muxoxo. Muito bem. Aquelas pessoas — não importa quem fossem — estavam muito seguras de si, esperando por ele em sua própria casa. Imaginavam que, mesmo com os feixes de luz tão aparentes através das janelas, ele seria estúpido ou imprudente o suficiente para entrar na casa.

E talvez tivessem razão.

Harry pousou o lampião no chão, tirou a faca de sua bota e se levantou em silêncio. Ele se esgueirou até a parede do chalé. A mão esquerda segurava a faca perto da coxa. Em silêncio, deslizou pela parede de pedra até chegar à porta. Segurou a maçaneta e pressionou lentamente a dobradiça. Ele respirou fundo e abriu a porta num ímpeto.

— Sr. Pye, eu estava começando a achar que o senhor nunca voltaria para casa. — Lady Georgina estava ajoelhada ao lado da lareira e pareceu não se perturbar com sua súbita entrada. — Infelizmente não levo jeito mesmo para acender lareiras; caso contrário, eu teria feito um pouco de chá. — Ela ficou de pé e limpou a poeira dos joelhos.

— Milady. — Harry se inclinou e passou a mão pela parte de cima da bota, guardando a faca. — Naturalmente, fico honrado em ter a sua companhia, mas também estou surpreso. O que a senhora está fazendo no meu chalé? — Ele fechou a porta atrás de si e foi até a lareira, pegando a vela acesa no caminho.

Ela se afastou quando Harry se agachou ao lado da lareira.

— Temo ter detectado um leve sarcasmo em seu tom de voz.

— É mesmo?

— Humm. E não consigo entender o motivo. Afinal, foi o senhor quem fugiu de mim hoje pela manhã.

A dama estava irritada.

Os lábios de Harry se curvaram enquanto ele acendia a lareira que já estava preparada.

— Peço minhas mais humildes desculpas, milady.

— Humpf. Eu estou para conhecer um homem menos humilde. — Pelo tom de voz dela, Georgina havia perambulado pelo cômodo atrás dele.

O que ela viu? O que ela achava daquele pequeno chalé? Mentalmente, Harry perpassou o interior da casa: uma mesa de madeira com cadeiras, bem-feitas, mas não chegavam aos pés do luxo acolchoado das salas de estar da mansão. Uma escrivaninha na qual ele guardava os livros de registro e de contabilidade do trabalho. Um conjunto de prateleiras com louça de porcelana rústicas: dois pratos, duas xícaras, uma tigela, um bule, garfos e colheres e uma panela de ferro. Uma porta em um dos lados, que estava aberta, permitia que ela visse a cama estreita, os cabides com roupas penduradas, e a penteadeira com uma bacia e um jarro de barro.

Harry se pôs de pé e se virou.

Lady Georgina espiava seu quarto.

Ele suspirou em silêncio e foi até a mesa, sobre a qual encontrava-se uma tigela de barro tampada com um prato. Ele ergueu o prato e olhou dentro do recipiente. Ensopado de cordeiro, deixado pela Sra. Burns. Agora já estava frio, mas, de todo modo, era apetitoso.

Harry foi até a lareira, encheu a chaleira de ferro com água e pendurou-a sobre o fogo.

— A senhora se importa se eu comer, milady? Ainda não jantei.

Ela se virou para ele e o encarou, como se sua mente estivesse em outro lugar.

— Por favor. Vá em frente. Eu não ia querer que o senhor me acusasse de lhe negar comida.

Harry se sentou à mesa e colocou um pouco do ensopado no prato. Lady Georgina se aproximou e olhou com curiosidade para o jantar e então foi até a lareira.

Ele a observou enquanto comia.

Ela examinou os animais entalhados na cornija.

— O senhor fez todos eles? — Ela apontou para um esquilo com uma noz entre as patas e voltou a olhar para ele.

— Sim.

— Por isso Lorde Granville sabia que o porco-espinho tinha sido feito pelo senhor. Ele já havia visto seu trabalho?

— Sim.

— Mas ele não tinha visto o *senhor*, ou pelo menos não o via há muito tempo. — Lady Georgina virou-se totalmente para encará-lo.

Há uma vida toda. Harry se serviu de mais um pouco de ensopado.

— Não.

— Então ele também não via suas estátuas há muito tempo? Na verdade, não desde que o senhor era um garoto. — Ela franziu a testa e tocou no esquilo. — Porque, não importa o que Lorde Granville diga, um garoto de 12 anos ainda é uma criança.

— Talvez.

A chaleira começou a soltar vapor. Harry se levantou, pegou o bule marrom no armário e pôs quatro colheres de chá nele. Em seguida, pegou um pano para tirar a chaleira do fogo. Lady Georgina se afastou para o lado e observou enquanto ele despejava a água fervente.

— Talvez o quê? — Ela franziu as sobrancelhas. — Qual pergunta o senhor estava realmente respondendo?

Harry pousou a chaleira na mesa e olhou para ela por cima do ombro.

— Qual delas a senhora estava realmente perguntando? — Ele voltou a se sentar. — Milady?

Lady Georgina piscou e pareceu refletir. Depois colocou o esquilo no lugar e foi até as prateleiras. Pegou duas xícaras e um pacote de açúcar e os levou até a mesa. Ela se sentou diante dele e serviu o chá.

Harry ficou imóvel.

Lady Georgina estava lhe servindo chá, em sua casa, em sua mesa, como se fosse uma mulher do campo, cuidando de seu homem depois de um dia duro de trabalho. Não era nada parecido com o que fora aquela manhã, na sala de estar dela. Agora, parecia algo conjugal. O que era um pensamento louco, porque ela era filha de um conde. Só que ela não se parecia em nada com uma dama agora. Não enquanto colocava açúcar na xícara para ele. Lady Georgina parecia ser simplesmente uma mulher — uma mulher muito desejável.

Droga. Harry tentou controlar seu pênis, mas essa parte do corpo nunca ouvia a razão. Ele provou o chá e fez uma careta. Será que outros homens tinham ereções perante uma xícara de chá?

— Está muito doce? — Ela olhou com a expressão preocupada para a xícara de Harry.

O chá estava bastante doce para o seu gosto, mas ele não diria isso.

— Está ótimo, milady. Obrigado por me servir.

— De nada. — Ela tomou um gole do próprio chá. — Agora, quanto ao que eu estava realmente querendo saber. Como exatamente o senhor conheceu Lorde Granville?

Harry fechou os olhos. Ele estava cansado demais para falar do passado.

— Isso importa, milady? De qualquer forma, em breve a senhora vai me mandar embora.

— De onde foi que o senhor tirou essa ideia? — perguntou Lady Georgina, franzindo a testa. E então olhou nos olhos dele. — O senhor não acha que eu *acredito* que tenha matado aquelas ovelhas, acha? — Os olhos dela se arregalaram. — Sim, o senhor acha.

Ela pousou a xícara em cima da mesa com uma batida forte. Algumas gotas do chá respingaram pela borda.

— Eu sei que nem sempre pareço muito séria, mas, por favor, me perdoe por ser uma completa idiota. — Lady Georgina olhou para ele com expressão severa enquanto se levantava, com as mãos na cintura como uma Boadiceia ruiva. Tudo de que ela precisava era uma espada e uma carruagem.

— Harry Pye, o senhor é tão culpado por envenenar aquelas ovelhas quanto eu!

Capítulo Quatro

Se era para ser um gesto grandioso, ela fracassou.

O Sr. Pye ergueu uma única sobrancelha.

— Como não faz sentido algum — disse ele naquele horrível tom seco — que a senhora, milady, tenha envenenado o rebanho, eu devo ser inocente.

— Humpf. — Reunindo sua dignidade, Georgina marchou até a lareira e fingiu estar interessada novamente nas estátuas. — O senhor ainda não respondeu à minha pergunta. Não pense que eu não reparei.

Normalmente, ela faria uma brincadeirinha num momento como este, mas, por alguma razão, simplesmente não conseguia agir assim com Harry Pye. Era difícil se segurar, mas Georgina não queria bancar a tola com aquele homem. Queria que ele pensasse o melhor a seu respeito.

Harry Pye parecia tão cansado; as linhas em torno de sua boca haviam se aprofundado, e seu cabelo estava desgrenhado. O que ele andara fazendo durante toda a tarde para deixá-lo tão exausto? O fato de ele ter entrado no chalé agachado e de forma súbita, com os olhos verdes desafiadores, não havia passado despercebido para ela. Parecia um gato selvagem encurralado. Mas rapidamente Harry Pye se empertigara e escondera alguma coisa em sua bota, então voltara a ser seu apático administrador. Talvez ela tivesse apenas imaginado ter visto aquela violência em seus olhos, mas não estava tão certa disso.

Harry Pye suspirou e empurrou o prato.

— O nome do meu pai era John Pye. Ele era o couteiro de Silas Granville quando eu era garoto. Nós morávamos nas terras dos Granvilles, e eu cresci lá.

— É mesmo? — Georgina se virou para ele. — Como o senhor deixou de ser o filho do couteiro e virou um administrador de terras?

Ele se retesou.

— A senhora tem minhas referências, milady. Eu lhe garanto...

— Não, não. — Ela balançou a cabeça, impaciente. — Eu não estou desconfiando das suas referências. Estou apenas curiosa. O senhor deve admitir que é um grande salto. Como foi que fez isso?

— Com muito trabalho, milady. — Seus ombros ainda estavam retesados.

Georgina ergueu as sobrancelhas e esperou.

— Eu fui trabalhar como couteiro numa grande propriedade quando tinha 16 anos. O administrador das terras do lugar descobriu que eu sabia ler, escrever e fazer contas. Ele me fez seu aprendiz. Quando apareceu uma oportunidade numa propriedade menor na vizinhança, ele me recomendou. — Harry deu de ombros. — A partir dali, fui abrindo meu caminho.

Ela tamborilou os dedos na cornija. Deveria haver muito mais naquela história. Poucos homens da idade do Sr. Pye administravam propriedades tão grandes quanto a dela, e, por falar nisso, como foi que ele bancou os estudos? Mas aquele assunto poderia esperar até mais tarde. Georgina tinha perguntas mais urgentes no momento. Ela pegou um coelho e esfregou seu dorso liso.

— O que aconteceu quando o senhor tinha 12 anos?

— Meu pai e Granville tiveram um desentendimento.

— Um desentendimento? — Georgina colocou o coelho no lugar e pegou uma lontra. Dezenas de pequenas estátuas de madeira lotavam a cornija, cada uma ricamente detalhada. A maioria era de animais selvagens, mas ela avistou um cão pastor. Elas a deixavam fascinada. Que tipo de homem entalharia coisas assim? — Lorde Granville disse que seu pai tentou matá-lo. Isso parece muito mais do que um simples desentendimento.

— Papai bateu nele. Só isso. — Ele falou devagar, como se escolhesse as palavras com cuidado. — Eu sinceramente duvido que meu pai tivesse intenção de matar Granville.

— Por quê? — Ela colocou a lontra ao lado do coelho e formou um pequeno círculo com uma tartaruga e um musaranho. — Por que ele atacou seu patrão e lorde?

Silêncio.

Georgina esperou, mas o administrador não respondeu. Ela tocou um alce, de pé sobre três patas, a quarta estava erguida como se ele se preparasse para fugir.

— E o senhor? Pretendia matar Lorde Granville aos 12 anos?

O silêncio se prolongou por mais um tempo até que Harry Pye finalmente respondeu:

— Sim.

Ela soltou o ar lentamente. Um plebeu, criança ou não, poderia ser enforcado por tentar matar um nobre.

— O que foi que Lorde Granville fez?

— Ele mandou nos açoitar. Meu pai e eu fomos punidos.

As palavras caíram no silêncio como seixos num lago. Sem emoção. Simples. Elas não correspondiam à violência que um açoite faria ao corpo de um garoto. À sua alma.

Georgina fechou os olhos. Ah, meu Deus. *Não pense nisso. Faz parte do passado. Você deve se ater ao presente.*

— Então o senhor tem um motivo para matar as ovelhas das terras de Lorde Granville.

Ela abriu os olhos e focou num texugo.

— Sim, milady, eu tenho.

— E essa história é conhecida no distrito? Outras pessoas sabem que o senhor tem tamanha inimizade pelo meu vizinho? — Ela colocou o texugo ao lado do alce. A cabeça da pequena criatura estava erguida, os dentes à mostra. Era um inimigo formidável.

— Não escondi meu passado nem quem eu sou quando voltei como administrador de Woldsly. — O Sr. Pye se levantou e levou o bule até a porta. Ele a abriu e lançou a borra nos arbustos. — Algumas pessoas se lembram do que aconteceu dezoito anos atrás. Foi um escândalo na época. — O tom seco tinha voltado.

— Por que o senhor voltou para esta vizinhança? — perguntou ela. Será que, de alguma forma, ele estava à procura de vingança? — Parece uma tremenda coincidência que o senhor esteja trabalhando na propriedade vizinha daquela onde cresceu.

Ele hesitou com o bule pendendo de uma das mãos.

— Não foi coincidência, milady. — Harry caminhou deliberadamente até o armário, dando as costas para ela. — Assim que o cargo ficou vago, eu me candidatei. Como a senhora falou, eu cresci aqui. Este lugar é o meu lar.

— Isso não teve nada a ver com Lorde Granville?

— Bem — começou Sr. Pye, fitando-a por cima do ombro com um brilho demoníaco nos olhos verdes —, não seria ruim se Granville ficasse aborrecido por me ver aqui.

Georgina sentiu os lábios se curvarem.

— Todo mundo sabe sobre suas estátuas? — Ela acenou para a coleção com uma das mãos.

Harry pegara uma bacia e sabão, mas parou e fitou os animais sobre a cornija.

— Provavelmente não. Eu fiz apenas algumas estatuetas quando era garoto e morava aqui. — Ele deu de ombros e começou a lavar os utensílios do chá. — Papai era conhecido por seus entalhes. Foi ele que me ensinou.

Georgina pegou um pano da prateleira, ergueu uma xícara que o Sr. Pye tinha lavado e começou a secá-la. Ele a observou de esguelha, e ela pensou ter detectado surpresa. Ótimo.

— Então quem colocou o porco-espinho perto da ovelha morta já o conhecia daquela época ou esteve neste chalé depois que o senhor veio morar aqui.

Ele balançou a cabeça.

— Os únicos visitantes que eu tive foram a Sra. Burns e o marido dela. Eu pago para que ela venha arrumar a casa para mim e preparar uma refeição de vez em quando. — Ele apontou com o queixo para a tigela vazia que continha seu jantar.

Georgina sentiu uma onda de satisfação. Ele não tinha trazido nenhuma mulher para cá. Mas então ela franziu a testa.

— Talvez o senhor tenha mencionado isso para alguma mulher com quem esteja envolvido?

Georgina se retraiu. Não era a pergunta mais sutil do mundo. Meu Deus, ele devia achar que ela era uma boba. Distraidamente, ela esticou a mão para pegar a outra xícara e esbarrou na mão de Harry Pye, quente e escorregadia com o sabão. Ela ergueu o olhar e encontrou os olhos de esmeralda dele.

— Não estou envolvido com moça alguma. Não desde que comecei a trabalhar para a senhora, milady. — Ele pegou a tigela para lavar.

— Ah. Bem. Isso reduz um pouco o número de suspeitos. — Será que ela conseguiria soar mais ridícula se tentasse? — O senhor suspeita de alguém que possa ter roubado o porco-espinho? Suponho que tenha sido tirado de cima da sua lareira, não é?

Harry enxaguou a tigela e pegou a bacia, levou-a até a porta e jogou a água fora. Ele segurou a porta aberta.

— Qualquer um poderia ter feito isso, milady. — E apontou para a maçaneta.

Não havia fechadura.

— Ah — resmungou Georgina. — Isso *não* reduz o número de suspeitos.

— Não, milady. — Ele foi até a mesa, a luz da lareira iluminou um lado de seu rosto, lançando a outra metade na escuridão. Seus lábios se curvaram. Será que ele a achava engraçada?

— Aonde o senhor foi hoje de manhã? — perguntou ela.

— Fui conversar com os fazendeiros que encontraram a ovelha morta e minha estátua. — Harry Pye parou a apenas um passo de distância dela.

Georgina podia sentir a calidez que o peito dele emanava tão perto do dela. Ele estava olhando para sua boca ou ela estava imaginando coisas?

Ele estava, sim.

— Eu pensei que algum deles pudesse ter plantado o porco-espinho lá Mas eu não conhecia aqueles homens, e eles pareciam honestos.

— Entendo. — A garganta dela estava seca. Ela engoliu em seco. Pelo amor de Deus, aquele homem era seu administrador. O que ela estava sentindo não era nem um pouco adequado. — Ora. — Georgina dobrou a toalha e a guardou na prateleira. — Nós vamos ter que investigar um pouco mais amanhã.

— *Nós*, milady?

— Sim, acompanharei o senhor.

— Hoje de manhã mesmo Lorde Granville a ameaçou. — Harry Pye não estava mais olhando para sua boca. Na verdade, ele estava com a testa franzida e fitava os olhos dela.

Georgina sentiu uma pontada de decepção.

— O senhor vai precisar da minha ajuda.

— Eu não preciso da sua ajuda, milady. A senhora não deveria ficar perambulando pelo campo enquanto... — Ele se interrompeu quando um pensamento lhe ocorreu. — Como foi que a senhora veio até o meu chalé?

Opa.

— Andando?

— A senhora... São quase dois quilômetros daqui até Woldsly! — O Sr Pye se interrompeu e respirou pesadamente daquele jeito que alguns homens fazem quando uma mulher diz algo particularmente tolo.

— Caminhada é um bom exercício — explicou Georgina gentilmente. — Além disso, eu estava nas minhas terras.

— De qualquer forma, a senhora me promete que não vai mais sair por aí sozinha, milady? — Ele apertou os lábios. — Até que essa história se resolva?

— Muito bem, prometo não sair mais sozinha. — Georgina sorriu. — E, em troca, o senhor pode prometer que vai me levar nas suas investigações.

Os olhos de Harry Pye se estreitaram.

Georgina se empertigou.

— Afinal, eu sou sua patroa, Sr. Pye.

— Muito bem, milady. Eu a levarei comigo.

Não era a maneira mais graciosa de concordar, mas servia.

— Ótimo. Podemos começar pela manhã. — Ela ajeitou a capa ao redor dos ombros. — Que tal nove horas? Pegaremos o meu cabriolé.

— Como a senhora quiser, milady. — O Sr. Pye caminhou diante dela até a porta do chalé. — Vou levá-la de volta a Woldsly.

— Não é necessário. Pedi que trouxessem a carruagem por volta das nove horas. Ela já deve estar aqui.

E, de fato, quando o Sr. Pye abriu a porta, um lacaio aguardava discretamente na trilha. O administrador fitou o homem e deve ter aprovado, pois assentiu com a cabeça.

— Boa noite, milady.

— Até amanhã de manhã. — Georgina puxou o capuz, cobrindo o cabelo. — Boa noite.

Ela caminhou até o lacaio e então olhou para trás. Harry Pye estava parado na porta, sua silhueta iluminada pela luz da lareira.

Georgina não conseguiu interpretar sua expressão.

— O QUE VOCÊ está fazendo acordada tão cedo? — Violet encarou a irmã, já vestida e descendo as escadas com pressa às... Ela voltou para o quarto a fim de checar a hora. — Às oito da manhã.

— Ah, olá, querida. — Georgina deu meia-volta na escada, erguendo o olhar para ela. — Estou apenas, hum, saindo para um passeio.

— Saindo para um passeio? — repetiu Violet. — Sozinha? Às oito da manhã?

Georgina baixou o queixo, mas suas bochechas estavam ficando cor-de-rosa.

— O Sr. Pye vai me acompanhar. Ele quer me mostrar algumas coisas pela propriedade. Arrendatários, muros, plantações e coisas assim, suponho. Assuntos terrivelmente tediosos, mas necessários.

— Com assim o Sr. Pye? Mas, Georgina, você não pode sair sozinha com ele.

— Por que não? Afinal, ele é o meu administrador de terras. É o trabalho dele me manter informada sobre as questões da propriedade.

— Mas...

— Eu realmente tenho que ir, querida. O homem é capaz de ir embora sem mim se eu me atrasar.

E, com isso, Georgina desceu correndo a escada.

Violet parou para refletir, com as sobrancelhas franzidas. O que a irmã estava fazendo? Será que ela ainda continuava confiando no administrador? Mesmo depois das acusações que tinha ouvido, mesmo depois que Lorde Granville invadira a propriedade ontem, não é? Talvez a irmã estivesse tentando descobrir mais sobre o Sr. Pye por conta própria. Mas, nesse caso, por que ela havia corado?

Violet acenou com a cabeça para os lacaios quando entrou no cômodo onde o café da manhã era servido. Tinha a sala dourada e azul-clara só para si — Euphie nunca se levantava antes das nove da manhã, mesmo no campo. A jovem foi até o aparador, se serviu de um pãozinho e de uma fatia de presunto e então se sentou à bela mesa dourada. Foi só então que percebeu a carta perto de seu prato. A letra era nitidamente inclinada para trás.

— Quando foi que isto chegou? — Ela tomou um rápido gole de chá e queimou a boca.

— Esta manhã, milady — murmurou um dos lacaios.

Era uma pergunta tola, que ela não teria feito, mas estava protelando para abrir a carta. Violet a segurou e a virou para descolar o selo com uma faca de manteiga. A jovem respirou fundo antes de desdobrar o papel, e então teve dificuldade em soltá-lo. Era importante não demonstrar suas emoções diante dos criados, mas isso não era fácil. Seus maiores temores haviam se tornado realidade. Ela tivera dois meses de descanso, mas agora sua paz havia acabado.

Ele a encontrara.

UM DOS PROBLEMAS *das mulheres — e são muitos — é que elas não veem problema algum em se meter nos assuntos de um homem.* Harry Pye se recordou das palavras do pai quando viu a carruagem de Lady Georgina na manhã seguinte, às oito e meia.

Milady não dava chance para o azar. Ela havia guiado o antigo cabriolé até a parte da estrada de Woldsly que cortava o atalho para o chalé. Não havia meio de escapar da propriedade sem que ela o visse. E ela chegara meia hora antes do horário combinado, às nove horas. Era quase como se achasse que ele tentaria sair sem ela. E como Harry havia planejado fazer exatamente isso, o fato de ela ter aparecido era ainda mais irritante.

— Bom dia. — Lady Georgina acenou para ele alegremente.

Ela estava usando um vestido com estampas vermelhas e brancas que poderia destoar do cabelo ruivo, mas isso não aconteceu. Na cabeça, via-se um chapéu de aba larga, inclinado descuidadamente para baixo na frente e virado para cima na parte de atrás, onde o cabelo estava preso. Fitas vermelhas na coroa do chapéu balançavam com a brisa. Ela parecia graciosa e aristocrática, como se tivesse saído para um piquenique no campo.

— Eu pedi à cozinheira que embalasse um almoço — gritou ela, ao se aproximar, confirmando assim os piores temores de Harry.

O administrador se controlou para não revirar os olhos. *Meu Deus, me ajude.*

— Bom dia, milady.

Era outro dia cinzento, tristonho. Sem dúvida, eles pegariam chuva antes do fim da manhã.

— O senhor gostaria de conduzir? — Ela deslizou rapidamente pelo banco para dar espaço para ele.

— Se a senhora não se importar, milady. — Harry entrou, fazendo o cabriolé balançar nas rodas grandes demais.

— Ah, não. Nem um pouco. — Ele podia sentir o olhar dela enquanto segurava os arreios. — Eu sei conduzir, naturalmente; afinal, foi assim que cheguei aqui hoje cedo. Mas é muito melhor apreciar a paisagem sem ter que me preocupar com os cavalos, com a estrada e com todo o resto.

— De fato.

Lady Georgina se sentou, inclinando-se para a frente, as bochechas corando com o vento. Seus lábios estavam ligeiramente abertos, como se ela fosse uma criança ansiosa por uma guloseima. Ele sentiu um sorriso se formar nos próprios lábios.

— Aonde vamos hoje? — perguntou ela.

Harry voltou o olhar para a estrada.

— Pretendo visitar outros fazendeiros cujos animais foram mortos. Preciso descobrir exatamente o que os matou.

— Não foi uma erva daninha?

— Sim — retrucou ele. — Mas ninguém com quem conversei parecia saber de que tipo, e há algumas possibilidades. Acônito é venenoso, embora raro por aqui. Algumas pessoas plantam beladona e dedaleira em seus jardins. Ambas podem matar ovelhas e pessoas também. E há plantas comuns, tais como tanaceto, que crescem nas pastagens e também podem matar ovelhas se elas comerem o suficiente.

— Eu não fazia ideia de que houvesse tantos venenos crescendo no campo. Isso me dá calafrios. O que os Médicis usavam?

— Os Médicis?

Lady Georgina remexeu o pequeno quadril no banco da carruagem.

— Sabe, aqueles italianos deliciosamente terríveis que usavam anéis com veneno e saíam matando qualquer um que olhasse para eles de cara feia. O que o senhor acha que eles usavam?

— Não sei, milady. — O modo como a mente dela trabalhava...

— Ah. — Ela pareceu decepcionada. — E quanto ao arsênico? É bem venenoso, não é?

— Sim, é venenoso, mas arsênico não é uma planta.

— Não? Então o que é?

Ele não fazia ideia.

— Um tipo de concha que é triturada até virar pó, milady.

Fez-se uma breve pausa enquanto ela pensava sobre aquilo.

Harry prendeu a respiração.

Pelo canto do olho, ele a viu estreitar os olhos em sua direção.

— O senhor está inventando isso.

— Milady?

— Essa história do arsênico ser um *tipo de concha*. — Ela baixou a voz ao dizer as últimas palavras para imitá-lo.

— Eu lhe garanto — Harry manteve o tom gentil — que é um tipo de concha cor-de-rosa encontrada apenas no mar Adriático. Os aldeões locais colhem as conchas com grandes ancinhos e peneiras. Tem um festival anual para celebrar a colheita. — Ele teve de se controlar para evitar que seus lábios esboçassem um sorriso. — O Ataque Anual de Arsênico do Adriático.

Silêncio — e ele tinha quase certeza —, um silêncio estupefato, na verdade. Harry sentiu uma onda de orgulho. Não eram muitos os homens capazes de fazer Lady Georgina perder a capacidade de falar.

Não que tenha durado.

— Eu terei que prestar atenção no senhor, Sr. Pye.

— Milady?

— Porque o senhor é *mau*. — Mas suas palavras tremeram como se ela mal conseguisse controlar o riso.

Ele sorriu. Há muito, muito tempo, ele não se sentia tão leve. Harry fez o cavalo diminuir o ritmo quando chegaram ao riacho que separava a propriedade dela das terras de Granville. Ele examinou o horizonte. O veículo deles era o único na estrada.

— Certamente Lorde Granville não seria tão imprudente de nos atacar aqui.

Ele a encarou, com as sobrancelhas erguidas.

Ela franziu a testa, impaciente.

— O senhor estava observando as colinas desde que nos aproximamos do riacho.

Ah! Ela havia prestado atenção. Harry se lembrou de não subestimá-la, mesmo quando ela bancava a tola aristocrática.

— Granville seria maluco se tentasse nos atacar agora.

O que não significava que não fosse acontecer.

Ceifadores colhiam a cevada à sua direita. Normalmente, os ceifadores cantavam enquanto trabalhavam, mas aqueles faziam o serviço em silêncio.

— Lorde Granville faz as pessoas trabalharem num dia com névoa — comentou Lady Georgina.

Ele apertou os lábios para evitar fazer um comentário sobre as práticas agrícolas de Granville.

Um súbito pensamento ocorreu a ela.

— Eu não notei ninguém trabalhando nos meus campos desde que cheguei a Woldsly. O senhor teme que peguem malária?

Harry a encarou. *Ela não sabia.*

— Os grãos ainda estão úmidos demais para serem armazenados. Somente um tolo ordenaria que os ceifadores fossem trabalhar numa manhã assim.

— Mas — ela franziu as sobrancelhas — não é preciso colher antes da geada?

— Sim. Mas, se o grão estiver molhado, colhê-lo é pior. Ele simplesmente apodreceria nos latões de armazenamento. — Harry balançou a cabeça. — Os trabalhadores vão acabar gastando energia com grãos que vão apodrecer de qualquer forma.

— Entendo. — Ela pareceu refletir sobre isso durante um minuto.
— Então o que o senhor vai fazer com a colheita de Woldsly?
— Não tem o que fazer, milady, a não ser rezar para que a chuva pare.
— Mas, se a colheita for perdida...

Ele se esticou um pouco no banco.

— Infelizmente sua renda será consideravelmente menor este ano, milady. Se o tempo melhorar, ainda podemos obter a maioria da colheita, talvez tudo. Mas essa chance diminui a cada dia. Os arrendatários de suas terras precisam da colheita para alimentar a família e para pagar a parte da senhora. Não sobrará muito para os fazendeiros...

— Eu não estou falando disso! — Agora ela franzia a testa e parecia insultada. — O senhor acha que sou tão... tão *fútil* que me importaria mais com a minha renda do que com a dificuldade dos arrendatários de alimentar os próprios filhos?

Harry não conseguiu dizer nada. Todos os proprietários de terras com quem ele havia trabalhado se preocupavam muito mais com a própria renda do que com o bem-estar das pessoas que trabalhavam em suas terras.

Ela prosseguiu:

— É claro que vamos adiar o pagamento dos arrendamentos deste ano se a colheita for perdida. E vou disponibilizar empréstimos a qualquer fazendeiro que precise no inverno.

Harry piscou, confuso com a súbita leveza em seu coração. A oferta de Lady Georgina era mais do que generosa, e ela havia tirado um peso de seu coração.

— Obrigado, milady.

Ela baixou o olhar para as mãos enluvadas.

— Não me agradeça — disse ela, mal-humorada. — Eu deveria ter percebido. E sinto muito por ter me zangado com o senhor. Fiquei constrangida por saber tão pouco sobre a minha propriedade. O senhor deve me achar uma idiota.

— Não — respondeu ele em voz baixa —, apenas uma dama que cresceu na cidade.

— Ah, Sr. Pye. — Ela sorriu, e o peito dele pareceu se aquecer.
— Sempre um diplomata.

Os dois chegaram ao topo de uma subida, e Harry diminuiu a velocidade para virar em uma estrada esburacada. Torceu para não perderem uma roda nos buracos. A estrada conduzia a um chalé comprido e baixo, e com telhado de palha, de um pequeno fazendeiro. Harry puxou o cavalo até parar e pulou do cabriolé.

— Quem mora aqui? — perguntou Lady Georgina quando ele foi para o lado dela e a ajudou a descer.

— Sam Oldson.

Um terrier peludo saiu correndo dos fundos do chalé e começou a latir para eles.

— Sam! — gritou Harry. — Ei, Sam! Está em casa?

Ele não estava disposto a se aproximar do chalé com aquele cão latindo tanto. Era um cachorro pequeno, verdade, mas os menores eram os que estavam mais dispostos a morder.

— Sim? — Um homem robusto, usando chapéu de palha, saiu do galpão. — Cale a boca, cão! — rugiu ele para o terrier que ainda latia. — Quieto!

O cão enfiou o rabo entre as pernas e se sentou.

— Bom dia — cumprimentou Lady Georgina alegremente, ao lado de Harry.

Sam Oldson tirou o chapéu da cabeça, deixando um ninho selvagem de fios pretos aparente.

— Senhora. Eu não tinha visto que estava aqui. — Ele passou a mão pelo cabelo, fazendo-o ficar ainda mais arrepiado, e deu uma olhadela desamparada para o chalé. — Minha esposa não está em casa. Foi visitar a mãe. Se não fosse por isso, ela estaria aqui fora oferecendo à senhora alguma coisa para beber e comer.

— Está tudo bem, Sr. Oldson. Eu sei que chegamos de modo inesperado. — Ela sorriu para o homem.

Harry pigarreou.

— Esta é Lady Georgina Maitland, de Woldsly. — Ele achou melhor não se apresentar, embora Sam não fosse bobo. Ele já os olhava com expressão severa. — Nós viemos perguntar sobre as ovelhas que o senhor perdeu. As que foram envenenadas. Foi o senhor quem as encontrou?

— Isso. — Sam cuspiu na terra aos seus pés, e o terrier se encolheu ao ouvir aquele tom de voz. — Foi há pouco mais de quinze dias. Eu mandei meu filho trazê-las para dentro, e ele voltou correndo. Falou que era melhor eu ver pessoalmente. Lá estavam elas, três das minhas melhores ovelhas, deitadas de lado, com a língua para fora e pedaços de folhas verdes ainda na boca.

— Você sabe o que elas comeram? — perguntou Harry.

— Funcho-selvagem. — O rosto de Sam ficou roxo. — Algum filho da mãe cortou funcho-selvagem e deu às minhas ovelhas. E eu disse pro meu filho, falei assim mesmo, que, quando eu botasse as mãos no desgraçado que matou minhas ovelhas, ele iria querer nunca ter nascido. Ah, ia, sim.

Hora de ir embora. Harry pegou Lady Georgina pela cintura e a empurrou para o banco do cabriolé. A mulher deu um gritinho.

— Obrigado.

Ele deu a volta rapidamente pela frente da carruagem, sem tirar os olhos de Sam Oldson. O cão tinha voltado a rosnar.

— Ora, por que vocês estão fazendo perguntas? — Sam começou a andar na direção deles.

O cão avançou, e Harry se apressou para dentro do veículo, puxando os arreios.

— Tenha um bom dia, Sam.

Ele virou o focinho do cavalo e o impeliu para um trote pela trilha. Atrás deles, Sam respondeu com algo que não era adequado aos ouvidos de uma dama. Harry se retraiu e olhou para Lady Georgina, mas ela parecia pensativa em vez de ultrajada. Quem sabe ela não tinha compreendido as palavras?

— O que é funcho-selvagem? — perguntou ela.

— É uma erva daninha que cresce em lugares úmidos, milady. Mais ou menos da altura de um homem, com pequenas flores brancas no topo. Parece um pouco com salsinha ou cenoura.

— Nunca ouvi falar disso antes. — As sobrancelhas de Lady Georgina estavam franzidas.

— A senhora provavelmente a conhece por outro nome — falou Harry. — Cicuta.

Capítulo Cinco

— Sabia que, quando nos conhecemos, eu não gostei do senhor? — comentou Lady Georgina, espontaneamente, enquanto o velho cabriolé sacolejava ao passar por um buraco na estrada.

Os dois seguiam lentamente por uma trilha até o chalé de Tom Harding, que tinha perdido duas ovelhas na semana anterior. Harry esperava que não estivessem brincando com a sorte ao passarem tanto tempo nas terras de Granville. Ele afastou os pensamentos sobre cicuta e ovelhas mortas e encarou a patroa. Como deveria responder a uma pergunta dessas?

— O senhor parecia tão cerimonioso, tão correto. — Ela girou a sombrinha. — E eu tive a nítida sensação de que me olhava de esguelha, como se também não tivesse gostado muito de mim.

Harry se lembrava da entrevista na casa dela em Londres, vários meses atrás. Ela o fizera esperar numa bela sala de estar cor-de-rosa por mais de uma hora. Então, de repente, Lady Georgina apareceu, falando com ele como se eles já se conhecessem. Será que a encarara com uma expressão severa? Harry não tinha certeza, mas era provável que sim. Na época, Lady Georgina atingira todas as expectativas dele sobre o que esperava de uma dama aristocrática.

Engraçado como sua opinião sobre ela mudara desde então.

— Deve ser por isso que Violet detesta o senhor — dizia ela agora.

— O quê? — Ele havia perdido o fio da meada. Mais uma vez.

Lady Georgina fez um gesto com a mão.

— A seriedade, a precisão com que age. Acho que é por isso que Violet não gosta muito do senhor.

— Desculpe, milady.

— Não, não, o senhor não tem que se desculpar. Não é culpa sua.

Harry ergueu uma sobrancelha.

— É culpa do nosso pai. — Georgina o encarou, e deve ter visto a confusão no rosto dele. — Papai era severo e muito correto também. O senhor provavelmente faz com que Violet se lembre dele.

— Ela falou que eu lembro seu pai? Um conde?

— Não. Claro que não. É pouco provável que ela tenha se dado conta dessa semelhança superficial.

Harry torceu a boca.

— Fico lisonjeado por ser comparado ao seu pai, milady, superficialmente ou não.

— Ah, Deus, e agora o senhor voltou a usar esse terrível tom seco.

Ele lhe lançou um olhar assustado.

Os olhos dela se arregalaram.

— Eu nunca sei se ele me faz ter vontade de me jogar de um precipício ou de simplesmente correr para um canto e tentar me tornar invisível.

Lady Georgina nunca poderia se tornar invisível. Pelo menos, não para ele. No mínimo, ele sentiria aquele perfume exótico dela. Harry se retesou.

— Eu lhe garanto...

— Deixe para lá. — Ela o interrompeu com um gesto de mão. — Se alguém deveria se desculpar, esse alguém sou eu. Meu pai era um homem horrível, e eu não deveria comparar vocês dois.

Como responder a isso?

— Humm.

— Não que nós víssemos papai com frequência, claro. Somente uma vez por semana, às vezes menos, quando a babá nos levava para a inspeção.

Inspeção. Ele nunca entenderia os ricos.

— Na verdade, era a pior coisa do mundo. Eu nunca conseguia comer antes disso, porque corria o risco de vomitar tudo nas botas dele, e *isso* seria um horror. — Georgina estremeceu ao se lembrar disso. — Nós fazíamos uma fila, eu e meus irmãos, um atrás do outro. Limpos, arrumados e em silêncio, esperávamos pela aprovação do papai. Era muito, muito agonizante, pode ter certeza.

Harry a fitou. Apesar das palavras, a expressão no rosto de Lady Georgina era indiferente, quase despreocupada, mas ela não era tão boa disfarçando a voz. Ele não teria notado isso uma semana atrás, mas, agora, podia perceber a tensão. O pai dela deve ter sido um grande filho da mãe.

Ela baixara os olhos para as mãos, cruzadas em seu colo.

— Mas, sabe, pelo menos nós tínhamos uns aos outros, eu e meus irmãos, quando íamos para a inspeção. Mas Violet é a mais nova. Então ela teve que passar por tudo isso sozinha depois que nós crescemos e fomos embora.

— Quando foi que o conde morreu?

— Faz cinco anos. Ele estava caçando raposas. Papai tinha muito orgulho de seus cães de caça. O cavalo parou de supetão diante de uma sebe. O animal parou, mas meu pai voou de cima dele e quebrou o pescoço. Já estava morto quando o levaram para casa. Mamãe teve um ataque histérico e passou um ano inteiro na cama. Ela não se levantou nem para ir ao funeral.

— Eu sinto muito.

— Eu também. Sobretudo por causa de Violet. Mamãe sempre foi frágil, nas palavras dela. Ela passa muito tempo inventando doenças e depois indo atrás da mais nova e ridícula cura. — Lady Georgina se interrompeu de repente e respirou fundo.

Ele aguardou, segurando as rédeas enquanto o cavalo trotava para fazer uma curva.

Então ela falou, baixinho:

— Desculpe. O senhor deve me achar uma péssima pessoa.

— Não, milady. Acho que sua irmã tem sorte de ter a senhora.

Foi então que Lady Georgina sorriu, aquele sorriso amplo e brilhante que fazia as bolas de Harry enrijecerem e ele perder o fôlego.

— Obrigada. Embora eu desconfie de que, no momento, ela não fosse concordar com o senhor.

— Por que, milady?

— Não sei exatamente por quê — explicou ela lentamente. — Mas alguma coisa parece estar errada. Violet está zangada comigo... Não, não é só isso. Ela está distante, como se escondesse uma parte dela de mim.

Ele não tinha muito jeito com o assunto, mas tentou ajudar.

— Talvez seja apenas porque ela está crescendo.

— Pode ser. Mas Violet sempre foi uma garota sincera e alegre, e nós sempre fomos muito próximas. Com mamãe do jeito que é, bem, eu tive que tomar as rédeas da situação. Somos mais próximas do que a maioria das irmãs. — Lady Georgina sorriu maliciosamente para ele. — É por isso que tenho tanta certeza do motivo pelo qual ela desconfia do senhor.

— A senhora sem dúvida tem razão quanto a isso. — Eles chegaram a um portão, e Harry puxou o cavalo até que ele parasse. — Mas a senhora está errada numa coisa.

— No quê?

Ele amarrou os arreios e ficou de pé, preparando-se para saltar do cabriolé.

— Eu nunca desgostei da senhora, milady.

O SEGREDO PARA um piquenique bem-sucedido ao ar livre estava na arrumação. Georgina espiou dentro da cesta de vime e murmurou uma aprovação. Comidas meio meladas, como bolos confeitados, por exemplo, estavam destinadas ao desastre por mais cuidado que se tivesse com a cesta. Ela pegou um pedaço de presunto defumado e o colocou na tábua de corte, ao lado do queijo e do pão. Se utensílios importantes fossem esquecidos, eles teriam de partir a comida com as próprias mãos. Georgina entregou o saca-rolhas ao Sr. Pye. Também era fundamental que a comida não estragasse durante o dia. Havia uma torta de pera também. E, para garantir um piquenique realmente esplêndido, os detalhes não podiam ser esquecidos. Ela retirou da cesta um pequeno vidro de picles e suspirou, satisfeita.

— Eu simplesmente adoro piqueniques.

O Sr. Pye, lutando com a rolha de uma garrafa de vinho branco, ergueu o olhar e sorriu para ela.

— Percebi, milady.

Por um momento, Georgina se perdeu naquele sorriso, o primeiro sorriso de verdade que vira no rosto dele.

A rolha saiu com um *pop* baixinho. O Sr. Pye serviu uma taça do líquido transparente e lhe entregou. Georgina tomou um gole, saboreando o gosto amargo na língua, e então pousou a taça na toalha onde estavam sentados. Uma borboleta branca que pousou ali levantou voo.

— Olhe. — Georgina apontou para o inseto. — De que tipo será ela?

— É uma borboleta-da-couve, milady.

— Ah. — Ela franziu o nariz. — Que nome horrível para algo tão bonito.

— Sim, milady. — Seu tom era grave. Será que ele estava rindo dela?

O último fazendeiro que os dois haviam visitado não estava em casa, e, quando se afastaram do chalé isolado, ela insistiu para que parassem para almoçar. O Sr. Pye encontrara uma colina com relva ao lado da estrada. A vista de seu cume era gloriosa, e, mesmo num dia nublado como aquele, eles conseguiam enxergar a quilômetros de distância. Talvez até o condado mais próximo.

— Como o senhor sabia deste lugar? — perguntou ela, remexendo os picles com um garfo.

— Eu costumava vir aqui quando era garoto.
— Sozinho?
— Às vezes. Quando eu era garoto, tinha um pequeno pônei e costumava perambular por aí. Arrumava um piquenique, não tão grandioso quanto este, claro, mas o suficiente para satisfazer um menino durante o dia.

Georgina ouviu, com o garfo parado a caminho da boca.
— Parece que era divertido.
— Era. — O Sr. Pye desviou o olhar.

Ela olhou para o garfo com a testa franzida e então o enfiou na boca.
— O senhor ficava sozinho ou andava com outros garotos da região?
— Georgina forçou a vista por cima do ombro. — Era um cavaleiro subindo a estrada?
— Eu costumava vir com um amigo.

Sem dúvida, era um cavaleiro.
— Quem será?

Ele girou para olhar atrás de si. Suas costas se retesaram.
— Maldição.
— O senhor sabe quem é?

O cavaleiro estava se aproximando, e, pelos ombros estreitos, não era Lorde Granville.
— Talvez. — O Sr. Pye continuava olhando.

O cavaleiro agora estava no sopé do morro e ergueu o olhar para eles.
— Diabo — exclamou o Sr. Pye.

Georgina sabia que deveria ficar chocada, mas ele não pareceu perceber que tinha xingado — duas vezes — na sua frente. Lentamente, ela colocou o vidro de picles na toalha.
— Olá — gritou o homem. — Importam-se se eu me juntar aos senhores?

Georgina tinha a sensação de que o Sr. Pye estava prestes a responder que não a essa saudação amigável, por isso disse:

— De forma alguma.

O homem desmontou, amarrou seu cavalo e começou a subir o morro. Georgina não pôde deixar de notar que, ao contrário do Sr. Pye quando subira o morro, o homem estava arfando quando os alcançou.

— Ufa! Que subida, hein? — Ele pegou um lenço e enxugou o rosto suado.

Georgina o observou com curiosidade. O homem se vestia e falava como um cavalheiro. Alto e com membros compridos, trazia um sorriso simpático nos lábios finos, e seus olhos castanhos eram familiares.

— Sinto por importuná-los, mas notei a carruagem e pensei em me apresentar. — Ele fez uma mesura. — Thomas Granville a seu serviço. E a senhora é...?

— Georgina Maitland. Este é...

Mas o Sr. Granville a interrompeu.

— Ah, eu achava que era a senhora mesmo... ou melhor, *esperava* que fosse. Posso? — Ele apontou para a toalha.

— Por favor.

— Obrigado. — O homem se abaixou com cuidado. — Na verdade, eu queria pedir desculpas pelo comportamento do meu pai ontem. Ele me contou que visitou a senhora e que tiveram um desentendimento. E, conhecendo o meu pai...

— É muita gentileza da sua parte.

— Somos vizinhos e tudo mais. — O Sr. Granville fez um gesto vago com a mão. — Acho que deve ter um meio de resolvermos a questão pacificamente.

— Como? — A única palavra do Sr. Pye caiu com uma bigorna sobre a conversa.

Georgina lançou um olhar sério para ele.

O Sr. Granville voltou a falar, fitou o administrador e tossiu.

O Sr. Pye lhe entregou uma taça de vinho.

— Harry. — Quando o ar voltou aos pulmões do Sr. Granville, ele arfou. — Eu não percebi que era você até ver...

— Como — quis saber Harry Pye — você planeja resolver o problema sem violência?

— Aquilo não pode mais acontecer, é claro... o envenenamento das ovelhas, é o que quero dizer. E as outras maldades.

— É óbvio. Mas como?

— Infelizmente você vai ter que ir embora, Harry. — O Sr. Granville levantou um dos ombros, meio torto. — Mesmo que pague o custo do rebanho e os prejuízos ao estábulo do meu pai, ele não vai deixar isso para lá. Você sabe como ele é.

O olhar do Sr. Granville baixou para a mão direita mutilada do outro homem, que estava apoiada sobre o joelho. Georgina seguiu os olhos dele e sentiu um frio na espinha quando viu Harry dobrar os dedos restantes.

— E se eu não for embora? — retrucou o Sr. Pye numa voz mortalmente calma, como se perguntasse as horas.

— Você não tem opção. — O Sr. Granville olhou para Georgina, aparentemente em busca de apoio.

Ela ergueu as sobrancelhas.

Ele se virou novamente para o Sr. Pye.

— É o melhor a fazer, Harry. Não sei o que vai acontecer se você não partir.

Harry Pye não respondeu. Seus olhos verdes tinham se tornado inflexíveis.

Ninguém falou por um desconfortável momento.

De repente, o Sr. Granville bateu na toalha.

— Criaturas nojentas. — O homem ergueu a mão, e Georgina viu que ele tinha amassado a borboleta.

Ela deve ter emitido algum som, pois ambos olharam para ela, mas foi o Sr. Granville quem falou:

— A borboleta. Elas vêm de lagartas que devoram as folhas nas plantações. Criaturas nojentas. Todos os fazendeiros odeiam esses bichos.

Ela e o Sr. Pye ficaram em silêncio.

O rosto do Sr. Granville corou.

— Bem, eu tenho que ir. Obrigado pela refeição. — Ele se pôs de pé e desceu a colina até chegar ao seu cavalo.

Harry Pye o observou ir embora, e seus olhos se estreitaram.

Georgina baixou o olhar para o vidro de picles ao lado de sua mão. Ela não tinha mais apetite para eles e suspirou tristemente. Um piquenique perfeito fora estragado.

— O SENHOR não gosta dele. — Lady Georgina franziu a testa, fitando a toalha de piquenique. Ela estava tentando dobrá-la, mas o pano ficava cada vez mais embolado.

— De quem? — Harry pegou a toalha das mãos dela, sacudiu o tecido, depois entregou-lhe os cantos de uma das extremidades.

— Thomas Granville, claro. — Ela estendeu a extremidade da toalha com a mão mole, como se não soubesse o que fazer. Será que nunca tinha dobrado uma toalha? — O senhor xingou quando o viu, não ia convidá-lo para se juntar a nós e, quando ele o fez, foi brusco.

— Não. Eu não gosto de Thomas Granville. — Harry se afastou para esticar o tecido, então juntou os cantos, fazendo com que um retângulo pendesse entre os dois. Lady Georgina soube o que fazer. Dobraram a toalha mais uma vez, e então ele se aproximou dela para pegar a ponta. Seus olhos se encontraram.

E se estreitaram.

— Por quê? O que há de errado com o Sr. Granville?

O pai dele.

— Eu não confio nele.

— Ele conhecia o senhor. — A cabeça dela estava inclinada para o lado, como se Georgina fosse um passarinho curioso. — Os senhores se conheciam.

— Sim.

Lady Georgina abriu a boca, e ele esperou mais perguntas, mas ela simplesmente voltou a apertar os lábios. Em silêncio, guardaram o restante do piquenique. Harry pegou a cesta das mãos dela, e os dois caminharam até o cabriolé. Harry colocou a cesta debaixo do banco e então se virou para ela, congelando sua expressão. Agora era difícil manter as emoções sob controle perto dela.

Lady Georgina o observou com olhos azuis pensativos.

— Quem o senhor acha que está envenenando as ovelhas?

Harry pôs as mãos em volta da cintura dela.

— Não sei.

Ele sentiu a rigidez do espartilho dela e, por baixo da peça, seu calor. Harry a ergueu até o cabriolé e a soltou antes que ela pudesse ver o desejo em seus olhos. Então pulou no assento ao seu lado e desamarrou os arreios.

— Talvez seja Thomas Granville — disse ela.

— Por quê?

— Para fazer parecer que o senhor é o culpado? Para irritar o pai? Porque ele odeia o cheiro de lã molhada? Eu não sei.

Harry podia sentir o olhar dela sobre ele, mas manteve o foco adiante enquanto guiava o cavalo de volta para a estrada. O animal gostava de brincar quando o condutor não estava prestando atenção. Ele refletiu sobre as palavras dela. Thomas? Por que Thomas faria...

Um som como o de vapor saindo de uma panela tampada saiu dos lábios dela.

— O senhor não tem que me culpar pelo desprezo dele, sabia? Eu já lhe disse que não acredito que o senhor tenha matado as ovelhas.

Ela o olhava com expressão séria. O que foi que ele tinha feito agora?

— Desculpe, milady. Eu estava pensando.

Os lábios de Lady Georgina se contorceram.

— Bem, tente pensar em voz alta. Não sei lidar com silêncios carregados. Eles me deixam nervosa.

Os lábios dele se contraíram.

— Vou me lembrar disso.

— Muito bem.

Os dois percorreram cerca de quatrocentos metros em silêncio antes que ela voltasse a falar.

— O que mais o senhor fazia quando era pequeno?

Ele a fitou.

Lady Georgina compreendeu o olhar.

— Sem dúvida, o senhor pode me contar isso, não é mesmo? Não é possível que toda a sua infância seja um segredo.

— Não. Mas não é nada muito interessante. Na maior parte do tempo, eu ajudava o meu pai.

Ela se inclinou na direção dele.

— E...?

— Nós caminhávamos pelas terras, verificávamos armadilhas, ficávamos atentos para os ladrões de gado. É isso que um couteiro faz.

— Ele se lembrou das mãos fortes e ásperas do pai preparando cuidadosamente uma armadilha. Era estranho que pudesse se lembrar das mãos, mas não do rosto do pai.

— E os senhores encontravam ladrões?

— Sim, claro. — Ele ficou contente por sua voz soar firme. — Sempre tem ladrões de gado por aí, e as terras de Granville tinham mais do que o normal, já que ele sempre foi malvado com os arrendatários. Muitos roubavam gado para comer.

— O que o seu pai fazia? — A mão dela, que estivera apoiada no colo, escorregou, parando ao lado da coxa dele.

Harry manteve o olhar à frente e deu de ombros.

— Na maioria das vezes, ele fingia que não via. Se pegassem muita coisa, dizia para caçarem em outro lugar.

— Mas isso poderia colocá-lo em conflito com o patrão, não é? Se Lorde Granville descobrisse que ele não estava prendendo todos os ladrões.

— Talvez. Se Granville descobrisse, mas isso nunca aconteceu. — Ele estava mais interessado em outras coisas, não é mesmo?

— Eu teria gostado de conhecer o seu pai — refletiu Lady Georgina. Harry podia jurar que sentiu os dedos dela pressionarem sua coxa.

Ele a encarou com curiosidade.

— É mesmo? Um couteiro?

— Sim. O que mais o senhor fazia quando era pequeno?

O que ela queria dele? Por que todas aquelas perguntas, e por que estava com a mão em sua perna? Era como se os dedos dela queimassem a pele embaixo da calça.

— Basicamente isso, milady. Andava pelas terras, checava armadilhas, procurava ovos de pássaros...

— Ovos de pássaros?

— Sim. — Harry a encarou; em seguida, baixou o olhar para a mão dela. — Eu costumava colecioná-los quando era garoto.

Lady Georgina ainda estava com a testa franzida e não pareceu notar o olhar dele.

— Mas onde o senhor os encontrava?

— No ninho. — Ela ainda parecia confusa, então Harry explicou: — Você observa as aves na primavera e descobre para onde elas vão. Mais cedo ou mais tarde, todas voltam para os ninhos. Gralhas, nas chaminés; lavandeiras, nas lareiras; pombos, nas árvores; e tordos, em ninhos semelhantes a um cálice nos galhos das sebes. Você espera e observa, e, se for paciente, descobre onde os ovos estão. Então pode pegar um deles.

— Apenas um?

Harry fez que sim com a cabeça.

— Nunca mais de um, pois meu pai dizia que era pecado roubar todos os ovos de um ninho. Eu observava a ave e, devagar, bem devagar, me esgueirava para perto até que pudesse pegar um dos ovos. Na maioria das vezes, eu esperava até a ave sair do ninho. Mas, às vezes, se eu tivesse cuidado, conseguia enfiar o braço debaixo do passarinho...

— Não! — Ela deu uma gargalhada, os olhos azuis se enrugando nos cantos, e, no mesmo instante, o coração de Harry pareceu parar.

Talvez ele não se importasse com o porquê das perguntas... desde que ela continuasse fazendo-as. — Agora o senhor está zombando de mim.

— É verdade. — Ele sentiu os lábios se curvarem. — Eu enfiava o braço bem debaixo do pássaro, sentia o corpinho felpudo e quente sob meus dedos e roubava um ovo do ninho onde ela estava chocando.

— Sério?

— Sim.

— Provavelmente está tentando me enganar de novo, Sr. Pye, mas, por alguma razão, eu acredito. — Ela balançou a cabeça. — E o que o senhor fazia com os ovos depois disso? Comia?

— Comer? Nunca! — Harry arregalou os olhos de um modo exageradamente horrorizado que pareceu diverti-la. Isso o agradou, e ele ficou confuso. Aquela conversa boba era diferente de todas de que ele conseguia se lembrar. Os homens o levavam muito a sério. As mulheres tinham certo medo dele. Ninguém ria de suas palavras ou tentava...

— E o que o senhor fazia com os ovos depois? — Os olhos dela estavam rindo novamente para ele.

Harry quase xingou, de tão surpreso. Estaria Lady Georgina — a filha de um *conde*, pelo amor de Deus — flertando com ele?

Ele tinha enlouquecido.

— Eu pegava um alfinete e fazia um buraco minúsculo em cada extremidade do ovo para que ele secasse. Tinha uma prateleira perto da cama com uma fileira inteira de ovos, marrons, brancos e azul-claros. Azuis como... — Harry se interrompeu. *Azuis como os seus olhos*, ele queria dizer, mas se lembrou no mesmo instante de que aquela mulher era sua patroa, e ele, criado dela. Como podia ter se esquecido desse fato? Irritado consigo mesmo, Harry voltou a olhar para a frente.

Ela pareceu não ter percebido a pausa.

— O senhor ainda tem esses ovos? Eu gostaria de vê-los.

Eles fizeram uma curva na estrada, e Harry viu que um emaranhado de galhos bloqueava o caminho. Uma árvore tinha caído na estrada.

— Ôa! — Ele franziu o cenho. A estrada mal era larga o suficiente para o cabriolé. Daria um trabalhão virar a carruagem. O que...?

Quatro homens apareceram subitamente por trás dos galhos emaranhados. Eram grandes, pareciam maus, e cada um tinha uma faca na mão.

Merda.

Capítulo Seis

Georgina deu um grito quando Harry Pye fez uma tentativa heroica de virar o cavalo. A estrada era estreita demais, e, em segundos, os homens estavam em cima dele. O Sr. Pye chutou o primeiro no peito. O segundo e o terceiro tiveram mais sucesso e o arrastaram para fora do cabriolé. O quarto lhe deu um soco forte no queixo.

Ah, meu Deus! Eles vão matá-lo. Georgina sentiu um segundo grito preso na garganta. O cabriolé sacudiu quando o cavalo quase empinou. O tolo animal se assustou e tentou fugir, embora não tivesse para onde ir. Georgina tentou pegar os arreios no chão do veículo, xingando baixinho e batendo a cabeça no banco.

— Cuidado! Ele tem uma faca!

Aquela não era a voz do Sr. Pye. Georgina arriscou erguer a cabeça e viu, para seu alívio, que Harry Pye de fato tinha uma faca. Na mão esquerda, ele segurava uma lâmina fina e reluzente que, mesmo de longe, parecia bastante perigosa. Estava agachado na estrada, numa posição de luta estranhamente graciosa, com as mãos à sua frente. Também parecia saber o que estava fazendo. Um dos homens sangrava na bochecha, mas os outros três andavam em círculos, tentando golpeá-lo, e as chances não pareciam boas.

O cabriolé balançou novamente. A briga saiu do campo de visão de Georgina quando ela caiu e bateu o ombro no assento.

— Fique parado, seu animal imbecil — resmungou ela.

Os arreios deslizaram para a parte da frente, e, se ela os perdesse, não conseguiria mais retomar o controle do cabriolé. Ouviram-se gritos e gemidos vindos dos lutadores, misturados com o terrível som de punhos atingindo carne. Ela não ousou dar outra espiada. Georgina se segurou no banco com uma das mãos para se equilibrar e esticou a outra na direção dos arreios, que estavam deslizando. *Quase.* As pontas de seus dedos roçaram no couro, mas o cavalo balançou e a mandou de volta para o banco. Ela mal conseguia se equilibrar. Se ao menos o animal ficasse parado.

Mais.

Um.

Segundo.

Georgina mergulhou e agarrou, triunfante, os arreios. Rapidamente, ela os puxou, pouco se importando com a boca do animal, e os amarrou ao banco. Então arriscou dar uma espiada na briga. A testa de Harry Pye sangrava. Enquanto ela observava, um dos agressores partiu para cima dele, vindo do lado direito. O Sr. Pye virou com um movimento decidido e chutou as pernas do homem. Um segundo bandido agarrou seu braço esquerdo. O Sr. Pye girou e realizou um tipo de manobra, rápida demais para que ela conseguisse ver. O homem gritou e cambaleou para trás, com a mão ensanguentada. Mas o primeiro deles se aproveitou da distração e conseguiu desferir vários socos no Sr. Pye. O administrador gemeu com cada golpe, dobrando-se e corajosamente tentando empunhar a faca.

Georgina pisou no freio do cabriolé.

O terceiro e o quarto homens avançaram. O primeiro deu mais um soco no Sr. Pye, e ele caiu de joelhos, sem ar.

Harry Pye iria morrer.

AimeuDeusaimeuDeusaimeuDeus! Georgina remexeu embaixo do banco e pegou um embrulho de burel. Soltando o pano com uma chacoalhada, ela segurou uma das duas pistolas de duelo com a mão direita, ergueu-a com um braço firme, mirou no homem de pé sobre o Sr. Pye e atirou.

Bang!

A explosão quase a deixou surda. Georgina forçou a vista através da fumaça e viu o homem recuar, apertando a lateral do corpo. Ela havia acertado o filho da mãe! E sentiu uma espécie de prazer sanguinário. Os outros homens, incluindo Harry Pye, tinham se virado para ela com um misto de choque e horror. Georgina ergueu a segunda pistola e mirou em outro homem.

O agressor se encolheu e se abaixou.

— Deus do céu! Ela tem uma pistola!

Aparentemente a ideia de que ela talvez pudesse ser perigosa nunca havia passado pela cabeça deles.

Harry Pye se pôs de pé, girou silenciosamente e acertou o homem mais perto dele.

— Jesus! — gritou o homem, levando uma das mãos ao rosto ensanguentado. — Vamos, rapazes! — E os bandidos deram meia-volta e saíram em disparada pelo caminho de onde vieram.

Subitamente a estrada ficou silenciosa.

Georgina podia sentir o sangue correndo por suas veias. Com cuidado, ela pousou as pistolas no assento do veículo.

O Sr. Pye ainda olhava na direção que os homens haviam tomado. Pareceu concluir que eles tinham ido embora, pois relaxou a mão que segurava a faca. Abaixando-se, guardou-a dentro da bota e então se virou para ela. O sangue do ferimento na testa se misturara com suor e manchara a lateral do seu rosto. Fios soltos do rabicho estavam colados à sujeira. Ele respirou fundo, e suas narinas se moveram enquanto tentava recuperar o fôlego.

Georgina sentia-se estranha, quase zangada.

Harry caminhou até ela; suas botas raspando nas pedras da estrada.

— Por que a senhora não me disse que tinha trazido pistolas? — A voz dele era rouca e grave, e exigia um pedido de desculpas, concessão e até submissão.

Georgina não estava disposta a oferecer nenhuma dessas coisas.

— Eu... — começou ela com firmeza, força, talvez até arrogância.

Mas ela não teve chance de terminar a frase, porque Harry Pye já estava à sua frente e a pegou pela cintura, retirando-a do cabriolé. Georgina quase caiu em cima do homem. Ela segurou nos ombros dele para se equilibrar. Harry a puxou para si, até que os seios dela roçassem seu peito, uma sensação curiosamente boa. Georgina ergueu a cabeça para perguntar o que exatamente ele pensava que estava fazendo...

E ele a beijou!

Lábios voluptuosos e firmes, que tinham gosto do vinho que os dois haviam bebido no almoço, se moveram sobre os dela num ritmo insistente. Georgina podia sentir a barba por fazer pinicando seu rosto e a língua dele percorrendo a abertura de seus lábios até que ela os abrisse, e então... *Oh.* Alguém estava gemendo, e podia muito bem ser ela, porque ela nunca, nunca, *nunca* tinha beijado ninguém assim antes. A língua de Harry Pye estava, na verdade, dentro de sua boca, acariciando e provocando a dela. Georgina estava prestes a derreter — talvez já estivesse derretendo, pois se sentia absolutamente ensopada. E então ele atraiu a língua dela para sua boca e a sugou, fazendo Georgina perder todo o controle. Ela passou os braços em volta de seu pescoço e sugou a língua dele também.

O cavalo — animal idiota, *idiota* — escolheu aquele momento para relinchar.

O Sr. Pye afastou a cabeça abruptamente e olhou em torno.

— Não acredito que fiz isso.

— Nem eu — falou Georgina. Ela tentou puxar a cabeça dele para baixo para que fizesse de novo.

Mas, de repente, ele a pegou nos braços e a colocou no banco do cabriolé. Enquanto ela ainda piscava, ele foi até o outro lado e pulou para dentro do veículo.

O Sr. Pye colocou a pistola ainda carregada no colo dela.

— É perigoso ficar aqui. Eles podem resolver voltar.

— Ah.

Durante toda a sua vida, ela fora advertida de que os homens eram escravos de seus desejos, que mal conseguiam controlar seus impulsos. Uma mulher — uma dama — deveria ser muito, muito cuidadosa com suas ações para não acender uma faísca na pólvora que era a libido de um homem. As consequências do descuido de uma dama nunca foram totalmente explicadas, mas as pistas eram terríveis. Georgina suspirou. Como era desanimador descobrir que Harry Pye era a exceção à regra da instabilidade masculina.

Ele manobrou para o cabriolé dar meia-volta, alternando xingamentos e palavras carinhosas para o cavalo. Finalmente conseguiu virá-lo para o caminho de onde vieram e fez o animal dar um trote rápido. Georgina o observava. Seu rosto era sombrio. Não havia evidência da paixão com que ele a beijara apenas alguns minutos atrás.

Bem, se ele podia ser indiferente, então ela também podia.

— Acha que Lorde Granville mandou aqueles homens nos atacarem, Sr. Pye?

— Eles atacaram apenas a mim. Então, sim, poderia ser a mando de Lorde Granville. Ele é o maior suspeito. — O administrador parecia pensativo. — Mas Thomas Granville cruzou aquela estrada apenas minutos antes de nós. Ele poderia ter avisado os brutos se fossem seus capangas.

— O senhor acha que ele está mancomunado com o pai, apesar de ter pedido desculpas?

Ele retirou um lenço de um bolso interno e delicadamente limpou a bochecha dela. O lenço ficou manchado de sangue. Ele deve tê-la sujado de sangue quando se beijaram.

— Não sei. Mas tem uma coisa da qual tenho certeza.

Georgina pigarreou.

— E o que é, Sr. Pye?
Ele guardou o lenço.
— A senhora pode me chamar de Harry agora.

HARRY EMPURROU A porta da Cock and Worm e imediatamente sentiu-se sufocado pela fumaça. West Dikey, a aldeia mais próxima da Mansão Woldsly, era grande o suficiente para ostentar duas tabernas. A primeira, White Mare, era uma construção com o primeiro andar de madeira e uns poucos quartos que poderia ser chamada de *estalagem*. Por isso, oferecia refeições e atraía os negócios mais respeitáveis: viajantes de passagem, mercadores locais e até a pequena nobreza.

A Cock and Worm era um local frequentado por todos os tipos de pessoas.

Formado por uma série de cômodos encardidos, com vigas expostas que causaram em mais de um freguês uma pancada feia na cabeça, o estabelecimento tinha janelas permanentemente escurecidas por causa da fumaça dos cachimbos. Um homem poderia se sentar em paz ali e não ser reconhecido nem pelo próprio irmão.

Harry abriu caminho entre a multidão até o bar, passando por uma mesa de fazendeiros e trabalhadores. Um dos homens — um fazendeiro chamado Mallow — ergueu o olhar e acenou com a cabeça para cumprimentá-lo quando ele passou. Harry retribuiu o aceno, surpreso, mas satisfeito. Mallow lhe pedira ajuda em junho por causa de uma discussão que estava tendo com o vizinho sobre uma vaca. O animal escapava constantemente do cercado e duas vezes pisoteara os pés de alface na horta de Mallow. Harry tinha resolvido o problema ajudando o vizinho idoso a construir um novo muro. Mas Mallow era um homem taciturno e nunca lhe agradecera a ajuda. O administrador considerava o homem ingrato. Obviamente ele estava errado.

A ideia o animou quando ele chegou ao bar. Era Janie quem trabalhava naquela noite. Ela era irmã de Dick Crumb, o dono da Cock and Worm, e, às vezes, ajudava no balcão.

— Sim? — murmurou ela. Janie falava para o nada, por cima do ombro direito dele. As unhas tamborilavam num compasso irregular no balcão.

— Uma cerveja.

Ela pousou a bebida na frente dele, e Harry deslizou algumas moedas para o outro lado do balcão arranhado.

— Dick está aí hoje? — perguntou ele em voz baixa.

Janie estava perto o suficiente para ouvir, mas sua expressão era vazia. Ela voltara a tamborilar.

— Janie?

— Sim? — Agora ela encarava seu cotovelo esquerdo.

— Dick está aí?

Ela se virou e foi para os fundos.

Harry suspirou e encontrou uma mesa perto da parede. Com Janie, era difícil dizer se ela fora avisar ao irmão que ele estava ali, ido pegar mais cerveja ou se simplesmente estava cansada de suas perguntas. De qualquer forma, ele poderia esperar.

Harry havia ficado louco. Ele tomou um gole da cerveja e limpou a espuma da boca. Essa era a única explicação para ter beijado Lady Georgina aquela tarde. Ele fora até ela com a testa sangrando e o corpo dolorido dos socos. Beijá-la não era algo que passava pela cabeça dele. Mas então, de alguma maneira, ela estava em seus braços, e nada no mundo o impediria de sentir o seu gosto. Nem a possibilidade de ser atacado novamente. Nem a dor que sentia. Nem mesmo o fato de que ela era uma aristocrata, pelo amor de Deus, e tudo que esse fato significava para ele.

Foi loucura. Pura e simplesmente. Quando desse por si, ele estaria correndo pela principal rua da cidade, nu e balançando suas partes íntimas. Harry tomou outro gole melancólico da bebida. E que bela visão seria aquela, no estado em que seu pênis estava ultimamente.

Ele era um homem normal. Não era a primeira vez que sentia desejo por uma mulher. Mas, nesses momentos, ou a levava para a cama, caso ela estivesse disponível, ou resolvia a questão com as próprias mãos. Simples e direto. Ele nunca experimentara aquela sensação dolorosa e inquieta, o desejo por alguém que ele sabia muito bem que não poderia ter. Harry olhou para a caneca de cara feia. Talvez precisasse tomar outra cerveja.

— Espero que essa cara feia não seja para mim, rapaz. — Duas canecas foram postas diante dele, a espuma espirrando por cima delas.

— Tome uma por conta da casa.

Dick Crumb deslizou a barriga, coberta por um avental manchado, por baixo da mesa e tomou um gole grande da caneca. Os olhos pequenos se fecharam em êxtase quando a cerveja desceu garganta abaixo. Ele pegou um pano e enxugou a boca, o rosto e a careca. Dick era um homem grande, que suava o tempo inteiro, e o topo nu de sua cabeça reluzia num tom vermelho e oleoso. Ele usava um minúsculo rabicho grisalho, puxado nas mechas oleosas de cabelo que ainda se prendiam às laterais e à parte de trás de sua cabeça.

— Janie me falou que você estava aqui — comentou Dick. — Faz tempo desde sua última visita.

— Fui emboscado por quatro homens hoje. Nas terras de Granville. Você sabe alguma coisa sobre isso? — Harry ergueu a caneca e observou Dick por cima da borda. Alguma coisa tremeluziu naqueles olhos suínos. Alívio?

— Você disse quatro homens? — Dick passou o dedo por uma mancha de água sobre a mesa. — Sorte sua estar vivo.

— Lady Georgina tinha um par de pistolas.

As sobrancelhas de Dick se ergueram até onde o cabelo deveria estar em sua testa.

— Verdade? Então você estava com a dama.

— Sim.

— Ora. — Dick se recostou e encarou o teto. Ele pegou a flanela e começou a secar a cabeça.

Harry ficou em silêncio. Dick estava pensando, e não havia motivo para apressá-lo. Ele bebericou a cerveja.

— Veja só. — Dick se inclinou para a frente. — Os irmãos Timmons costumam vir aqui à noite, Ben e Hubert. Mas hoje apenas Ben apareceu, e ele mancava um bocado. Falou que tinha tomado um coice de um cavalo, mas isso não parece provável, não é?, já que Timmons não tem cavalo. — Ele acenou com a cabeça, triunfante, e ergueu novamente a caneca.

— Para quem os Timmons trabalham, você sabe?

— Be-em. — Dick prolongou a palavra enquanto coçava a cabeça. — Eles são pau para toda obra, sabe?! Mas, na maioria das vezes, ajudam Hitchcock, que controla os arrendatários de Granville.

Harry acenou com a cabeça. Ele não estava surpreso.

— Granville está por trás disso.

— Ora, eu não disse isso.

— Não, mas nem precisou.

Dick deu de ombros e ergueu a caneca.

— Então — continuou Harry baixinho —, quem você acha que matou as ovelhas de Granville?

Dick, pego de surpresa enquanto bebia, engasgou. E lá veio a flanela de novo.

— Quanto a isso — ele puxou o ar quando conseguiu falar novamente —, concluí, como todo mundo por essas bandas, que tivesse sido você.

Harry estreitou os olhos.

— Concluiu?

— Faz sentido, depois do que Granville fez a você e ao seu pai.

Harry ficou em silêncio.

Isso pareceu deixar Dick inquieto. Ele fez um gesto no ar.

— Mas, depois que pensei um pouco, vi que não parecia certo. Eu conheci o seu pai, e John Pye nunca tiraria o sustento de outro homem.

— Nem depois do que Granville fez?

— Seu pai era o sal da terra, rapaz. Ele não machucaria uma mosca. — Dick ergueu a caneca como se estivesse brindando. — Ao sal da terra.

Harry fez silêncio enquanto observava o outro homem fazer seu tributo, então se remexeu.

— Se você já me excluiu, quem acha que está envenenando as ovelhas?

Dick franziu a testa para o fundo da caneca vazia.

— Granville é um homem duro, como você mesmo sabe. Alguns dizem que o diabo cavalga em suas costas. É como se ele se alegrasse em causar a infelicidade dos outros. Seu pai não foi a única pessoa que ele arruinou com o passar dos anos.

— Quem?

— Muitos homens foram expulsos das terras em que suas famílias plantaram por décadas. Granville não faz concessões aos anos ruins quando recolhe seu dinheiro — disse Dick calmamente. — E tem Sally Forthright.

— O que tem ela?

— Era a irmã de Martha Burns, a esposa do guarda de Woldsly. Granville mexeu com ela, dizem, e a moça acabou com a própria vida num poço. — Dick balançou a cabeça. — Não tinha mais do que 15 anos.

— Provavelmente tem muitas como ela por essas bandas — Harry examinou a própria caneca —, sabendo como Granville é.

— Sim. — Dick virou o rosto para o lado e o limpou com a flanela. Sua respiração era pesada. — Papo ruim. Eu não gosto de ficar falando disso.

— Nem eu, mas alguém está matando aquelas ovelhas.

Subitamente Dick se inclinou sobre a mesa. Harry respirou o hálito de cerveja enquanto o outro murmurava:

— Então talvez você devesse procurar um pouco mais perto das terras de Granville. Dizem que o sujeito trata o primogênito como a mosca do cocô do cavalo. O homem deve ter a sua idade, Harry. Dá para imaginar o que isso faria à alma de alguém depois de trinta anos?

— Sim — Harry assentiu. — Vou ficar de olho em Thomas. — Ele esvaziou a caneca e a pousou na mesa. — Você se lembra de mais alguém?

Dick pegou as três canecas com uma só mão e se levantou. Ele hesitou antes de responder.

— Talvez você devesse falar com a família de Annie Pollard. Não sei o que aconteceu com ela, mas não foi nada bom, e Granville estava envolvido. E, Harry?

Harry havia se levantado e posto o chapéu.

— Sim?

— Fique longe das damas aristocráticas. — Os olhos suínos eram tristes e velhos. — Elas não vão lhe fazer bem, rapaz.

JÁ PASSAVA DA meia-noite, e a lua pendia alta e cheia do céu como uma abóbora pálida e inchada quando Harry cruzou os portões de Woldsly mais tarde naquela noite. A primeira coisa que viu foi a carruagem de Lady Georgina parada na entrada. Os cavalos estavam de cabeça baixa, sonolentos, e o cocheiro lhe lançou um olhar severo enquanto Harry seguia em direção à trilha que conduzia ao seu chalé. Obviamente o homem esperava havia algum tempo.

Harry balançou a cabeça. O que ela estava fazendo em seu chalé, pela segunda noite seguida? Será que estava decidida a mandá-lo para a sepultura mais cedo? Ou será que ela via nele uma diversão para seus dias no campo? O último pensamento fez Harry ficar carrancudo enquanto levava a égua para o estábulo. Ele ainda estava com a fisionomia carregada quando entrou no chalé. Mas o que ele viu o fez parar e suspirar.

Lady Georgina estava adormecida na cadeira de espaldar alto.

O fogo se reduzira a pedaços brilhantes de carvão ao lado dela. Será que tinha sido o cocheiro que havia acendido a lareira ou ela conseguira fazer isso sozinha dessa vez? Sua cabeça estava inclinada para trás, o pescoço comprido e fino exposto inocentemente. Ela se cobrira com uma capa, mas o pano havia deslizado e se amontoava sobre seus pés.

Harry suspirou mais uma vez e pegou a capa, colocando-a gentilmente sobre ela. Lady Georgina não se mexeu. Ele tirou a própria capa, pendurando-a na maçaneta de uma das portas, e avançou para remexer os carvões. Na cornija acima da lareira, os animais entalhados haviam sido arrumados em pares, um de frente para o outro, como se estivessem numa dança. Ele os fitou por um momento, perguntando-se há quanto tempo ela estava ali. Harry pôs mais lenha no fogo e se espreguiçou. Não estava com sono, apesar da hora e das duas cervejas que havia tomado.

Ele foi até as prateleiras, pegou uma caixa e a levou até a mesa. Dentro dela, havia uma faca com cabo de pérola e um pedaço de cerejeira mais ou menos do tamanho de metade de sua palma. Ele se sentou à mesa e revirou a madeira nas mãos, esfregando o grão com o polegar. Inicialmente, havia pensado em esculpir uma raposa — a madeira era do tom laranja-avermelhado do pelo do animal —, mas agora não tinha certeza. Ele pegou a faca e fez o primeiro talho.

O fogo crepitou, e um pedaço de lenha caiu.

Depois de um tempo, ele ergueu o olhar. Lady Georgina o observava, com a bochecha apoiada na palma da mão. Seus olhos se encontraram, e Harry baixou o olhar para o entalhe.

— É assim que você faz todos eles? — A voz dela era baixa e rouca devido ao sono.

Será que era assim que ela acordava de manhã, deitada em seus lençóis de seda, com o corpo quente e úmido? Ele afastou o pensamento e fez que sim com a cabeça.

— É uma bela faca. — Ela se mexeu para encará-lo, aninhando os pés na cadeira. — Muito mais bonita que a outra.

— Que outra?

— A de aparência perigosa que fica na sua bota. Eu gosto mais dessa.

Ele fez um talho superficial na madeira, e uma tira ondulada dela caiu sobre a mesa.

— Foi seu pai quem lhe deu? — perguntou ela em voz baixa e sonolenta, o que o fez enrijecer.

Harry abriu a mão e olhou para o cabo de pérola, parecendo se lembrar de alguma coisa.

— Não, milady.

Ela ergueu um pouco a cabeça ao ouvir isso.

— Pensei que agora eu pudesse chamá-lo de Harry, e você pudesse me chamar de Georgina.

— Eu nunca disse isso.

— Isso não é justo. — Ela franziu a testa.

— A vida raramente é justa, milady. — Ele deu de ombros, tentando aliviar a tensão. É claro que a tensão estava, na sua maior parte, em suas bolas, e não em suas costas. E dar de ombros certamente não ajudaria nisso.

Ela o encarou por mais um minuto e então se virou para olhar o fogo.

Harry sentiu o instante em que os olhos dela o deixaram.

Lady Georgina respirou fundo.

— Você se lembra do conto de fadas que eu lhe contei, sobre o leopardo encantado que, na verdade, era um homem?

— Sim.

— Eu mencionei que ele tinha uma corrente dourada no pescoço?

— Sim, milady.

— E que, na corrente, havia uma minúscula coroa de esmeralda? Eu falei isso? — Ela havia se virado novamente para ele.

Ele franziu o cenho para o pedaço de cerejeira.

— Eu não me lembro disso.

— Às vezes, esqueço os detalhes. — Lady Georgina bocejou. — Bem, ele, na verdade, era um príncipe, e nessa corrente havia uma minúscula coroa com uma esmeralda, da cor exata dos olhos do Príncipe Leopardo...

— Isso não estava na sua história antes, milady — disse ele. — A cor dos olhos do leopardo.

— Eu acabei de dizer que algumas vezes esqueço alguns detalhes. — Ela piscou inocentemente para ele.

— Humm. — Harry voltou a trabalhar na madeira.

— De qualquer forma, o jovem rei havia mandado o Príncipe Leopardo pegar o Cavalo Dourado do ogro mau. Você se lembra dessa parte, não é? — Ela não esperou a resposta. — Então o Príncipe Leopardo se transformou num homem e segurou a coroa de esmeralda na corrente de ouro...

Harry ergueu o olhar quando ela se interrompeu.

Lady Georgina fitava o fogo e tamborilava com um dos dedos nos lábios.

— Você acha que era *só* isso que ele estava usando?

Ai, Deus, essa mulher iria matá-lo. Seu pênis, que havia começado a amolecer, ficou duro de novo.

— Quero dizer, se ele era um leopardo antes, não podia estar vestido, não é mesmo? Aí, quando se transformou em homem, bem, acho que provavelmente estava nu, você não acha?

— Sem dúvida. — Harry se remexeu na cadeira, feliz pelo fato de a mesa esconder parte de seu corpo.

— Humm. — Lady Georgina refletiu por um momento e então balançou a cabeça. — Então ele estava parado lá, evidentemente nu, segurando a coroa, e falou: "Desejo uma armadura impenetrável e a espada mais forte do mundo." E o que você acha que aconteceu?

— Ele conseguiu a armadura e a espada.

— Bem, sim. — Lady Georgina parecia irritada por Harry ter adivinhado o que qualquer criança de 3 anos poderia adivinhar. — Mas não eram armas comuns. A armadura era feita de ouro puro, e a espada, de vidro. O que você acha disso?

— Acho que não parece muito prático.

— O quê?

— Aposto que foi uma mulher quem inventou essa história.

As sobrancelhas dela se arquearam.

— Por quê?

Harry deu de ombros.

— A espada quebraria assim que ele a balançasse, e a armadura cederia rapidamente, mesmo a um golpe fraco. Ouro é um metal mole, milady.

— Eu não tinha pensado nisso. — Ela tamborilou os dedos nos lábios mais uma vez.

Harry voltou a talhar. *Mulheres.*

— Elas também deviam ser encantadas. — Lady Georgina dispensou o problema das armas imperfeitas com um gesto da mão. — Então ele conseguiu pegar o Cavalo Dourado...

— O quê? Simples assim? — Harry a encarou, com um estranho sentimento de frustração enchendo seu peito.

— O que você quer dizer com isso?

— Não houve um grande combate? — Ele gesticulou com o pedaço de madeira. — Uma luta mortal entre o Príncipe Leopardo e o ogro mau? O ogro deve ter sido um brutamontes, e outros homens já haviam tentado pegar sua presa antes. O que torna o nosso amigo tão especial a ponto de ele ser capaz derrotá-lo?

— A armadura e...

— E a espada de vidro ridícula. Sim, muito bem, mas os outros deviam ter armas mágicas...

— Ele é um príncipe leopardo encantado! — Lady Georgina estava zangada agora. — Ele é melhor e mais forte do que todos os outros. Poderia ter derrotado o ogro mau com um único golpe, tenho certeza disso.

Harry sentiu o rosto queimar, e suas palavras saíam rápido demais.

— Se ele era tão poderoso assim, milady, então por que não se libertou?

— Eu...

— Por que ele simplesmente não deixou para trás esses reis mimados e suas tarefas ridículas? Por que ele se deixou escravizar? — Ele largou a faca de entalhe. O objeto deslizou pela mesa e caiu no chão.

Lady Georgina se abaixou para pegá-lo.

— Eu não sei, Harry. — Com a palma da mão esticada, ela lhe devolveu a faca. — Eu não sei.

Ele ignorou o gesto.

— Está tarde. Acho que é melhor a senhora voltar para a mansão, milady.

Ela colocou a faca em cima da mesa.

— Se não foi seu pai quem lhe deu isso, então quem foi?

Aquela mulher fazia todas as perguntas erradas. Todas as perguntas que ele não iria — *não podia* — responder, nem para si mesmo nem para ela, e ela não parava nunca. Por que estava fazendo aquele jogo com ele?

Em silêncio, Harry pegou a capa dela e a estendeu. Lady Georgina olhou nos olhos dele e então se virou para que Harry pudesse colocar a capa sobre seus ombros. O perfume nos cabelos dela chegou-lhe às narinas, e ele fechou os olhos, sentindo algo semelhante à agonia.

— Você vai me beijar de novo? — murmurou ela. Suas costas ainda estavam viradas para ele.

Harry afastou as mãos.

— Não.

Ele passou por ela e abriu a porta. Harry precisava manter as mãos ocupadas para não agarrá-la, puxá-la para si e beijá-la como se não pudesse mais parar.

Os olhos de Lady Georgina o encararam e eram como poças fundas de azul. Um homem poderia mergulhar neles e não se importar quando começasse a se afogar.

— Nem mesmo se eu quiser esse beijo?

— Nem mesmo assim.

— Muito bem. — Ela passou por ele e foi para a escuridão da noite. — Boa noite, Harry Pye.

— Boa noite, milady. — Ele bateu a porta e se encostou na madeira, inspirando os vestígios do perfume dela.

Instante depois, Harry se empertigou e se afastou da porta. Havia muito tempo, ele lutara contra a ordem das coisas, que o considerava inferior a homens que não tinham cérebro nem moral. Não fizera diferença.

Ele não lutava mais contra o destino.

Capítulo Sete

— Tiggle, por que você acha que cavalheiros beijam damas? — Georgina ajustou o fichu de gaze no decote de seu vestido.

Naquele dia, ela estava usando um vestido cor de limão, com estampas de pássaros turquesa e escarlate. Minúsculos babados escarlate debruavam o decote quadrado, e cascatas de renda desciam por seus cotovelos. A coisa toda era simplesmente divina, em sua opinião.

— Há uma única razão para um homem beijar uma mulher, milady. — Tiggle tinha alguns grampos de cabelo presos entre os lábios enquanto arrumava o penteado de Georgina, e suas palavras eram um pouco indistintas. — Ele quer ir para a cama com ela.

— Sempre? — Georgina franziu o nariz para si mesma no espelho. — Quero dizer, ele não poderia beijar a mulher apenas para demonstrar, amizade ou algo assim?

A criada deu um muxoxo e colocou um grampo no penteado de Georgina.

— É bem improvável. A menos que ele ache que atos carnais façam parte de uma amizade. Não, eu lhe garanto, milady, a mente de um homem, na maioria das vezes, só quer saber de levar mulheres para a cama. E o resto — Tiggle deu um passo para trás, para analisar sua criação — provavelmente se ocupa com jogos de azar, cavalos e coisas assim.

— Está falando sério? — Georgina se distraiu pensando nos homens que conhecia: mordomos, cocheiros, seus irmãos, vigários, funileiros e todos os outros, pensando apenas em atos carnais. — Mas e quanto aos filósofos e intelectuais? Obviamente eles passam um bocado de tempo pensando em outras coisas, não?

Tiggle balançou a cabeça, demonstrando sabedoria.

— Qualquer homem que não pense em atos carnais tem algum problema, milady, filósofo ou não.

— Ah. — Ela começou a dispor os grampos de cabelo no tampo da penteadeira em zigue-zague. — Mas e se um homem beija uma mulher e depois se recusa a fazer isso de novo? Mesmo quando encorajado?

Fez-se silêncio atrás dela. Georgina levantou a cabeça e encontrou o olhar de Tiggle no espelho.

A criada tinha dois vincos entre as sobrancelhas que não estavam lá antes.

— Então ele deve ter um bom motivo para não beijá-la, milady.

Os ombros de Georgina se curvaram.

— Claro, na minha experiência — continuou Tiggle com cuidado —, os homens podem ser facilmente persuadidos a beijar e fazer outras coisas.

Os olhos de Georgina se arregalaram.

— É mesmo? Até se ele estiver... relutante?

A criada fez que sim com a cabeça uma vez.

— Até mesmo contra a vontade deles. Bem, não há nada que os pobres coitados possam fazer, não é? Eles são assim.

— Entendo. — Georgina se levantou e, num impulso, abraçou a outra mulher. — Você é muito sábia, Tiggle. Nem posso dizer como esta conversa foi útil.

Tiggle parecia alarmada.

— Mas tome cuidado, milady.

— Ah, tomarei. — E Georgina saiu do quarto.

Ela desceu correndo a escada de mogno e entrou no ensolarado salão matinal, onde o café da manhã era servido. Violet já estava tomando chá na mesa dourada.

— Bom dia, docinho. — Georgina foi até o aparador e ficou contente ao ver que a cozinheira havia preparado arenques defumados na manteiga.

— Georgina?

— Sim, querida?

Arenques defumados eram uma ótima maneira de começar a manhã. O dia nunca poderia ser completamente ruim se começasse com arenques.

— Onde você esteve na noite passada?

— Na noite passada? Eu estava aqui, não? — Ela se sentou diante de Violet e esticou a mão para pegar o garfo.

— Quero dizer, antes de você chegar. A uma da manhã, devo acrescentar. — A voz de Violet era um tantinho estridente. — Onde você estava antes disso?

Georgina suspirou e baixou o garfo. Pobre arenque.

— Eu estava resolvendo algumas coisas.

Violet encarou a irmã de um modo que fazia com que Georgina se lembrasse de uma antiga governanta. Mas a tal senhora já havia passado dos 50 anos. Como uma garota que mal tinha terminado os estudos conseguia exibir uma expressão tão severa?

— Resolvendo coisas à meia-noite? — perguntou Violet. — Que tipo de coisas seriam essas?

— Eu estava consultando o Sr. Pye, se você quer saber, querida. Sobre o envenenamento das ovelhas.

— O Sr. Pye? — Violet praticamente gritou. — É ele quem está envenenando as ovelhas! Sobre o que você precisava consultá-lo?

Georgina a encarou, surpresa com a veemência da irmã.

— Bem, nós conversamos com um dos fazendeiros ontem, e ele nos contou que o veneno usado foi cicuta. Então nós íamos interrogar outro fazendeiro, mas houve um incidente na estrada.

— Um incidente?

Georgina se encolheu.

— Tivemos um problema com alguns homens que atacaram o Sr. Pye.

— Ele atacaram o Sr. Pye? Enquanto você estava com ele? Você poderia ter se machucado.

— O Sr. Pye se defendeu muito bem, e eu tinha levado as pistolas que a tia Clara me deixou.

— Ah, Georgina — suspirou Violet. — Você não consegue ver o problema que ele está lhe causando? É melhor entregá-lo a Lorde Granville para que ele tenha a punição que merece. Ouvi dizer que você expulsou Lorde Granville daqui outro dia, quando ele veio atrás do Sr. Pye. Você simplesmente está sendo teimosa, sabe que está.

— Mas eu não acredito que ele seja o culpado. Pensei que você tivesse entendido isso.

Foi a vez de Violet encarar a irmã.

— Como assim?

Georgina se levantou e serviu-se de mais um pouco de chá.

— Não creio que um homem com o caráter do Sr. Pye cometeria um crime como esse.

Ela se virou novamente para a mesa e viu que a irmã estava com uma expressão estupefata, horrorizada.

— Você não está apaixonada pelo Sr. Pye, está? É tão triste quando uma mulher da sua idade começa a suspirar por um homem.

Suspirar? Georgina se empertigou.

— Ao contrário da sua opinião, ter 28 anos não é sinal de senilidade.

— Não, mas é uma idade na qual uma mulher já deveria saber das coisas.

— O que você quer dizer com isso?

— Você deveria saber se comportar a esta altura. Deveria ser mais digna.

— Digna!

Violet bateu na mesa e fez a prataria chacoalhar.

— Você não se importa com o que os outros pensam de você. Você não...

— Do que você está falando? — perguntou Georgina, realmente confusa.

— Por que você está fazendo isso comigo? — choramingou Violet.

— Não é justo. Só porque a tia Clara lhe deixou um monte de dinheiro e terras, você acha que pode fazer o que bem entender. Você *nunca* para e pensa nas pessoas ao seu redor e em como suas ações podem afetá-las.

— O que há com você? — Georgina apoiou sua xícara na mesa.

— Não entendo por que o fato de eu simpatizar ou não com uma pessoa possa ser da sua conta.

— É da minha conta quando o que você faz se reflete na família. Em *mim*. — Violet se levantou de modo tão abrupto que sua xícara virou. Uma mancha marrom feia começou a se espalhar pela toalha da mesa. — Você sabe muito bem que não é adequado ficar sozinha com um homem como o Sr. Pye, e mesmo assim está tendo encontros sórdidos com ele à noite.

— Violet! Chega! — Georgina ficou assustada com a própria raiva. Ela nunca levantava a voz para a irmã mais nova. Rapidamente esticou a mão para fazer as pazes com ela, mas era tarde demais.

Violet estava vermelha como um tomate e tinha lágrimas nos olhos.

— Está bem! — gritou ela. — Continue bancando a tola com esse caipira pobretão! Ele deve estar interessado só no seu dinheiro, de qualquer forma! — As últimas palavras ficaram pairando horrivelmente no ar.

Violet pareceu arrasada por um momento; então deu meia-volta num supetão e passou correndo pela porta.

Georgina empurrou o prato para o lado e abaixou a cabeça nos braços. No fim das contas, aquele não era um dia para arenque defumado.

VIOLET SUBIU A escada batendo os pés, com a visão embaçada. Por que, ah, por que as coisas tinham de mudar? Por que tudo não podia permanecer como estava? No topo da escadaria, ela virou para a direita, caminhando o mais rápido que conseguia com as saias volumosas. Uma porta à sua frente se abriu. Ela tentou baixar a cabeça e correr, mas não foi rápida o suficiente.

— Seu rosto está um bocado vermelho, querida. Aconteceu alguma coisa? — Euphie a observava, preocupada, impedindo Violet de ir para o próprio quarto, no fim do corredor.

— Eu... eu estou com um pouco de dor de cabeça. Só ia me deitar. — A garota tentou sorrir.

— Dores de cabeça são mesmo horríveis! — exclamou Euphie. — Vou mandar uma criada trazer uma bacia de água fria. Coloque um pano úmido na testa e troque-o a cada dez minutos. Ora, onde foi que eu botei meu pó? Ele é muito útil para dores de cabeça.

Violet sentiu vontade de gritar quando Euphie entrou num estado de agitação que pelo visto iria durar horas.

— Obrigada, mas acho que vou melhorar se eu me deitar. — Violet se inclinou para a senhora e murmurou: — Estou naqueles dias, sabe?!

Se alguma coisa podia deter Euphie era a menção a *assuntos femininos*. Ela ficou muito corada e desviou o olhar, como se Violet estivesse usando um cartaz que proclamasse sua condição.

— Ah, *entendo*, querida. Bem, então vá logo se deitar. Vou ver se consigo achar meu pó. — Ela cobriu parte da boca com a mão e sibilou: — É bom para *isso* também.

Violet suspirou, percebendo que não havia meio de se retirar sem aceitar a ajuda de Euphie.

— Que delicadeza da sua parte! Quem sabe você possa entregá-lo à minha criada quando o encontrar?

Euphie fez que sim com a cabeça, e, após mais algumas instruções detalhadas sobre como lidar com *aquilo*, Violet felizmente conseguiu escapar. Em seu quarto, ela fechou a porta e a trancou e então foi se sentar no banco da janela. O quarto dela era um dos mais bonitos de Woldsly, embora isso não significasse que era o maior. Seda clara e listrada de amarelo e azul pendia das paredes, e o tapete era um antigo persa em azul e vermelho. Violet adorava o cômodo. Mas agora tinha voltado a chover lá fora, e o vento lançava as gotas contra a janela, fazendo os vidros balançarem. Ela chegara a ver algum dia de sol desde sua vinda para Yorkshire? Violet encostou a testa no vidro e observou a respiração deixar a janela embaçada. O fogo havia se apagado na lareira, deixando o quarto escuro e frio, exatamente como o humor dela.

Sua vida estava em ruínas, e era tudo culpa dela. Seus olhos voltaram a arder, e Violet os limpou com raiva. Nos últimos dois meses, havia chorado o suficiente para fazer navegar uma frota de navios, e isso não tinha feito nenhum bem a ela. Ah, se ao menos pudesse voltar no tempo e ter uma segunda chance de mudar as coisas. Ela nunca faria aquilo, não se tivesse uma segunda chance. Ela saberia que seus sentimentos — tão desesperados e urgentes na época — desapareceriam logo.

Violet abraçou uma almofada de seda azul enquanto via a janela ficar embaçada diante dela. Fugir não ajudara em nada. Ela pensou que, se fosse embora de Leicestershire, sem dúvida esqueceria aquilo tudo logo. Mas isso não havia acontecido, e agora todos os problemas estavam de volta, seguindo-a até Yorkshire. E Georgina — a recatada Georgina, sua irmã mais velha e engraçada, tão convictamente solteirona com o cabelo esvoaçante e o amor pelos contos de fadas — estava agindo de modo estranho, mal notando Violet e passando o tempo todo com aquele homem horroroso. Georgina era tão ingênua que provavelmente nunca lhe ocorrera que aquele nojento do Sr. Pye estava atrás da fortuna dela.

Ou pior.

Bem, pelo menos ela podia fazer alguma coisa a esse respeito. Violet levantou-se do banco da janela e correu para sua escrivaninha. Abriu as gavetas e remexeu nelas até encontrar uma folha de papel. Ela destampou o tinteiro e se sentou. Georgina nunca daria ouvidos a ela, mas havia uma pessoa a quem tinha de obedecer.

Violet mergulhou a pena na tinta e começou a escrever.

— P<small>OR QUE</small> nunca se casou, Sr. *Pye*? — Lady Georgina frisava o sobrenome apenas para irritá-lo, Harry tinha certeza disso.

Ela estava usando um vestido estampado com pássaros que ele nunca vira antes — alguns tinham três asas. Ela ficava bastante atraente nele, Harry tinha de admitir. Tinha um desses lenços que as mulheres usam enfiados no decote. Era quase transparente, insinuando os seios. Isso também o irritava. E o fato de que ela estava novamente ao seu lado no cabriolé, apesar de suas insistentes objeções, era a cereja do bolo. Pelo menos a chuva implacável dera uma trégua hoje, embora o céu fosse de um cinza agourento. Ele tinha esperança de que pudessem chegar ao primeiro chalé antes de ficarem encharcados.

— Eu não sei — respondeu Harry secamente, um tom que ele nunca teria usado com ela uma semana atrás. O cavalo parecia sentir o humor dele e trotava lateralmente, fazendo o cabriolé balançar. Harry apertou as rédeas para trazer o matungo de volta à trilha. — Provavelmente ainda não conheci a mulher certa.

— Quem seria a mulher certa?

— Eu não sei.

— O senhor deve ter alguma ideia — observou ela com aquela certeza aristocrática. — Gosta de moças louras?

— Eu...

— Ou prefere as donzelas de cabelos escuros? Uma vez, conheci um homem que só dançava com damas baixinhas e de cabelos escuros, não que alguma delas quisesse dançar com *ele*, mas parece que o sujeito nunca percebeu isso.

— Não tenho preferência por cor de cabelo — resmungou ele quando Lady Georgina parou para tomar fôlego. Ela voltou a abrir a boca, mas ele já estava no limite. — Por que a senhora não se casou, milady?

Pronto. Deixe a dama pensar um pouco nisso.

Ela não esperou nem um segundo.

— É difícil encontrar um cavalheiro promissor. Às vezes acho que seria mais fácil encontrar uma gansa que realmente botasse ovos de ouro. Muitos cavalheiros da sociedade não têm nada na cabeça, para falar a verdade. Eles consideram seu conhecimento sobre caça ou cães o suficiente e não querem saber de mais nada. Mas é preciso conversar sobre *algum assunto* à mesa do café da manhã. Não seria horrível estar num casamento cheio de pausas constrangedoras?

Ele nunca havia pensado nisso.

— Se a senhora diz...

— Mas é claro. Nada além do barulho da prataria na porcelana e do chá sendo sorvido. Horrível. E também tem aqueles que usam colete, ruge e pintas falsas. — Ela franziu o nariz. — O senhor tem ideia de como é desagradável beijar um homem que usa ruge nos lábios?

— Não. — Harry franziu a testa. — A senhora tem?

— Bem, não — admitiu ela —, mas tenho conhecimento de causa de que não é uma experiência que se queira repetir.

— Ah. — Essa foi praticamente a única coisa em que ele conseguiu pensar para dizer, mas pareceu ser o suficiente.

— Eu fui noiva. — Ela olhou distraída para as vacas pelas quais passavam.

Harry se empertigou.

— É mesmo? O que aconteceu? — Será que algum lordezinho a rejeitara?

— Eu tinha só 19 anos, o que, na minha opinião, é uma idade bem perigosa. Nessa idade, já se é adulta o suficiente para saber várias coisas, nas não sábia o bastante para compreender que há coisas que *não* temos como saber. — Lady Georgina fez uma pausa e olhou ao redor. — Aonde exatamente estamos indo hoje?

Os dois haviam cruzado as terras de Granville.

— Ao chalé dos Pollards — explicou ele. Mas o que tinha acontecido com o noivado dela? — A senhora estava falando sobre quando tinha 19 anos.

— Um dia eu fiquei noiva de Paul Fitzsimmons; esse era o nome dele, sabe?

— Essa parte eu entendi — ele quase rosnou. — Mas como a senhora ficou noiva e como terminou?

— Não sei bem como acabei ficando noiva.

Harry a encarou com as sobrancelhas erguidas.

— Bem, é verdade. — Lady Georgina parecia na defensiva agora. — Num momento eu estava dando uma volta no terraço com Paul durante uma festa, comentando sobre a peruca do Sr. Huelly, que era *rosa*, dá para imaginar? E então, de repente, *bum!* Eu estava noiva. — Ela o fitou como se isso fizesse todo sentido.

Ele suspirou. Provavelmente aquilo era o máximo que obteria dela.

— E como foi que acabou?

— Não muito tempo depois, descobri que a minha melhor amiga, Nora Smyth-Fielding, estava apaixonada por ele. E, quando percebi isso, não demorou para que eu notasse que Paul estava apaixonado por ela também. Confesso que — Lady Georgina franziu a testa — ainda não entendi por que ele me pediu em casamento se estava tão apaixonado por Nora. Talvez ele estivesse confuso, pobre homem.

Pobre homem uma ova. Esse tal de Fitzsimmons parecia um grande idiota.

— O que foi que a senhora fez?

Ela deu de ombros.

— Eu rompi o noivado, claro.

Claro. Pena que ele não estava por perto para ensinar ao filho da mãe ter boas maneiras. O sujeito merecia ter o nariz quebrado. Harry resmungou.

— Faz sentido a senhora ter dificuldade em confiar num homem depois disso.

— Eu não tinha pensado nisso dessa forma. Mas, sabe, acho que a herança de tia Clara é a minha maior barreira para encontrar um marido.

— Como uma herança poderia ser uma barreira? — perguntou Harry. — Pensei que isso ajudasse a atrair bandos de homens feito corvos numa carcaça.

— Que comparação encantadora, *Sr. Pye*. — Lady Georgina o encarou com a testa franzida.

Harry se retraiu.

— O que eu quis dizer...

— O que *eu* quis dizer foi que, devido à herança de tia Clara, nunca vou precisar me casar por razões financeiras. Portanto, torna-se menos necessário pensar nos cavalheiros em termos de casamento.

— Ah!

— O que não me impede de pensar em cavalheiros em outros termos.

Outros termos? Ele a encarou.

Ela estava corando.

— Além do casamento, quero dizer.

Harry tentou decifrar aquela frase enigmática, mas já havia virado o cabriolé para uma parte esburacada da estrada. Agora, parava o cavalo ao lado de um chalé muito humilde. Se não tivessem lhe dito, ele jamais acreditaria que alguém morava ali. Fora construído no mesmo formato do chalé dos Oldsons, mas aquele era muito diferente. O telhado de palha estava preto e podre, e uma parte já havia desabado. Ervas daninhas cresciam ao longo do caminho até a entrada, e a porta pendia, inclinada.

— Talvez a senhora devesse ficar aqui, milady — disse ele, mas Lady Georgina já estava descendo do cabriolé sem sua ajuda.

Harry trincou os dentes e esticou o braço sem dizer nada. Ela o aceitou sem protestar, passando os dedos ao seu redor. Ele podia sentir o calor dela através do casaco, e, de alguma forma, isso o tranquilizou. Os dois caminharam até a porta. Harry bateu, torcendo para que o lugar não desmoronasse.

Eles ouviram um barulho lá dentro, que logo parou. Ninguém atendeu à porta. Harry bateu novamente e esperou. Ele já estava levantando o braço para tentar pela terceira vez quando a madeira velha rangeu e se abriu. Um garoto de uns 8 anos estava em pé atrás da porta, mudo. O cabelo, oleoso e excessivamente comprido, caía sobre os olhos castanhos. Ele estava descalço e usava roupas amareladas de tão velhas.

— Sua mãe está em casa? — perguntou Harry.

— Quem é, garoto? — A voz era ríspida, mas não tinha malícia.

— Gente da alta sociedade, vó.

— O quê? — Uma mulher apareceu atrás do garoto. Era quase tão alta quanto um homem, muito magra e com uma aparência forte, apesar da idade, mas seus olhos eram confusos e temerosos, como se tivesse visto anjos batendo à sua porta.

— Temos umas perguntas para lhe fazer. Sobre Annie Pollard — disse Harry. A mulher simplesmente continuou encarando os dois. Ele poderia muito bem estar falando francês. — Este é o chalé dos Pollards, não é?

— Eu não gosto de falar sobre a Annie. — A mulher baixou o olhar para o garoto, que não havia tirado os olhos do rosto de Harry. Abruptamente, ela deu uns tapinhas na parte de trás da cabeça dele. — Ande! Vá caçar alguma coisa para fazer.

O garoto nem piscou, simplesmente passou por eles e deu a volta no chalé. Talvez a avó falasse sempre assim com ele.

— O que tem a Annie? — perguntou a velha senhora.

— Ouvi dizer que ela se envolveu com Lorde Granville — começou Harry, de forma cautelosa.

— Se envolveu? Que palavra bonita para explicar o que aconteceu. — A mulher repuxou os lábios e revelou espaços escuros onde deveriam estar os dentes da frente. A língua rosada apareceu entre eles. — Por que você quer saber sobre esse assunto?

— Alguém está matando ovelhas — falou Harry. — Ouvi dizer que Annie, ou talvez alguém próximo a ela, pudesse ter algum motivo para fazer algo assim.

— Não sei nada sobre essas ovelhas. — Ela tentou fechar a porta, mas Harry colocou o pé na fresta, impedindo-a de encerrar o assunto.

— E Annie sabe?

A mulher estremeceu.

Inicialmente, Harry pensou que talvez a tivesse feito cair no choro, mas então a mulher levantou a cabeça, e ele viu um sorriso grotesco se formar em seus lábios.

— Talvez saiba, talvez Annie saiba — disse ela com a respiração entrecortada. — Se os feitos dos vivos chegarem aos ouvidos daqueles que queimam no fogo do inferno.

— Então ela está morta? — Lady Georgina falou pela primeira vez. O sotaque refinado pareceu trazer a mulher de volta à realidade.

— Ela poderia muito bem estar morta, ou quase morta. — A velha se recostou na porta, parecendo cansada. — O nome dela era Annie Baker. Ela era casada. Pelo menos, até *ele* se meter com ela.

— Lorde Granville? — murmurou Lady Georgina.

— Isso. O diabo em pessoa. — A mulher sugou o lábio superior. — Annie se livrou de Baker. Ela foi amante de Granville enquanto ele a quis, o que não foi muito tempo. Voltou para cá com a barriga grande e ficou por tempo suficiente para parir. Depois, foi embora de novo. Da última vez que tive notícias dela, soube que estava abrindo as pernas por uma dose de gim. — A mulher pareceu subitamente triste. — Uma garota não sobrevive muito tempo como puta de gim, não é?

— Não — concordou Harry baixinho.

Lady Georgina parecia chocada, e ele lamentou não ter conseguido convencê-la a ficar na Mansão Woldsly. Ele a havia arrastado para uma fossa.

— Obrigado por nos contar sobre Annie, Sra. Pollard — disse Harry gentilmente para a velha. Apesar das maneiras rudes, deve ter sido doloroso para ela falar sobre antigas feridas. — Só tenho mais uma pergunta, e então não vamos mais incomodá-la. A senhora sabe o que aconteceu com o Sr. Baker?

— Ah, ele. — A Sra. Pollard fez um gesto com a mão, como se espantasse uma mosca. — Baker arrumou outra moça. Ouvi dizer que ele até se casou com ela, embora não deva ter sido na igreja, pois ele já era casado com a Annie. Não que Annie se importe. Não mais. — Ela fechou a porta.

Harry franziu a testa e então concluiu que já havia perguntado o suficiente.

— Vamos, milady. — Ele pegou Lady Georgina pelo cotovelo e a acompanhou pelo caminho de volta. Enquanto a ajudava a subir no cabriolé, Harry olhou para trás.

O garoto estava encostado no canto do chalé, de cabeça baixa, um pé descalço em cima do outro. Provavelmente tinha ouvido cada palavra que a avó dissera sobre a mãe. Não havia horas suficientes no dia para resolver os problemas de todo mundo. Seu pai costumava dizer isso com frequência quando Harry era pequeno.

— Espere um momento, milady. — Ele caminhou a curta distância até o garoto.

O garoto ergueu os olhos, cauteloso, quando Harry se aproximou, mas não se moveu.

Harry baixou o olhar para ele.

— Se ela morrer, ou se um dia você precisar de ajuda, me procure. Meu nome é Harry Pye. Repita.

— Harry Pye — murmurou o garoto.

— Ótimo. Veja se ela lhe compra umas roupas novas.

Ele colocou um xelim na mão do garoto e voltou para o cabriolé sem esperar um agradecimento. Fora um gesto sentimental e provavelmente inútil. A velha provavelmente usaria o dinheiro para comprar bebida, e não novas roupas para o neto. Ele subiu no cabriolé, ignorando o sorriso de Lady Georgina, e pegou os arreios. Quando olhou novamente para o garoto, ele fitava a moeda em sua mão. Então eles partiram.

— Que história horrível. — O sorriso dela tinha desaparecido.

— Sim. — Harry olhou-a de esguelha. — Sinto muito que a senhora tenha ouvido. — Ele fez o cavalo dar um trote. Queria deixar as terras de Granville o quanto antes.

— Não creio que alguém nessa família possa ter envenenado as ovelhas. A mulher é velha e receosa demais para isso. O garoto, jovem demais, e parece que o marido seguiu com a vida. A menos que Annie tenha voltado.

Ele balançou a cabeça.

— Se ela passou esse tempo todo atrás de bebida, não é ameaça para mais ninguém.

Ovelhas pastavam dos dois lados da estrada, uma cena pacífica, apesar das nuvens que baixavam e do vento que se formava. Harry observava os arredores com atenção. Depois de ontem, temia um ataque.

— O senhor tem outro fazendeiro para visitar hoje? — Lady Georgina segurava o chapéu na cabeça com uma das mãos.

— Não, milady. Eu... — Eles chegaram ao cume, e Harry viu o que havia do outro lado. Abruptamente, puxou os arreios. — Maldição.

O cabriolé parou. Harry fitou os três montes de lã deitados bem ao lado do muro de pedra que beirava a estrada.

— Elas estão mortas? — murmurou Lady Georgina.

— Sim. — Harry amarrou os arreios, abaixou o freio e saltou do cabriolé.

Os dois não foram os primeiros a descobrir aquilo. Um cavalo marrom e magro estava amarrado ao muro e balançava a cabeça nervosamente. Seu dono estava de costas para eles, abaixado sobre uma das ovelhas desfalecidas. O homem se levantou, revelando sua altura. O cabelo era castanho. O corte do casaco, que balançava com o vento, era o de um cavalheiro. Era muito azar Thomas ter encontrado a ovelha envenenada primeiro.

O homem se virou, e os pensamentos de Harry se dispersaram. Por um momento, ele não conseguiu pensar em nada.

Os ombros do homem eram mais largos que os de Thomas, seu cabelo, um tom mais claro, cacheado ao redor das orelhas. Tinha um rosto largo e bonito, com linhas emoldurando os lábios sensuais, e seus olhos eram grandes. Não podia ser.

O homem caminhou na direção deles e pulou o muro com facilidade. Conforme ele se aproximava, era possível ver que seus olhos verdes brilhavam como fósforo. Harry sentiu Lady Georgina parando a seu lado. Só naquele momento ele tinha se dado conta de que se esquecera de ajudá-la a descer do cabriolé.

— Harry — ele a ouviu dizer —, você nunca me disse que tinha um irmão.

Capítulo Oito

Esta sempre fora a sua ruína: não pensar o suficiente antes de falar. Isso ficou bem claro para Georgina quando os dois homens se viraram e olharam para ela, em choque. Como ela poderia saber que havia um segredo obscuro ali? Ela nunca vira olhos tão verdes como os de Harry, e, ainda assim, lá estavam eles, os mesmos olhos verdes, encarando-a, no rosto de outro homem. Na verdade, o outro homem era bem mais alto, e seus traços tinham um aspecto diferente. Mas, ao olhar para os dois, quem poderia concluir outra coisa além de que eles eram irmãos? Realmente, ela não tinha culpa.

— Harry? — O estranho deu um passo para a frente. — *Harry?*

— Este é Bennet Granville, milady. — Harry se recuperara mais rápido do que o outro homem, e agora sua expressão era indiferente. — Granville, esta é Lady Georgina Maitland.

— Milady. — O Sr. Granville fez uma mesura educada. — É uma honra conhecê-la.

Ela retribuiu a mesura e resmungou mecanicamente as palavras esperadas.

— E, Harry — por um momento, a emoção lampejou nos olhos de esmeralda do jovem Granville; mas ele logo recuperou o controle —, já... faz um bom tempo.

Georgina quase bufou. Dentro de mais ou menos um ano, ele seria tão bom em esconder os próprios pensamentos quanto Harry.

— Quanto tempo, exatamente?

— O quê? — O Sr. Granville parecia surpreso.

— Dezoito anos. — Harry virou o rosto para as ovelhas, obviamente querendo mudar de assunto. — Envenenadas?

O Sr. Granville piscou, mas seguiu a deixa rapidamente.

— Creio que sim. Você gostaria de dar uma olhada? — Ele se virou e pulou o muro outra vez.

Ah, pelo amor de Deus! Georgina revirou os olhos. Pelo visto, os dois homens iam ignorar a gafe dela e o fato de que não se viam fazia dezoito anos.

— Milady? — Harry esticou a mão para ajudá-la a pular o muro.

— Sim, muito bem. Estou indo.

Ele a encarou com uma expressão estranha. Quando Georgina lhe estendeu a mão, em vez de simplesmente segurá-la, Harry a puxou para mais perto e então a ergueu, colocando-a sentada no muro. Georgina abafou um gritinho. Os polegares dele tocaram a base de seus seios, e seus mamilos subitamente ficaram sensíveis. Harry lhe lançou um olhar de advertência.

O que aquilo significava? Ela se sentiu corar.

Harry pulou o muro e foi até o Sr. Granville. Georgina, ao se ver sozinha, virou as pernas para o outro lado e pulou para o pasto. Os dois homens estavam examinando uma pilha de ervas murchas.

— Não são muito velhas. — Harry tocou um talo encharcado com a biqueira da bota. — Provavelmente foram colocadas aqui durante a noite. Cicuta, de novo.

— De novo? – O Sr. Granville, agachado perto das plantas, olhou para ele.

— Sim. Isso está acontecendo há algumas semanas. Ninguém lhe contou?

— Acabei de chegar de Londres. Ainda não estive no Casarão Granville. Quem está fazendo isso?

— Seu pai acha que sou eu.

— Você? Por que ele...? — O Sr. Granville se interrompeu; em seguida, deu uma risadinha. — Ele finalmente está pagando por seus pecados.

— Você acha mesmo?

Mas o que estava acontecendo? Georgina olhava de um homem para o outro, tentando decifrar o que não era dito.

O Sr. Granville assentiu com a cabeça.

— Vou falar com ele, ver se consigo fazê-lo parar de perseguir você e começar a se preocupar em descobrir quem realmente está fazendo isso.

— E ele vai ouvir você? — Os lábios de Harry se contorceram cinicamente.

— Talvez. — Os dois homens trocaram um olhar. Apesar das diferenças de altura e dos traços em seus rostos, suas expressões eram espantosamente parecidas. E radiavam repulsa.

— Tente fazer seu pai lhe dar ouvidos, Sr. Granville — reforçou Georgina. — Ele já ameaçou mandar prender o Harry.

Harry a encarou com uma expressão severa, mas o Sr. Granville abriu um sorriso charmoso para a dama.

— Farei o melhor que puder, milady. Por *Harry*.

Georgina percebeu que havia sido impróprio chamar o Sr. Pye pelo nome de batismo. *Ah, paciência*. Ela empinou o nariz e sentiu uma gota de chuva pingar nele.

O Sr. Granville fez outra mesura.

— Foi um prazer conhecê-la, Lady Georgina. Espero que possamos nos encontrar em circunstâncias mais agradáveis.

Harry havia se aproximado dela e colocado uma das mãos em suas costas. Georgina tinha a sensação de que ele estava olhando para o Sr. Granville de cara feia agora.

Ela abriu um sorriso para o vizinho.

— Com certeza.

— Foi bom vê-lo, Harry — falou o Sr. Granville.

O administrador apenas assentiu com a cabeça.

O homem mais novo hesitou, então rapidamente se virou e pulou o muro. Ele montou no cavalo e deu meia-volta com o animal para acenar com a mão antes de partir.

— Exibido — resmungou Harry.

Georgina bufou e se virou para ele.

— É só isso que você tem a dizer ao ver seu irmão depois de dezoito anos?

Ele olhou para ela em silêncio, com as sobrancelhas arqueadas.

Georgina jogou os braços para o ar, indignada, e seguiu em direção à parede de pedras, batendo os pés. Mas então parou, vacilando quando não conseguiu achar um apoio para o pé. Mãos fortes a pegaram por trás, novamente pouco abaixo dos seios. Desta vez, ela gritou.

Harry a ergueu e a segurou contra o peito.

— Ele não é meu irmão — rosnou ele em seu ouvido, fazendo com que todos os tipos de sensações percorressem seu pescoço e outras partes de seu corpo. Quem poderia imaginar que os nervos do pescoço estavam conectados à...

Harry a colocou com firmeza em cima do muro.

Georgina o atravessou com dificuldade e marchou até o cabriolé.

— Então qual é o seu parentesco com ele?

Em vez de ajudá-la a subir na carruagem, Harry a pegou mais uma vez pela cintura. Ela poderia facilmente se acostumar com aquilo.

— Ele foi meu amigo de infância — respondeu Harry, colocando-a no assento.

Georgina lamentou que as mãos dele a tivessem soltado.

— Você brincava com Thomas e Bennet Granville quando era pequeno? — Ela esticou o pescoço para acompanhá-lo enquanto ele dava a volta pelo cabriolé.

Mais gotas de chuva começaram a cair.

— Sim. — Ele subiu no veículo e pegou as rédeas. — Eu cresci na propriedade, esqueceu? Thomas tem mais ou menos a minha idade, e Bennet é alguns anos mais novo. — Ele guiou o cavalo para a estrada e fez com que o animal trotasse.

— E, ainda assim, você não via os dois desde que deixou a propriedade dos Granvilles?

— Eu era, eu *sou*, o filho do couteiro. — Um músculo se retesou em sua mandíbula. — Não havia razão para nos vermos.

— Ah! — Ela refletiu sobre o que ele havia acabado de dizer. — Vocês eram grandes amigos? Quero dizer, você gostava de Bennet e Thomas?

A chuva aumentou. Georgina fechou os braços sobre a capa ao seu redor e torceu para que seu vestido não ficasse encharcado.

Harry a fitou como se ela tivesse feito uma pergunta muito boba.

— Nós apenas crescemos juntos. Não importava muito se nós gostávamos uns dos outros. — Ele observou o cavalo por um instante, então falou, quase de má vontade: — Eu me dava melhor com Bennet, embora tivesse quase a mesma idade de Thomas. Ele sempre foi meio medroso. Não gostava de pescar nem de explorar os lugares, nem das outras brincadeiras de garoto, porque tinha medo de sujar a roupa.

— É por isso que você não confia em Thomas agora?

— Porque ele era medroso quando era garoto? Não, milady. Acho que a senhora sabe que sou melhor do que isso. Ele estava sempre tentando cair nas graças do pai naquela época. Duvido que tenha mudado só porque é um homem feito agora. E como Granville me odeia... — Ele deixou a frase interrompida no ar e deu de ombros.

Cair nas graças do pai. O primogênito normalmente não precisa se esforçar para que isso aconteça. Era muito estranho que esse não fosse o caso de Thomas Granville. Mas ela estava mais curiosa sobre outra coisa.

— Então você passava muito tempo com Bennet quando era garoto?

A chuva pingava da aba do tricórnio de Harry.

— Nós brincávamos juntos, e eu assistia às aulas com ele quando o tutor dele estava de bom humor. E quando Granville não estava por perto.

Ela franziu a testa.

— Quando Lorde Granville não estava por perto?

Ele assentiu, com a expressão sombria.

— Ele já me odiava desde aquela época. Dizia que eu era orgulhoso demais para um filho de couteiro. Mas o tutor também não gostava do patrão. Acho que me ensinar era uma pequena vingança para ele.

— Então foi assim que você aprendeu a ler e a escrever?

Harry fez que sim com a cabeça.

— Bennet era melhor do que eu com as palavras, mesmo sendo mais novo, mas eu era melhor com números. Então, sim, passei um bocado de tempo com ele.

— O que foi que aconteceu?

Ele a encarou.

— O pai dele açoitou o meu quando eu tinha 12 anos, e ele, 10.

Georgina se perguntou como seria perder o contato com alguém muito próximo aos 12 anos. Alguém que ela via todos os dias. Alguém com quem brincava e brigava. Alguém que ela achava que sempre estaria lá. Seria como perder parte do corpo.

Até onde alguém iria para corrigir tal maldade?

Ela estremeceu e levantou a cabeça. Eles haviam chegado ao rio que separava as terras de Granville das dela. Harry fez o cavalo diminuir a velocidade quando o animal começou a chapinhar no vau. A chuva caía forte agora, fazendo a água enlameada espirrar. Georgina olhou rio abaixo, onde a água ficava mais funda e girava num redemoinho. Algo boiava ali.

— Harry. — Ela tocou o braço dele e apontou para o que tinha visto.

Ele xingou.

O cavalo saiu do riacho, e Harry parou o cabriolé, amarrando as rédeas rapidamente. Ele ajudou Georgina a descer do veículo antes de caminhar até a margem. Os sapatos dela afundavam na lama enquanto ela o seguia. Quando o alcançou, Harry estava imóvel. Então ela viu o porquê. O corpo de uma ovelha se contorcia lentamente na água; a chuva que caía sobre a lã lhe dava uma estranha impressão de movimento, como se estivesse viva.

Ela estremeceu.

— Porque ela não sai do lugar?

— Está amarrada. — Com a expressão fechada, Harry apontou com a cabeça para um galho que pendia sobre o rio.

Georgina viu que havia uma corda amarrada em volta do galho e que a outra ponta dela desaparecia na água. Provavelmente estava amarrada a alguma parte da ovelha.

— Mas por que alguém faria uma coisa dessas? — Ela sentiu um calafrio percorrer sua espinha. — Isso é loucura.

— Talvez para contaminar a água. — Ele se sentou na margem do riacho e começou a tirar as botas.

— O que você está fazendo?

— Eu vou soltá-la. — Ele desabotoou o casaco. — Ela vai acabar descendo o rio e parando na margem, então algum fazendeiro vai retirá-la da água. Pelo menos o rio inteiro não será contaminado.

Harry havia tirado o casaco, e a camisa estava ensopada por causa da chuva. Ele pegou a faca da bota e desceu pela margem até o riacho. A água estava quase em sua cintura, mas, conforme ele caminhava com dificuldade, a correnteza rapidamente alcançou a altura do seu peito. A chuva havia deixado o riacho, normalmente plácido, bastante agitado.

— Tome cuidado! — gritou Georgina. Se ele pisasse em falso, poderia ser levado pelo rio. Será que ele sabia nadar?

Harry não respondeu ao grito dela e continuou caminhando. Quando alcançou a corda, ele a segurou onde ela estava esticada acima da água e começou a cortá-la. Os fios cederam rápido e, de repente, a ovelha começou a girar e foi levada pela correnteza. Harry se virou para voltar, com a água descendo agitada ao seu redor. Ele escorregou, e sua cabeça desapareceu embaixo da água, sem fazer barulho.

Ah, meu Deus. O coração de Georgina deu um salto doloroso em seu peito. Ela correu para a margem sem saber o que fazer. Mas logo Harry estava em pé de novo, o cabelo molhado grudado no rosto. Ele saiu do rio e torceu a frente da camisa, que agora estava transparente.

Georgina podia ver os mamilos e os cachos dos pelos escuros onde a camisa grudara no peito.

— Um dia, eu gostaria de ver um homem nu — disse ela.

Harry ficou imóvel.

Lentamente, ele se endireitou depois de calçar as botas. Os olhos verdes encontraram os dela, e Georgina poderia jurar que havia uma fogueira ardendo ali.

— Isso é uma ordem, milady? — perguntou ele, com a voz muito grave, como se fosse um ronronado sombrio.

— Eu... — *Ah, meu bom Deus, sim!* Uma parte de Georgina queria desesperadamente ver Harry Pye sem aquela camisa. Para que ela visse como eram sua barriga e seus ombros nus. Para que ela descobrisse se realmente havia cachos de pelo em seu peito. E, depois, se ele retirasse a calça... Ela não conseguiu evitar. Seus olhos baixaram para aquela parte da anatomia masculina para a qual uma dama nunca, *nunca*, sob quaisquer circunstâncias, deveria se deixar olhar. A água tinha feito um trabalho excepcional ao moldar a calça aos membros inferiores de Harry.

Georgina respirou fundo e abriu a boca.

Harry xingou e lhe deu as costas. Uma carroça e um pônei estavam subindo a estrada.

Ora, mas que droga.

— Você não pode achar que Harry Pye está envenenando suas ovelhas. — As palavras de Bennet eram formuladas como uma pergunta, mas foram ditas como uma afirmação.

Não havia nem dois minutos que o rapaz estava de volta e já estava questionando o próprio pai. Mas, por outro lado, ele sempre tomava as dores de Pye. Silas bufou:

— Eu não acho. Eu *sei* que Pye está por trás dessa matança.

Bennet franziu a testa e se serviu de um copo de uísque. Ele ergueu o decantador numa pergunta.

Silas negou com a cabeça e se reclinou na cadeira de couro atrás de sua mesa. Aquele cômodo era o favorito dele, tinha um estilo bastante masculino. Havia galhadas penduradas nas paredes do escritório, e uma lareira enorme e escura ocupava a parede inteira na outra extremidade do cômodo. Acima dela, uma pintura clássica: *O rapto das sabinas*. Homens morenos rasgavam as roupas de jovens de pele clara, que gritavam. Às vezes, ele tinha uma ereção só de olhar para aquilo.

— Mas veneno? — Bennet se lançou numa cadeira e começou a tamborilar os dedos no braço dela.

O filho mais novo o irritava, mas, mesmo assim, Silas não conseguia deixar de sentir orgulho dele. Era ele quem deveria ser seu herdeiro. Thomas nunca teria colhões para enfrentar o pai. Silas soubera disso desde que vira Bennet pela primeira vez, berrando e com o rosto vermelho, nos braços da mãe. Assim que ele olhou para o rosto do bebê, uma voz dentro de si murmurou: *este* — este, entre todos os outros de sua prole — será o filho do qual você terá orgulho. Então ele tirou o bebê dos braços daquela vagabunda e o trouxe para casa. Sua esposa chorou e fez beicinho, mas Silas logo deixou claro que não mudaria de ideia e que ela teria de se acostumar com a criança. Algumas pessoas talvez ainda se lembrassem de que Bennet não era filho legítimo de Silas, que tinha saído do ventre da esposa do couteiro, mas ninguém ousava falar sobre o assunto em voz alta.

Não enquanto Silas Granville fosse dono daquelas terras.

Bennet balançou a cabeça.

— Veneno não seria o método que Harry usaria se quisesse se vingar do senhor. Ele adora essas terras e as pessoas que as cultivam.

— Adora essas terras? — zombou Silas. — Como pode, se ele não é dono de terra alguma. Ele não é nada além de um guardião remunerado. As terras que ele protege e nas quais trabalha pertencem a outra pessoa.

— Mas os fazendeiros ainda o consultam, não é? — perguntou Bennet em voz baixa, estreitando os olhos. — Pedem a opinião dele e seguem seus conselhos. E muitos dos seus arrendatários vão atrás de

Harry quando têm um problema. Ou pelo menos iam antes de isso tudo começar. Eles não ousariam procurar o senhor.

Uma pontada de dor surgiu na têmpora esquerda de Silas.

— Por que me procurariam? Não sou o taberneiro, nem alguém para quem os fazendeiros choramingam seus problemas.

— Não. O senhor não está interessado nos problemas das outras pessoas, não é mesmo? — questionou Bennet, arrastando as palavras.

— Mas o respeito, a lealdade delas... Isso é uma questão diferente.

Silas tinha a lealdade dos moradores locais. Eles não o temiam? Camponeses sujos e estúpidos, indo se aconselhar com alguém do mesmo nível simplesmente porque ele se elevara a uma posição um pouco melhor. Silas sentiu o suor escorrendo pelo pescoço.

— Pye tem inveja de seus superiores. Ele queria ser um aristocrata.

— Mesmo se ele tivesse inveja, nunca usaria esse método para se vingar dos seus *superiores*, como o senhor diz.

— Método? — Silas bateu com a mão espalmada sobre a mesa. — Você fala como se ele fosse um príncipe de Maquiavel e não um simples administrador de terras. Ele é filho de uma vagabunda e de um ladrão. Que tipo de método ele usaria além de se esgueirar por aí envenenando animais?

— Uma vagabunda. — Os lábios de Bennet se estreitaram enquanto ele se servia de outra dose de uísque. Provavelmente era assim que passava todo seu tempo em Londres... com bebidas e mulheres. — Se a mãe de Harry, a minha mãe, era uma vagabunda, quem o senhor acha que a fez ser assim?

Silas fez cara feia.

— O que você está pensando falando comigo nesse tom? Eu sou seu pai, garoto. Não se esqueça disso.

— Como se eu pudesse esquecer que sou fruto do senhor. — Bennet rosnou uma risada.

— Você deveria ter orgulho... — começou Silas.

O filho deu uma risada irônica e esvaziou o corpo.

Silas se pôs de pé.

— Eu salvei você, garoto! Se não fosse por mim...

Bennet arremessou o copo na lareira. O vidro explodiu e lançou lascas reluzentes no tapete.

— Se não fosse pelo senhor, eu teria uma mãe, e não a vaca da sua esposa fria, que era orgulhosa demais para demonstrar afeição por mim!

Silas jogou todos os papéis que estavam em cima de sua mesa no chão.

— É isto o que você quer, garoto? As tetas de uma mãe para mamar?

Bennet empalideceu.

— O senhor nunca entendeu.

— Entender? Qual é a diferença entre uma vida na merda e uma vida na mansão? Entre um bastardo faminto e um aristocrata que pode bancar tudo o que há de bom na vida? Eu lhe dei isso. Eu lhe dei tudo.

Bennet balançou a cabeça e caminhou na direção da porta.

— Deixe Harry em paz.

E fechou a porta atrás de si.

Silas ergueu o braço para jogar no chão a única coisa que ainda permanecia sobre sua mesa, o tinteiro, mas parou ao ver sua mão. Estava tremendo. Bennet. Ele afundou em sua cadeira.

Bennet.

Ele o havia criado para ser forte, fizera questão de que soubesse cavalgar como um demônio e lutar como um homem. Sempre favorecera o garoto e nunca escondera isso de ninguém. E por que deveria? Será que não era óbvio para todos que aquele era o filho do qual um homem deveria se orgulhar? Em troca, ele havia esperado... o quê? Não afeição nem amor, mas respeito, sem dúvida. Ainda assim, seu segundo filho o tratava como se ele fosse um monte de merda. Vinha ao Casarão Granville apenas para buscar dinheiro. E agora estava tomando as dores de um criado pobretão? Ficando contra o próprio pai. Silas se afastou da mesa. Ele precisava dar um jeito em Harry Pye antes que o homem se tornasse uma ameaça maior. Ele não podia deixar que Pye o afastasse do filho.

A porta se abriu numa fresta, e Thomas espiou o cômodo como uma garotinha tímida.

— O que você quer? — Silas estava cansado demais para gritar.

— Eu vi Bennet saindo daqui. Ele voltou, é? — Thomas entrou lentamente no escritório do pai.

— Ah, sim, ele voltou. E foi por isso que você se convidou a entrar no meu escritório? Para saber do retorno do seu irmão?

— Ouvi parte da discussão de vocês. — Thomas deu mais alguns passos cautelosos, como se estivesse se aproximando de um javali selvagem. — E queria oferecer meu apoio. Quero ver Harry Pye sendo castigado, quero dizer. É óbvio que é ele quem está por trás disso, qualquer um pode ver.

— Que adorável. — Silas encarou o filho mais velho com um esgar. — E em que exatamente você pode me ajudar?

— Falei com Lady Georgina outro dia. Eu tentei contar a você. — O músculo debaixo do olho direito de Thomas começou a repuxar.

— E ela lhe disse que entregaria Pye amarrado com um belo laço, quando você quisesse?

— N-não, ela pareceu encantada por ele. — Thomas deu de ombros. — Afinal, ela é uma mulher. Mas, talvez, se houvesse novas provas, se tivéssemos homens tomando conta das ovelhas...

Silas deu uma risada rouca.

— Como se houvesse homens suficientes no condado para ficar tomando conta de todas as ovelhas das minhas terras, todas as noites. Não seja ingênuo. — Ele foi até o decantador de uísque.

— Mas, se houver provas ligadas a ele...

— Ela não aceitaria nada além de uma confissão assinada por Pye. Nós temos provas, a escultura de Pye que foi encontrada bem ao lado da ovelha morta. Mas, mesmo assim, a mulher ainda acha que ele é inocente. Seria diferente se, em vez de uma ovelha, um homem ou... — Silas parou no meio da frase, olhando de forma distraída para o copo de uísque que acabara de encher. Então jogou a cabeça para trás e começou a rir, soltando gargalhadas semelhantes a uivos, que faziam seu corpo balançar e derramar o uísque do copo.

Thomas o encarava como se o pai tivesse enlouquecido.

Silas deu um tapa nas costas do filho e quase o jogou no chão.

— Sim, vamos lhe dar uma prova, garoto. Uma prova que nem ela pode ignorar.

Thomas abriu um sorriso trêmulo, aquele bom garoto.

— Mas nós não temos provas, pai.

— Ah, Tommy, meu garoto. — Silas tomou um gole de uísque e piscou para ele. — Quem disse que provas não podem ser arranjadas?

— Isso é tudo. Você pode tirar o restante da noite de folga. — Georgina sorriu de uma maneira que ela esperava parecer casual. Como se ela sempre dispensasse Tiggle antes do jantar.

Aparentemente, não funcionou.

— Isso é tudo, milady? — A criada se empertigou depois de guardar uma pilha de lençóis. — Como assim? A senhora vai tirar essa roupa depois, não vai?

— Sim, claro. — Ela sentiu o rosto ficar quente. — Mas pensei que conseguiria fazer isso sozinha hoje.

Tiggle a encarou.

Georgina assentiu, confiante.

— Tenho certeza de que serei capaz de me virar sozinha, pode ir.

— O que a senhora está aprontando, milady? — Tiggle colocou as mãos no quadril.

Este era o problema de ter os mesmos criados durante tantos anos. Não se inspirava mais o respeito devido.

— Tenho um convidado para o jantar. — Ela fez um movimento distraído com a mão. — E pensei que você não iria querer esperar por mim.

— É meu dever esperar pela senhora — disse Tiggle, desconfiada.

— A criada de Lady Violet também foi dispensada?

— Na verdade — Georgina passou a ponta do dedo pela penteadeira —, é um jantar muito particular. Violet não estará presente.

— Não estará...

A exclamação da criada foi interrompida por uma batida à porta. Droga! Georgina tinha esperanças de já ter se livrado de Tiggle a esta altura.

Georgina abriu a porta.

— Na minha sala de estar, por favor — falou ela para os lacaios do lado de fora.

— Milady — sussurrou Tiggle quando a patroa passou por ela e seguiu em direção à porta de ligação dos cômodos.

Georgina a ignorou e abriu a porta. Na sala de estar, os lacaios estavam ocupados rearrumando a mobília e pondo a mesa que tinham trazido. Chamas bruxuleavam na lareira.

— O que está...? — Tiggle seguiu Georgina para dentro da sala de estar, mas imediatamente ficou em silêncio na presença dos outros criados.

— É assim que a senhora quer, milady? — perguntou um dos lacaios.

— Sim, ficará ótimo. Agora, fiquem atentos e avisem à cozinheira quando o Sr. Pye chegar. Queremos o jantar no mesmo instante.

Os lacaios fizeram uma mesura, o que infelizmente libertou a criada do silêncio autoimposto.

— A senhora vai jantar com o Sr. Pye. — Tiggle parecia escandalizada. — Sozinha?

Georgina empinou o queixo.

— Sim, vou.

— Ah, meu Deus, por que não me contou, milady? — Tiggle se virou abruptamente e correu de volta para o quarto.

Georgina observou-a se afastar.

A cabeça da criada apareceu na moldura da porta, e ela gesticulou com urgência.

— Rápido, milady! Não temos muito tempo.

Confusa, Georgina a seguiu para dentro do quarto.

Tiggle já estava em frente à penteadeira, remexendo nos frascos. Ela estendeu um pequeno vidro quando Georgina se aproximou.

— Isto vai servir. Exótico, mas não muito intenso. — E puxou o fichu do pescoço da patroa.

— O que é que você...? — Georgina levou uma das mãos ao decote subitamente exposto.

A criada afastou as mãos da patroa. Tinha retirado a tampa do frasco de vidro e esfregava o líquido no pescoço e entre os seios de Georgina. Cheiro de sândalo e jasmim pairava no ar.

Tiggle tampou o frasco e deu um passo para trás, como se a avaliasse.

— Acho que os brincos de gotas de granada ficariam melhor.

Georgina obedientemente remexeu no porta-joias.

Atrás dela, Tiggle suspirou.

— É uma pena que eu não tenha tempo de refazer seu penteado, milady.

— Mas estava bom um minuto atrás. — Georgina forçou a vista para seu reflexo no espelho enquanto trocava os brincos.

— Um momento atrás eu não sabia que a senhora estava à espera de um cavalheiro.

Georgina se empertigou e se virou.

Tiggle franziu as sobrancelhas ao inspecioná-la.

Georgina passou uma das mãos, constrangida, pelo vestido de veludo verde. Uma fileira de laços pretos descia pelo corpete e se estendia pelos cotovelos.

— Está bom assim?

— Sim. — Tiggle acenou com veemência. — Sim, milady, acho que está bom. — Ela caminhou rapidamente até a porta.

— Tiggle — chamou Georgina.

— Milady?

— Obrigada.

A criada corou.

— Boa sorte, milady. — Ela sorriu e desapareceu do cômodo.

Georgina fechou a porta que dava para o quarto e voltou à sala de estar. Ela se sentou em uma das poltronas perto da lareira e, no mesmo instante, levantou-se num pulo; então foi até a cornija e inspecionou o relógio acima. Sete horas e cinco minutos. Talvez Harry não tivesse um relógio. Ou quem sabe simplesmente era um homem que costumava se atrasar? Ou talvez ele não quisesse vir...

Alguém bateu à porta.

Georgina congelou e a encarou.

— Entre.

Era Harry Pye. Ele hesitou, observando-a com a porta ainda aberta atrás de si.

— O senhor não vai entrar?

O administrador entrou, mas deixou a porta aberta.

— Boa noite, milady. — Seu tom de voz era indecifrável.

Georgina começou a tagarelar.

— Eu pensei que poderíamos ter um jantar tranquilo para conversar sobre os envenenamentos e o ataque, e o que poderíamos fazer...

Lacaios entraram pela porta — *graças a Deus!* — e começaram a arrumar a mesa. Atrás deles vieram mais criados, trazendo os pratos e o vinho. Toda aquela atividade deixou o cômodo agitado. Ela e Harry observavam em silêncio enquanto os criados arrumavam a mesa do jantar. Finalmente, a maioria deixou o cômodo, ficando apenas um criado para servir o jantar, que puxou uma cadeira, primeiro para a dama, depois outra para o cavalheiro. Os dois se sentaram, e ele começou a servir a sopa.

Um silêncio mortal tomava conta da sala.

Georgina olhou do lacaio para Harry.

— Acho que podemos nos servir sozinhos. Obrigada.

O lacaio fez uma mesura e saiu.

Então os dois ficaram a sós. Georgina espiou Harry, que olhava para a sopa com a testa franzida. Será que ele não gostava de *consommé*?

Ela partiu o pãozinho, um estampido de trovão no silêncio.

— Espero que você não tenha ficado resfriado depois de hoje à tarde?

Harry ergueu sua colher.

— Não, milady.

— Porque a água do riacho parecia extremamente fria.

— Estou bem, milady. Obrigado.

— Ótimo. Bem... isso é fantástico. — Georgina mastigou o pedaço de pão e tentou desesperadamente pensar em algo para dizer. Mas sua mente estava completamente vazia.

Harry subitamente apoiou a colher na mesa.

— Por que a senhora me chamou aqui hoje?

— Eu acabei de falar que...

— Que a senhora queria conversar sobre os envenenamentos e o ataque, sim, eu sei. — Harry se levantou. — Mas seus seios estão praticamente desnudos, e a senhora dispensou os criados. Os *outros* criados. Por que realmente me quer aqui? — Ele parecia quase ameaçador, com o queixo travado, as mãos fechadas num punho.

— Eu... — O coração de Georgina ficou acelerado. Seus mamilos haviam enrijecido no momento em que ele pronunciou a palavra *seios*.

Os olhos de Harry se moveram para baixo, e ela se perguntou se ele sabia.

— Porque eu não sou o que a senhora acha que sou — disse Harry calmamente enquanto contornava a mesa para ir até ela. — Não sou um criado que obedece a todos os seus desejos e depois desaparece quando a senhora se cansa dele. — Sua voz estava ficando mais grave. — Não sou alguém que a senhora possa dispensar como fez com esses lacaios, como pode fazer com todos nesta mansão. Sou um homem com sangue nas veias. Se a senhora quiser ter alguma coisa comigo, não espere que eu seja seu cachorrinho, arfando ao seu chamado. — Harry segurou os braços dela e a puxou para seu corpo rijo. — Não espere que eu seja seu criado.

Georgina piscou. A ideia de confundir aquele homem, que parecia emanar perigo, com um cachorrinho era absurda.

Ele passou um dedo lentamente pela beirada do decote dela e observou sua reação.

— O que a senhora quer comigo, milady?

Os seios dela pareceram inchar.

— Eu... — Georgina não conseguia pensar quando Harry a tocava; não sabia o que dizer. O que ele queria ouvir? Ela olhou em volta da sala, à procura de ajuda, mas só o que viu foram pilhas de comidas e pratos. — Não sei exatamente. Não tenho experiência nisto.

Ele mergulhou dois dedos em seu decote e roçou o mamilo dela. Ela estremeceu. *Oh, Deus.* Harry beliscou o mamilo, enviando faíscas até suas partes mais íntimas. Georgina fechou os olhos.

Ela sentiu a respiração dele roçar sua bochecha.

— Quando a senhora descobrir, milady, me avise.

Ele deixou o cômodo, fechando silenciosamente a porta atrás de si.

Capítulo Nove

Bennet entrou na Cock and Worm pouco depois da meia-noite. A taberna estava lotada e barulhenta àquela hora. Uma nuvem formada pela fumaça de vários cachimbos pairava rente ao teto. Harry estava sentado num canto escuro e observou o jovem Granville caminhar a passos excessivamente cautelosos, como alguém que já havia bebido além da conta. Entrar num local mal-afamado como a taberna Cock and Worm com os sentidos já prejudicados não era algo muito inteligente a se fazer, mas Harry não tinha nada com isso. Um aristocrata arriscando a própria segurança não era problema dele — nem agora nem nunca.

O administrador tomou um gole de sua bebida e voltou o olhar para as duas prostitutas em ação. A mais nova, uma jovem loura, estava sentada no colo de um homem com o rosto corado. Seus seios estavam na cara dele — como se a moça temesse que o sujeito fosse míope. Os olhos do homem estavam vidrados, e a prostituta fazia movimentos furtivos na frente de sua calça. Os dois não tardariam a chegar a um acordo.

A segunda prostituta, uma ruiva, captou seu olhar e jogou a cabeça para trás. Ela já havia tentado seduzi-lo, e Harry a dispensara. Sem dúvida, se ele lhe mostrasse dinheiro, ela rapidamente abriria um sorriso. Quanto mais cerveja ele bebia, mais começava a repensar o fato de ter dispensado a ruiva. Já fazia dias que ele estava excitado, mas o objeto de seu desejo, apesar de ter se mostrado disponível, provavelmente não o ajudaria agora, não é?

Harry olhou para a cerveja com uma cara esquisita. O que será que ela queria, sua Lady Georgina, quando o convidara para seus aposentos privados? Com certeza não era o que ele gostaria que fosse. A dama era virgem, e a primeira regra das donzelas aristocratas era *Guarde bem sua virgindade. De forma alguma, não importa o que aconteça, entregue-a a algum empregado.* A dama estava atrás da emoção de um ou dois beijos roubados. Harry era um fruto proibido. Sorte que ele havia resistido às suas investidas. Poucos homens de seu círculo social teriam feito o mesmo. Ele acenou com a cabeça e bebeu em homenagem à própria sabedoria.

Mas então ele se lembrou da aparência dela no começo da noite. Seus olhos eram tão azuis e inocentes, um contraste com a tentação de seu decote. Os seios pareciam reluzir sob a luz da lareira. Mesmo agora, só de pensar em Lady Georgina, seu pênis já ganhava vida. Ele franziu a testa, indignado com a própria fraqueza. Na verdade, nenhum dos homens de seu círculo social...

Bam!

Harry se virou abruptamente.

O jovem Granville deslizou por uma mesa, de cabeça, derrubando copos cheios de cerveja no chão, que se quebraram com uma pequena explosão úmida no impacto com o assoalho.

Harry tomou outro gole de sua bebida. Aquilo não era problema seu.

Os homens sentados à mesa não pareciam felizes. Um sujeito com mãos do tamanho de um presunto ergueu Bennet pela frente da camisa. O jovem se debateu contra o outro homem, acertando-lhe um golpe na lateral da cabeça.

Não era problema seu.

Outros dois homens agarraram os pulsos de Bennet, puxando-os para trás. O homem na frente dele enterrou o punho na barriga do jovem, que se dobrou ao meio. Ele tentou chutar, mas golfava bile por causa do soco no estômago. Seus pés não chegaram nem perto do agressor. Atrás deles, uma mulher alta jogou a cabeça para trás e deu uma risada embriagada. Ela parecia familiar, será que não era...? O homem grandalhão preparou o punho para outro soco.

Não era problema seu. Não era... ah, para o diabo com isso.

Harry se levantou e tirou a faca da bota num único movimento. Ninguém estava prestando atenção nele, e, antes que qualquer pessoa pudesse perceber, já estava em cima do homem prestes a bater em Bennet. De seu ângulo, um golpe rápido na lateral do pescoço, seguido por um giro do punho, mataria o sujeito antes que ele chegasse ao chão, mas Harry não queria tirar a vida de ninguém. Em vez disso, ele cortou o rosto do homem. O sangue jorrou, bloqueando a visão do agressor, que gritou e largou Bennet. Harry golpeou um dos homens que seguravam o pulso de Bennet; em seguida, ameaçou o segundo sujeito com a lâmina.

Este ergueu as mãos.

— Calma! Calma! Nós só estávamos ensinando boas maneiras a ele!

— Não estão mais — murmurou Harry.

Os olhos do homem faiscaram.

Harry se abaixou — a tempo de proteger a cabeça, mas não o ombro — quando uma cadeira o atingiu pelo lado. Ele se virou e golpeou. O homem atrás dele uivou, apertando a coxa que sangrava. Outro estrondo e o *paf* de pele golpeando pele. Harry percebeu que Bennet estava colado às suas costas. O aristocrata não estava tão bêbado quanto ele pensara. Pelo menos era capaz de lutar.

Três homens atacaram de uma vez.

Harry se inclinou para o lado, empurrando um homem que tentou lhe dar um soco para longe. Um sujeito de cabelos louros empunhando uma faca foi para cima dele, e parecia saber o que estava fazendo. Ele agarrou uma capa com a mão livre e tentou tirar a adaga da mão de Harry com ela. Mas aquele homem não havia lutado nos lugares onde Harry lutara.

Nem lutara por sua vida.

Harry agarrou a capa e puxou o homem com força. O sujeito tropeçou, tentou recuperar o equilíbrio e se deu conta de que Harry já o segurava pelo cabelo. O administrador puxou o homem para trás, arqueando seu pescoço, e apontou a ponta da faca para o olho dele. Bolas e olhos. Essas eram as duas coisas que os homens mais temiam perder. Quando se ameaçava um dos dois, conquistava-se toda a atenção de um sujeito.

— Solte a faca — sibilou Harry.

Suor e urina invadiram suas narinas. O homem de cabelos louros perdera o controle da bexiga. Ele também havia soltado a faca, que Harry chutou. A arma deslizou pelo assoalho, parando debaixo de uma mesa. A taberna estava em silêncio. Os únicos sons eram a respiração pesada de Bennet e os soluços de uma das prostitutas.

— Solte-o. — Dick Crumb veio dos fundos da taberna.

— Mande seus amigos recuarem. — Harry apontou com o queixo para os três homens que ainda estavam a postos.

— Ande. É melhor não mexer com Harry quando ele está de mau humor.

Ninguém se moveu.

Dick ergueu a voz.

— Vamos! Vai ter mais cerveja para quem quiser beber.

A menção à cerveja foi mágica. Os homens resmungaram, mas recuaram. Harry afrouxou a mão. O homem de cabelos louros caiu de joelhos, choramingando.

— É melhor tirar Granville daqui — sussurrou Dick enquanto passava com as canecas.

Harry puxou Bennet pelo braço e o empurrou na direção da porta. O jovem cambaleou, mas conseguiu se manter de pé. Lá fora, o ar estava frio, e Bennet arfou, com uma das mãos apoiada na parede da taberna para tentar se equilibrar, e, por um momento, Harry pensou que ele ia vomitar. Mas então o jovem se endireitou.

A égua baia de Harry estava ao lado de um cavalo marrom.

— Vamos — chamou ele. — Melhor sairmos daqui antes que eles terminem suas bebidas.

Os dois montaram e partiram. Voltara a chuviscar.

— Acho que eu deveria lhe agradecer — falou Bennet subitamente. — Não achei que você ajudaria um Granville.

— Você sempre começa brigas sem ninguém para lhe ajudar?

— Não. — Bennet soluçou. — Agi por impulso.

Os dois cavalgaram em silêncio. Harry se perguntou se Bennet havia adormecido. Os cavalos pisoteavam poças na estrada.

— Não imaginava que você soubesse lutar daquele jeito. — A voz arrastada de Bennet atravessou o tamborilar da chuva.

Harry resmungou.

— Há muitas coisas que você não sabe sobre mim.

— Onde você aprendeu?

— No abrigo.

Harry pensou que a resposta curta e grossa faria o outro homem se calar, mas então Bennet deu uma risadinha.

— Meu pai é um cretino, não é?

Não havia necessidade de responder. Eles subiram até o alto da colina e chegaram ao rio.

— Melhor você não seguir adiante. Não está seguro nas terras dos Granvilles. — Bennet o encarou no escuro. — Ele quer matar você, sabia?

— Sim. — Harry fez a égua se virar.

— Você nunca mais vai me chamar pelo meu nome? — Bennet soou melancólico. Talvez ele tivesse entrado no estágio piegas da bebedeira.

Harry impeliu o cavalo pela trilha.

— Senti sua falta, Harry. — A voz de Bennet flutuou atrás dele no ar da noite e se desfez como um fantasma.

Harry não respondeu.

Do lado de fora da Cock and Worm, Silas saiu das sombras e observou, amargurado, seu amado filho se afastar a cavalo com o homem que ele mais odiava no mundo.

— Seu garoto estaria morto se não fosse o ad-administrador de Woldsly — gaguejou uma voz embriagada próxima a ele.

Silas girou nos calcanhares e espiou no beco escuro entre a taberna e o prédio vizinho.

— Quem é você? Como ousa falar assim comigo?

— Sou só uma mulher inofensiva. — Ouviu-se uma risada irritante.

Silas sentiu a pressão aumentando em sua têmpora.

— Saia daí, ou eu...

— Ou você o quê? — zombou a voz. Um rosto fantasmagórico apareceu nas sombras. Era enrugado e macilento e pertencia a uma velha que Silas não conseguia se lembrar de já ter visto antes. — Você o quê? — repetiu ela, cacarejando feito um demônio. — Ele está matando suas ovelhas há semanas, e você não fez nada. Você é só um velho. O velho Granville, senhor de nada! Como é se sentir passado para trás por um garanhão novo?

Ela se virou e começou a cambalear estrada abaixo, com uma das mãos apoiada na parede para se equilibrar.

Silas a alcançou em dois passos.

— Meu Deus, os ovos de gema mole estão gostosos hoje. — Georgina revirou os olhos mentalmente para a bobagem que acabara de falar.

Ela, Violet e Euphie estavam sentadas à mesa do café da manhã. Assim como nos últimos dias, a irmã se recusava a falar qualquer coisa além de fazer comentários aleatórios, obrigando Georgina a discorrer sobre ovos.

— Humm. — Violet moveu um dos ombros.

Pelo menos ela ainda estava viva. O que tinha acontecido à sua animada irmã? Aquela que, por natureza própria, era incapaz de deixar de comentar sobre qualquer coisa?

— Eu gosto muito de ovos com gema mole — comentou Euphie, na outra ponta da mesa. — Claro que é muito importante que eles estejam *molhadinhos* e nada ressecados.

Georgina franziu a testa enquanto tomava um gole de chá. Será que Euphie se dera conta do silêncio quase mortal da garota a quem ela era paga para fazer companhia?

— Rins também são muito bons — emendou Euphie. — Quando preparados na manteiga. Mas detesto pernil defumado de manhã. Não sei como alguém pode gostar disso, na verdade.

Talvez fosse melhor encontrar uma acompanhante mais nova para Violet. Euphie era uma fofa, mas um pouco distraída às vezes.

— Você gostaria de cavalgar hoje? — perguntou Georgina. Talvez Violet precisasse apenas de ar fresco. — Vi uma paisagem adorável outro dia e pensei que, se você levasse seus lápis, poderia desenhá-la. Tony diz...

— Sinto muito. — Violet levantou da cadeira num pulo. — Eu... eu não posso ir hoje.

E saiu correndo do cômodo.

— Os jovens são tão abruptos, não são? — Euphie parecia confusa. — Quando eu era menina, tenho certeza de que minha mãe falou centenas de vezes: "Euphemia, não se apresse. A verdadeira marca de uma dama é sua habilidade de ficar tranquila."

— Muito esclarecedor, tenho certeza — disse Georgina. — Você sabe o que está incomodando Violet?

— Incomodando, milady? — Euphie inclinou a cabeça como um pássaro. — Não sei se ela está realmente *incomodada*. Acho que qualquer mudança no comportamento habitual dela pode ser atribuída à sua juventude e a certos acontecimentos *mensais*. — Ela corou e apressadamente tomou uma xícara de chá.

— Entendo. — Georgina estudou a mulher mais velha, pensativa. Talvez ela pudesse ser mais bem aproveitada como acompanhante de sua mãe. Sua distração certamente não seria um problema nesse caso. — Bem, obrigada pelas suas observações. Pode me dar licença? — Georgina se pôs de pé e deixou o cômodo enquanto Euphie ainda murmurava seu consentimento.

Ela subiu correndo as escadas até o quarto da irmã.

— Violet, querida? — Georgina bateu à porta.

— O que foi? — A voz da irmã soava estranhamente abafada.

— Eu queria conversar com você. Posso?

— Vá embora. Não quero ver ninguém. Você nunca me entende.

— A chave girou na fechadura.

Violet havia trancado a porta.

Georgina fitou a porta. Muito bem. Ela certamente não ia começar uma discussão através de madeira sólida, então saiu batendo os pés pelo corredor. Euphie estava em seu próprio mundinho, Violet estava mal-humorada, e Harry... Georgina abriu a porta de seu quarto com tanta força que ela bateu na parede. Harry havia sumido. Ela chegara de cabriolé ao chalé do administrador às sete da manhã, e ele já havia saído. *Covarde!* E os homens achavam que as mulheres eram fracas. Provavelmente ele estava fazendo coisas de homem, achando que estava cumprindo sua obrigação, quando, na verdade, simplesmente estava tentando evitá-la. Rá! Bem, duas pessoas podiam participar desse jogo. Ela fez um esforço para sair do vestido que estava usando e se enfiou na roupa de montaria. Deu uma volta completa tentando fechar os colchetes nas costas antes de reconhecer a derrota e tocar a campainha, chamando Tiggle.

A criada chegou com a mesma expressão de metade luto, metade consolo que exibia desde o desastre da noite anterior.

Georgina quase perdeu o controle ao vê-la.

— Me ajude a vestir isto, por favor. — Ela se virou de costas.

— A senhora vai cavalgar, milady?

— Vou.

— Com esse tempo? — Tiggle olhou em dúvida pela janela, que era açoitada por um galho de árvore molhado.

— Sim. — Georgina franziu a testa para o galho de árvore. Pelo menos não relampejava.

— Entendo. — Tiggle se curvou atrás dela para alcançar os colchetes em sua cintura. — É uma pena o que aconteceu ontem à noite... Que o Sr. Pye tenha recusado o seu convite.

Georgina se enrijeceu. Será que todos os criados sentiam pena dela agora?

— Ele não recusou. Bem, não exatamente.

— Ah, é?

Georgina podia sentir o calor subindo pelo rosto. Droga de pele clara.

— Ele me perguntou o que eu queria dele.

Tiggle, que estava recolhendo o vestido retirado, parou e a encarou.

— E o que a senhora respondeu, milady? Se não se importa que eu pergunte.

Georgina jogou as mãos para cima.

— Eu não sabia o que dizer. Resmunguei alguma coisa sobre nunca ter feito isso antes, e ele foi embora.

— Ahhh! — Tiggle franziu a testa.

— O que ele esperava que eu dissesse? — Georgina foi até a janela. — "Quero você nu, Harry Pye?" As pessoas com certeza fazem esse tipo de proposta com mais sutileza, não é? E por que perguntar sobre as minhas intenções? Suponho que a maioria dos casos românticos não comece com uma conversa tão formal. Fico surpresa por ele não ter solicitado minhas intenções por escrito: "Eu, Lady Georgina Maitland, solicito ao Sr. Harry Pye que faça amor comigo." Ora!

Fez-se silêncio às costas dela. Georgina se retraiu. Agora ela havia deixado Tiggle chocada. Será que aquele dia poderia ficar...

A criada começou a rir.

Georgina se virou.

Tiggle estava rindo descontroladamente, segurando a barriga, tentando recuperar o fôlego.

— Ah, milady!

A boca de Georgina esboçou um sorriso.

— Ah, não tem tanta graça assim.

— Não, claro que não. — Tiggle mordeu o lábio, obviamente se esforçando para recuperar o controle. — É só que, "Eu quero você nu, Ha-Ha-Harry Pye". — Ela começou a rir de novo.

Georgina se jogou num canto da cama.

— O que eu vou fazer?

— Desculpe, milady. — Tiggle sentou-se ao lado dela com o vestido nas mãos. — É isso que a senhora quer com o Sr. Pye? Um caso?

— Sim. — Georgina franziu o nariz. — Não sei. Se eu o tivesse conhecido num baile, não teria lhe perguntado se gostaria de ter um caso comigo.

Ela dançaria com ele, depois flertaria com ele e faria seus típicos comentários espirituosos para provocá-lo. Ele mandaria flores na manhã seguinte e talvez a convidasse para passear no parque. Ele a cortejaria.

— Mas um administrador de terras não seria convidado para os bailes que a senhora frequenta, milady — disse Tiggle, sabiamente.

— Exato. — Por alguma razão, esse simples fato fez Georgina ter de piscar para afastar as lágrimas.

— Ora, nesse caso — Tiggle suspirou e se pôs de pé —, como não há outra opção, talvez a senhora devesse dizer a ele o que acabou de me dizer. — Ela sorriu sem olhar nos olhos da patroa e saiu do cômodo.

Georgina caiu pesadamente na cama. *Eu queria...* Ela suspirou. Querer não é poder.

HARRY FECHOU A porta de seu chalé e encostou a cabeça nela. Ainda podia ouvir o barulho da chuva batendo na madeira. Os grãos estavam apodrecendo nos campos, e não havia nada que ele pudesse fazer. Apesar da gentil oferta de Lady Georgina, os arrendatários perderiam muito dinheiro, além de bastante *comida*, se a colheita não vingasse. Como se isso não bastasse, mais ovelhas foram encontradas mortas nas terras de Granville naquele dia. O envenenador estava ficando ousado. Na última semana, ele havia atacado três vezes, matando mais de uma dúzia de animais. Até mesmo o mais leal dos criados de Woldsly olhava para ele com desconfiança agora. E por que não? Para muitos ali, ele era um estranho.

Harry se afastou da porta e apoiou o lampião em cima da mesa, ao lado de uma carta que tinha aberto de manhã. A Sra. Burns havia deixado seu jantar, mas ele não tocou na comida. Em vez disso, acendeu o fogo e pôs uma chaleira de água para esquentar.

Ele saíra a cavalo antes do amanhecer e tinha trabalhado desde então, inspecionando as plantações. Não conseguia mais suportar o fedor do próprio corpo. Ele rapidamente se despiu até a cintura e despejou a água aquecida em uma bacia. A água estava morna, mas ele a usou para lavar debaixo dos braços, o peito e as costas. Finalmente, despejou água limpa na bacia e enfiou a cabeça dentro dela. A água fria desceu pelo seu rosto, pingando no queixo. Ela pareceu lavar não apenas a sujeira do dia, mas todo o mal-estar mental também — a frustração, a raiva e a impotência. Harry pegou uma toalha e enxugou o rosto.

Ouviu-se uma batida à porta.

Ele congelou, com a toalha ainda na mão. Será que os homens de Granville finalmente tinham vindo pegá-lo? Ele apagou o lampião, pegou a faca e se esgueirou até a entrada. Parou ao lado da porta e empurrou a madeira com força.

Lady Georgina estava do lado de fora, a chuva pingando de seu capuz.

— Posso entrar? — Seu olhar baixou até o peito nu de Harry. Os olhos azuis se arregalaram.

Harry sentiu que seu pênis enrijecia com a reação dela.

— Não pensei que a senhora aguardasse minha permissão para entrar, milady. — Ele caminhou até a mesa para vestir a camisa.

— Sarcasmo não combina com você. — Ela entrou e fechou a porta.

Harry destampou o jantar — sopa de feijão — e se sentou para comer.

Lady Georgina largou a capa numa cadeira. Ele sentiu que ela o observava antes de ir até a lareira. Ela tocou cada uma das esculturas de animais com a ponta dos dedos e então voltou-se para ele.

Harry tomou uma colherada da sopa. Estava fria agora, mas muito saborosa.

Lady Georgina passou os dedos pela mesa, parando na carta. Ela a pegou.

— Você conhece o conde de Swartingham?

— Frequentamos o mesmo café em Londres. — Ele serviu uma caneca de cerveja para si mesmo. — Às vezes ele me escreve sobre questões agrícolas.

— É mesmo? — Ela começou a ler a carta. — Mas ele fala como se considerasse você um amigo. Sua linguagem é bem informal.

Harry engasgou e pegou a carta da mão dela, assustando-a. A escrita de Lorde Swartingham podia ser exuberante — e inadequada para uma dama.

— Como posso ajudá-la, milady?

Lady Georgina se afastou da mesa. O comportamento dela parecia diferente, e Harry levou um minuto para perceber isso.

Ela estava nervosa.

Harry estreitou os olhos. Ele nunca a vira agitada antes.

— Você não me deixou terminar a história na última vez — disse ela. — Sobre o Príncipe Leopardo. — Ela parou perto do fogo e virou um rosto curiosamente vulnerável para ele.

Com apenas uma palavra, Harry poderia fazê-la sair correndo, aquela mulher cuja posição social estava tão acima da dele. Será que um dia ele já tivera tanto poder sobre uma aristocrata? Harry duvidava disso. O problema era que, em algum momento na última semana, ela deixara de ser apenas uma aristocrata e tinha se transformado numa... mulher. Lady Georgina.

Sua dama.

— Por favor, me conte sua história, milady. — Harry tomou um pouco mais da sopa da Sra. Burns, mastigando um pedaço de carne de carneiro.

Ela pareceu relaxar e se virou novamente para a cornija, brincando com os animais entalhados enquanto falava.

— O Príncipe Leopardo derrotou o ogro e trouxe de volta o Cavalo Dourado. Eu lhe contei essa parte? — Ela o encarou.

Harry assentiu com a cabeça.

— Bem, agora... — Ela franziu o cenho, pensativa. — O jovem rei, você se lembra dele?

— Aham.

— Bem, o jovem rei pegou o Cavalo Dourado do Príncipe Leopardo, provavelmente sem dizer nem um "muito obrigado", e partiu atrás da princesa — ela balançou uma das mãos no ar —, ou melhor, do *pai* dela, o *outro* rei. Porque a princesa não tinha direito de ter opinião, não é?

Harry deu de ombros. O conto de fadas era dela; ele não fazia ideia.

— É bem raro que elas tenham. As princesas, quero dizer. Elas são vendidas para velhos gagás, gigantes e coisa e tal o tempo todo. — Lady Georgina olhava para um texugo com a testa franzida. — Onde está o cervo?

— Como?

— O cervo. — Ela apontou para a cornija. — Não está aqui. Você não o deixou cair no fogo, não é?

— Creio que não, mas pode ter acontecido.

— Você vai ter que encontrar outro lugar para elas. É perigoso demais deixar suas esculturas aqui. — Lady Georgina começou a colocar os animais entalhados um ao lado do outro no fundo da cornija.

— Como a senhora quiser, milady.

— Voltando à história — continuou Lady Georgina —, o jovem rei trouxe o Cavalo Dourado para o rei-pai e falou: "Eis o cavalo. Agora, onde está sua bela filha, hein?" Mas o jovem rei não sabia que o Cavalo Dourado podia falar.

— É um cavalo de metal falante?

Ela pareceu não ouvir seu comentário.

— No instante em que o jovem rei foi embora, o Cavalo Dourado se virou para o outro rei, o rei-pai... Você está me acompanhando?

— Aham — respondeu ele com a boca cheia.

— Ótimo. Esses reis todos são muito confusos. — Ela soltou um suspiro. — Então o Cavalo Dourado falou: "Esse não foi o homem que me libertou. O senhor foi enganado, majestade." E isso deixou o rei louco de raiva.

— Por quê? — Harry bebeu um gole da cerveja. — O rei-pai agora era dono do Cavalo Dourado. Por que ele se importaria com quem o roubou?

Ela pôs as mãos na cintura.

— Porque roubar o Cavalo Dourado era um teste. Apenas o homem que fosse capaz de fazer isso poderia se casar com a princesa.

— Entendo. — Aquela história toda parecia ridícula. Será que um pai nobre não estaria mais interessado no homem mais rico em vez de no mais forte? — Então ele não queria exatamente o Cavalo Dourado?

— Provavelmente ele também queria o Cavalo Dourado, mas isso é irrelevante.

— Mas...

— O que *é* importante — Lady Georgina o fitou com uma expressão severa — é que o rei-pai foi até o jovem rei e falou: "Veja só, o Cavalo Dourado é muito bom, mas o que eu realmente quero é o Cisne Dourado que pertence a uma bruxa terrível. Então, se você quiser mesmo se casar com a princesa, tem que trazê-lo para mim." O que você acha que aconteceu?

Harry precisou de um instante para perceber que aquela pergunta havia sido dirigida a ele e engoliu em seco.

— Parece haver muitos animais dourados nesse conto de fadas, milady.

— Si-im — concordou Lady Georgina. — Eu também percebi isso. Mas não poderia ser nada diferente disso, não acha? Quero dizer, um cavalo de cobre ou um cisne de chumbo não serviriam. — Ela franziu a testa e trocou uma toupeira por um pardal.

Ele a observou, pensativo.

— Isso é tudo, milady?

— O quê? — perguntou ela sem tirar os olhos dos pequenos animais.
— Não. Tem muito mais. — Mas não continuou.

Harry colocou o restante de seu jantar de lado.

— A senhora vai me contar o resto?

— Não. Não agora, de qualquer forma.

Ele se levantou da mesa e se aproximou dela. Não queria assustá-la. Ele sentia como se tivesse o próprio cisne dourado ao seu alcance.

— Então vai me dizer por que veio aqui, milady? — perguntou Harry. Ele podia sentir o perfume do cabelo dela, um aroma exótico que lembrava especiarias de terras distantes.

Lady Georgina pôs um tordo perto de um gato. A ave caiu, e Harry esperou enquanto ela endireitava a escultura cuidadosamente.

— Preciso lhe dizer uma coisa. Além do conto de fadas. — O rosto dela estava virado para outro lado, e ele podia ver a trilha reluzente deixada por uma lágrima em sua bochecha.

Um homem bom — um homem *honrado* — a teria deixado em paz. Fingiria que não tinha visto as lágrimas e sairia de perto dela. Não invadiria seus medos e desejos. Mas Harry perdera o pouco da honra que um dia tivera.

E ele nunca fora bom.

Harry tocou os cabelos dela com a ponta de um dedo, sentindo as mechas macias.

— O que precisa me dizer?

Ela se virou para encará-lo, e seus olhos brilhavam sob a luz da lareira, tão tentadores e esperançosos quanto a própria Eva.

— Agora eu sei o que quero de você.

Capítulo Dez

Harry estava tão perto que sua respiração acariciava o rosto dela.

— E o que a senhora quer de mim, milady?

O coração de Georgina já estava na garganta. Aquilo era muito mais difícil do que ela havia imaginado, sozinha em seu quarto em Woldsly. Parecia que estava despindo sua alma diante dele.

— Eu quero você.

Harry se curvou, chegando mais perto dela, e Georgina podia jurar que sentiu a língua dele tocar-lhe o ouvido.

— Eu?

Ela arfou. Era aquilo que a fazia seguir em frente, apesar do constrangimento, apesar do medo: o desejo por aquele homem.

— Sim. Eu... eu quero que você me beije como fez antes. Quero vê-lo nu. Quero estar nua para você. Quero...

Mas seus pensamentos se dispersaram, porque, desta vez, Georgina tinha certeza — ele estava traçando a borda de sua orelha com a língua. E embora a *ideia* de tal carícia pudesse parecer um tanto estranha, na *realidade*, era divina. Ela estremeceu.

Harry soprou uma risadinha na orelha úmida dela.

— A senhora quer muitas coisas, milady.

— Hum. — Georgina engoliu em seco quando outro pensamento lhe ocorreu. — E eu quero que você pare de me chamar de *milady*.

— Mas a senhora é tão boa em mandar em mim. — Os dentes dele se fecharam no lóbulo da orelha dela.

Georgina teve de juntar os joelhos para conter a própria excitação.

— M-mesmo assim...

— Talvez eu deva chamá-la de George, como sua irmã faz. — Ele seguiu uma trilha de beijos até a têmpora dela.

Ela franziu a testa, tentando se concentrar nas palavras dele. Mas não era fácil.

— Bem...

— Mas eu não a vejo da mesma forma que sua irmã. George é um nome tão masculino. — Ele passou a mão pelo seio dela. — E eu não a considero masculina, de forma alguma. — O polegar roçando o mamilo.

Ela quase parou de respirar.

Ele circulou o bico do seio através do tecido do vestido. *Ah, Deus.* Georgina não sabia que era possível sentir tanto com tão pouco contato.

— Eu poderia chamá-la de Georgina, mas é longo demais. — Ele observou a própria mão, os olhos intensos.

O quê?

— E então tem Gina, um apelido, mas é muito comum para a senhora. — Ele apertou o mamilo, e ela sentiu um choque até o âmago de seu ser.

Ela gemeu, impotente.

O olhar de Harry encontrou o dela. Ele não sorria mais.

— Então, acho que terei que continuar chamando a senhora de milady, *minha* dama.

Ele baixou a cabeça. Suas bocas se encontraram antes que Georgina pudesse pensar. Mordendo, lambendo, sugando. Seu beijo — se é que aquele ataque voraz poderia ser chamado de beijo — deixou os sentidos dela sobrecarregados. Ela passou os dedos pelo cabelo dele e o agarrou. *Ah, graças a Deus!* Georgina já estava começando a achar que nunca sentiria o gosto dele novamente. Ela sugou a língua dele, murmurando sua satisfação.

Ele emitiu um som — um rosnado? — e pousou a mão em suas nádegas, puxando-a com força para si. Georgina apostaria sua vida que o membro rígido que sentia pressionando sua barriga era a masculinidade dele. Para ter certeza, ela se esfregou em Harry, e o membro agora tinha toda a sua atenção. Ele recompensou sua ousadia enfiando um joelho entre suas pernas. O efeito foi tão excitante que Georgina quase se esqueceu do membro. De alguma forma, ele havia encontrado *aquele* ponto, aquele lugarzinho que podia lhe dar tanto prazer. Ele esfregou aquele ponto com a perna enquanto enfiava a língua repetidas vezes em sua boca.

Ela quase gemeu com a sensação. Será que ele sabia? Será que todos os homens tinham uma compreensão secreta daquela parte da anatomia feminina? Georgina puxou Harry pelo cabelo até que seus lábios se desprenderam dos dela. O joelho dele continuava no movimento enlouquecedor. Ela olhou em seus olhos, semicerrados e de um verde incandescente, e viu uma sabedoria arrasadora neles. Harry sabia exatamente o que estava fazendo com ela. Não era justo! Ele a faria se derreter numa poça de desejo antes que ela conseguisse seduzi-lo.

— Pare.

A palavra saiu mais como um suspiro do que como uma ordem, mas Harry ficou imóvel no mesmo instante.

— Milady?

— Eu disse que queria ver *você*. — Georgina desmontou do joelho dele. Essa era realmente a única palavra para descrever o ato.

Harry abriu bem os braços.

— Aqui estou.

— *Nu*.

Pela primeira vez, viu-se um vestígio de inquietação no rosto dele.

— Como milady quiser. — Mas ele não se moveu.

Georgina viu a resposta nos olhos dele; ela mesma teria de despi-lo. Georgina mordeu o lábio, excitada e insegura ao mesmo tempo.

— Sente ali. — E apontou para a poltrona perto da lareira.

Harry fez o que ela mandou, recostando-se na poltrona, as pernas abertas.

Ela hesitou.

— Sou seu para você fazer o que quiser, milady — declarou ele. As palavras saíram como um ronronado, como se um grande gato estivesse lhe dando permissão para afagá-lo.

Se ela recuasse agora, nunca descobriria. Georgina se ajoelhou e, cuidadosamente, abriu os botões da camisa dele. As mãos de Harry estavam pousadas casualmente sobre os braços da cadeira, e ele não fez nem sequer um movimento para ajudá-la. Ela alcançou o último botão e afastou bem as mangas da camisa para examiná-lo. As linhas dos tendões de seu pescoço desciam para os montes que eram os ombros, lisos e retesados. Abaixo, seus pequenos mamilos marrons, contraídos como os dela. Georgina tocou um deles com a ponta do dedo e então traçou o círculo escuro ao redor.

Ele emitiu um som.

Seus olhos se encontraram. Os dele brilhavam sob as pálpebras semicerradas, e suas narinas estavam dilatadas; não fosse por isso, Harry estava imóvel. Ela voltou a admirar o peito nu. Bem no meio, cresciam pelos escuros, e Georgina tocou a região para sentir sua textura. Os pelos eram macios e úmidos embaixo, por causa do suor. Ela seguiu a trilha de pelos até a barriga dele, onde circulavam seu umbigo. Que estranho. E os pelos desciam. Deviam dar em... Ela passou para a braguilha da calça, buscando os botões que a mantinham fechada. A masculinidade dele erguia-se rigidamente sob o tecido. Pelo canto do olho, ela viu as mãos dele apertarem os braços da cadeira, mas Harry a deixou continuar. Ela encontrou os botões. Suas mãos tremiam, mas conseguiram abrir um deles. Ela abriu a braguilha e lentamente a afastou enquanto se esforçava para respirar.

Ele se destacava, era maior do que ela poderia ter imaginado, se erguendo através da roupa íntima. As estátuas mentiam. Não havia meio de aquilo caber debaixo daquelas minúsculas folhas de figo. Era mais corado que a pele da barriga dele, e Georgina notou veias pulsando em todo o comprimento. A cabeça era maior do que o resto, brilhante e vermelha. Os pelos lá embaixo estavam úmidos, e, quando ela se inclinou para a frente — ah, meu Deus —, pôde sentir o cheiro dele. Almíscar masculino, encorpado e intoxicante.

Georgina não conhecia as regras de etiqueta daquela situação, se era normal fazer aquilo ou não, mas esticou a mão. Se ela morresse no dia seguinte e tivesse de prestar contas por sua alma eterna diante dos portões do paraíso e do próprio São Pedro, não iria se arrepender: ela tocou o pênis de Harry Pye.

Ele gemeu e elevou o quadril.

Mas Georgina estava distraída com a descoberta. A pele era macia, como a mais fina luva de pelica, e se movia separadamente do músculo abaixo. Ela deslizou a mão pelo comprimento até a cabeça, e viu que escorria um líquido pela abertura. Será que era a semente da vida?

Harry gemeu novamente e, desta vez, ele a agarrou e a puxou para seu colo, escondendo a parte mais interessante de seu corpo.

— Você vai me matar, milady. — Ele abriu os colchetes nas costas do vestido dela. — Eu juro pelo meu falecido pai que você pode ficar olhando meu corpo nu por horas, ou pelo tempo que eu aguentar, *mais tarde*. Mas, agora — o vestido dela caiu na frente, e Harry o puxou, junto com a anágua, para baixo —, eu preciso ver o *seu* corpo nu.

Ela franziu a testa, prestes a protestar, mas ele já havia tirado o corpete dela e abaixava a cabeça para sugar seu mamilo. Georgina baixou o olhar para a cabeça dele, chocada; então a sensação a invadiu, e ela puxou o ar. Sabia que homens eram fascinados por seios, mas jamais imaginara algo assim.

Minha nossa, aquilo era normal? Talvez isso não tivesse importância — ele lambeu o caminho até o outro seio e o sugou também —, porque a sensação era tão boa. Tão impressionante. O quadril dela ia para a frente e para trás agora, se movendo por contra própria. Ele deu uma risadinha, e Georgina sentiu a vibração através de seu mamilo.

E então ele o mordeu delicadamente.

— Ah, por favor. — Ela se surpreendeu com a rouquidão da própria voz. Não sabia pelo que estava implorando.

Mas Harry sabia. Ele rapidamente terminou de tirar o vestido do corpo dela. Tirou os sapatos, um de cada vez, e deixou que caíssem no chão. Georgina estava sentada em seu colo como uma odalisca, nua a não ser pelas meias e ligas, o pênis de Harry pressionando seu quadril. Ela sabia que deveria ficar constrangida. Se tivesse o mínimo de decoro, teria saído correndo dali, aos gritos. O que apenas demonstrava o que ela suspeitava fazia algum tempo: tinha perdido todo o senso de decência. Pois, quando Harry ergueu a cabeça e muito, *muito* lentamente examinou seu corpo nu, ela chegou a arquear as costas, como se estivesse se exibindo.

— Você é tão linda. — A voz dele era gutural, grave e rouca. — Aqui — Harry tocou os mamilos inchados —, eles parecem frutas vermelhas na neve. Aqui — ele passou a mão na curva de sua barriga — é tão macia, como aqui. — Seus dedos se enfiaram nos cachos avermelhados em torno da feminilidade dela. A mão de Harry pressionou seu monte por um instante. O rosto dele era lascivo sob a luz da lareira, os contornos angulosos, e os lábios estavam repuxados. Ele deslizou o comprido dedo do meio entre os lábios de sua vagina.

Georgina fechou os olhos enquanto ele a tocava na sua intimidade.

— Você gosta de um toque leve? — O dedo de Harry roçou a região. — Ou mais firme? — Então ele aumentou a pressão.

— As-assim — suspirou ela, e afastou as coxas um pouco mais.

— Me beije — murmurou Harry, e virou a cabeça para dar beijos leves em seus lábios.

Ela gemeu dentro da boca de Harry. As mãos de Georgina se embolaram nos pelos dele e subiram até a pele quente dos ombros. Durante todo esse tempo, Harry a estimulou com o dedo até a tensão alcançar níveis insuportáveis e enfiou a língua na boca de Georgina. Ela arqueou, sentindo o coração pulando no peito e o calor invadindo-a e se espalhando por ela, vindo do seu âmago. Ela começou a tremer, como se tivesse entrado numa jornada da qual não havia retorno.

Ele a afagou, de forma delicada e consoladora.

Quando ela começou a relaxar, Harry a pegou nos braços, levantou-se e seguiu para o quarto. Ele colocou-a na cama estreita e, deliberadamente, deu um passo para trás. Harry a observava — será que procurava sinais de resistência? — enquanto tirava o restante das próprias roupas. Georgina ficou deitada ali, sem forças, esperando o que quer que fosse acontecer em seguida. Então ele montou em cima dela e ficou parado, de quatro, por um instante, como uma fera faminta prestes a devorar sua presa.

Sua presa para lá de voluntária.

— Pode doer. — Ele olhou nos olhos dela.

— Eu não me importo. — Georgina puxou a cabeça dele na direção da sua.

Seus lábios se encontraram, e Harry afastou as pernas dela com as suas. Ela podia senti-lo em sua entrada. Ele ergueu a cabeça, se apoiou em uma das mãos e então a penetrou por completo. Ou, pelo menos, foi o que Georgina pensou que tivesse acontecido. Harry recuou um pouco e arremeteu novamente, e mais carne a penetrou. Meu Deus, será que ele todo...? Outra arremetida, e ela arfou. Doía. Repuxava. Ardia. Ele olhou para ela, trincou os dentes e meteu com vontade dessa vez. Sua pelve encostou na dela.

Georgina gemeu. E se sentiu preenchida... preenchida até demais.

De repente Harry ficara imóvel em cima dela. Uma gota de suor pingou da lateral de seu rosto e caiu na clavícula de Georgina.

— Está tudo bem? — Era um rosnado.

Não. Ela fez que sim com a cabeça e arriscou um sorriso.

— Garota corajosa — murmurou ele.

Harry baixou a cabeça para beijá-la movendo o quadril lentamente. Parecia se esfregar nela sem realmente mover sua masculinidade. Aquilo era bom. Georgina acariciou as costas dele, os músculos rígidos dos ombros, o vale de sua coluna, úmido de suor. Ela desceu mais um pouco e sentiu as nádegas rígidas quando ele finalmente se moveu para dentro dela. Não doía, mas a sensação também não era tão boa quanto a do dedo dele nela antes. Ela se concentrou em provocar a língua dele com a sua. E pressionou os dedos nos músculos das nádegas dele porque lhe eram estranhamente fascinantes. Desejou poder vê-lo de costas naquele momento. Ela se sentia dolorida. Ele não parava de bombear. Sentir a masculinidade dele entrando e saindo dela era muito interessante.

Georgina pensou em como seria a imagem dos dois juntos.

Então todos os pensamentos desapareceram, pois ele estava com a mão *lá*. E, de alguma maneira, a combinação dos dedos de Harry e do movimento do pênis dele era realmente perfeita. Georgina agarrou o quadril dele e tentou acompanhar seu movimento. Sem ritmo algum, mas isso não parecia importar. Quase... *Oh, céus!* Ela viu estrelas e então interrompeu o beijo para pousar a cabeça no travesseiro, numa satisfação que nunca havia experimentado antes.

Harry subitamente saiu de dentro dela, e Georgina sentiu algo quente em sua barriga. Ela abriu os olhos a tempo de ver Harry jogar a cabeça para trás e gritar. Os tendões do pescoço dele se retesaram, e seu tronco brilhava com o suor.

Aquele homem era a coisa mais magnífica que ela já havia visto.

MATAR ERA ALGO muito simples, e isso era impressionante.

Silas olhou para a mulher que jazia no tojo. Ele tivera de arrastá-la até lá depois de mantê-la trancada por mais de um dia. Afinal, era importante que ela morresse do modo adequado, e ele tivera de procurar e preparar as ervas venenosas. Um trabalho bastante tedioso. A mulher tivera uma convulsão no fim, e o corpo dela estava todo contorcido. Antes de morrer, ela havia vomitado e perdido o controle de suas entranhas, sujando lugar todo de uma forma bem nojenta. Ele deu um muxoxo. Todo o processo tinha tomado tempo demais e feito muita sujeira.

Mas fora simples.

Ele tinha escolhido uma pastagem de ovelhas em suas próprias terras, que era isolada à noite mas perto o suficiente da estrada para que o corpo fosse encontrado antes de apodrecer completamente. Era importante associar aquela morte ao envenenamento das ovelhas. Aqueles fazendeiros eram um bando de burros e, se a ligação não estivesse na cara, talvez não vissem o óbvio.

Silas podia ter tentado convencer a mulher a beber a poção que fizera, mas foi mais rápido simplesmente forçá-la garganta abaixo. Então ele se sentou e esperou. A mulher xingou e gritou durante todo o tempo em que ficou sob sua tutela — ela já estava bêbada quando ele a encontrara. Então, depois de alguns minutos, ela apertou a barriga. Vomitou. Defecou.

E finalmente morreu.

Silas suspirou e se espreguiçou, com câimbra nos músculos por ficar sentado por tanto tempo numa rocha úmida. Ele se levantou e tirou um lenço do bolso, foi até o corpo fedorento e desembrulhou o cervo entalhado. Com cuidado, ele o colocou a alguns passos da mulher. Perto o suficiente para ser encontrado, mas longe demais para ter simplesmente caído. Ele examinou atentamente a cena que havia criado e a aprovou.

Sorriu satisfeito e foi embora.

HARRY SENTIU UM peso em seu peito. Ele abriu os olhos mas não se moveu. Havia uma nuvem de cabelos vermelhos sobre seu peito e seu braço direito.

Ela havia passado a noite com ele.

Harry olhou pela janela e xingou baixinho. Já havia amanhecido. Ele deveria ter se levantado há uma hora, e Lady Georgina deveria ter ido embora bem antes disso. Mas ficar deitado naquela minúscula cama com sua dama era muito bom. Ele podia sentir a maciez dos seios dela na lateral de seu corpo, a respiração dela em seu ombro e o braço sobre seu peito, como se ela tivesse tomado posse dele. E talvez tivesse. Talvez ele fosse como o príncipe encantado do conto de fadas dela, e agora Lady Georgina guardasse a chave para seu coração.

A chave para sua alma.

Harry voltou a fechar os olhos. Podia sentir o cheiro dela misturado ao dele. Lady Georgina se mexeu, a mão deslizando pela barriga dele e quase alcançando sua ereção matinal. Ele prendeu a respiração, mas ela parou.

Ele precisava mijar; além disso, ela estaria dolorida demais naquela manhã. Harry tirou o braço dela de cima dele e se sentou na cama. O cabelo de Lady Georgina era um emaranhado em torno de seu rosto. Ele afastou as mechas delicadamente, e ela franziu o nariz enquanto ainda dormia. Ele sorriu. Ela parecia uma cigana selvagem. Harry se inclinou, beijou-lhe o seio nu e se levantou. Atiçou o fogo, vestiu a calça para ir mijar do lado de fora. Quando voltou, botou água para ferver e olhou novamente para dentro do quarto. Sua dama ainda dormia.

Harry estava pegando o bule quando alguém bateu à porta do chalé. Ele rapidamente fechou a porta do quarto, pegou sua faca e abriu uma fresta na porta.

Havia um cavalheiro do lado de fora. Alto, com cabelo castanho-avermelhado, o estranho segurava o cabo de um chicote com a mão ossuda, e seu cavalo estava amarrado atrás dele.

— Sim? — Harry apoiou a mão direita no umbral, acima de sua cabeça. A outra mão estava escondida e segurava a faca.

— Estou procurando Lady Georgina Maitland. — A voz do estranho, seca e aristocrática, teria deixado qualquer homem assustado.

Harry ergueu uma sobrancelha.

— E quem seria o senhor?

— O conde de Maitland.

— Ah. — Ele começou a fechar a porta.

Maitland prendeu o chicote na fresta da porta para evitar que Harry a fechasse.

— Você sabe onde ela está? — Havia um tom de advertência em sua voz.

— Sim. — Harry encarou Maitland. — Ela estará na mansão em breve.

Os olhos do outro homem faiscavam de raiva.

— Em uma hora. Ou eu coloco este maldito casebre abaixo.

Harry fechou a porta.

Quando ele se virou, viu que Lady Georgina espiava do quarto. Seu cabelo caía ao redor dos ombros, e ela estava enrolada num lençol.

— Quem era? — Sua voz estava meio sonolenta.

Harry desejou poder pegá-la no colo, levá-la de volta para a cama e fazê-la se esquecer de tudo, mas o mundo e tudo o mais estavam à espera.

Ele recolocou o bule na prateleira.

— Seu irmão.

ENTRE TODAS AS pessoas no mundo, seu irmão era a última que qualquer mulher poderia querer encontrar imediatamente após uma noite de êxtase.

Georgina remexeu a fita em seu pescoço. Tiggle afastou a mão da patroa com um tapinha e pôs um último grampo no cabelo dela.

— Terminei, milady. Mais pronta, impossível. — Pelo menos a criada não estava mais fitando-a com um olhar tristonho.

Em vez disso, ela agora estava sendo solidária. Será que todo mundo sabia o que havia acontecido na noite passada? Ela sabia que deveria ter sido mais discreta. Não deveria ter passado a noite fora. Georgina suspirou e pensou em fingir que estava com dor de cabeça. Mas Tony era teimoso demais. Ele não iria tirá-la de seu quarto para lhe fazer perguntas, mas estaria do lado de fora no minuto em que ela tentasse sair de lá. Era melhor resolver aquilo de uma vez.

Ela endireitou os ombros e foi até o primeiro andar como se estivesse prestes a encontrar um leão irado. Greaves lançou-lhe um olhar solidário ao segurar a porta da sala de café da manhã para ela.

Tony estava de pé ao lado da cornija e fitava o fogo por cima do nariz ossudo. Era evidente que ele não havia tocado na comida no aparador. Tony era a imagem exata do falecido pai, alto e magro, com um rosto ressaltado pelas maçãs proeminentes e sobrancelhas grossas. A única diferença era o cabelo castanho-avermelhado que havia herdado da mãe. Isso e o fato de que ele era um homem muito mais simpático do que o pai fora.

Normalmente, pelo menos.

Georgina notou que Violet não estava presente e tinha uma boa ideia do motivo. Iria atrás daquela atrevida mais tarde.

— Bom dia, Tony. — Georgina foi até o aparador. Arenque na manteiga. Até a cozinheira sabia. Ela se serviu de uma grande porção. Ia precisar de muita energia.

— George — cumprimentou-a Tony com frieza. Ele avançou rapidamente até a porta e a abriu. Dois lacaios olharam assustados para ele.

— Não vamos precisar de vocês. Garantam que ninguém nos perturbe.

Os lacaios fizeram uma mesura.

— Sim, milorde.

Tony fechou a porta e deu um puxão no colete para esticá-lo. Georgina revirou os olhos. Quando o irmão dela tinha ficado tão pomposo? Ele devia andar praticando em seu quarto à noite.

— Você não vai tomar café? — perguntou ela enquanto se sentava. — A cozinheira fez arenques deliciosos.

Tony a ignorou.

— No que você estava pensando? — Seu tom era inacreditavelmente severo.

— Ora, bom, se você quer saber a verdade, eu não estava pensando em nada. — Ela tomou um gole de chá. — Quero dizer, não depois do primeiro beijo. Ele beija muito bem.

— George!

— Se você não queria saber, por que perguntou?

— Você sabe muito bem o que eu quero dizer. Não banque a engraçadinha comigo.

Georgina suspirou e apoiou o garfo na mesa. De qualquer forma, o arenque tinha gosto de cinza em sua boca.

— Isso não é da sua conta.

— Claro que é da minha conta. Você é minha irmã e não é casada.

— Por acaso eu me meto nos seus assuntos? Pergunto sobre as damas com quem você se encontra em Londres?

Tony cruzou os braços e a encarou do alto do nariz largo.

— Não é a mesma coisa, e você sabe disso.

— Sim, eu sei — Georgina cutucou o arenque —, mas deveria ser.

Ele suspirou e se sentou na cadeira em frente à dela.

— Talvez, mas não é assim que o mundo funciona. Não lidamos com a sociedade julgando-a pela forma que gostaríamos que ela fosse, e sim como ela realmente é. E a sociedade vai julgar você de modo muito duro, minha cara.

Ela sentiu os lábios tremerem.

— Volte para Londres comigo — pediu Tony. — Nós podemos esquecer isso tudo. Eu posso apresentar alguns cavalheiros a você...

— Não é como escolher um cavalo. Não quero trocar um cavalo baio por um alazão.

— Por que não? Por que não encontrar um homem de sua própria classe? Alguém com quem possa se casar, que possa lhe dar filhos?

— Porque — respondeu Georgina lentamente — eu não quero qualquer homem. Eu quero *esse*.

Tony bateu a mão na mesa, fazendo Georgina pular de susto. E se inclinou na direção dela.

— E o restante da família pode simplesmente ir para o inferno? Você não é assim. Pense no exemplo que está dando para Violet. Você gostaria que ela agisse dessa forma?

— Não. Mas eu não posso viver a minha vida pensando em fazer dela um exemplo para a minha irmã.

Tony franziu os lábios.

— Você mesmo não faz isso — acusou Georgina. — Pode afirmar, com sinceridade, que, antes de fazer qualquer coisa, você para e pensa: "Será que isso é um bom exemplo para os meus irmãos?"

— Pelo amor de Deus...

A porta se abriu com ímpeto.

Ambos ergueram o olhar, surpresos. Tony franziu o cenho.

— Eu não mandei que não deixassem...

— Milorde. Milady. — Harry fechou a porta na cara dos dois lacaios atarantados do lado de fora e cruzou o cômodo.

Tony se levantou da mesa. Ele era meia cabeça mais alto do que Harry, mas o homem mais baixo não interrompeu o passo.

— Está tudo bem, milady? — perguntou Harry para Georgina, sem tirar os olhos de Tony.

— Sim, obrigada, Harry. — Ela lhe garantira no chalé que o irmão jamais a machucaria, mas ele provavelmente achara melhor ver por si mesmo. — Quer um arenque?

Um canto da boca de Harry parecia querer se abrir em um sorriso, mas Tony se antecipou à resposta.

— Não precisamos de seus serviços. Pode ir.

— *Tony* — arfou Georgina.

— Milorde. — Harry inclinou a cabeça. Imediatamente, tornou-se impossível ler a expressão em seu rosto.

Parecia que o coração de Georgina ia se partir em mil pedacinhos. *Isso não está certo.* Ela começou a se levantar, mas Harry já havia chegado à porta.

Seu amante deixou o cômodo, dispensado como um criado comum pelo irmão.

NADA DIMINUÍA MAIS um homem do que ser incapaz de proteger sua mulher. Irritado, Harry colocou o tricórnio e a capa e foi para os estábulos, a sola de suas botas chutando os seixos pelo caminho. Mas Lady Georgina não era dele de verdade, não é? Ela não estava comprometida com ele nem pela lei nem pela sociedade. Ela era apenas uma mulher que lhe permitira fazer amor com ela. Uma vez.

E talvez apenas uma vez.

Havia sido a primeira vez dela, e inevitavelmente ele a machucara. Harry tinha lhe dado prazer antes, mas será que aquilo fora o suficiente para compensar a dor que viera depois? Será que ela entendera que só doía na primeira vez? Será que ela permitiria que ele provasse que era capaz de satisfazê-la com sua carne dentro dela?

Harry xingou. O cavalariço que segurava a cabeça da égua lhe lançou um olhar cauteloso. Ele fez cara feia para o garoto e pegou as rédeas. O fato de que ele desejava Lady Georgina não ajudava em nada seu humor. Naquele momento. Debaixo dele ou em cima dele, não importava; ele só pensava em penetrá-la e sentir o mundo desaparecer mais uma vez.

— Sr. Pye!

Harry olhou para trás. O conde de Maitland o chamava dos degraus de Woldsly. Jesus Cristo, o que era agora?

— Sr. Pye, se puder me esperar enquanto trazem o meu cavalo, gostaria de acompanhar o senhor.

Ele não tinha muitas opções, não é?

— Como quiser, milorde.

Harry observou o conde caminhar enquanto os cavalariços corriam para atender seu pedido. Mesmo se o homem não tivesse se apresentado para ele no chalé naquela manhã, Harry o teria reconhecido. Os olhos eram os mesmos da irmã: de um azul-claro penetrante.

Um cavalo selado foi trazido, e ambos os homens montaram. Eles se dirigiram para fora do pátio do estábulo cavalgando e sem dizer uma única palavra. O conde, pelo menos, era discreto.

Nuvens escuras reluziam acima de suas cabeças, ameaçando mais chuva.

Eles estavam perto dos portões quando o conde falou:

— Se você está atrás de dinheiro, posso lhe dar uma bela quantia para motivá-lo a seguir seu caminho.

Harry olhou para o conde — Tony, foi por esse nome que Lady Georgina o chamara. Seu rosto estava duro como pedra, mas seus lábios curvavam-se levemente nos cantos, revelando sua indignação. Harry quase sentiu pena dele.

— Não estou atrás de dinheiro, milorde.

— Não pense que sou idiota. — As narinas de Tony se inflaram. — Eu vi onde você mora, e seus trajes não indicam nem mesmo riqueza modesta. Você está atrás do dinheiro da minha irmã.

— O senhor não vê outra razão para que eu queira a companhia de Lady Georgina?

— Eu...

— Eu me pergunto se o senhor percebe o quanto isso ofende milady — disse Harry.

As maçãs do rosto do outro homem ficaram coradas. Harry se lembrou de que ele era mais novo que Lady Georgina. Ele não poderia ter mais do que 25 ou 26 anos. Seu ar autoritário o fazia parecer bem mais velho.

— Se você não pegar o dinheiro e deixar minha irmã em paz, vou fazer com que seja dispensado sem referência — ameaçou Tony.

— Sou funcionário da sua irmã, não seu, milorde.

— Você não tem orgulho próprio, homem? — Tony fez o cavalo parar. — Que tipo de canalha se aproveita de uma mulher solitária?

Harry fez seu cavalo parar também.

— O senhor realmente acha que a sua irmã não iria perceber se um homem estivesse tentando se aproveitar dela?

Tony franziu o cenho.

— Você a colocou em perigo. Violet me contou que minha irmã foi atacada enquanto estava em sua companhia.

Harry suspirou.

— Lady Violet também lhe contou que Lady Georgina disparou um tiro de pistola na direção dos atacantes? — Os olhos do outro homem se arregalaram. — Ou que, se as coisas tivessem sido feitas do jeito que eu queria, ela não estaria no cabriolé comigo, para início de conversa?

Tony olhou para Harry de cara feia.

— Ela fez você de bobo, não é? Minha irmã tem tendência a agir assim.

Harry levantou uma sobrancelha.

Tony tossiu e voltou a andar com o cavalo.

— Seja como for, um cavalheiro não continua a cortejar uma dama que não pode retribuir seus sentimentos.

— Então, na minha opinião, o senhor tem dois problemas, milorde — disse Harry.

Os olhos de Tony se estreitaram.

— Primeiro, a dama retribui, sim, meus sentimentos, e segundo — Harry se virou e encarou o conde —, eu não sou um cavalheiro.

Capítulo Onze

— Violet, abra esta porta! — Georgina prendeu a respiração e grudou a orelha na madeira. Nada. — Eu sei que você está aí. Consigo ouvir sua respiração.

— Não consegue, não! — era a voz da irmã, petulante, lá dentro. Rá!

— Violet Elizabeth Sarah Maitland, abra esta porta agora ou eu farei com que Greaves a arranque das dobradiças.

— Não vai, não. As dobradiças estão do lado de dentro. — Violet soava triunfante.

E ela estava certa, aquela atrevida. Georgina inspirou fundo e trincou os dentes.

— Então vou fazer com que ele derrube a porta.

— Você não faria isso. — A voz de Violet estava mais próxima.

— Melhor você não contar com isso. — Ela cruzou os braços e começou a bater o pé no chão.

Do outro lado, ouviu-se o som de algo arranhando; então a porta se abriu, e um olho cheio de lágrimas espiou.

— Ah, minha querida. — Georgina empurrou a porta toda e entrou, fechando-a atrás de si. — Vamos direto ao ponto. O que foi que a possuiu e a fez escrever para o Tony?

O lábio inferior de Violet começou a tremer.

— Você está dominada por aquele homem. Ele deixou você fascinada com as carícias e as artimanhas carnais dele.

Carícias e artimanhas carnais? Georgina franziu as sobrancelhas.

— O que você sabe sobre artimanhas carnais?

Os olhos de Violet se arregalaram.

— Nada — respondeu ela rápido demais. — Bem, apenas o que as pessoas dizem por aí.

Georgina notou que a irmã mais nova ficou corada. Mentir era sempre um problema para pessoas de pele clara.

— Violet — disse ela calmamente —, tem alguma coisa que você queira me contar?

Violet deixou escapar um gemido estridente e se jogou nos braços da irmã. *Ai, Deus.*

— Calma, calma, minha querida. — Georgina recuou um pouco (Violet era alguns centímetros mais alta que ela) e se sentou no banco acolchoado da janela. — Não pode ser tão ruim assim...

A garota tentou falar, engasgou e chorou mais ainda. Georgina a abraçou, embalando-a e murmurando as bobagens que se costuma dizer a uma criança angustiada. Ela tirou o cabelo da testa úmida de Violet.

A irmã caçula inspirou, tremendo.

— V-você não entende. Eu fiz uma coisa muito ruim. — Ela esfregou os olhos com uma das mãos. — Eu... eu *pequei*, George!

Georgina não conseguiu evitar um muxoxo — Violet era sempre tão dramática —, mas ela se esforçou para voltar à expressão confiante no mesmo instante.

— Então me conte.

— Eu... eu me deitei com um homem. — As palavras não eram claras, porque Violet tinha enterrado a cabeça no colo da irmã, mas Georgina não poderia ter se enganado.

Ela imediatamente se tornou séria; o temor apertava sua garganta.

— O quê? — perguntou ela, e afastou Violet de seu peito. — Olhe para mim. O que você quer dizer com isso? — Talvez a irmã tivesse se enganado, de algum modo; confundido um abraço com outra coisa.

Violet levantou o rosto, parecia arrasada.

— Eu perdi a virgindade com um homem. Eu sangrei.

— Ah, meu Deus. — Não, não Violet, não sua irmãzinha caçula. Georgina sentiu lágrimas arderem nos olhos, mas ela as afastou e segurou o rosto da irmã. — Ele forçou você? Ele machucou você?

— N-não. — Violet engoliu um soluço. — Foi praticamente pior do que isso. Eu fiz por vontade própria. Sou uma devassa. Uma... uma *meretriz*.

Ela se interrompeu mais uma vez e escondeu o rosto no colo da irmã mais velha.

Georgina consolou a irmã, esperou um momento e pensou bem. Precisava lidar com a situação direito, não podia errar, precisava parecer confiante. Quando Violet se acalmou novamente, ela falou:

— Creio que seria um exagero chamá-la de meretriz. Quer dizer, você não foi paga para isso, foi?

Violet balançou a cabeça.

— Claro que...

Georgina ergueu uma das mãos.

— E quanto a ser uma devassa, bem... foi com um único homem. Estou certa?

— S-sim. — O lábio inferior de Violet tremeu.

— Então, creio que você terá que me perdoar pela minha sinceridade ao dizer que o que aconteceu é tanto culpa do cavalheiro quanto sua. Quantos anos ele tem?

Violet pareceu um pouco revoltada por ter perdido o título de devassa.

— Vinte e cinco.

Vinte e cinco! Mas que galanteador pervertido... Georgina respirou fundo.

— E eu o conheço? — perguntou ela, calmamente.

Violet se afastou da irmã num ímpeto.

— Eu não vou dizer! Ninguém vai me obrigar a casar com ele.

Georgina a encarou, com o coração parando em seu peito de repente.

— Você está em estado interessante?

— Não! — O pavor de Violet era genuíno, graças a Deus. Georgina soltou o ar, aliviada.

— Então por que acha que eu obrigaria você a se casar com ele?

— Bem, você talvez não, mas Tony... — Violet se pôs de pé e começou a andar de um lado para o outro pelo quarto. — Ele tem escrito cartas para mim.

— Tony?

— Não! — Violet encarou a irmã. — *Ele*.

— Ah, *ele*. — Georgina franziu a testa. — Sobre o que ele fala?

— Ele quer se casar comigo. Diz que me ama. Mas, George — Violet pegou um castiçal da mesinha de cabeceira e gesticulou com ele —, eu não o amo mais. Eu amava. Quero dizer, pensei que o amava. Foi por isso que eu, bem, *você* sabe.

— Eu sei. — Georgina se sentiu corar.

— Mas depois eu percebi que os olhos dele são meio afastados um do outro, e ele fala de um modo tão afetado. — Violet deu de ombros e colocou o castiçal na penteadeira. — E então acabou, o amor, ou seja lá o que tenha sido, se foi. Não que eu o odeie; eu simplesmente não o amo.

— Entendo.

— É assim que você se sente em relação ao Sr. Pye? — perguntou Violet. — Você já o esqueceu?

Georgina teve uma visão de Harry Pye com a cabeça arqueada para trás, os tendões do pescoço se esticando quando ele estava dentro dela. Uma leve onda de calor invadiu seu corpo, e ela se flagrou fechando as pálpebras.

Ela abriu os olhos rapidamente e se empertigou na mesma hora.

— Humm, não exatamente.

— Ah. — Violet parecia desanimada. — Talvez seja eu então.

— Creio que não, querida. Talvez seja porque você tem apenas 15 anos. Ou — emendou ela rapidamente quando Violet fez um muxoxo — talvez seja porque ele não é o homem certo para você.

— Ah, George! — Violet desabou em sua cama. — Eu nunca terei outro pretendente. — Como eu iria explicar que perdi a virgindade? Talvez eu deva me casar com *ele*. Nenhum outro homem vai me querer. — A garota fitou o dossel acima da cama. — Eu só não sei se consigo aguentar o modo como ele inala rapé pelo resto da minha vida.

— Sim, isso seria uma tortura — murmurou Georgina —, mas temo que terei que bater o pé e proibi-la de se casar com ele. Então, você está salva.

— Você é um anjo. — Violet abriu um sorriso trêmulo para a irmã. — Mas ele falou que vai revelar tudo se eu não aceitar ser sua noiva.

— Ah... — Se ela botasse as mãos naquele maldito chantagista... — então creio que você vai ter mesmo que me dizer o nome dele, querida. Eu sei — ela ergueu as mãos quando Violet começou a protestar —, não lhe resta alternativa.

— O que você vai fazer? — perguntou a garota, falando baixinho.

Georgina a encarou.

— Temos que contar a Tony quem é o rapaz para que ele possa convencê-lo de que você não está interessada em se casar.

— Mas logo para o Tony, George? — Violet abriu os braços na cama e, sem se dar conta, assumiu a posição de um mártir. — Você já sentiu na pele aqueles olhares frios dele. Fazem com que eu me sinta um verme. Um verme *esmagado*.

— Sim, querida, conheço bem esse olhar. Eu acabei de receber um, graças a você.

— Sinto muito por isso. — Violet pareceu arrependida antes de se voltar para o próprio dilema. — Tony vai me obrigar a casar com ele!

— Não, não vai. Você está pensando o pior de Tony — disse Georgina. — Ele pode ter perdido todo o senso de humor desde que assumiu o título, mas isso não significa que irá obrigar a própria irmã, sobretudo uma irmã de 15 anos, a se casar.

— Mesmo que eu tenha...

— Mesmo assim. — Georgina sorriu. — Pense em como Tony será útil para convencer esse cavalheiro a desistir de você. Na verdade, acho que essa é a única vantagem de ter um conde como irmão.

Naquela noite, Georgina tremia. Ela puxou o capuz de sua capa para cobrir melhor o rosto. Já era tarde, quase meia-noite, e o chalé de Harry estava escuro. Será que ele já havia ido dormir? A qualquer outra hora, por qualquer outra razão, ela teria dado meia-volta. Mas aquela compulsão a fazia insistir. Precisava vê-lo novamente. Só que, na verdade, ela não estava ali, tão tarde da noite, apenas para *vê-lo*, não era? Georgina sentiu um rubor começar a tomá-la no alto de suas bochechas. Ela queria mais, muito mais, do que apenas ver Harry Pye. E não queria pensar nos motivos por trás dessa vontade.

Georgina bateu à porta.

Quase no mesmo instante, ela se abriu com força, como se ele a estivesse esperando.

— Milady. — Os olhos verdes de Harry estavam semicerrados.

O peito dele estava nu, e o olhar dela foi atraído para seu corpo.

— Espero que você não se importe — disse Georgina, sem pensar, olhando para o mamilo esquerdo dele.

Ele esticou um braço comprido e a puxou. Bateu a porta e empurrou Georgina contra ela. Afastou o capuz e tomou seus lábios. Harry puxou a cabeça para trás e cobriu sua boca com a dele, forçando a língua entre os lábios. Ah, céus, ela precisava disso. Como havia ficado tão devassa depois de ter apenas um gostinho? As mãos dele seguravam-lhe a parte de trás da cabeça, e ela sentiu os grampos caindo. Seu cabelo se soltou. A mão de Georgina corria pelas costas dele, apertando e acariciando seu corpo. Ela podia sentir o gosto de cerveja na língua dele e o cheiro de almíscar. Seus mamilos já estavam rijos e doloridos, como se soubessem quem ele era.

Harry percorreu o pescoço de Georgina com os lábios, a boca aberta.

— Eu não me importo — falou ele, com a voz rouca.

E, enquanto ela tentava se lembrar da pergunta a que ele respondera, Harry enfiou a mão no corpete dela e o puxou com violência, rasgando o tecido delicado e expondo os seios nus. Georgina arfou e sentiu a umidade entre suas pernas. Então ele sugou seu seio e o mordiscou. Ela teve receio de que ele realmente a mordesse. Harry parecia um animal selvagem, era a masculinidade para sua feminilidade. Ele alcançou seu mamilo e o mordeu, fazendo-a sentir um beliscão agudo.

Ela não teve opção além de arquear a cabeça para trás e gemer.

Agora as mãos de Harry estavam embaixo de suas saias, puxando-as para cima, como se ele estivesse impaciente para encontrar o que desejava. Georgina segurou os ombros de Harry quando ele chegou ao seu objetivo. Ele passou os dedos por ela, tocando, tateando.

Harry levantou a cabeça do seio dela e deu uma risadinha.

— Você está molhada para mim. — Sua voz era carregada. Sensual.

Ele a ergueu com as mãos, encostando as costas dela na porta; todo o peso de Georgina estava nele. A ela só restou se abrir, enquanto ele se movia entre suas coxas. Ela sentiu a calça dele roçando sua pele. E então o toque *dele*. Seus olhos se arregalaram e encontraram os de Harry, reluzentes e verdes como os de um predador.

Meu Deus.

Ele empurrou o quadril, apenas um pouco. Ela o sentiu penetrando-a. Imaginou aquela cabeça larga abrindo seus lábios lá embaixo e arfou, com os olhos semicerrados. Ele se remexeu novamente, e seu pênis a penetrou um pouco mais.

— Milady. — Sua respiração soprou sobre os lábios dela.

Com esforço, Georgina abriu os olhos.

— O quê? — arfou Georgina. Era como se ela estivesse embriagada, entorpecida, num sonho maravilhoso.

— Espero que você não se importe — ele se remexeu — com a minha ousadia.

O quê?

— Não. Eu, *humm*, eu não me importo. — Ela mal conseguiu pronunciar as palavras.

— Tem certeza? — Ele lambeu o mamilo dela, aquele diabo, e ela estremeceu.

Georgina estava tão sensível que aquilo era quase doloroso. *Ele vai pagar por isso.*

Harry se remexeu.

Outra hora.

— Tenho toda certeza — gemeu ela.

Ele sorriu, mas uma gota de suor desceu por sua têmpora.

— Então, com a sua permissão...

Harry não esperou que ela assentisse, e a penetrou com todo o seu comprimento, empurrando-a contra a porta e alcançando com impressionante precisão *aquele* lugar. Georgina enroscou as pernas, os braços e o coração em volta de Harry. Ele se retirou com uma lentidão agonizante e repetiu o processo, desta vez fazendo leves movimentos circulares ao colidir com ela. O impacto fez faíscas de êxtase percorrerem todo o seu corpo.

Ela ia morrer de prazer.

Ele se afastou mais uma vez, e ela podia sentir cada centímetro se arrastando por sua carne sensível. Georgina esperou, suspensa no tempo e no espaço, que ele estivesse dentro dela mais uma vez. E ele o fez, seu pênis penetrando-a, a pelve se esfregando no centro exposto. Então Harry pareceu perder o controle. E seus movimentos ficaram mais rápidos, curtos e agitados. E tão eficazes quanto antes. Maldito! Então aquela sensação começou a se espalhar por ela em ondas que pareciam não ter fim. Georgina não conseguia recuperar o fôlego, não conseguia mais ver nem ouvir, apenas gemer, num abandono primitivo ao abrir os lábios para abocanhar o ombro dele, salgado e quente.

Ela *mordeu* Harry.

Ele chegou ao clímax, subitamente se retirando dela, mas mantendo os braços ao seu redor enquanto estremecia e liberava seu sêmen entre os dois. Ele se aconchegou em Georgina; o peso de seu corpo a mantinha presa à parede enquanto ambos arfavam. Ela se sentia pesada. Lânguida. Como se nunca mais fosse capaz de voltar a mover os braços e as pernas. Ela acariciou o ombro dele e esfregou o local que havia mordido.

Harry suspirou, o rosto enterrado em seu cabelo. Ele deixou as pernas de Georgina caírem no chão devagar enquanto a equilibrava.

— Eu queria carregá-la para a cama, mas sinto que você esgotou todas as minhas energias, milady. Isto é — ele se afastou o suficiente para olhar nos olhos dela —, se você pretende passar a noite aqui.

— Sim. — Georgina já sentia as pernas. Vacilantes, mas se recuperando. Ela seguiu até o pequeno quarto. — Vou passar a noite aqui.

— E quanto ao seu irmão? — perguntou ele às suas costas.

— Meu irmão não controla a minha vida — falou Georgina de forma arrogante. — Além disso, eu me esgueirei pela entrada dos criados.

— Ah. — Harry a acompanhara até o quarto. Ela notou que ele trazia uma bacia de água.

Georgina ergueu as sobrancelhas.

— Eu deveria ter feito isso na noite passada. — Será que ele estava constrangido?

Harry pousou a bacia ao lado da cama e a ajudou a tirar o vestido e a anágua, então se ajoelhou para tirar os sapatos e as meias dela.

— Deite-se, milady.

Georgina recostou-se na cama. Por alguma razão, agora ela estava tímida, como não estivera antes, enquanto fazia amor selvagem com ele. Harry pegou um pano e o mergulhou na bacia, torcendo-o depois; então o passou no pescoço dela. Georgina fechou os olhos. O pano molhado deixava uma trilha fresca, que lhe dava calafrios. Ela o ouviu molhar e torcer o pedaço de pano novamente; o gotejar da água era, por alguma razão, um tanto erótico no silêncio do quarto. Harry limpou o seu peito, os seios e a barriga, deixando uma trilha de calor frio.

A respiração de Georgina estava acelerada agora, antecipando o que viria em seguida.

Mas então ele recomeçou pelos pés dela, passando o pano pelas panturrilhas. Delicadamente, afastou suas coxas e lavou as curvas internas. Ele molhou o pano mais uma vez, e ela sentiu a frieza contra sua vulva. Harry o passou deliberadamente entre suas dobras, e ela perdeu o fôlego. Então o peso dele deixou a cama.

Georgina abriu os olhos e o observou tirar a calça. Nu, seus olhos nos dela, ele pegou o pano e o esfregou no peito. Mergulhou. Torceu. Limpou debaixo dos braços. A barriga.

O olhar de Georgina baixou, e ela lambeu os lábios.

O pênis de Harry ficou duro. Ela olhou para ele, e seus olhos se encontraram. Ele mergulhou o pano na água e levantou sua masculinidade para lavar o saco pesado embaixo. Outro mergulho na bacia, e ele passou o pano úmido no pênis ereto, deixando a pele reluzente. Então esfregou o pedaço de pano nos pelos pubianos e o jogou no chão. Harry foi para a cama com o membro rijo. Georgina não conseguia desviar os olhos dele.

Ele apoiou um dos joelhos ao lado dela, fazendo a cama afundar. As cordas que seguravam o colchão rangeram.

— Você vai terminar seu conto de fadas, milady?

Ela piscou.

— Conto de fadas?

— O Príncipe Leopardo, o jovem rei. — Ele roçou os lábios na clavícula dela. — A bela princesa, o Cisne Dourado.

— Ah. Bem. — Ela se esforçou para pensar. A boca de Harry passeava debaixo de seu seio esquerdo. — Creio que havíamos chegado à parte em que o rei-pai diz ao jovem rei para pegar... — Ela soltou um gritinho.

Ele chegara ao mamilo. Seu seio já estava sensível devido ao que havia acontecido antes.

Harry levantou a cabeça.

— O Cisne Dourado mantido preso pela terrível bruxa. — Ele soprou o mamilo úmido.

Georgina arfou.

— Sim. Claro, o jovem rei mandou que o Príncipe Leopardo fosse atrás dele.

— Claro — murmurou Harry para o outro mamilo.

— E o Príncipe Leopardo se transformou em... ahhh...

Harry sugou o mamilo.

E o soltou.

— Um homem — completou ele, e soprou.

— Humm. — Georgina perdeu a concentração por alguns segundos. — Sim. E o Príncipe Leopardo estava segurando sua coroa de esmeralda...

Harry trilhava a barriga dela com beijos.

— ... e desejou...

— Sim?

Ele estava lambendo o seu umbigo?

— Uma capa que o deixava invisível.

— É mesmo? — Harry apoiou o queixo na barriga dela, e seus braços pousaram sobre os ossos da pelve.

Georgina esticou o pescoço para vê-lo. Ele estava deitado no meio de suas pernas abertas, com o rosto a apenas centímetros de sua... E parecia muito interessado na história.

— Sim, é sério. — Ela deixou a cabeça cair no travesseiro. — Ele pôs a capa e roubou o Cisne Dourado sem que a terrível bruxa percebesse. E, quando ele voltou — o que Harry estava fazendo lá embaixo? —, entregou o Cisne Dourado para... *Ahhhh!*

Harry lambeu os lábios de sua feminilidade e então beijou *aquele* lugar. Ele ergueu a cabeça.

— Isso faz parte do conto de fadas, milady? — perguntou ele, de forma educada.

Georgina entrelaçou os dedos nos cabelos sedosos de Harry.

— Não. Agora estou cansada de contar essa história. — Ela empurrou a cabeça dele para lá de novo. — Não pare.

Será que Georgina tinha visto mesmo Harry dar uma risada? Pois sentiu uma vibração, mas então ele baixou a boca, colocou-a sobre seu botão e o *sugou*.

E, sinceramente, depois disso, ela não se importava com mais nada.

— Sobre o que você sonha quando dorme? — perguntou Lady Georgina muito tempo depois.

— Humm? — Harry tentou se concentrar. Seu corpo estava esgotado. Sentia os membros pesados por causa da fadiga, e ele lutava para ficar acordado.

— Desculpe. Você estava dormindo? — Sua dama obviamente não estava. Ele podia sentir os dedos dela afagando os pelos de seu peito.

Ele fez um esforço heroico.

— Não. — Abriu bem os olhos. — O que foi que você disse?

— Sobre o que você sonha quando dorme?

Ratos. Ele conteve um estremecimento.

— Nada. — E se encolheu. Isso não era o que uma dama bem-nascida queria ouvir. — Além de você — emendou ele apressadamente.

— Não. — Ela lhe deu um tapa no ombro. — Não quero ouvir elogios. Quero saber o que você pensa. O que quer. Do que você gosta.

Do que ele gostava? A esta hora da noite? Depois de fazer amor com ela, não uma, mas duas vezes?

— Ah. — Ele sentiu as pálpebras se fechando e lutou para abri-las novamente. Estava cansado demais para isso. — Sou um homem simples, milady. Na maior parte do tempo, acho que penso na colheita.

— E o que você acha? — A voz de Lady Georgina era firme.

O que ela queria dele? Harry afagou o cabelo de Georgina, que estava com a cabeça apoiada em seu peito e tentou pensar, mas isso demandava um esforço muito grande da parte dele. Deixou os olhos se fecharem e falou a primeira coisa que lhe ocorreu.

— Bem, estou preocupado com a chuva, como você sabe. Parece que ela não vai parar a tempo este ano. A colheita será perdida. — Ele suspirou, mas ela se mantinha quieta em seus braços. — Penso na semeadura para o ano que vem, se deveríamos tentar lúpulo no norte.

— Lúpulo?

— Humm. — Ele bocejou longamente. — Para cerveja. Mas nós teríamos que encontrar um mercado para a colheita. Seria uma boa plantação para venda, mas será que os fazendeiros teriam alimento suficiente para si próprios, para sobreviver durante o inverno? — Ela traçou um círculo sobre o esterno dele, seu toque fazia cócegas. Harry estava acordando, agora que pensava no problema. — É difícil apresentar uma nova cultura para os fazendeiros. Eles já estão habituados com o que fazem, não gostam de inovações.

— Como você os convenceria então?

Harry ficou em silêncio por um minuto, pensando, e Lady Georgina não o interrompeu. Ele nunca tinha falado sobre esta ideia com ninguém.

— Às vezes, acho que uma escola em West Dikey poderia ser uma boa ideia.

— Sério?

— Humm. Se os fazendeiros ou seus filhos soubessem ler, se tivessem pelo menos alguma instrução, seria mais fácil trazer alguma inovação. E então cada geração seria mais instruída e, consequentemente, estaria mais aberta a novas ideias e novos meios de fazer as coisas. Essa melhoria poderia ser percebida em décadas, e não em anos, e afetaria não apenas os lucros do dono das terras, como também as vidas dos próprios fazendeiros. — Agora Harry estava totalmente desperto, mas sua dama ficou em silêncio. Talvez ela pensasse que dar educação aos fazendeiros fosse uma ideia tola.

Então ela falou:

— Nós teríamos que encontrar um professor. Um cavalheiro que fosse paciente com crianças.

Aquele *nós* o aqueceu por dentro.

— Sim. Alguém que goste do campo e entenda as estações do ano.

— As estações do ano? — A mão no peito dele ficara imóvel.

Ele a cobriu com a própria mão e, enquanto falava, a afagou com o polegar.

— A primavera é fria e úmida, então os fazendeiros devem semear o solo, mas não cedo demais, ou as sementes vão congelar, e parece que as ovelhas estão todas parindo ao mesmo tempo nessa época. O verão é longo e quente, as ovelhas ficam sob os céus azuis e sem nuvens, e é quando observamos os grãos crescerem. É no outono que esperamos o sol brilhar para que a colheita seja boa. Quando isso acontece, as pessoas comemoram e planejam festivais; quando não, elas andam por aí tristes e temerosas. E, durante o inverno, que é sempre uma estação longa e temida, os fazendeiros e suas famílias se sentam à frente de uma pequena lareira em seus chalés, contam histórias e esperam a primavera chegar. — Ele parou de falar e apertou o ombro dela, constrangido. — As estações do ano.

— Você sabe tanta coisa — murmurou ela.

— Apenas o que acontece nesta parte de Yorkshire. Tenho certeza de que você poderia encontrar muitas pessoas que considerariam isso insignificante.

Lady Georgina balançou a cabeça, e os cabelos ondulados roçaram o ombro de Harry.

— Mas você está sempre atento. Sabe como as pessoas daqui pensam, o que sentem. Eu, não.

— Como assim? — Harry tentou ver o rosto dela, mas a cabeça de Georgina estava virada para os pés da cama.

— Eu fico entretida com coisas fúteis como o corte de um vestido ou um novo par de brincos, e me esqueço das pessoas ao meu redor. Não penso se Tiggle está sendo cortejada pelo novo lacaio ou como Tony está se saindo sozinho em Londres. Não dá para saber apenas olhando para ele; meu irmão parece tão grande, forte e no controle de tudo, mas ele às vezes fica solitário. E Violet... — Georgina suspirou. — Violet foi seduzida nesse verão, na casa da nossa família em Leicestershire, e eu não sabia de nada. Nem sequer suspeitei.

Ele franziu o cenho.

— Então como foi que você descobriu?

— Ela me contou hoje de manhã.

Harry ainda não conseguia ver o rosto de Lady Georgina, então tentou tirar os cabelos dos olhos dela.

— Se era um segredo, se ela não queria lhe contar antes, teria sido difícil descobrir qualquer coisa. Algumas jovens nessa idade são muito misteriosas às vezes.

Ela mordeu o lábio.

— Mas eu sou irmã dela. Sou a pessoa mais próxima que ela tem. Eu deveria ter notado. — Ela suspirou mais uma vez, um som baixo e tristonho que fez Harry ter vontade de protegê-la de todas as preocupações do mundo. — Ele está pressionando Violet para se casar.

— Quem?

— Leonard Wentworth. É um joão-ninguém sem um centavo. Ele a seduziu simplesmente para fazê-la se casar com ele.

Harry roçou a boca na testa dela, sem saber o que dizer. Será que Lady Georgina via a semelhança entre sua situação e a da irmã? Será que temia que ele também exigisse que ela se casasse com ele como punição por fazerem amor?

— Nossa mãe... — Ela hesitou e então voltou a falar. — Nossa mãe nem sempre está bem de saúde. Ela tem muitas doenças e queixas, a maioria imaginária, acredito eu. Passa tanto tempo atrás da próxima doença que nem sequer percebe o que está acontecendo ao seu redor. Eu tentei ser uma mãe para Violet no lugar dela.

— Isso é uma responsabilidade e tanto.

— Na verdade, não. Não é essa a questão. Amar Violet não é o problema.

Ele franziu a sobrancelha.

— Então qual é?

— Eu sempre desprezei a minha mãe. — Ela falava tão baixo que Harry parou de respirar para poder ouvi-la. — Por ser tão retraída, tão indiferente, tão egoísta. Nunca pensei que eu pudesse ser parecida com ela, mas talvez eu seja. — Lady Georgina finalmente virou a cabeça para olhá-lo, e Harry viu lágrimas nos olhos dela. — Talvez eu seja.

Alguma coisa no peito dele se contorceu. Harry inclinou a cabeça e lambeu as lágrimas salgadas das bochechas da amada. Ele a beijou com delicadeza, com gentileza, sentindo o tremor sob sua boca e desejando que soubesse dizer as palavras certas para confortá-la.

— Desculpe —suspirou ela. — Não pretendia botar o peso de todos os meus sofrimentos nos seus ombros.

— Você ama a sua irmã — disse ele. — Eu entendo seu sofrimento, milady.

Harry sentiu os lábios dela roçando sua clavícula.

— Obrigada.

Ele ficou prestando atenção, mas ela não falou mais nada e, depois de um tempo, sua respiração se acalmou e Georgina adormeceu. Mas Harry continuou acordado durante muito tempo naquela noite, observando a escuridão, abraçado à sua dama.

Capítulo Doze

As nádegas macias e sedosas de Lady Georgina pressionavam a ereção matinal de Harry. Ele abriu os olhos. Ela havia passado a noite com ele novamente. Seu ombro era uma linha turva na frente dele. O braço de Harry caía sobre o quadril dela, e ele curvou a mão, tocando a barriga de Georgina.

Ela não se moveu; sua respiração era suave e lenta em seu sono.

Harry inclinou a cabeça para a frente, para que o cabelo dela roçasse seu nariz. Ele podia sentir a fragrância exótica que Lady Georgina usava, e seu pênis latejou como um cão treinado que se sentava ao sinal do dono. Ele abriu caminho entre os cabelos até encontrar a parte de trás do pescoço dela, quente e úmido do sono. E abriu a boca para prová-la.

Lady Georgina resmungou e curvou o ombro.

Harry sorriu e deslizou a mão, lenta e maliciosamente, até sentir o tufo de pelos emaranhados sob seus dedos. Ele tocou sua pérola. Aquele pedacinho de carne feminina fora sua maior descoberta na juventude. A revelação de que as mulheres guardavam tais segredos em seus corpos fora inebriante para ele. Harry nem sequer se lembrava do rosto de sua primeira amante, mas recordava seu espanto ao descobrir a anatomia feminina.

Agora, ele atiçava a pérola de sua dama. Não com força, e sim como um toque de pluma. Ela não se moveu, então ele ficou mais audacioso e pressionou aquele ponto delicadamente. Era quase uma carícia. Ela começou a mexer o quadril. Harry lambeu a nuca de Georgina e quase pôde sentir o gosto do que havia lambido na noite anterior — exatamente onde seus dedos brincavam agora. Sua dama gostara quando ele a beijara lá... lambera e sugara. Ela havia arqueado as costas e gemido tão alto que Harry sentira vontade de dar uma gargalhada. Agora, ele a acariciava lentamente, brincando com suas dobras lisas e macias, sentindo que ela ficava cada vez mais molhada. Seu pênis quase doía, estava mais rijo do que nunca. Ele levantou a perna de Lady Georgina que estava por cima e envolveu-a com seu quadril. A respiração dela acelerou, e ele sentiu um sorriso se abrir em seu rosto.

Harry segurou o pênis e o guiou para aquele lugar úmido e quente. Ele afastou as nádegas dela e deslizou para dentro; ela era tão apertada e tão macia que queria gemer de dor e de prazer. Ele arremeteu mais uma vez, de forma delicada porém firme, e entrou ainda mais nela. Outra vez, e os pelos ao redor de seu órgão encontraram o traseiro dela. Lady Georgina ofegava. Ele baixou a perna dela e finalmente soltou um gemido alto. Era *tão perfeito*. Harry deslizou a mão pela barriga de Georgina e encontrou novamente a pérola. Pressionou. Jesus, ele podia senti-la se comprimindo ao seu redor. Em vez de enfiar mais o dedo, ele o esfregou nela, pressionando aquela parte até que ela ficasse mais apertada novamente.

— Harry — gemeu ela.

— Shhh — murmurou ele, beijando sua nuca.

Ela se movia contra ele. Tão impaciente. Ele sorriu e continuou com suas carícias.

— Harry.

— Querida.

— Me foda, Harry.

Então Harry a penetrou com força, surpreso e cheio de desejo. Meu Deus, ele nunca imaginou que ela pudesse conhecer aquela palavra, que dirá falar aquilo.

— Ohhh, assim — arfou ela.

Ele não conseguia parar, estava fora de controle. Os gemidos dela não ajudavam em nada, eram sensuais demais. Cada vez era melhor do que antes, e Harry pensou, apreensivo, que talvez nunca se cansasse dela. Que sempre iria querê-la assim. Mas então sentiu o espasmo dela enquanto a segurava pelo quadril, e o pensamento se foi. A sensação tão agonizantemente boa que ele quase esqueceu; quase foi tarde demais. Mas acabou conseguindo tirar o pênis de dentro dela a tempo e ejaculou, estremecendo, nos lençóis ao lado.

Ele acariciou o quadril de Lady Georgina e tentou controlar a respiração.

— Bom dia, milady.

— Humm. — Ela se virou para encará-lo. O rosto estava corado, marcado pelo sono e satisfeito. — Bom dia, Harry. — Lady Georgina puxou o rosto dele e o beijou.

Era um toque leve, delicado, mas isso fez alguma coisa no peito dele se contrair. Naquele instante, Harry soube que faria qualquer coisa por ela, por sua dama. Mentir. Roubar. Matar.

Abandonar seu orgulho.

Fora assim que seu pai se sentira? Ele se sentou e pegou a calça.

— Você é sempre tão ativo assim de manhã? — perguntou ela. — Porque eu devo dizer que algumas pessoas não consideram isso uma virtude.

Ele se pôs de pé e vestiu a camisa.

— Eu sinto muito, milady. — E finalmente se virou para encará-la.

Lady Georgina estava apoiada num dos cotovelos, as cobertas ao redor da cintura. O cabelo ruivo caindo em cascatas ao redor dos ombros brancos, emaranhados e luxuriosos. Os mamilos eram de um tom rosa-amarronzado, um pouco mais escuro nas pontas. Ele nunca vira uma mulher mais bonita em sua vida.

Harry se virou.

— Não estou exatamente decepcionada. Só cansada — disse ela. — Suponho que você não passe as manhãs na cama, não é?

— Não. — Harry terminou de abotoar a camisa.

Ele foi até o outro cômodo, ouviu algo raspando baixinho e parou. Novamente o som.

Ele olhou para ela.

— Eu pensei que seu irmão não se importasse.

Lady Georgina parecia tão indignada quanto uma mulher nua poderia aparentar.

— Ele não ousaria.

Harry simplesmente ergueu uma sobrancelha e fechou a porta do quarto. Foi até a porta do chalé e a abriu. No degrau, via-se um pequeno monte de trapos encolhido. O que...? A maçaroca de cabelos ergueu a cabeça, e o administrador fitou o rosto do garoto que vira no chalé dos Pollards.

— Ela saiu para beber e não voltou — disse o garoto sem qualquer emoção, como se já esperasse ser abandonado um dia.

— É melhor você entrar — retrucou Harry.

O garoto hesitou, mas logo se levantou e obedeceu.

Lady Georgina enfiou a cabeça em uma fresta na porta do quarto.

— Quem é, Harry? — Então viu o pequeno vulto. — Ah.

O garoto e ela se encararam.

Harry pôs a chaleira no fogo para fazer um chá.

Ela se recuperou primeiro.

— Eu sou Lady Georgina Maitland, da mansão. Qual é o seu nome?

O garoto apenas a fitou.

— Você deve acenar com a cabeça quando uma dama fala com você, garoto — explicou Harry.

Ela franziu a testa.

— Creio que isso não seja necessário.

Mas o garoto mexeu no cabelo e baixou a cabeça.

Lady Georgina se esgueirou para o cômodo. Ela havia jogado um lençol por cima do vestido da noite anterior. Harry se lembrou de que havia rasgado o corpete.

— Você sabe o nome dele? — murmurou ela em seu ouvido.

Harry balançou a cabeça.

— Você aceitaria um pouco de chá? Eu não tenho muita coisa. Um pouco de pão e manteiga.

Lady Georgina se animou; se foi por causa da oferta de comida ou porque ela teria alguma coisa para fazer, ele não sabia ao certo.

— Podemos fazer torrada — sugeriu ela.

Harry ergueu uma sobrancelha, mas Lady Georgina já havia encontrado o pão, a manteiga, a faca e um garfo torto. Ela atacou o pão e cortou um pedaço disforme.

Os três olharam para a obra.

Lady Georgina pigarreou.

— Creio que essa seja uma tarefa para um homem. — Ela entregou a faca para Harry. — Muito bem, só não corte as fatias muito grossas, ou elas não vão torrar e ficarão esponjosas e horríveis no meio. É importante também que não fiquem finas demais, ou vão queimar, e torrada queimada é horrível, não acha? — Ela se virou para o garoto, que fez que sim com a cabeça.

— Vou tentar fazer o melhor que puder — disse Harry.

— Ótimo. Vou passar a manteiga. E suponho que — ela lançou um olhar avaliador para o garoto — você possa tostar o pão. Você *sabe* tostar o pão direitinho, não sabe?

O garoto assentiu com a cabeça e pegou o garfo como se ele fosse a espada do rei Artur.

Logo havia uma pilha de pão crocante, pingando manteiga, no centro da mesa. Lady Georgina serviu o chá, e os três se sentaram para comer.

— Eu gostaria de poder ficar aqui — declarou ela, lambendo os dedos sujos de manteiga —, mas preciso voltar à mansão, pelo menos para me vestir de forma adequada.

— Você pediu para a carruagem vir buscá-la? — perguntou Harry. Caso contrário, ele emprestaria seu cavalo a ela.

— Eu vi uma carruagem de manhã — comentou o garoto.

— Esperando na entrada? — quis saber Lady Georgina.

— Não. — O garoto engoliu um imenso pedaço de pão. — Estava subindo a entrada a galope e passou voando.

Lady Georgina e Harry trocaram um olhar.

— Era preta com detalhes vermelhos? — perguntou ela. Essa era a cor da carruagem de Tony.

O garoto esticou a mão para o quinto pedaço de torrada e balançou a cabeça.

— Azul. Todinha azul.

Lady Georgina soltou uma exclamação e engasgou com o chá.

Harry e o garoto a encararam.

— Oscar — arfou ela.

Ele ergueu uma sobrancelha.

— Meu irmão do meio.

Harry apoiou sua xícara de chá.

— Quantos irmãos você tem, milady?

— Três.

— Diabos.

— SEU PRÓPRIO administrador de terras, Georgie? — Oscar pegou um bolinho confeitado da bandeja que a cozinheira havia preparado. — Não é isso, querida. Quero dizer — ele agitou o pãozinho no ar —, uma pessoa deveria escolher alguém da própria classe, ou então chutar o balde e seduzir um cavalariço jovem e musculoso.

Oscar sorriu para a irmã, os olhos castanhos cor de melado se enrugando maliciosamente nos cantos. Tinha o cabelo mais escuro que o de Tony, quase preto. Somente quando ele estava sob a luz do sol é que, às vezes, era possível distinguir os reflexos avermelhados.

— Você não está ajudando. — Tony apertou o nariz do irmão com o indicador e o polegar.

— Sim, Oscar — acrescentou Ralph, o mais novo dos irmãos Maitland, também dando sua opinião. Alto e de ossos largos, seu corpo começava a mostrar o tamanho da idade adulta. — Georgina não seduziria um homem. Ela não é casada. Ele é quem deve ter seduzido nossa irmã, o sem-vergonha.

Oscar e Tony fitaram o irmão caçula por um momento, aparentemente perdendo a fala diante do que era óbvio.

Georgina suspirou, e não pela primeira vez desde que havia entrado na biblioteca. *Estúpida. Estúpida. Estúpida.* Assim que viu a carruagem de Oscar, deveria ter enfiado o rabo entre as pernas e corrido para as montanhas. Talvez eles não a perturbassem por dias; ou semanas, se tivesse sorte. Ela poderia ter dormido sob as estrelas e vivido à base de morangos e orvalho — não importava que setembro não fosse época de morangos. Em vez disso, ela havia colocado seu vestido mais recatado e se apresentado aos três irmãos mais novos.

Que agora lhe encaravam com expressão severa.

— Na verdade, acho que fomos seduzidos um pelo outro, se isso tem alguma importância.

Ralph parecia confuso, Tony suspirou, e Oscar deu uma risada, quase engasgando com o pãozinho em sua boca.

— Não, isso não é importante — falou Tony. — O que importa é...

— Que você termine esse relacionamento o mais rápido possível — continuou Oscar, concluindo a frase do irmão. Ele começou a balançar o dedo para Georgina, mas percebeu que ainda segurava o bolinho. Olhou ao redor procurando um prato e colocou o doce nele.

— Bem, depois que você se casar com um cavalheiro de boa reputação, *então* pode fazer o que quiser com quem...

— Claro que não! — Ralph ficou de pé com um pulo, um movimento eficaz, já que era o mais alto. — Georgina não é como seus amigos almofadinhas, esses libertinos e essas depravadas com quem você anda. Ela é...

— Eu nunca, *nunca* andei com almofadinhas. — Oscar arqueou uma sobrancelha ameaçadora para o irmão mais novo.

— Cavalheiros, por favor — falou Tony. — Guardem essas provocações para depois. George, o que você planeja fazer com o seu administrador de terras? Quer se casar com ele?

— Ora!

— Mas, Tony! — começaram Oscar e Ralph.

Tony levantou uma das mãos, silenciando-os.

— George?

Georgina piscou. O que ela queria com Harry? Ficar perto dele, disso ela sabia, porém, se quisesse mais do que isso, as coisas ficariam complicadas. Por que, ah, por que ela não podia fazer o que queria, como sempre fizera?

— Porque — disse Tony —, por mais que eu odeie admitir isso, Oscar e Ralph têm razão. Ou você termina o relacionamento ou se casa com esse sujeito. Você não é o tipo de dama que age dessa forma.

Ai, Deus. Georgina subitamente sentiu o peito ficar apertado, como se alguém tivesse se esgueirado por trás dela e puxado com força os laços de seu corpete. Ela sempre sentia essa sensação ao pensar em casamento. O que ela poderia dizer?

— Bem...

— Ele mata ovelhas. Violet contou isso na carta. — Ralph cruzou os braços. — Georgina não pode se casar com um louco.

Não era de admirar que Violet estivesse se escondendo. Ela enviara cartas para os três irmãos. Georgina estreitou os olhos. A irmã provavelmente estava nas montanhas neste exato momento, tentando descobrir como se bebia orvalho.

— Você andou lendo minha correspondência de novo. — Oscar pegou uma torta da bandeja, aparentemente se esquecendo do bolinho, e olhou para Ralph. — Aquela carta era para mim. A sua não fazia nenhuma referência a ovelhas.

Ralph abriu e fechou a boca algumas vezes, como uma mula sem saber ao certo o que havia mordido.

— Como você saberia disso se não tivesse lido as minhas cartas?

Oscar sorriu de um jeito irritante. Um dia, ia acabar levando um soco de alguém.

— Peguei você.

Bang!

Todos olharam para a lareira, onde lascas de vidro caíram sobre o fogo.

Tony se inclinou na cornija e franziu a testa com a expressão séria.

— Espero que aquele vaso de cristal não tenha sido muito importante para você, George.

— Humm, não, de forma algu...

— Ótimo — interrompeu Tony. — Então. Por mais edificante que seja a exibição de amor fraterno, creio que nos desviamos do ponto principal. — Ele ergueu uma das mãos e começou a enumerar nos dedos de nós grandes: — Primeiro, você acha que Harry Pye é um louco que anda pelo campo matando as ovelhas de Granville?

— Não. — Talvez essa fosse a única coisa da qual Georgina tinha certeza.

— Muito bem. Ah. Ah. — Tony balançou a cabeça para Ralph, que havia começado a protestar. — Vocês dois confiam no julgamento de George?

— Claro — falou Ralph.

— Está implícito — retrucou Oscar.

Tony assentiu, então se virou para ela.

— Segundo, você quer se casar com Harry Pye?

— Mas, Tony, ele é um administrador de terras! — gritou Oscar. — Você sabe que ele só quer... — Ele parou e olhou para a irmã parecendo envergonhado. — Desculpe, George.

Georgina se virou com o queixo empinado. Ela sentia como se existisse algo preso em sua garganta que estivesse impedindo-a de respirar.

Somente Tony encarou a objeção abertamente.

— Você acha que ele está atrás do seu dinheiro, George?

— Não. — *Que pessoas horrorosas; seus irmãos eram horrorosos.*

Ele ergueu as sobrancelhas e olhou fixamente para Oscar.

O irmão do meio jogou os braços para cima, mostrando as palmas das mãos abertas para Tony, num sinal de rendição.

— Tudo bem! — Oscar ficou emburrado e foi para perto da janela, levando o prato de comida.

— Você quer se casar com ele? — insistiu Tony.

— Eu não sei! — Georgina não conseguia respirar. Por que eles estavam insistindo nessa ideia de casamento? Casamento era como uma colcha felpuda que envolvia um casal, apertando-o cada vez mais, deixando o ar cada vez mais rarefeito e saturado, até um dia eles morrerem sufocados, sem nem sequer perceberem que já estavam mortos.

Tony fechou os olhos por um momento e então os abriu.

— Eu sei que você evitou se casar até agora, e eu entendo. Todos nós entendemos.

Perto da janela, Oscar mexeu um dos ombros.

Ralph olhou para os próprios pés.

Tony simplesmente encarou a irmã.

— Se você se entregou a esse homem, não acha que a decisão já foi tomada?

— Talvez sim. — Georgina se pôs de pé. — Ou não. Mas, em todo caso, eu não serei pressionada. Preciso de um tempo para pensar.

Oscar desviou os olhos da janela e trocou um olhar com Tony.

— Vamos lhe dar esse tempo — concordou Tony, e a solidariedade em seus olhos a fez querer chorar.

Georgina mordeu o lábio e se virou para uma parede de livros próxima. Passou a ponta de um dos dedos sobre as lombadas. Atrás dela, ouviu Ralph dizer:

— Quer dar um passeio, Oscar?

— O quê? — Oscar parecia irritado, e sua boca já estava **cheia de** novo. — Você está maluco? Começou a chover.

Ouviu-se um suspiro.

— Mas venha comigo, de qualquer forma.

— Por quê? Ah. *Ahh.* Sim, claro. — Os dois irmãos mais novos deixaram o cômodo em silêncio.

Georgina quase sorriu. Oscar sempre fora o menos sensível dos irmãos. Ela se virou para olhar para trás. Tony encarava o fogo com a testa franzida. Ela se retraiu. Ah, droga, havia se esquecido de contar a ele ontem.

Tony devia ter uma visão periférica extraordinária pois ele a encarou imediatamente.

— O que foi?

— Ai, você não vai gostar nada disso. Eu ia lhe contar na mesma hora, mas então... Infelizmente, há outro problema fraternal com o qual você precisa lidar.

— Violet?

Georgina suspirou.

— Violet se meteu numa enrascada.

Ele ergueu as sobrancelhas.

— Ela foi seduzida por um homem no verão.

— Diabos, George — falou Tony, e sua voz era mais aguda do que se ele estivesse gritando. — Por que você não me contou antes? Ela está bem?

— Sim, ela está bem. E eu sinto muito, mas ela só me contou tudo ontem. — Georgina soltou o ar. Ela estava tão cansada, mas era melhor resolver isso de uma vez. — Violet não queria lhe contar; achou que você iria obrigá-la a se casar com o sujeito.

— Uma atitude normal para uma dama de boa família que foi desonrada. — Tony franziu a testa, as sobrancelhas davam uma expressão de raiva à sua fisionomia. — O sujeito é adequado?

— Não. — Georgina apertou os lábios. — Ele a ameaçou. Disse que vai contar o que aconteceu para todo mundo se ela não se casar com ele.

Por um instante, Tony ficou imóvel diante da lareira, a mão grande apoiada na cornija. Um dos indicadores tamborilava lentamente no mármore. Georgina prendeu a respiração. Seu irmão, às vezes, podia ser incrivelmente certinho e convencional. Provavelmente por ser o mais velho entre os homens.

— Não estou gostando nada dessa história — disse ele abruptamente, então Georgina soltou o ar. — Quem é o sujeito?

— Leonard Wentworth. Levei uma eternidade para arrancar esse nome de Violet. Ela só me contou depois que eu prometi que não deixaria você obrigá-la a se casar.

— Que bom saber que fui escalado como o pai indignado neste drama — resmungou Tony. — Nunca ouvi falar dos Wentworths. Quem é ele?

Georgina deu de ombros.

— Tive que puxar pela memória, mas acho que deve ser um dos jovens que vieram nos visitar com o Ralph no verão. Lembra quando vocês foram caçar em junho?

Tony fez que sim com a cabeça.

— Havia três ou quatro amigos com Ralph. Dois deles eu conheço, os irmãos Alexander, de uma antiga família de Leicestershire.

— E Freddy Barclay; ele não pegou nenhum galo, e os outros ficaram zombando dele.

— Mas teve um que acertou dez aves — falou Tony se lembrando. — Era mais velho que o restante do grupo de Ralph, tinha quase a minha idade.

— Violet disse que ele tem 25 anos. — Georgina fez cara feia. — Você pode imaginar um homem dessa idade seduzindo uma garota que nem saiu da escola? E ele está pressionando-a para se casar.

— Um caçador de fortunas — concluiu Tony. — Droga. Vou ter que perguntar a Ralph sobre ele e descobrir onde encontrar esse salafrário.

— Eu sinto muito — disse Georgina. Nada do que ela fez nos últimos tempos parecia ter dado certo.

A boca larga de Tony relaxou.

— Não, eu sinto muito. Não devia ter ficado no seu pé por causa dos pecados desse homem. Oscar, Ralph e eu vamos resolver isso, não se preocupe.

— O que vocês vão fazer?

Tony franziu a testa, e as sobrancelhas pesadas se juntaram. Ele se parecia muito com o pai deles. Por um momento, o irmão não respondeu, e Georgina pensou que talvez ele não tivesse ouvido. Então Tony ergueu o olhar, e ela respirou fundo ao ver a frieza em seus olhos azuis.

— O que eu vou fazer? Vou fazê-lo entender o quanto ele foi imbecil ao ameaçar uma Maitland — respondeu Tony. — Ele não vai voltar a importunar Violet.

Georgina abriu a boca para pedir detalhes, mas pensou melhor. Desta vez, talvez fosse mais sábio não se envolver nos problemas dos outros.

— Obrigada.

Ele arqueou uma sobrancelha.

— É um dos meus deveres cuidar da família.

— Papai não fazia isso.

— Não — disse Tony. — Ele não fazia mesmo. E, vivendo com ele e com nossa mãe, é de admirar que todos nós tenhamos sobrevivido. E esse é um dos motivos pelos quais jurei que eu seria melhor.

— E você é. — Se ao menos ela conseguisse dar conta tão bem das próprias responsabilidades...

— Eu tento. — Ele sorriu para Georgina, a boca ampla curvada de um jeito infantil, e ela percebeu como era raro o irmão sorrir atualmente. Mas então o sorriso desapareceu. — Vou cuidar do problema de Violet, mas não posso fazer o mesmo por você até que me diga como devo proceder. Você tem que se decidir sobre Harry Pye, George, e tem que fazer isso logo.

— Ela tem uma boceta de ouro, Pye?

Harry se retesou e lentamente se virou para o interlocutor, sua mão esquerda fechada e relaxada ao lado do corpo. Ele tinha levado o garoto para o trabalho esta manhã, depois que Lady Georgina deixou o chalé; então os dois foram até West Dikey. Ele tinha esperança de encontrar um par de sapatos para o menino.

O brutamontes que havia falado era o homem de punhos grandes da briga na Cock and Worm. O ferimento que Harry havia lhe causado com a faca se destacava, vermelho-vivo, em seu rosto. Começava em um lado da testa, cruzava o nariz e terminava na outra bochecha. Ele estava acompanhado de dois homens grandes, um de cada lado. Haviam escolhido um bom lugar para confrontá-lo. Uma ruela deserta, quase um beco. O fedor do esgoto aberto, correndo no meio da rua, era forte no sol.

— Você deveria botar um cataplasma nisso — falou Harry, acenando com a cabeça para a cicatriz encrostada no rosto do homem. Saía pus dela.

O outro homem sorriu, fazendo a ponta da cicatriz esticar na bochecha até ela abrir e o sangue escorrer dela.

— Ela lhe dá coisas bonitas pelo seu trabalho na horizontal?

— Talvez ela enfeite o pau dele com anéis de ouro. — Um dos comparsas do homem deu uma risadinha.

Ao lado dele, Harry sentiu o garoto se retesar. Ele pôs a mão direita em seu ombro.

— Eu posso abrir o ferimento, se você quiser — falou Harry, gentilmente. — Retirar o veneno.

— Veneno. É, você entende tudo de *veneno*, não é, Pye? — O homem com a cicatriz deu uma gargalhada, achando graça do próprio senso de humor. — Ouvi dizer que você deixou os animais em paz e agora envenena mulheres.

Harry franziu o cenho. O quê?

Seu oponente interpretou corretamente o vinco em sua testa.

— Então você não sabia? — O homem inclinou a cabeça. — Encontraram o corpo dela na charneca hoje cedo.

— O corpo de quem?

— Isso é um crime digno de enforcamento. É assassinato. Tem gente que quer botar uma corda no seu pescoço agora mesmo. Mas você anda muito ocupado com sua amante, não é mesmo?

O grandalhão se inclinou para a frente, e a mão esquerda de Harry correu para a bota.

— Ela lhe diz quando gozar, Pye? Ou talvez ela não deixe você gozar de jeito nenhum. Isso sujaria aquele corpo bonito e branquinho, não é? Ter porra de gente comum nela. Não se dê ao trabalho. — Ele fez um gesto para a mão de Harry que pairava sobre a faca. — Eu jamais machucaria um puto.

Os três homens foram embora rindo.

Harry ficou imóvel. *Puto.* A palavra que usavam para se referir à sua mãe tanto tempo atrás.

Puto.

O garoto se moveu debaixo da mão dele. Harry baixou o olhar e percebeu que estava apertando o ombro do menino com muita força. Ele não reclamou, apenas se remexeu um pouco.

— Qual é o seu nome? — perguntou Harry.

— Will. — O menino ergueu o olhar para ele e esfregou nariz. — Minha mãe é uma puta.

— Entendo. — Harry soltou o ombro de Will. — A minha também era.

GEORGINA ANDAVA DE um lado para o outro da biblioteca aquela noite. As janelas eram espelhos negros, refletindo a escuridão do lado de fora. Por um segundo, ela fez uma pausa e analisou o próprio reflexo fantasmagórico. Seu cabelo estava perfeito, o que era bem raro, mas Tiggle o penteara novamente depois do jantar. Ela estava usando um vestido lilás, um de seus favoritos, e suas pérolas. Talvez estivesse exagerando, mas ela achava que estava bem, quase linda, no vestido.

Se ao menos ela se sentisse tão confiante por dentro.

Georgina estava começando a achar que a biblioteca não era o melhor local para o encontro. Mas que outra opção havia, na verdade? Com seus irmãos na mansão, ela não podia pedir a Harry que fosse a seus aposentos, e, nas últimas duas vezes que fora ao chalé... Georgina sentiu o rosto arder. Os dois não tinham conversado muito, tinham? Então não havia alternativa. Mas, ainda assim, por alguma razão, a biblioteca não parecia ser o lugar adequado para isso.

Ouviram-se passos no corredor. Georgina endireitou os ombros e fitou a porta, uma oferenda solitária à espera do dragão. Ou, talvez, do leopardo.

— Boa noite, milady. — Harry entrou na biblioteca.

Sem dúvida, o leopardo. Ela sentiu os pelos se eriçarem em sua nuca. Harry liberava um tipo de energia volátil aquele dia.

— Boa noite. Quer se sentar? — Ela fez um gesto indicando o canapé. Ele moveu o olhar na direção que ela indicava e voltou a fitá-la.

— Creio que não.

Oh, céus.

— Bem...

Georgina inspirou e tentou se recordar do que planejara dizer. Quando praticou em seus aposentos, o discurso fez sentido, mas, agora, com Harry encarando-a, *agora*, as palavras em sua mente pareciam se desmanchar feito papel molhado.

— Sim? — Ele inclinou a cabeça como se quisesse ouvir melhor os pensamentos dela. — Você quer fazer isso no canapé ou no chão?

Os olhos dela se arregalaram, confusos.

— Eu não...

— Na cadeira? — perguntou Harry. — Onde quer fazer amor?

— Ah. — Ela sentiu o rubor aparente em suas bochechas. — Eu não o chamei aqui para isso.

— Não? — As sobrancelhas dele se ergueram. — Tem certeza? Você deve ter mandado me chamar para alguma coisa.

— Eu não mandei... — Georgina fechou os olhos, balançou a cabeça e tentou de novo. — Nós precisamos conversar.

— Conversar. — A palavra saiu sem entonação. — Você quer me demitir?

— Não. O que o faz pensar isso?

— Milady. — Harry deu uma risada, um som rouco e grosseiro. — Eu posso ser apenas um servo, mas não sou burro. Você passou o dia todo trancada com seus três irmãos aristocratas e então me convoca para a biblioteca. O que mais poderia ser além de uma dispensa?

Georgina estava perdendo o controle da conversa. Ela abriu as mãos, sentindo-se desamparada.

— Eu só preciso conversar com você.

— Sobre o que quer conversar, milady?

— Eu... eu não sei. — Georgina fechou os olhos com força, tentando pensar. Harry não estava facilitando nada para ela. — Tony está me pressionando a tomar uma decisão sobre nós. E eu não sei o que fazer.

— Você está me perguntando o que fazer?

— Eu... — Ela respirou fundo. — Sim.

— Parece bastante fácil para mim, pobre plebeu que sou — disse Harry. — Vamos continuar como estamos.

Georgina olhou para as próprias mãos.

— Mas é justamente isso. Eu não posso continuar assim.

Quando ela ergueu o olhar novamente, Harry estava com a expressão tão vazia que era como encarar os olhos de um morto. Meu Deus, como agora ela odiava essa expressão de indiferença.

— Então você receberá minha carta de demissão amanhã.

— Não. — Ela retorceu as mãos. — Não é isso que eu quero.

— Mas você não pode ter as duas coisas. — Harry pareceu subitamente cansado. Seus belos olhos verdes estavam tomados por algo próximo ao desespero. — Ou você continua sendo minha amante ou eu vou embora. Não vou ficar à sua disposição, como o cavalo em seu estábulo. Você o monta quando está em Woldsly e o esquece durante o restante do ano. Ao menos sabe o nome dele?

Georgina não conseguia pensar. A verdade era que ela não sabia o nome do cavalo.

— Não é assim.

— Não? Me perdoe, mas como é então, milady? — A raiva começava a atravessar a máscara que era o rosto de Harry, pintando chamas escarlate em suas bochechas. — Sou um garanhão de aluguel? Bom para uma travessura na cama, mas, depois da foda, não sirvo para ser apresentado à família?

Georgina pôde sentir o calor do rubor nas bochechas.

— Por que você está sendo tão grosseiro?

— Estou? — De repente Harry estava diante dela, perto demais. — Me perdoe, milady. É isso o que se tem quando se arruma um amante plebeu: um homem grosseiro. — Seus dedos tocaram o rosto dela, emoldurando-o; os polegares estavam quentes em suas têmporas. Ela sentiu o coração acelerar ao toque dele. — Não era isso que você queria quando me escolheu para tirar sua virgindade?

Georgina podia sentir o cheiro da bebida em seu hálito. Essa era a razão para sua hostilidade? Harry estava bêbado? Mas ele não mostrava nenhum outro sinal. Ela respirou fundo para acalmar as próprias emoções, tentando contornar a terrível melancolia dele.

— Eu...

Mas ele não a deixava falar. E murmurou, numa voz dura e cruel:

— Um homem tão grosseiro que a possui contra uma porta? Um homem tão grosseiro que a faz gritar quando goza? Um homem tão grosseiro que não tem a capacidade de desaparecer quando não é mais necessário?

Georgina estremeceu ao ouvir aquelas terríveis palavras e se esforçou para formular uma resposta. Mas era tarde demais. Harry já havia tomado sua boca e sugava seu lábio superior. Ele a puxou com força, esfregando seu quadril no dela. Lá estava ele novamente. Aquele desejo selvagem e desesperado. Ele segurou as saias dela com uma das mãos e as puxou para cima. Georgina ouviu o som de algo rasgando, mas não se importou.

Por baixo das saias Harry encontrou seu monte de Vênus com impiedosa precisão.

— *Isto* é o que se tem com um amante plebeu. — Ele meteu dois dedos em sua abertura.

Georgina arfou com o toque súbito, sentindo que ele a abria conforme a acariciava com os dedos. Ela não deveria sentir nada, não deveria reagir quando ele...

Então o polegar dele pressionou seu ponto mais sensível.

— Nada de refinamento nem palavras bonitas. Somente um pênis duro e uma boceta quente. — A língua de Harry lambeu a bochecha de Georgina. — E a sua boceta está quente, milady — murmurou ele em seu ouvido. — Está molhando um bocado a minha mão.

Então ela gemeu. Era impossível não reagir, mesmo quando ele a tocava com raiva. Harry cobriu a boca de Georgina com a dele, engolindo seu gemido, dominando-a com vontade. Até que ela cedeu de vez, e então ondas de prazer dominaram rapidamente seu corpo. Ela estava tonta. Georgina estremeceu, agarrando-se a Harry enquanto ele a reclinava em seu braço e alimentava-se de sua boca. Seus dedos já estavam acariciando o quadril dela, acalmando-a.

A boca se tornou gentil.

Então ele interrompeu o beijo e sussurrou no ouvido dela:

— Eu lhe disse, decida o que quer antes de vir atrás de mim. Não sou um cãozinho de estimação qualquer que você pega, afaga e então depois manda embora. Não vai se livrar de mim tão fácil assim.

Georgina cambaleou, tanto pelas palavras quanto pelo fato de Harry tê-la soltado. Ela se segurou no encosto de uma cadeira.

— Harry, eu...

Mas ele já havia saído do cômodo.

Capítulo Treze

Harry acordou com um gosto de cerveja velha na boca. Esperou um momento antes de abrir os olhos. Embora fizesse muito tempo, ele nunca havia esquecido a tortura dolorosa que era a combinação de luz do sol e ressaca. Quando finalmente abriu os olhos ressecados, viu que o cômodo estava claro demais para o início da manhã. Tinha dormido além da conta. Resmungando, levantou-se com dificuldade e ficou sentado por um momento na beirada da cama com a cabeça nas mãos, sentindo-se estranhamente velho.

Meu Deus, que idiotice fora encher a cara ontem. Ele tentara rastrear os rumores sobre a mulher envenenada na charneca, indo primeiro à White Mare e depois à Cock and Worm, mas Dick não estava na taberna, e ninguém mais falaria com ele. Em todos os rostos vira desconfiança, e em alguns, desprezo. Enquanto isso, o que o homem da cicatriz lhe dissera ressoava em seu crânio como um cântico. *Puto. Puto. Puto.* Talvez ele estivesse tentando afogar as palavras enquanto bebia inúmeras canecas de cerveja na noite passada.

Um estrondo veio do cômodo principal do chalé.

Harry virou a cabeça com cuidado naquela direção e suspirou. Will provavelmente estava com fome. Ele cambaleou até a porta e encarou a cena.

O fogo ardia, e havia um bule quente em cima da mesa.

Will estava agachado no chão, estranhamente imóvel.

— Eu derrubei as colheres. Desculpe — murmurou ele. O menino arqueava o corpo como se tentasse ficar menor, como se quisesse desaparecer.

Harry conhecia aquela postura. O garoto achava que ia apanhar. Ele balançou a cabeça.

— Não tem problema. — A voz de Harry soou como uma pá arranhando as pedras no chão. Ele pigarreou e se sentou à mesa. — Você fez o chá, é?

— Sim. — Will se pôs de pé, serviu uma xícara e cuidadosamente entregou-a a Harry.

— Agradecido. — Harry tomou um gole e o líquido desceu queimando a garganta. Ele fez uma careta e esperou, mas seu estômago rapidamente parecia melhor, então tomou outro gole.

— Eu também cortei um pouco de pão para as torradas. — Will trouxe um prato para que ele o examinasse. — Mas elas não ficaram tão boas quanto as suas.

Harry olhou para as fatias irregulares com um olhar tristonho. Ele não tinha certeza se seu estômago aguentaria ingerir comida sólida naquele momento, mas o garoto precisava de incentivo.

— Estão melhores que as de Lady Georgina.

O sorriso dolorido se apagou do rosto de Harry quando ele pensou no que havia dito e feito à sua dama na noite anterior. Ele fitou o fogo. Em algum momento do dia, teria de se desculpar, supondo que ela ainda falaria com ele, claro.

— Vou torrá-las. —Will devia estar acostumado a silêncios súbitos e estranhos. Ele espetou o pão no garfo torto e encontrou um local para segurá-lo acima do fogo.

Harry observou o garoto. Will não tinha pai, e, graças a Granville, nem mãe. Apenas aquela velha, sua avó, e Harry nunca vira uma mulher menos amorosa que ela. Ainda assim, lá estava ele, cuidando com competência de um adulto enjoado por ter se excedido na bebida. Talvez o garoto tivesse tido de cuidar da avó depois de uma noite de bebedeira. Aquela ideia trouxe um gosto amargo à boca de Harry.

Ele tomou outro gole de chá.

— Prontinho — disse Will, soando como uma senhora idosa. Ele pôs uma pilha de torradas com manteiga na mesa e se apressou para puxar outra cadeira.

Harry mordeu um pedaço de torrada e lambeu a manteiga derretida que havia escorrido pelo polegar. Ele notou que Will o observava e acenou com a cabeça.

— Bom.

O garoto sorriu, revelando um espaço entre os dentes superiores. Os dois comeram juntos.

— O senhor brigou com ela? — Will pegou uma gota de manteiga e lambeu o dedo. — A sua dama, quero dizer.

— Posso dizer que sim. — Harry serviu-se com um pouco mais de chá, acrescentando uma grande colher de açúcar desta vez.

— Minha avó dizia que a alta sociedade é má. Não se importa se o povo vive ou morre, desde que eles continuem comendo em pratos de ouro. — Will traçou um círculo na mesa com um dedo engordurado. — Mas a sua dama foi gentil.

— Sim. Lady Georgina não é como a maioria.

— E ela é bonita. — Will assentiu com a cabeça para si mesmo e pegou outro pedaço de torrada.

Sim, é muito bonita. Harry olhou pela janela do chalé; uma sensação de inquietação começava a crescer dentro dele. Será que ela o perdoaria?

— Claro que ela não é uma boa cozinheira. Não conseguiu nem cortar o pão direito. O senhor vai ter que ajudá-la com isso. — Will franziu a testa, pensando. — Será que ela come em pratos de ouro?

— Eu não sei.

Will o encarou, desconfiado, como se Harry estivesse escondendo alguma coisa dele. Então seu olhar se transformou em piedade.

— O senhor não foi convidado para o jantar, não é?

— Não. — Bem, houve aquele jantar nos aposentos dela, mas ele não ia contar isso a Will. — Mas eu tomei chá com ela.

— Ela não tinha pratos de ouro para isso?

— Não. — Por que ele estava se explicando?

Will assentiu sabiamente.

— Logo, logo o senhor vai ser convidado para o jantar. — Ele terminou a torrada. — O senhor levou presentes para ela?

— Presentes?

O olhar compadecido de Will estava de volta.

— Todas as garotas gostam de presentes, vovó sempre diz isso. E acho que ela deve ter razão. Eu gosto de presentes.

Harry apoiou o queixo nas mãos e sentiu a barba por fazer. Sua cabeça voltara a doer, mas Will parecia achar que presentes eram importantes. E o garoto nunca falara tanto desde que havia aparecido no chalé.

— Que tipo de presentes? — perguntou Harry.

— Pérolas, caixinhas douradas, doces. — Will acenava com um pedaço de torrada. — Coisas assim. Um cavalo seria um bom presente também. O senhor tem algum cavalo?

— Apenas um.

— Ah. — Will pareceu decepcionado. — Então eu suponho que o senhor não possa dá-lo para ela.

Harry balançou a cabeça.

— E ela já tem muitos cavalos.

— Então o que o senhor pode dar para ela?

— Não sei.

Ele não sabia o que Georgina queria dele. Harry franziu as sobrancelhas e fitou a borra do chá. O que um homem como ele poderia dar a uma dama como ela? Não era dinheiro, nem uma casa. Georgina tinha tudo isso. E, quanto o amor físico que ele lhe dava, qualquer homem razoavelmente competente poderia fazer aquilo também. O que poderia lhe dar que ela já não tivesse? Talvez nada. Ela iria perceber isso logo, sobretudo depois da noite de ontem, e talvez decidisse nunca mais vê-lo.

Harry se levantou.

— Mais importante do que um presente, eu preciso falar com Lady Georgina hoje. — Ele foi até o armário, pegou suas coisas para fazer a barba e começou a amolar a navalha.

Will olhou para os pratos sujos sobre a mesa.

— Eu posso lavar os pratos.

— Bom garoto.

Will devia ter posto água na chaleira novamente depois de preparar o chá. Ela já estava cheia e fumegando. Harry dividiu a água quente entre sua bacia e uma grande tigela na qual o garoto poderia lavar os pratos. O pequeno espelho que ele usava para se barbear refletia um rosto maltratado. Ele franziu a testa e, em seguida, começou a raspar cuidadosamente a barba. Sua navalha era antiga, mas muito afiada, e um corte na bochecha não ia melhorar sua aparência. Atrás dele, Harry podia ouvir Will lavando a louça.

Quando o garoto terminou de lavar os pratos, o administrador já estava pronto. Ele havia se lavado, penteado o cabelo e vestido uma camisa limpa. Sua cabeça ainda latejava, mas o inchaço debaixo dos olhos estava começando a desaparecer.

Will olhou-o de cima a baixo.

— Acho que está bom.

— Agradecido.

— Eu vou ficar aqui? — A expressão do garoto era austera demais para sua pouca idade.

Harry hesitou.

— Você gostaria de conhecer os estábulos da Mansão Woldsly enquanto eu converso com a minha dama?

Will imediatamente ficou de pé.

— Sim, por favor.

— Então venha. — Harry foi na frente. O garoto poderia ir na garupa de seu cavalo.

Do lado de fora, nuvens se juntavam no céu. Mas a chuva ainda não havia caído naquele dia, e selar a égua levaria tempo. Mesmo que não tivesse motivo para isso, ele estava ansioso para ver Lady Georgina.

— Vamos caminhando.

O garoto o seguiu de perto, em silêncio, mas com uma alegria contida. Eles estavam quase chegando à entrada de Woldsly quando Harry ouviu o barulho de carruagem se aproximando. Ele acelerou o passo. O som ficou cada vez mais próximo.

Harry começou a correr.

Assim que ele saiu detrás do bosque, uma carruagem passou, fazendo tremer o chão sob seus pés e espirrando gotas de lama nele. Harry teve um vislumbre do cabelo ruivo dela, e então a carruagem fez a curva e desapareceu, deixando apenas o som das rodas, que se tornava cada vez mais distante.

— Acho que o senhor não vai conseguir falar com ela hoje.

Harry havia se esquecido de Will. Ele encarou o garoto que arfava ao seu lado, sem realmente enxergá-lo.

— Não. Hoje não.

Uma grande gota de chuva caiu em seu ombro, e então o céu desabou.

A CARRUAGEM DE Tony balançou ao fazer a curva e sacudiu Georgina, que olhava pela janela. A chuva voltara a cair, encharcando as pastagens já úmidas, fazendo os galhos de árvore ficarem pesados e dando a mesma coloração marrom-acinzentada a tudo. Véus monótonos de água suja caíam, borrando a paisagem e gotejando pela janela como se fossem lágrimas. Do interior da carruagem, parecia que o mundo todo chorava, tomado por uma tristeza que não tinha fim.

— Talvez não pare.

— O quê? — perguntou Tony.

— A chuva — respondeu Georgina. — Talvez não pare. Talvez continue para sempre, até que a lama na estrada se transforme num rio, que vai encher até virar um mar, e nós vamos começar a boiar.

— Com um dos dedos, ela traçou linhas tortas na condensação que se formava do lado de dentro da janela. — Você acha que a sua carruagem consegue boiar?

— Não — respondeu Tony. — Mas eu não me preocuparia com isso. A chuva vai parar em algum momento, mesmo que agora não pareça que isso vá acontecer.

— Hum. — Ela voltou a olhar pela janela. — E se eu não me importar se ela continuar? Talvez eu até queira sair boiando. Ou afundar.

Ela estava fazendo a coisa certa, todos lhe diziam isso. Abandonar Harry era a única atitude adequada a tomar. Ele pertencia a uma classe inferior e se ressentia com a diferença de suas posições na sociedade. Na noite passada, seu ressentimento viera à tona; ainda assim, ela não podia culpá-lo. Harry Pye não havia nascido para ser o cachorrinho de estimação de ninguém. Ela não percebera que o estava prendendo a ela, mas era óbvio que ele se sentia diminuído. Não havia futuro para eles dois, a filha de um conde e um administrador de terras. Ambos sabiam disso; *todos* sabiam disso. Aquela era a conclusão natural de um caso que nunca deveria ter começado.

Mas, ainda assim, Georgina não conseguia afastar a sensação de que estava fugindo.

Como se pudesse ler os pensamentos da irmã, Tony falou:

— Foi a decisão correta.

— Foi mesmo?

— Não havia outra.

— Eu me sinto uma covarde — refletiu ela, sem tirar os olhos da janela.

— Você não é covarde — disse ele baixinho. — Esse caminho não foi fácil para você, eu sei disso. Pessoas covardes escolhem o caminho menos difícil, não o mais complicado.

— Ainda assim, eu abandonei Violet quando ela mais precisava de mim — objetou Georgina.

— Não, não abandonou. Você transferiu o problema para mim. Eu mandei Oscar e Ralph para Londres. Eles estarão lá antes de nós. Assim que botarmos os pés lá, eles já saberão onde esse patife mora. Nesse meio-tempo, Violet terá a companhia da Srta. Hope. Afinal, é para isso que a pagamos. E passar mais algumas semanas no campo não vai fazer mal algum à nossa irmã— concluiu ele secamente.

Mas Euphie já havia falhado com Violet uma vez. Georgina fechou os olhos. E quanto às ovelhas envenenadas — a razão da viagem a Yorkshire para começo de conversa? Os ataques estavam se tornando cada vez mais frequentes. Ao deixar a casa, Georgina escutara dois lacaios comentando sobre uma mulher ter sido envenenada. Ela deveria ter investigado e descoberto se havia alguma ligação entre a mulher morta e as ovelhas envenenadas, mas, em vez disso, deixara Tony arrastá-la para fora de casa. Assim que ela decidiu deixar Woldsly, foi como se uma estranha letargia tivesse tomado conta de seu corpo. Era tão difícil se concentrar. Tão difícil saber o que fazer. Ela se sentia mal, mas não sabia como consertar as coisas.

— Você tem que parar de pensar nele — falou Tony.

O tom de Tony fez com que Georgina olhasse para o irmão, sentado no banco de couro vermelho-sangue à sua frente. Ele parecia solidário e preocupado. E triste, com as sobrancelhas desgrenhadas emoldurando uma expressão nada animadora. Lágrimas subitamente embaçaram sua visão, e Georgina voltou a fitar a paisagem pela janela, embora não conseguisse enxergar nada agora.

— É só que ele era tão... bom. Parecia que ele me entendia como ninguém jamais entendeu antes, nem mesmo você ou tia Clara. E eu não consegui compreendê-lo. — Ela deu uma risada baixinha. — Talvez fosse isso o que me atraía nele. Harry era como um quebra-cabeça que eu poderia passar o resto da vida estudando sem nunca me cansar dele. — Eles passaram por uma ponte. — Acho que nunca mais terei algo assim.

— Eu sinto muito — falou Tony.

Georgina recostou a cabeça no banco.

— Você é extremamente gentil para um irmão. Sabia?

— Tive muita sorte com as irmãs que ganhei. — Tony sorriu.

Georgina tentou retribuir o sorriso, mas descobriu que não conseguia. Ela voltou mais uma vez o olhar para a janela. Eles passaram por um campo com ovelhas encharcadas, pobres criaturas. Será que ovelhas sabiam nadar? Talvez elas boiassem se os pastos inundassem, como tufos de pelo em uma poça.

Eles já haviam deixado as terras dela, e, dentro de mais um dia, Yorkshire também ficaria para trás. No fim da semana, ela estaria em Londres e retomaria sua vida como se aquela viagem nunca tivesse acontecido. Dali a três ou quatro meses, Harry, como seu administrador de terras, talvez escrevesse para lhe perguntar se ela queria receber em mãos o relatório sobre suas propriedades. E ela, que estaria acabando de voltar de uma *soirée*, talvez passasse a carta de uma mão para a outra, pensando: *Harry Pye. Ah, eu já estive nos braços dele. Já olhei para seu rosto iluminado enquanto nossos corpos se uniam e me senti viva.* Talvez ela jogasse a carta sobre a mesa e pensasse: *Mas isso foi há tanto tempo e em um lugar tão diferente. Quem sabe tudo não passou de um sonho.*

Talvez ela pensasse isso.

Georgina fechou os olhos. Por alguma razão, ela sabia que nunca chegaria o dia em que Harry Pye não fosse sua primeira lembrança ao acordar e seu último pensamento ao adormecer. Ela se lembraria dele todos os dias de sua vida.

Lembraria e lamentaria.

— Eu falei para você não se meter com essas aristocratas. — Dick Crumb sentou-se diante de Harry sem ser convidado naquele fim de tarde.

Excelente. Agora ele recebia conselhos românticos de Dick. Harry encarou o proprietário da Cock and Worm. Parecia que Dick havia provado demais da própria bebida. Seu rosto estava vincado, como se ele não dormisse havia dias, e os cabelos, mais ralos, se é que isso era possível.

— Essas aristocratas só causam problema. E aqui está você, se metendo onde não deveria. — Dick limpou o rosto.

Harry olhou para Will, sentado ao seu lado. Naquela manhã, ele havia finalmente comprado sapatos novos para o garoto. Os olhos de Will estavam fixos nos pés que não paravam de balançar debaixo da mesa. Ele só desviou a atenção dos sapatos para olhar para Dick.

— Tome. — Harry tirou algumas moedas do bolso. — Vá ver se o padeiro tem algum pão doce sobrando.

Imediatamente a atenção de Will se voltou para as moedas. Ele sorriu para Harry, pegou o dinheiro e saiu em disparada pela porta.

— Aquele é o Will Pollard, não é? — perguntou Dick.

— Sim — respondeu Harry. — A avó o abandonou.

— E agora ele está morando com você? — A testa comprida de Dick fez um vinco em sinal de confusão, e ele a limpou com o pano. — Como assim?

— Eu tenho espaço. Em breve, terei que arrumar um lar melhor para ele, mas, por enquanto, por que não?

— Não sei não. Ele não atrapalha quando ela o visita? — O homem mais velho se inclinou para a frente e baixou a voz, mas seu murmúrio era alto o suficiente para ser ouvido com clareza do outro lado do cômodo.

Harry suspirou.

— Isso não será problema. Ela voltou para Londres.

— Ótimo. — Dick tomou um grande gole da caneca que havia colocado diante de si quando se juntara a Harry. — Eu sei que você não quer ouvir isso, mas... é melhor assim. Pessoas comuns e a alta sociedade não foram feitas para se misturar. Foi desse jeito que Deus quis. Elas ficam em seus quartos de mármore cheios de servos para limpar sua bunda...

— Dick...

— Nós passamos o dia fazendo nosso trabalhando honesto e depois vamos para casa comer uma refeição quente. Se tivermos sorte. — Dick bateu a caneca na mesa para enfatizar sua opinião. — E é assim que deve ser.

— Certo. — Harry tinha esperanças de que o sermão tivesse chegado ao fim.

Mas ele não teve sorte.

— E o que você faria com a dama se ela tivesse ficado aqui? — insistiu o homem mais velho. — Ela provavelmente faria suas partes baixas de campainha, penduradas ao lado da cama, antes que a semana terminasse. Você provavelmente teria que usar uma peruca cor-de-rosa e calça amarela, aprender a dançar na ponta dos pés igual à alta sociedade e implorar feito um cão para ter o próprio dinheiro. Não — ele tomou outro gole de cerveja —, isso não é vida para um homem.

— Concordo. — Harry tentou mudar de assunto. — Onde está a sua irmã? Eu não tenho visto Janie ultimamente.

Lá veio o pano de novo. Dick limpou o domo que era sua cabeça.

— Ah, você conhece a Janie. Ela já nasceu meio estranha e, desde que Granville fez o que fez, ela tem piorado.

Harry lentamente apoiou a caneca na mesa.

— Você não me contou que Granville abusou de Janie.

— Não?

— Não. Quando foi que isso aconteceu?

— Quinze anos atrás. Não muito depois que sua mãe teve aquela febre e morreu. — Dick limpava o rosto e o pescoço quase freneticamente agora. — Janie tinha uns 25 anos, mais ou menos, era uma mulher adulta. Bom, menos na cabeça dela. Qualquer pessoa teria respeitado isso e deixado minha irmã em paz. Mas Granville, não. — Dick cuspiu nas lajotas a seus pés. — Ela foi um alvo fácil para ele.

— Ele a estuprou?

— No começo, talvez. Eu não sei. — Dick desviou o olhar. Ele estava com a mão no alto da cabeça, ainda segurando o pano. — Olhe, eu não sabia. Fiquei sem saber de nada por um bom tempo. Ela morava comigo, assim como agora, mas Janie é dez anos mais nova do que eu. Nosso pai havia morrido alguns anos antes, e a mãe de Janie morreu no parto dela. — O homem grandalhão bebeu mais um gole da caneca.

Harry não falou nada, por medo de interromper o fluxo da história.

— Janie é mais como uma sobrinha ou uma filha do que uma irmã para mim — disse Dick. Ele afastou a mão da cabeça e fitou o pano com a expressão vazia. — E, quando notei que ela estava saindo escondida de casa à noite, descobri que vinha fazendo isso há algum tempo. — Ele deu uma risada que mais parecia um latido. — Quando eu descobri e tentei fazer com que aquilo acabasse, Janie disse que Granville ia se casar com ela. — Dick ficou em silêncio por um momento.

Harry tomou outro gole para limpar a bile que se acumulava em sua garganta. *Pobre, pobre Janie.*

— Você entendeu? — Dick ergueu o olhar, e Harry viu lágrimas reluzindo em seus olhos. — Ele era viúvo, então ela pensou que Lorde Granville poderia se casar com ela. Nada que eu dizia era capaz de impedi-la de sair às escondidas e se encontrar com ele à noite. Semanas se passaram, e eu achei que fosse ficar louco. Então, claro, ele a largou. Como um pano velho que ele usava para limpar a própria porra.

— O que foi que você fez?

Dick soltou outra risada rosnada e finalmente largou o pano.

— Nada. Não havia nada que eu pudesse fazer. Ela voltou para casa e não saiu mais, como se fosse uma boa menina. Eu passei alguns meses com medo de que tivesse que abrigar outro bastardo do Granville, mas ela teve sorte. — Ele ergueu a caneca para beber outro gole, então notou que estava vazia e voltou a apoiá-la em cima da mesa. — Provavelmente foi a única vez em que Janie realmente teve sorte na vida. Nem foi tanta sorte assim, não é?

Harry assentiu com a cabeça.

— Dick, você acha...?

Mas um puxão em seu cotovelo o interrompeu. Will tinha voltado tão silenciosamente que os dois homens nem sequer perceberam.

— Só um momento, Will.

O garoto deu outro puxão nele.

— Ela está morta.

— O quê? — Os dois homens olharam para o menino.

— Ela está morta. Minha vó. Ela morreu. — Ele falou num tom embotado que deixou Harry mais preocupado com ele do que com a notícia.

— Como você sabe disso? — perguntou ele.

— Encontraram minha vó na charneca. Um fazendeiro estava procurando uma ovelha perdida com os filhos. Num pasto. — Will subitamente se concentrou no rosto de Harry. — Eles falaram que foi o envenenador das ovelhas que a matou.

Harry fechou os olhos. Jesus, por que a mulher morta tinha de ser justo a avó de Will?

— Não. — Dick balançava a cabeça. — Não pode ser. O envenenador de ovelhas não poderia ter matado a velha.

— Encontraram cicuta lá perto, e ela estava toda torta... — Will fez cara de choro.

Harry pôs os braços ao redor dos ombros do garoto e puxou-o para si.

— Eu sinto muito. — O garoto devia amar aquela velha bruxa, mesmo depois de ela tê-lo descartado feito lavagem. — Calma, calma, garoto. — Harry tentava consolar a criança com tapinhas nas costas, ao mesmo tempo sentindo uma raiva estúpida pelo fato de a avó de Will ter deixado que isso acontecesse.

— É melhor você ir embora. — A voz de Dick o interrompeu.

Harry ergueu o olhar, confuso. O homem grandalhão parecia pensativo — e preocupado.

Ele encontrou o olhar de Harry.

— Se as pessoas acham que você é o envenenador, também vão acreditar que você fez isso.

— Pelo amor de Deus, Dick. — A última coisa de que Will precisava era achar que Harry tinha matado sua avó.

O garoto ergueu o rosto molhado da camisa de Harry.

— Eu não matei sua avó, Will.

— Eu sei, Sr. Pye.

— Ótimo. — Ele pegou um lenço e o entregou ao garoto. — E me chame de Harry.

— Sim, senhor. — O lábio inferior de Will já estava tremendo de novo.

— Dick tem razão, é melhor nós irmos embora. Está ficando tarde, de qualquer forma. — Harry analisou o garoto. — Podemos ir?

Will fez que sim com a cabeça.

Então os dois se dirigiram para a entrada da taberna. Havia alguns grupos de homens conversando ali. Alguns pareceram erguer o olhar e fitá-lo com expressão severa enquanto eles passavam, mas talvez isso fosse apenas a imaginação de Harry, depois do comentário de Dick. Se a avó de Will realmente tivesse sido assassinada pelo mesmo homem que estava matando as ovelhas, aquilo não era um bom sinal. Os moradores da região já estavam preocupados com seu rebanho. Quão mais temerosos ficariam se tivessem de se preocupar com seus filhos, suas esposas e talvez até consigo mesmos?

Quando eles estavam quase chegando à entrada, alguém o empurrou. Harry cambaleou, mas, quase que no mesmo instante, estava com sua faca na mão. Ao se virar, uma parede de rostos hostis estava encarando-o.

Alguém murmurou:

— Assassino. — Mas ninguém se mexeu.

— Vamos, Will. — Harry saiu da Cock and Worm devagar, sem dar as costas para o salão.

Rapidamente, ele pegou sua égua e colocou Will na garupa. Montado, Harry olhou ao redor. Um homem bêbado urinava na parede da taberna; fora isso, a rua cada vez mais escura estava deserta. A notícia de um assassinato correria rápido, mas talvez a noite que caía acalmasse as coisas. Ele teria até o amanhecer para pensar numa forma de lidar com isso.

Harry assobiou para a égua e partiu na noite que avançava, com Will agarrado às suas costas. Eles dobraram para a estrada do chalé, que passava pelas terras de Granville antes de cruzar o rio para Woldsly. As luzes da cidade diminuíam, fazendo com que a escuridão os envolvesse. Não havia lua para iluminar o caminho. Nem para denunciá-los.

Harry forçou a égua a dar um trote.

— Eles vão enforcar o senhor? — A voz de Will soava assustada no escuro.

— Não. Eles precisam de mais provas do que um monte de fofocas para enforcar um homem.

Sons de cascos de cavalo foram ouvidos atrás deles.

Harry virou a cabeça para trás. Havia mais de um cavalo. E eles se aproximavam rapidamente.

— Segure firme, Will.

Ele impeliu a égua a um galope assim que sentiu as mãos do garoto firmes em sua cintura. A égua disparou pela estrada, mas ela levava duas pessoas, e Harry sabia que seriam alcançados em pouco tempo. Eles estavam em um campo aberto; não havia onde se esconder. Harry pensou em guiar o animal para fora da estrada, mas, no escuro, havia uma grande chance de que a égua caísse em um buraco, fazendo com que todos morressem. E ele tinha de pensar em Will. As pequenas mãos do garoto se agarravam à sua cintura. A boca da égua estava espumando, e Harry se inclinou sobre o pescoço suado do animal, murmurando palavras de encorajamento. Se eles conseguissem chegar ao vau, teriam como se esconder por ali. Ou, se fosse preciso, poderiam entrar no riacho e seguir a água rio abaixo.

— Estamos quase no vau. Estaremos seguros quando chegarmos lá — gritou Harry para o garoto.

Will devia estar com medo, mas ficou quieto. Outra curva. Os pulmões da égua moviam-se como foles. Os perseguidores se aproximavam, o barulho dos cascos ficava cada vez mais alto. *Ali!* A égua disparou pela trilha até o riacho. Harry quase suspirou de alívio. Quase. Foi só então que ele percebeu que não havia esperança. Do outro lado do riacho, sombras se moviam no escuro. Outros homens a cavalo esperavam por ele ali.

Fora levado para uma armadilha.

Harry olhou por cima do ombro. Os homens iriam alcançá-los em um minuto. Ele puxou as rédeas, cortando a boca da pobre égua. Não havia jeito. A égua praticamente empinou, derrapando ao parar. Harry tirou as mãos de Will de sua cintura. Ele agarrou o pulso do garoto, agora aos prantos, e jogou-o no chão.

— Esconda-se! Agora! — Harry balançou a cabeça quando o garoto soluçou um protesto. — Não há tempo para isso. Você tem que se esconder, não importa o que aconteça. Volte à taberna, procure o Dick e diga para ele chamar Bennet Granville. Agora corra!

Harry esporeou a égua e pegou sua faca. Ele não olhou para trás para ver se Will tinha lhe obedecido. Se pudesse levar os agressores para bem longe dali, talvez eles não se dessem ao trabalho de voltar para procurar um garotinho. Ele foi a todo galope até o riacho. Harry sentiu um sorriso se abrir nos lábios pouco antes de a égua se chocar contra o primeiro cavalo.

Ele estava cercado por cavalos e a água estava agitada. O homem mais próximo ergueu o braço, e Harry enfiou a faca na axila exposta. O sujeito nem sequer gemeu quando caiu na água. Ao seu redor, os cavalos relincharam e os homens gritaram. Mãos se esticaram para pegá-lo, e Harry brandiu a faca com crueldade. Com desespero. Outro homem caiu no riacho, gritando. Então o puxaram do animal. Alguém agarrou a mão que segurava a faca. Harry fechou a mão direita, a que não tinha um dedo, em um punho e começou a socar qualquer corpo que estivesse perto o suficiente para apanhar. Mas havia muitos deles e Harry estava sozinho, então uma chuva de socos e chutes o envolveu.

No fim, era apenas uma questão de tempo até que ele sucumbisse.

Capítulo Catorze

— É claro que os homens têm utilidade — declarou Lady Beatrice Renault, como se iniciasse um debate de tópico controverso —, mas dar conselho sobre casos amorosos não é uma delas. — Ela levou a xícara aos lábios e tomou um pequeno gole.

Georgina reprimiu um suspiro. Ela estava em Londres havia mais de uma semana e, até aquela manhã, havia conseguido evitar tia Beatrice. Aquilo era tudo culpa de Oscar. Se ele não tivesse sido tão descuidado, deixando uma carta de Violet à vista, a tia jamais teria descoberto sobre Harry e se sentido obrigada a aparecer e fazer uma preleção sobre a maneira adequada de conduzir um caso amoroso. Era verdade que Oscar guardara a maldita carta na gaveta de sua mesa, mas qualquer tolo sabia que aquele seria o primeiro lugar que tia Beatrice vasculharia quando o mordomo a deixasse sozinha no escritório durante uma de suas visitas.

Sem dúvida era culpa de Oscar.

— Eles são muito sentimentais, pobrezinhos — emendou Beatrice. Ela mordeu uma fatia de bolo e franziu a testa. — O recheio é de ameixa, Georgina? Eu já lhe expliquei que ameixas não me fazem bem.

Georgina olhou para a ofensiva fatia de bolo.

— Creio que é creme de chocolate, mas posso pedir um bolo diferente.

Tia Beatrice havia invadido a casa de Georgina em Londres, se acomodado numa cadeira dourada na bela sala de estar branca e azul e estava praticamente exigindo chá. Para Georgina a cozinheira tinha feito um trabalho excelente, considerando que não fora avisada sobre possíveis convidados.

— Humpf. — Lady Beatrice cutucou o bolo em seu prato, despedaçando-o. — Parece que o recheio é de ameixa, mas se você tem certeza. — Ela deu outra mordida, mastigando pensativamente. — É por esse motivo que eles são um fracasso total nas questões domésticas, mas até que se saem bem administrando o governo.

Georgina sentiu-se perdida por alguns segundos, antes de lembrar que a tia estava falando de homens antes de começar a reclamar do bolo.

— É mesmo.

E se ela fingisse um desmaio? Bem, conhecendo tia Beatrice, ela provavelmente jogaria água fria em seu rosto até que a sobrinha admitisse que estava consciente e então continuaria sua preleção. Melhor ficar sentada e ouvir até o final.

— Pois bem, ao contrário do que os homens vão lhe dizer — emendou a tia —, ter um ou dois casos amorosos, ou até mais, faz bem a uma dama. Eles nos deixam mais atentas e, naturalmente, dão uma coloração rosada às nossas bochechas.

Lady Beatrice tocou as próprias bochechas com uma unha perfeitamente manicurada. De fato, estavam rosadas, só que mais por causa do ruge do que por qualquer outro motivo. Também eram decoradas com três pintas de veludo: duas estrelas e uma lua crescente.

— A coisa mais importante que uma dama deve ter em mente é a discrição. — Tia Beatrice tomou mais um gole de seu chá. — Por exemplo, eu percebi que, se uma moça está envolvida com dois ou mais cavalheiros ao mesmo tempo, é imperativo que nenhum deles saiba disso.

Tia Beatrice era a mais nova das irmãs Littleton. Tia Clara, que havia deixado sua fortuna para Georgina, fora a mais velha, e a mãe de Georgina, Sarah, a do meio. As irmãs Littleton eram consideradas lindas em sua época e deixaram muitos corações apaixonados pela sociedade londrina. Todas as três tiveram casamentos infelizes. Tia Clara se casou com um fanático religioso, que morreu jovem, deixando-a sem filhos, porém rica. Tia Beatrice se casou com um homem muito mais velho, que mantinha a esposa constantemente grávida enquanto estava vivo. Tragicamente, todos os bebês tinham nascido mortos ou foram vítimas de abortos espontâneos.

Quanto à Sarah, sua mãe... Georgina tomou um gole de seu chá. Quem poderia saber o que dera errado no casamento de seus pais? Talvez eles apenas não fossem apaixonados um pelo outro. De qualquer forma, havia anos que Lady Maitland estava acamada com doenças imaginárias.

— Mesmo o homem mais sofisticado vira um garotinho que não sabe dividir seus brinquedos — continuou Lady Beatrice. — Não mais do que três é o meu lema. E já é preciso se desdobrar com três.

Georgina engasgou.

— Qual é o problema, Georgina? — Lady Beatrice a encarou, irritada.

— Nada — arfou Georgina. — Foi só uma migalha.

— Ora, eu realmente me preocupo com o futuro deste país se...

— Que sorte encontrar não um, mas dois exemplos de beleza feminina. — A porta da sala de estar se abriu e revelou Oscar e um jovem louro, que fez uma mesura às damas.

Lady Beatrice franziu a testa e ergueu a bochecha para receber o beijo do sobrinho.

— Nós estamos ocupadas, querido. Vá embora. Você não, Cecil. — O outro homem já estava se dirigindo à porta. — Você pode ficar. É o único homem que eu conheço com algum juízo, e isso deve ser encorajado.

Cecil Barclay sorriu e fez outra mesura.

— A senhora é deveras gentil.

Ele ergueu uma sobrancelha para Georgina, que deu batidinhas na almofada do canapé ao seu lado. Ela conhecia Cecil e seu irmão mais novo, Freddy, desde sempre.

— Mas, se Cecil vai ficar, então eu peço licença para ficar também.

Oscar sentou-se e se serviu de uma fatia de bolo.

Georgina olhou de cara feia para o irmão.

Oscar articulou um *O que foi?* para ela.

Ela revirou os olhos, exasperada.

— Aceita uma xícara de chá, Cecil?

— Sim, por favor — respondeu ele. — Oscar me arrastou por todo Tattersall's hoje cedo para olhar os cavalos. Ele quer um conjunto combinando para a nova carruagem e alega que nada em Londres vai servir.

— Cavalheiros gastam dinheiro demais com quadrúpedes — enunciou Lady Beatrice.

— A senhora preferiria que gastássemos nosso dinheiro com bípedes? — perguntou Oscar, arregalando seus maliciosos olhos castanhos para a tia.

Lady Beatrice bateu no joelho dele com o leque.

— Ai! — Oscar esfregou o local. — Humm, o bolo tem recheio de ameixa?

Georgina reprimiu outro suspiro e olhou pela janela da casa. Não estava chovendo em Londres, mas havia uma névoa cinzenta cobrindo a paisagem e que deixava tudo com aspecto encardido. Ela cometera um erro. Agora, depois de mais de uma semana longe de Harry e de Yorkshire, ela percebia isso. Ela deveria ter ido até o fim e tê-lo feito falar. Ou deveria ter falado até que ele cedesse e lhe contasse... o quê? Seus temores? Suas falhas? O motivo pelo qual não gostava dela? Se fosse isso, pelo menos Georgina agora teria certeza de que ele não gostava dela. Não ficaria presa neste limbo sem conseguir voltar à antiga vida e, ao mesmo tempo, incapaz de seguir em frente.

— Você pode ir, Georgina? — Cecil lhe dirigia a palavra.

— O quê? — Ela piscou. — Sinto muito, não ouvi o que acabou de dizer.

A tia e os cavalheiros trocaram um olhar que dizia que precisavam ser tolerantes com o estado mental dela.

Georgina trincou os dentes.

— Cecil falou que vai ao teatro amanhã à noite e queria saber se você gostaria de acompanhá-lo — explicou Oscar.

— Na verdade, eu... — A entrada do mordomo poupou Georgina de inventar uma desculpa. Ela franziu as sobrancelhas. — Sim, Holmes?

— Com sua licença, milady, mas um mensageiro de Lady Violet acabou de chegar. — Holmes estendeu uma bandeja de prata na qual se via uma carta toda enlameada.

Georgina a pegou.

— Obrigada.

O mordomo fez uma mesura e saiu.

Será que Wentworth fora atrás de Violet? Eles haviam achado melhor deixá-la em Woldsly, supondo que lá ela estaria mais segura, mas talvez estivessem enganados.

— Se vocês não se importarem... — Georgina não esperou a permissão dos convidados e foi logo pegando uma faca de manteiga para abrir o selo da carta. A letra de Violet tomava freneticamente toda a folha de papel, ilegível aqui e ali por manchas de tinta.

Minha querida irmã... Harry Pie foi espancado e preso... sob a custódia de Granville... acesso negado... por favor, venha logo.

ESPANCADO.

A mão de Georgina tremia. *Ai, meu Deus, Harry.* Um soluço ficou preso em sua garganta. Ela tentou se lembrar da tendência de Violet para o melodrama. Talvez ela tivesse dramatizado ou exagerado os fatos de alguma forma. Mas, não, Violet não mentia. Se Lorde Granville tinha Harry em suas mãos, ele poderia estar morto agora.

— Georgie. — Ela levantou a cabeça e viu Oscar ajoelhado à sua frente. — O que foi?

Sem dizer uma palavra, ela entregou a carta para que o irmão pudesse ler.

Ele franziu a testa.

— Mas não havia provas concretas de que ele era culpado, havia?

Georgina balançou a cabeça e respirou com dificuldade.

— Lorde Granville tem raiva de Harry. Ele não precisa de provas. — Ela fechou os olhos. — Eu nunca deveria ter saído de Yorkshire.

— Mas não havia como prever isso.

Ela se levantou e caminhou até a porta.

— Aonde você vai? — Oscar segurou-a pelo cotovelo.

Georgina se desvencilhou dele.

— Aonde você pensa que eu vou? Atrás dele.

— Espere, eu...

Ela se virou de forma agressiva para o irmão.

— Não posso esperar. Ele pode até estar morto uma hora dessas.

Oscar ergueu as mãos como se estivesse se rendendo.

— Eu sei, eu sei, Georgie. Eu quis dizer que vou com você. Para tentar ajudar. — Ele se virou para Cecil. — Você poderia ir a cavalo atrás de Tony e contar a ele o que está acontecendo?

Cecil assentiu.

— Tome. — Oscar tirou a carta da mão da irmã. — Dê-lhe isto. Ele precisa se juntar a nós assim que puder.

— Claro, meu amigo. — Cecil pareceu curioso, mas pegou a carta.

— Obrigada. — Lágrimas começaram a descer pelo rosto de Georgina.

— Vai ficar tudo bem. — Cecil começou a dizer mais alguma coisa, mas balançou a cabeça e saiu.

— Bem, não posso dizer que aprovo essa comoção toda, não importa o motivo. — Lady Beatrice ficara calada durante toda a cena, mas agora estava de pé. — Não gosto de ser a última a saber. Não gosto nem um pouco. Mas vou esperar para descobrir por que todos vocês estão correndo.

— Claro, tia. — Georgina já saía pela porta e não estava ouvindo de verdade.

— Georgina. — Lady Beatrice tocou o rosto manchado de lágrimas da sobrinha, detendo-a. — Querida, lembre-se de que não podemos parar a mão de Deus, mas podemos ser fortes. — De repente, ela pareceu velha. — Às vezes, é só o que podemos fazer.

— A VELHA Sra. Pollard foi assassinada, simples assim. — Silas recostou-se na poltrona de couro e olhou, satisfeito, para o filho mais novo.

Bennet caminhava pela biblioteca como um jovem leão. Em contraste, o irmão estava acuado numa cadeira pequena demais, no canto, com os joelhos quase encostando no queixo. Silas não fazia ideia do porquê Thomas estava na biblioteca, mas também não se importava. Toda a sua atenção estava concentrada no filho caçula.

Na semana após a captura de Harry Pye, Bennet protestara e gritara com o pai. Mas, por mais que tentasse, não conseguia se desviar do seguinte fato: uma mulher fora assassinada. Uma mulher velha, era verdade, e ainda por cima pobre. Uma mulher com a qual ninguém se importava muito quando estava viva. Porém, de qualquer modo, ela era um ser humano e, sendo assim, por mais decrépita que fosse, aquilo era muito mais grave do que uma ovelha morta.

Pelo menos, no juízo popular.

Na verdade, Silas se perguntava agora se havia cometido um erro em sua ânsia de capturar Pye. O sentimento local era muito intenso. Ninguém gostava de ter um assassino à solta. Se ele simplesmente tivesse deixado Pye livre, alguém poderia ter tomado uma atitude pior e linchado o desgraçado. Talvez ele já estivesse morto agora. Mas, no fim das contas, pouca diferença fazia. Sendo agora ou depois, de um jeito ou de outro, em breve Pye estaria muito, muito morto. E então o filho não discutiria mais com ele.

— Ela pode até ter sido assassinada, mas não foi Harry Pye quem a matou. — Bennet se postara diante da mesa do pai, com os braços cruzados e os olhos em chamas.

Lorde Granville sentiu a impaciência crescendo dentro de si. Todos no povoado acreditavam que o administrador de terras era culpado. Por que o próprio filho não conseguia engolir aquilo?

Ele se inclinou para a frente e bateu no tampo da mesa com o dedo indicador, como se pudesse furar o mogno.

— Ela foi envenenada com cicuta, do mesmo modo que as ovelhas. E um dos entalhes de Harry Pye foi encontrado perto do corpo. O segundo entalhe, lembre-se, encontrado em uma cena de crime. — Silas estendeu os braços, com as palmas das mãos viradas para cima. — O que mais você quer?

— Pai, eu sei que você odeia o Harry Pye, mas por que ele deixaria os próprios entalhes perto dos corpos? Por que ele iria se incriminar?

— Talvez o homem seja louco — disse Thomas baixinho, do canto. Silas olhou para o filho com a testa franzida, mas Thomas olhava tão fixamente para o irmão que nem percebeu. — Afinal, a mãe de Pye era uma vadia; talvez ele tenha herdado o sangue ruim dela.

Bennet pareceu magoado.

— Tom...

— Não me chame assim! — falou Thomas com voz aguda. — Eu sou seu irmão mais velho. Sou o herdeiro. Me trate com o respeito que eu mereço. Você é só um...

— Cale a boca! — rugiu Silas.

Thomas se encolheu com o grito.

— Mas, pai...

— Chega! — Silas encarou o filho mais velho com expressão séria. Thomas ficou corado; Lorde Granville se sentou na cadeira novamente e voltou sua atenção a Bennet. — O que você quer que eu faça?

Bennet lançou um olhar de desculpas ao irmão, que foi ignorado, antes de responder:

— Eu não sei.

Ah, a primeira demonstração de incerteza. Era como um bálsamo para sua alma.

— Eu sou o magistrado do condado. Devo cumprir a lei como achar adequado.

— Então deixe-me pelo menos vê-lo.

— Não. — Silas balançou a cabeça. — O homem é um criminoso perigoso. Não seria sensato de minha parte deixar que você se aproxime dele.

Não até que seus homens obtivessem uma confissão. Do jeito que Pye aguentava a surra — suportando golpe após golpe até não conseguir mais ficar de pé, cambalear e cair, mas ainda se recusando a falar —, poderia levar alguns dias até que ele cedesse. Mas ele iria ceder. E então Silas o enforcaria, e ninguém, nem o rei nem Deus, conseguiria se opor a ele.

Sim, ele poderia esperar.

— Ora, pelo amor de Deus. — Bennet estava agitado agora. — Eu o conheço desde que éramos moleques. Harry é meu... — Ele se interrompeu e concluiu a frase com um gesto. — Apenas me deixe falar com ele. Por favor.

Fazia muito, muito tempo que o garoto não implorava. Ele já deveria saber que implorar só servia para dar mais munição ao oponente.

— Não. — Silas balançou a cabeça com ar pesaroso.

— Ele ainda está vivo?

Silas sorriu.

— Sim. Está vivo, mas não muito bem.

O rosto de Bennet ficou pálido. Ele encarou o pai como se fosse lhe dar um soco, e Silas se preparou para o golpe.

— Maldito seja o senhor — murmurou Bennet.

— Talvez eu seja mesmo.

Bennet se virou para a porta do escritório e abriu-a com um empurrão. Um garoto pequeno e magrinho tropeçou para dentro do cômodo.

— Mas o que é isso? — quis saber Silas, franzindo o cenho.

— Ele está comigo. Vamos, Will.

— Você devia ensinar aos seus criados a não ouvir atrás da porta — gritou Silas para as costas do filho.

Por alguma razão, aquelas palavras fizeram Bennet parar e se virar. Ele olhou de Silas para o garoto.

— O senhor realmente não sabe quem ele é, sabe?

— Eu deveria? — Silas examinou o garoto. Alguma coisa naqueles olhos castanhos lhe parecia familiar. Ele fez um gesto demonstrando indiferença. Não tinha importância. — O garoto é um zé-ninguém.

— Jesus, eu não acredito nisso. — Bennet o encarou. — Nós todos somos apenas peões para o senhor, não é mesmo?

Silas balançou a cabeça.

— Você sabe que não gosto dessas adivinhações.

Mas Bennet já estava com a mão no ombro do garoto e o guiava para fora do cômodo. A porta se fechou atrás dos dois.

— Ele é um ingrato — murmurou Thomas, do canto. — Depois de tudo que o senhor fez por ele, depois de tudo que eu sofri, ele é um ingrato.

— Aonde você quer chegar com isso, garoto? — resmungou Silas.

Thomas piscou. Em seguida, se levantou, parecendo estranhamente altivo.

— Eu sempre amei o senhor, pai, sempre. Eu faria qualquer coisa pelo senhor. — Então ele também deixou o cômodo.

Silas observou a cena, balançando a cabeça mais uma vez. Então girou na direção de uma pequena porta no painel de madeira atrás da mesa e deu uma pancada seca nela. Por razões desconhecidas, um ancestral Granville fizera uma passagem da biblioteca para o porão. Depois de uma breve espera, a porta se abriu. Um homem robusto emergiu, abaixando a cabeça. Estava sem camisa. Os braços fortes e musculosos pendiam nas laterais do corpo. Os pelos marrons que cobriam seu tronco apresentavam manchas repugnantes de sangue.

— E então? — quis saber Silas.

— Ele ainda não falou. — O grandalhão estendeu as mãos inchadas. — Meus punhos estão ensanguentados, e Bud já tentou também.

Silas fez cara feia.

— Será que eu preciso trazer mais alguém? Ele é um homem só, e não chega nem perto do seu tamanho. A esta altura, Pye já devia estar falando pelos cotovelos.

— Sim, bem, o sujeito é valente. Já vi homens chorarem feito bebês depois do que fizemos a ele.

— Se você diz — ironizou Silas. — Enfaixe as mãos e continue. Ele vai ceder em breve, e, quando o fizer, haverá uma gratificação para você. E, se nada mudar até amanhã, eu vou encontrar alguém mais adequado e substituir você e seu colega.

— Sim, milorde. — O grandalhão olhou para Silas, suprimindo a raiva atrás dos olhos antes de se virar e se afastar. Ótimo, agora ele descontaria em Pye.

A porta se fechou atrás dele, e Silas deu um sorriso. Em breve, muito em breve.

EM ALGUM LUGAR, a água pingava.

Lentamente.

Constantemente.

Eternamente.

Estava pingando quando ele acordou pela primeira vez naquele cômodo e continuou pingando desde então, exatamente como pingava agora. Talvez aquilo o vencesse antes dos socos.

Harry encolheu um ombro e se apoiou dolorosamente à parede para se levantar. Estava preso em um cômodo minúsculo. Ele achava que deveria ter se passado pelo menos uma semana desde que fora capturado, mas era difícil precisar o tempo ali. E tinha horas, dias talvez, em que ele ficava totalmente inconsciente. Havia uma janela do tamanho da cabeça de uma criança no alto de uma das paredes, fechada por uma grade de ferro enferrujada. Do lado de fora, algumas ervas daninhas forçavam sua entrada, e por isso ele sabia que a janela estava no nível do chão. Ela oferecia luz suficiente para iluminar sua cela quando o sol alcançava certa altura. As paredes eram de pedra úmida, o chão, de terra. Não havia nada além dele no cômodo.

Bem, normalmente, não havia.

À noite, ele podia ouvir patinhas arranhando, correndo aqui e ali. Guinchos e farfalhos paravam de repente e então recomeçavam. Camundongos. Ou talvez ratos.

Harry odiava ratos.

Quando fora para o abrigo na cidade, não tardara a descobrir que ele e o pai morreriam de fome se não conseguisse lutar para salvar sua porção de comida. Então Harry aprendeu a revidar, era rápido e impiedoso. Os outros garotos e homens ficaram afastados dele depois disso.

Mas não os ratos.

Quando a noite caía, eles apareciam. As criaturas selvagens do campo temiam as pessoas. Os ratos, não. Eles se esgueiravam até o bolso de um homem e roubavam seu último pedaço de pão. Eles enfiavam o focinho no cabelo de um garoto, atrás de migalhas. E, se não conseguissem encontrar restos, arrumavam a própria comida. Se um homem dormisse profundamente, por causa de bebedeira ou doença, os ratos os mordiam. Nos dedos dos pés, das mãos ou nas orelhas. Havia homens no abrigo que tinham farrapos no lugar de orelhas. Dava para saber quem não ia durar muito. E, se um homem morresse dormindo, bem, às vezes, pela manhã, não era possível reconhecer seu rosto.

Claro que era possível matar os ratos, se você fosse rápido o suficiente. Alguns garotos até os assavam em uma fogueira e os comiam. Porém, por mais fome que Harry sentisse — e houvera dias em que seu estômago se contorcia de dor —, ele nunca conseguiu se imaginar colocando aquela carne na boca. Havia uma maldade nos ratos que certamente passaria para a sua barriga e contaminaria sua alma se você os comesse. E não importava quantos ratos matasse, sempre havia mais.

Então, agora, à noite, Harry não conseguia dormir. Porque os ratos estavam lá, e ele sabia o que aquelas criaturas poderiam fazer a um homem ferido.

Havia uma semana que os capangas de Granville batiam nele diariamente, até duas vezes ao dia em certas ocasiões. Seu olho direito fechara com o inchaço, o esquerdo não estava muito melhor, o lábio sofrera cortes e mais cortes. Ele tinha pelo menos duas costelas quebradas. Alguns de seus dentes estavam moles. Não havia mais do que um palmo em todo o seu corpo que não estivesse coberto de hematomas. Era só uma questão de tempo até que o atingissem com mais força ou no local errado, ou até que seu corpo perdesse as forças.

E então os ratos...

Harry balançou a cabeça. O que ele não conseguia entender era por que Granville ainda não o havia matado. Quando ele acordou no dia seguinte à captura no riacho, houve um momento em que ficara espantado por ainda estar vivo. Por quê? Por que capturá-lo vivo se Granville certamente pretendia matá-lo de qualquer forma? Os capangas ficavam dizendo para ele confessar o assassinato da avó de Will, mas, sem dúvida, isso não tinha importância para Granville. O barão não precisava de uma confissão para enforcá-lo. Ninguém se importaria muito com a morte de Harry, a não ser talvez Will.

Harry suspirou e encostou a cabeça dolorida na parede mofada de pedra. Isso não era verdade. Sua dama se importaria. Não importava onde ela estivesse, na sofisticada casa em Londres ou na mansão em Yorkshire, ela choraria quando ouvisse a notícia da morte de seu amante plebeu. A alegria se apagaria de seus belos olhos azuis, e seu rosto ficaria triste.

Em sua cela, ele tivera muitas horas para refletir. Entre todos os seus arrependimentos, o maior era ter causado dor a Lady Georgina.

Um murmúrio de vozes e o arrastar de botas na pedra vieram do lado de fora. Harry inclinou a cabeça para ouvir. Os capangas vinham lhe dar mais uma surra. Ele se encolheu. Sua mente podia ser forte, mas seu corpo se lembrava da dor e a temia. Ele fechou os olhos. Assim que os homens abrissem a porta, tudo iria recomeçar. Pensou em Lady Georgina. Em outra época e em outro lugar, se ela não tivesse nascido rica e ele não fosse tão pobre, poderia ter dado certo. Talvez eles tivessem se casado e comprado um pequeno chalé. Ela poderia aprender a cozinhar, e ele seria recebido em casa com seus doces beijos. À noite, ele se deitaria ao lado dela, sentiria seu corpo junto ao dele e cairia num sono sem sonhos, com o braço envolvendo-a.

Ele poderia tê-la amado, a sua dama.

Capítulo Quinze

— Ele está vivo? — O rosto de Georgina parecia um pedaço de papel amassado e alisado novamente. O vestido cinza estava muito amarrotado; ela devia ter dormido durante todo o trajeto desde Londres.

— Sim. — Violet abraçou a irmã, tentando esconder o susto ao perceber a mudança na aparência de Georgina. Fazia menos de quinze dias que ela saíra de Woldsly. — Sim. Até onde eu sei, ele está vivo. Mas Lorde Granville não deixa ninguém vê-lo.

A expressão de Georgina não relaxou. Seus olhos ainda encaravam os da irmã mais nova com intensidade, como se pudesse perder algo importante se piscasse.

— Então talvez ele esteja morto.

— Ah, não. — Violet virou-se para Oscar com os olhos arregalados. *Me ajude!* — Creio que não...

— Se Harry Pye estivesse morto, nós saberíamos, Georgie — interrompeu Oscar, em socorro da irmã caçula. — Granville estaria se gabando. O fato de que não está significa que Pye continua vivo. — Ele pegou o braço de Georgina como se guiasse um inválido. — Entre primeiro. Vamos nos sentar e tomar uma xícara de chá.

— Não, eu tenho que vê-lo. — Georgina afastou a mão de Oscar como se ele fosse um vendedor inconveniente importunando-a para comprar flores murchas.

Oscar permaneceu impassível.

— Eu sei, querida, mas, se quisermos entrar lá, precisamos demonstrar força quando confrontarmos Granville. Temos que estar revigorados e descansados.

— Você acha que Tony recebeu a mensagem?

— Sim — disse Oscar como se estivesse repetindo aquilo pela centésima vez. — Ele deve estar vindo agora. Precisamos estar prontos para quando ele chegar. — O irmão pôs uma das mãos no cotovelo de Georgina novamente, e, dessa vez, ela deixou que ele a conduzisse até a escadaria principal de Woldsly.

Violet seguia os dois, muito impressionada. O que havia acontecido com Georgina? Ela esperara encontrar a irmã triste, aos prantos. Mas aquilo — aquilo era um tipo de sofrimento perturbado, sem lágrimas. Se ela recebesse hoje a notícia de que Leonard, seu amor de verão, tinha morrido, ficaria melancólica. Talvez chorasse e passasse um ou dois dias perambulando pela casa. Mas não ficaria tão arrasada quanto Georgina parecia estar agora. E o Sr. Pye nem estava morto, até onde eles sabiam.

Era quase como se Georgina o amasse.

Violet parou de repente ao ter esse pensamento. Ela subia as escadas com a ajuda de Oscar. Estava certa de que aquilo não era verdade. Georgina era velha demais para o amor. Claro que ela também era velha demais para ter um caso. Mas amor — amor de verdade — era diferente. Se Georgina amasse o Sr. Pye, talvez fosse querer se casar com ele. E, se os dois se casassem, ora... ele passaria a ser parte da família. Ah, não! Aquele homem provavelmente não tinha ideia de qual garfo usar para comer um peixe, de como se dirigir a um general aposentado que também havia herdado o título de barão, de como poderia ajudar adequadamente uma dama a montar no cavalo nem... Meu Deus! E se ele começasse a falar com *sotaque*!

Georgina e Oscar haviam chegado à sala de estar, e o irmão olhou em torno enquanto a conduzia para dentro do cômodo. Ele se virou para a irmã mais nova e olhou para ela com a testa franzida. Violet se apressou para alcançá-los.

Oscar ajudou Georgina a se sentar.

— Você pediu chá e um lanche? — perguntou ele a Violet em seguida.

Ela sentiu o rosto corar de culpa. Rapidamente chegou à porta e disse a um lacaio o que queria.

— Violet, o que você sabe exatamente? — Georgina não desgrudava os olhos da irmã. — Na carta você disse que Harry foi preso, mas não contou o motivo nem como isso aconteceu.

— Bem, encontraram uma mulher morta. — Ela se sentou e tentou ordenar seus pensamentos. — Na charneca. Sra. Piller, ou Poller, não sei...

— Pollard?

— Isso. — Violet encarou a irmã, confusa. — Como você sabe o nome dela?

— Eu conheço o neto dela. — Georgina fez um gesto para que a irmã não se interrompesse. — Prossiga.

— Ela foi envenenada da mesma maneira que as ovelhas; encontraram o mesmo tipo de erva perto dela.

Oscar olhou para a irmã com uma expressão de dúvida.

— Mas uma mulher não seria tão estúpida a ponto de comer veneno como as ovelhas.

— Havia um copo ao lado dela. — Violet estremeceu. — Com um resíduo. Acham que ele, o envenenador, quero dizer, forçou-a a beber. — Ela olhou, pouco à vontade, para a irmã.

— E quando foi isso? — perguntou Georgina. — Sem dúvida, se ela tivesse sido encontrada quando ainda estávamos lá, teríamos ficado sabendo disso.

— Bem, o corpo foi encontrado um dia antes de vocês partirem, mas eu só fiquei sabendo de tudo um dia depois. E havia um entalhe, parece que de um animal. Dizem que é do Sr. Pye, então ele provavelmente é o culpado. Ele deve ter matado a mulher, é o que quero dizer.

Oscar lançou um olhar para a irmã mais velha. Violet hesitou, antecipando uma reação dela, mas Georgina apenas ergueu as sobrancelhas.

Então a garota continuou.

— E, na noite em que vocês foram embora, prenderam o Sr. Pye. Não fiquei sabendo de muitos detalhes sobre a prisão, só que foram necessários sete homens, e dois ficaram muito machucados. Então — ela inspirou e falou com todo o cuidado — ele deve ter lutado feito um animal. — Ela olhou em expectativa para a irmã mais velha.

Georgina olhava para o nada, mordendo o lábio inferior.

— A Sra. Pollard foi assassinada um dia antes de eu partir?

— Bem, não — falou Violet. — Na verdade, dizem que pode ter sido umas três noites antes.

De repente, Georgina se concentrou nela.

Violet continuou:

— Ela foi vista viva em West Dikey quatro noites antes de você ir embora. Algumas pessoas a viram na taberna. Mas o fazendeiro jura que o corpo não estava lá na manhã seguinte ao dia em que ela foi vista em West Dikey. Ele se lembra claramente de ter movido as ovelhas para aquele pasto no dia. E só voltou ao local onde ela foi encontrada alguns dias depois. Acham, pelas condições em que o corpo foi encontrado, por causa da... humm — ela franziu o nariz com nojo — da *deterioração*, que ela ficou na charneca por mais de três noites. Ugh! — Ela estremeceu.

O chá foi trazido, e Violet olhou para ele se sentindo enjoada. A cozinheira achara apropriado mandar também alguns bolos confeitados com recheio cor-de-rosa transbordando deles, o que, naquele momento, parecia bastante nojento.

Georgina ignorou o chá.

— Violet, isso é muito importante. Você tem certeza de que acham que ela foi assassinada três noites antes do dia da minha partida?

— Humm. — Violet engoliu em seco e desviou o olhar daqueles bolos sinistros. — Sim, tenho certeza.

— Graças a Deus. — Georgina fechou os olhos.

— Georgie, sei que você se importa com ele, mas não pode fazer isso. — A voz de Oscar continha um aviso. — Você simplesmente não pode.

— A vida dele está em perigo. — Georgina se inclinou para o irmão como se ela pudesse infundir nele seu entusiasmo. — Que tipo de mulher eu seria se simplesmente ignorasse isso?

— O quê? — Violet olhou de um irmão para o outro. — Não estou entendendo.

— É muito simples. — Georgina finalmente pareceu ter notado o bule fumegante e esticou a mão para se servir. — Harry não pode ter matado a Sra. Pollard naquela noite. — Ela entregou uma xícara a Violet e olhou diretamente em seus olhos. — Ele passou a noite comigo.

Harry estava sonhando.

No sonho, havia uma discussão entre um ogro feio, um jovem rei e uma bela princesa. O ogro feio e o jovem rei tinham mais ou menos a aparência que deveriam ter, considerando que aquilo era um sonho. Mas a princesa não tinha lábios de rubi nem cabelos negros. Ela era ruiva e tinha os lábios de Lady Georgina. O que era ótimo. Afinal, o sonho era dele, e Harry tinha direito de fazer a princesa se parecer com quem quisesse. Em sua opinião, cachos vermelhos eram muito mais bonitos que um cabelo negro liso, sem dúvida.

O jovem rei tagarelava sobre lei, provas e coisas assim de maneira tão afetada e refinada que fazia sua cabeça doer. Harry conseguia entender por que o ogro rugia em resposta, tentando silenciar o monólogo do jovem rei. Se pudesse, ele mesmo teria gritado com aquele chato. O jovem rei parecia querer o cervo de estanho do ogro. Harry disfarçou uma gargalhada. Ele queria poder dizer ao rei que o cervo de estanho não valia nada. Havia muito tempo que o cervo perdera uma de suas patas. Além disso, o animal não era encantado. Não podia falar nem nunca pudera.

Mas o jovem rei era teimoso. Ele queria aquele cervo, e sua vontade iria prevalecer. Para isso, enchia os ouvidos do ogro daquele modo autoritário e aristocrático, como se todo mundo tivesse sido posto na Terra meramente para ter a satisfação de lamber as botas de Sua Senhoria. *Obrigado, milorde. Foi um prazer inenarrável.*

Harry teria ficado do lado do ogro, apenas por princípio, mas alguma coisa estava errada. A princesa Georgina parecia estar chorando. Grandes gotas rolavam por suas bochechas transparentes e lentamente se transformavam em ouro ao cair. Elas retiniam ao bater no chão e rolavam para longe.

Harry estava hipnotizado; ele não conseguia desviar os olhos da triste princesa. Queria gritar para o jovem rei: *Aí está a sua magia. Olhe para a dama ao seu lado.* Mas, é claro, ele não conseguia falar. E, no fim das contas, ele tinha entendido errado — era a princesa, e não o jovem rei, que queria o cervo de estanho. O jovem rei estava simplesmente falando como representante da princesa. Bem, aí a coisa mudava de figura. Se a princesa queria o cervo, ela iria ter o cervo, mesmo que aquilo fosse uma coisa velha e quebrada.

Mas o ogro feio amava o cervo de estanho; era seu bem mais precioso. E, para provar aquilo, o ogro jogou o cervo no chão e pisou nele até o cervo gemer e se partir em pedaços. O ogro fitou o cervo, deitado ali a seus pés, sangrando chumbo, e sorriu. Em seguida, olhou nos olhos da princesa e disse: *Tome, fique com ele. Eu o matei, de qualquer forma.*

Então algo maravilhoso aconteceu.

A princesa Georgina se ajoelhou ao lado do cervo quebrado e chorou, e, ao fazer isso, suas lágrimas douradas caíram sobre a fera. Uma cola se formou onde as lágrimas haviam caído, soldando o estanho até que o cervo ficasse inteiro novamente, agora feito de estanho e de ouro. A princesa sorriu e segurou o estranho animal junto ao seio, e ali o cervo aninhou sua cabeça. A princesa o ergueu, e ela e o jovem rei deram meia-volta com seu duvidoso prêmio.

Mas Harry podia ver por cima do ombro dela que o ogro não gostou do final da história. Todo o amor que ele tinha pelo cervo de estanho agora havia se transformado em ódio pela princesa que o roubara. Harry queria gritar para o jovem rei: *Cuidado! Cuide bem da princesa! O ogro quer fazer mal a ela e não vai descansar até conseguir vingança!* Mas, por mais que ele tentasse, não conseguia falar.

Você nunca consegue falar nos sonhos.

GEORGINA ANINHOU a cabeça de Harry em seu colo e tentou não chorar ao ver as terríveis marcas em seu rosto. Seus lábios e olhos estavam inchados e pretos. Sangue fresco, de um corte na sobrancelha, e de outro, perto da orelha, manchava a face. O cabelo estava pegajoso e sujo, e ela temia que parte da sujeira fosse, na verdade, sangue seco.

— Quanto antes nós sairmos daqui, melhor — resmungou Oscar. E bateu a porta da carruagem atrás de si.

— De fato. — Tony bateu com força no teto, fazendo sinal para o cocheiro.

A carruagem partiu do Casarão Granville. Georgina não precisou olhar para trás para saber que seu proprietário os observava com ódio no olhar. Ela recostou-se melhor no assento para amortecer os solavancos para Harry.

Oscar o examinou.

— Eu nunca vi um homem levar uma surra dessas — murmurou ele. As palavras *e sobreviver* pairaram no ar sem serem ditas.

— Animais. — disse Tony, desviando o olhar.

— Ele vai sobreviver — falou Georgina.

— Lorde Granville não acredita nisso; caso contrário, nunca iria nos deixar levá-lo. Mesmo assim, eu tive que lembrá-lo do meu título. — Tony apertou os lábios. — Você tem que se preparar.

— Como? — Georgina estava nervosa. — Como eu me preparo para a morte dele? Não posso fazer isso, e não vou. Ele vai se recuperar.

— Ah, minha querida — disse Tony com um suspiro, porém não falou mais nada.

Pareceu levar uma eternidade para que chegassem a Woldsly. Oscar cambaleou para fora da carruagem, e Tony o seguiu, mais devagar. Georgina ouviu os dois irmãos pedindo aos lacaios que os ajudassem a encontrar algo sobre o qual deitar Harry. Ela baixou os olhos. O administrador não se mexera desde que fora deitado em seu colo. Seus olhos estavam tão inchados que ela não tinha certeza se Harry seria capaz de abri-los mesmo se estivesse acordado. Ela colocou a palma da mão no pescoço dele e sentiu sua pulsação, lenta, mas forte.

Os homens voltaram e assumiram o controle. Fizeram um esforço para tirar Harry da carruagem e colocá-lo sobre uma maca improvisada. Quatro homens o levaram escada acima para dentro da Mansão Woldsly. Então tiveram de carregá-lo por mais alguns degraus, suando e xingando, apesar da presença de Georgina. Finalmente o colocaram numa cama em um quarto bem pequeno entre o de Tony e o de Georgina. O cômodo mal tinha espaço para uma cama, uma cômoda, uma mesinha de cabeceira e uma cadeira e, na verdade, servia de quarto de vestir. Mas ficava perto do quarto dela, e isso era tudo o que importava. Todos os homens, incluindo seus irmãos, saíram enfileirados, deixando o aposento repentinamente silencioso. Harry não movera um músculo durante toda a movimentação.

Georgina se sentou, exausta, ao lado dele na cama e pousou a mão novamente em seu pescoço, sentindo seus batimentos cardíacos, e fechou os olhos.

Atrás dela, a porta se abriu.

— Meu Deus, o que foi que fizeram com aquele homem bonito? — Tiggle surgiu ao lado dela com uma bacia de água quente. A criada olhou nos olhos da patroa e, em seguida, apertou os ombros dela. — De toda forma, vamos deixá-lo mais confortável, não é, milady?

Seis dias depois, Harry abriu os olhos.

Georgina estava sentada ao lado da cama no pequeno cômodo escuro, tal como fazia todos os dias e quase todas as noites desde que ele chegara à Woldsly. Ela se agarrou ao pequeno fio de esperança quando viu as pálpebras de Harry se moverem. Ele já havia aberto os olhos rapidamente antes e pareceu não tê-la reconhecido nem estar totalmente acordado.

Mas, dessa vez, os olhos de esmeralda pousaram nela e ficaram.

— Milady. — Sua voz era um grasnido baixo.

Ah, meu Deus, obrigada. Ela poderia ter cantado. Poderia ter dançado sozinha pelo quarto. Poderia ter caído de joelhos e feito uma oração de agradecimento.

Mas ela apenas levou um copo com água aos lábios dele.

— Está com sede?

Harry fez que sim com a cabeça, sem tirar os olhos dela nem sequer um instante. Depois de engolir, murmurou:

— Não chore.

— Desculpe. — Georgina colocou o copo na mesinha de cabeceira. — São lágrimas de alegria.

Harry a observou por mais alguns instantes; então seus olhos voltaram a se fechar, e ele adormeceu.

Ela esticou o braço para tocar o pescoço dele, como havia feito inúmeras vezes durante a última e terrível semana. Fizera isso com tanta frequência que se tornara um hábito. O sangue sob a pele de Harry ainda corria. Ele murmurou algo quando ela o tocou e se mexeu.

Georgina suspirou e se pôs de pé. Ela passou uma hora em um banho luxuoso e preguiçoso e tirou um cochilo que durou até o cair da noite.

Quando acordou, colocou um vestido de fustão amarelo com renda nos cotovelos e pediu que seu jantar fosse servido no quarto de Harry.

Ele estava acordado quando ela entrou, e Georgina sentiu seu coração bater acelerado. Uma coisa tão pequena, ver seus olhos alerta, mas que fez toda a diferença em seu mundo.

Alguém o havia ajudado a se sentar.

— Como está Will?

— Ele está bem. Está com Bennet Granville. — Georgina abriu as cortinas.

O sol estava se pondo, mas mesmo aquela luz fraca já tornava o cômodo menos sombrio. Aquela janela deveria ser aberta todos os dias de manhã, para eliminar o odor abafado de enfermaria que havia ali. Ela iria pedir isso às criadas mais tarde.

Georgina voltou para o lado da cama.

— Parece que Will se escondeu quando pegaram você e depois voltou para West Dikey, para avisar ao dono da Cock and Worm o que tinha acontecido. Não que o homem pudesse fazer muita coisa.

— Ah.

Georgina franziu a testa ao pensar em Harry naquela cela, apanhando todos os dias, sem ninguém para ajudá-lo. Ela balançou a cabeça.

— Will estava muito preocupado com você.

— Ele é um bom garoto.

— Ele nos contou o que aconteceu naquela noite. — Georgina se sentou. — Você salvou a vida dele.

Harry deu de ombros. Era óbvio que não queria falar sobre o assunto.

— Quer um pouco de caldo de carne? — Ela tirou a tampa da bandeja de comida que as criadas haviam trazido.

Ao seu lado estava um prato de rosbife fumegante e suculento. Com batatas, cenouras e pudim de Yorkshire como acompanhamentos. Ao lado de Harry, na bandeja, via-se uma única vasilha de caldo de carne.

Harry olhou para a comida e suspirou.

— Caldo de carne seria uma ótima ideia, milady.

Georgina segurou a vasilha para Harry e pretendia ajudá-lo a tomar o caldo, como já havia feito antes, mas ele a pegou de sua mão.

— Obrigado.

Ela se distraiu arrumando a própria bandeja e servindo uma taça de vinho, mas, enquanto isso, observava Harry pelo canto do olho. Ele bebeu o conteúdo da vasilha e a colocou em seu colo sem derramar uma gota. Suas mãos pareciam firmes. Georgina relaxou um pouco. Não queria deixá-lo constrangido com seu excesso de atenção, mas há apenas um dia ele estava inconsciente...

— Pode terminar de me contar seu conto de fadas, milady? — A voz dele se fortalecera desde a tarde.

Georgina sorriu.

— Você deve estar morrendo de curiosidade para saber o final.

Os lábios machucados de Harry se contorceram, mas ele respondeu com seriedade.

— Sim, milady.

— Bem, vejamos. — Ela enfiou um pedaço de carne na boca e pensou enquanto mastigava. Da última vez que lhe contara a história... De repente, ela se recordou de que estava nua, e Harry tinha... Georgina engoliu a comida rápido demais e teve de pegar o vinho. Ela *sabia* que estava corando. Arriscou olhar para Harry, mas ele fitava resignadamente o caldo de carne.

Ela pigarreou.

— O Príncipe Leopardo se transformou em um homem. Ele segurou o pingente de coroa e desejou uma capa da invisibilidade. Que teria sido bem útil, pois, como discutimos antes, provavelmente ele estava nu quando se transformou em homem.

Harry olhou para ela por cima da borda de sua vasilha, com as sobrancelhas erguidas.

Ela assentiu com afetação.

— Ele colocou a capa da invisibilidade e partiu para derrotar a bruxa malvada e conquistar o Cisne Dourado. E embora tenha havido um pequeno revés quando ela o transformou em um sapo...

Harry sorriu para ela. Como ela adorava os sorrisos dele!

— Eventualmente, ele conseguiu assumir a forma natural, roubar o Cisne Dourado e levá-lo para o jovem rei. Que, sem dúvida, na mesma hora o entregou ao pai da bela princesa.

Ela cortou um pedaço de carne e o ofereceu a Harry. Ele olhou o garfo, mas, em vez de pegá-lo, simplesmente abriu a boca. Seus olhos encontraram os dela e sustentaram aquele olhar enquanto Georgina colocava a comida em sua boca. Por alguma razão, essa interação fez a respiração dela se acelerar.

Georgina olhou para o prato.

— Mas o jovem rei estava sem sorte mais uma vez, pois o Cisne Dourado podia falar tão bem quanto o Cavalo Dourado. O rei-pai chamou o Cisne Dourado, interrogou-o e logo descobriu que não havia sido o jovem rei quem o roubara da bruxa má. Batata?

— Obrigado. — Harry fechou os olhos enquanto seus lábios aceitavam a porção de comida do garfo.

A boca de Georgina ficou aguada em solidariedade. Ela pigarreou.

— Então o rei-pai, irritado, foi confrontar o jovem rei. E disse: "Muito bem. O Cisne Dourado é ótimo, mas não é muito útil. Você deve me trazer a Enguia Dourada, guardada pelo dragão de sete cabeças, que vive nas Montanhas da Lua."

— Uma enguia?

Ela lhe oferecia um pouco de pudim de Yorkshire, mas Harry a fitava com ar duvidoso.

Ela agitou a colher debaixo do nariz dele.

— Sim, uma enguia.

Ele pegou a mão de Georgina e ajudou-a a levar a colher aos seus lábios.

— É um tanto estranho, não? — emendou Georgina sem fôlego. — Eu perguntei à tia da cozinheira se ela tinha certeza, e ela disse que sim. — Ela pegou outro pedaço de carne e lhe ofereceu. — Eu mesma teria pensado, ah, em um lobo ou em um unicórnio.

Harry engoliu a comida.

— Unicórnio, não. Muito parecido com o cavalo.

— Suponho que sim. Mas, de qualquer forma, alguma coisa mais exótica. — Ela franziu o nariz para o pudim. — Enguias, mesmo que sejam douradas, não parecem exóticas, não acha?

— Acho que não.

— Eu também. — Ela cutucou o pudim. — A tia da cozinheira tem idade avançada, é claro. Ela deve ter uns 80 anos. — Georgina ergueu o olhar e se deparou com Harry fitando o pudim que ela havia acabado de destruir. — Ah, sinto muito. Você quer mais um pouco?

— Por favor.

Ela lhe deu um pouco de pudim e observou seus lábios envolverem a colher. Meu Deus, os lábios dele eram lindos, até machucados.

— De qualquer forma, o jovem rei correu de volta para casa, e tenho certeza de que ele foi muito grosseiro quando contou ao Príncipe Leopardo que ele teria de capturar a Enguia Dourada. Mas o Príncipe Leopardo não tinha escolha, tinha? Ele se transformou em homem, pegou o pingente de coroa de esmeralda, e adivinhe o que pediu desta vez?

— Não sei, milady.

— Uma bota que cruzava cem léguas. — Georgina recostou-se, satisfeita. — Dá para acreditar nisso? Se você calçá-las, pode cruzar cem léguas com um único passo.

Os cantos da boca de Harry se levantaram.

— Eu não deveria perguntar, milady, mas como isso ajudaria o Príncipe Leopardo a chegar às Montanhas da Lua?

Georgina o encarou. Ela nunca tinha pensado nisso.

— Não faço ideia. Elas deveriam ser ótimas sobre a terra, mas será que funcionariam no ar?

Harry assentiu solenemente.

— Temo que isso seja um problema.

Georgina estava distraída lhe dando o restante da carne enquanto refletia sobre a questão. Ela servia o último pedaço quando percebeu que ele a estivera observando-a o tempo todo.

— Harry... — Ela hesitou. Ele estava fraco, mal havia se recuperado o suficiente para se sentar direito. Georgina não deveria se aproveitar da situação, mas precisava saber.

— Sim?

Georgina soltou a pergunta antes que pudesse pensar melhor.

— Por que o seu pai atacou Lorde Granville?

Ele se retesou.

No mesmo instante, ela se arrependeu de ter feito a pergunta. Estava mais do que claro que Harry não queria falar sobre essa época de sua vida. Que egoísmo da parte dela.

— Minha mãe era amante de Granville. — Suas palavras não tinham emoção.

Georgina prendeu o fôlego. Harry nunca havia mencionado a mãe antes.

— Minha mãe era uma mulher bonita. — Ele baixou os olhos para a mão direita e a fechou. — Bonita demais para ser esposa de um couteiro. Seu cabelo era escuro, e os olhos, de um verde ardente. Quando nós íamos à cidade, os homens ficavam olhando para ela. Percebi desde cedo, e isso me incomodava.

— Ela era uma boa mãe?

Harry deu de ombros.

— Era a única mãe que eu tinha. Não tenho outra para comparar. Ela me alimentava e me vestia. Meu pai cuidava de todo o restante.

Georgina baixou o olhar para as próprias mãos, contendo as lágrimas, mas ainda ouvia suas palavras, lentas e ásperas.

— Quando eu era pequeno, ela costumava cantar para mim às vezes, à noite, quando eu não conseguia dormir. Canções de amor tristes. Sua voz era aguda, mas não muito forte, mas ela parava de cantar se eu olhasse para ela. Era um som maravilhoso. — Ele suspirou. — Bom, na época, eu achava isso.

Ela assentiu com a cabeça, quase sem se mexer, com medo de interromper o fluxo de suas palavras.

— Meu pai e minha mãe se mudaram para cá quando se casaram. Não sei ao certo quando, eu tive que juntar a história a partir de conversas que ouvi, mas acho que ela se engraçou com Granville assim que eles chegaram.

— Antes de você nascer? — perguntou Georgina, cautelosamente.

Ele a encarou com aqueles firmes olhos de esmeralda e fez que sim com a cabeça uma vez.

Georgina soltou o ar lentamente.

— Seu pai sabia disso?

Harry a encarou.

— Devia saber. Granville levou Bennet embora.

Ela piscou. Será que tinha escutado direito?

— Bennet Granville é...?

— Meu irmão — disse Harry baixinho. — Filho da minha mãe.

— Mas como ele pôde fazer uma coisa dessas? Ninguém percebeu quando ele levou um bebê para casa?

Harry emitiu um som que mais parecia uma gargalhada.

— Ah, todos sabiam. Algumas pessoas da região provavelmente ainda se lembram disso. Mas Granville sempre foi um tirano. Quando ele falou que o bebê era seu filho legítimo, ninguém ousou discordar. Nem sua esposa legítima.

— E o seu pai?

Harry baixou os olhos para as mãos e franziu a testa.

— Não lembro, eu só tinha 1 ou 2 anos, mas acho que meu pai deve tê-la perdoado. E ela provavelmente prometeu que ficaria longe de Granville. Mas mentiu.

— O que foi que aconteceu? — perguntou Georgina.

— Meu pai a pegou com Granville de novo. Não sei se papai sempre soube que ela nunca largou Granville e fingiu que não sabia ou se ele foi tolo de achar que ela poderia mudar, ou... — Ele balançou a cabeça, impaciente. — Mas não importa. Quando eu tinha 12 anos, ele a pegou na cama com Granville.

— E?

Harry estava tenso.

— Ele voou no pescoço do patrão. Mas o cretino era bem maior que o meu pai e bateu nele. Papai se sentiu humilhado. E Granville ainda o açoitou.

— E você? Você me contou que também foi açoitado.

— Eu era jovem demais. Quando começaram a bater no meu pai com aquele chicote... — Harry engoliu em seco. — Eu me joguei na frente. Foi uma idiotice.

— Você estava tentando salvar seu pai.

— Sim, estava. E tudo que consegui foi isto. — Harry ergueu a mão mutilada.

— Eu não compreendo.

— Tentei proteger meu rosto, e o chicote pegou na minha mão. Está vendo? — Harry apontou para uma longa cicatriz que cruzava a parte interna dos dedos. — O chicote quase decepou todos, mas o terceiro dedo foi o pior. Lorde Granville fez um dos homens cortá-lo. Falou que estava me fazendo um favor.

Ah, Deus. Georgina sentiu a bile subir até a garganta. Ela cobriu a mão direita de Harry com a sua. Ele virou a mão para cima para que elas pudessem ficar palma com palma. Georgina cuidadosamente entrelaçou seus dedos nos dele.

— Papai ficou sem trabalho e tão aleijado pelos açoites que, depois de um tempo, nós fomos parar no abrigo. — Harry desviou o olhar do dela, mas os dois continuavam de mãos dadas.

— E a sua mãe? Ela também foi para o abrigo? — perguntou Georgina em voz baixa.

A mão de Harry apertou a dela com força.

— Não. Ela ficou com Granville. Como amante dele. Fique sabendo, muitos anos depois, que pegou a peste e morreu. Mas nunca mais falei com ela depois daquele dia. O dia em que eu e papai fomos açoitados.

Ela respirou fundo.

— Você a amava, Harry?

Ele abriu um sorriso torto.

— Todos os garotos amam suas mães, milady.

Georgina fechou os olhos. Que tipo de mulher abandonaria o filho para ser amante de um homem rico? Inúmeras coisas sobre Harry haviam sido explicadas, mas aquele conhecimento era doloroso demais para ser suportado. Ela baixou a cabeça no colo dele e deixou que ele afagasse seu cabelo. Que estranho. Ela é quem deveria confortá-lo após aquelas revelações. Mas, em vez disso, era Harry quem a consolava.

Ele respirou fundo.

— Agora você entende por que eu tenho que ir embora?

Capítulo Dezesseis

— Mas por que você tem que ir embora?

Ela andou de um lado para o outro no pequeno quarto. Queria bater na cama. Bater na cômoda. Bater em Harry. Fazia quase quinze dias que ele dissera aquilo pela primeira vez. Desde então, ele conseguiu voltar a ficar em pé, os hematomas clarearam do roxo para o amarelo-esverdeado e ele quase não mancava mais. Porém, nesses quinze dias, Harry permanecera inflexível. Assim que estivesse bem, ele a deixaria.

Todos os dias ela o visitava no quarto minúsculo, e todos os dias os dois tinham a mesma discussão. Georgina não suportava mais aquele cômodo apertado — sabe-se lá Deus o que Harry pensava do lugar — e queria gritar. Ele ia deixá-la em breve, simplesmente partiria, e ela ainda não conseguia entender o *porquê*.

Harry suspirava agora. Ele devia estar cansado dela aborrecendo-o o tempo todo.

— Nós dois não vamos dar certo, milady. Você precisa aceitar isso, e em breve concordará comigo. — A voz dele era baixa e calma. Sensata.

A dela, não.

— Não vou mesmo! — gritou Georgina como se fosse uma criança pequena que acabou de ser mandada para a cama. Ela só faltava bater o pé.

Meu Deus, ela sabia que estava sendo ridícula, mas não conseguia evitar. Não podia deixar de suplicar, reclamar e de atazanar o quanto pudesse. A ideia de nunca mais ver Harry fazia com que o pânico tomasse seu peito.

Ela respirou fundo e tentou falar com mais calma.

— Nós poderíamos nos casar. Eu amo...

— Não! — Ele bateu a mão na parede, e o som ressoou no cômodo como um tiro de canhão.

Georgina o encarou. Ela sabia muito bem que Harry a amava. Sabia disso pelo modo como ele dizia *minha dama* tão baixo que parecia um ronronado. O modo como seus olhos se fixavam nela quando a observava. Os dois haviam feito amor com tanta intensidade um pouco antes de ele ser capturado. Por que ele não podia...?

Harry balançou a cabeça.

— Não, eu sinto muito, milady.

Lágrimas surgiram nos olhos de Georgina. Ela as enxugou.

— Você poderia pelo menos me fazer o favor de explicar por que acha que nós não devemos nos casar? Porque eu simplesmente não consigo entender o motivo.

— Por quê? *Por quê?* — Harry deu uma risada amargurada. — Que tal esta explicação: se eu me casar com você, milady, a Inglaterra inteira pensará que foi pelo seu dinheiro. E como exatamente nós resolveríamos essa questão, hein? Você me daria uma mesada a cada três meses? — Ele a fitou com as mãos no quadril.

— Não precisa ser assim.

— Não? Talvez você queira me dar todo o seu dinheiro?

Ela hesitou por um segundo fatal.

— Não, claro que não. — Ele levantou os braços. — Então eu seria seu macaquinho de estimação. Seu macho. Você acha que algum dos seus amigos iria me convidar para jantar com eles? Que a sua família me aceitaria?

— *Sim.* Sim, eles aceitariam. — Ela levantou o queixo. — E você *não é*...

— Não sou? — Havia dor em seus olhos verdes.

— Não, nunca — murmurou ela. Georgina esticou as mãos em súplica. — Você sabe que não é isso para mim. Você é muito mais. Eu amo...

— *Não.*

Mas ela falou mais alto que ele desta vez.

— *Você*. Eu amo você, Harry. Eu amo você. Será que isso não importa para você?

— Claro que importa. — Ele fechou os olhos. — E é mais uma razão para não deixar que você se exponha ao ridículo perante a sociedade.

— Não será tão ruim assim. E, mesmo que seja, eu não me importo.

— Você iria se importar depois que as pessoas descobrissem por que se casou comigo. Aí você se importaria. — Harry caminhava em sua direção, e Georgina não gostou nada da expressão em seus olhos.

— Eu não...

Ele pegou os braços dela com excessiva gentileza, como se seu autocontrole estivesse por um fio.

— Ficaria óbvio logo — disse Harry. — Por que mais você se casaria comigo? Um plebeu sem dinheiro nem poder? Você, a filha de um conde? — Ele se aproximou dela e murmurou: — Não consegue adivinhar? — O calor do hálito de Harry em sua orelha lhe causou calafrios no pescoço. Fazia tanto tempo desde que ele a tocara pela última vez.

— Eu não me importo com o que as pessoas pensam de mim — repetiu ela, com teimosia.

— Não? — A palavra foi murmurada no cabelo dela. — Mas, veja bem, milady, ainda assim, não vai dar certo. Temos outro problema.

— Qual?

— *Eu* me importo com o que as pessoas pensam de você. — Os lábios de Harry tomaram os dela com um beijo que tinha gosto de raiva e desespero.

Georgina segurou a cabeça de Harry e puxou a fita de seu rabicho, passando os dedos pelo cabelo dele. Ela retribuiu o beijo, combatendo fúria com fúria. Se ele conseguisse parar de pensar. Ela mordiscou o lábio inferior de Harry, sentindo o gemido percorrê-lo, e abriu a boca em um convite sedutor. Ele aceitou, enfiando a língua em sua boca e inclinando o rosto por cima do dela. Harry segurou o rosto de Georgina com as duas mãos, acariciando e punindo sua boca com a dele. Harry a beijou como se aquela fosse a última intimidade que compartilhariam.

Como se ele fosse deixá-la no dia seguinte.

Georgina puxou o cabelo dele com mais força ao pensar nisso. Deve ter sido doloroso, mas ela não o soltou. E pressionou seu corpo no de Harry até sentir a ereção dele através de suas roupas. Ela se esfregou nele.

Harry interrompeu o beijo e tentou se afastar dela.

— Milady, nós não podemos...

— Shhh — murmurou Georgina. Ela beijou o queixo dele. — Não quero ouvir *não*. Eu quero você. Preciso de você.

Georgina lambeu o pescoço de Harry e sentiu o gosto salgado de sua masculinidade. Ele estremeceu. Ela mordiscou o pescoço dele e soltou completamente seu cabelo com uma das mãos. Depois puxou a camisa dele, abrindo-a e deixando à mostra seu ombro nu.

— Milady, eu, humm... — Ele se interrompeu, gemendo quando ela lambeu o mamilo exposto.

Pelo modo como Harry segurou as nádegas dela e a puxou com força em sua direção, ele não estava mais interessado em protestar. Melhor assim. Georgina nunca imaginou que os mamilos de um homem fossem tão sensíveis. Alguém deveria fazer com que essa informação fosse de conhecimento das mulheres. Ela pegou o mamilo entre os dentes e delicadamente o mordeu. Harry apertou as nádegas dela com suas mãos grandes. Ela levantou a cabeça e tirou a camisa dele. Sem dúvida, estava melhor assim. De todas as coisas que Deus fizera na Terra, certamente o peitoral de um homem era uma das mais belas. Ou talvez fosse só o peitoral de Harry. Georgina passou as mãos pelos ombros dele, roçando delicadamente as cicatrizes deixadas pelas surras.

Ela estivera tão perto de perdê-lo.

Seus dedos baixaram para contornar os mamilos, fazendo-o fechar os olhos, então seguiram mais para baixo, para a linha fina de pelos sob o umbigo. Suas unhas devem ter feito cócegas, pois Harry encolheu a barriga. Então ela alcançou a calça. Georgina explorou a braguilha e encontrou os botões escondidos. Abriu, o tempo todo consciente de que o pênis dele estava ali, rijo e forçando o tecido. Ela olhou para cima e viu que ele a observava com os olhos semicerrados. As chamas cor de esmeralda que a fitavam fizeram com que ela sorrisse. Uma lenta onda de umidade surgiu em seu centro.

Georgina abriu a calça de Harry e encontrou o seu prêmio, projetando-se acima da roupa íntima.

— Tire tudo. — Ela se forçou a encará-lo. — Por favor.

Harry arqueou uma sobrancelha, mas obedientemente tirou a calça, a roupa de baixo, as meias e os sapatos. Então ele esticou a mão para a parte da frente do vestido dela.

— Não. Não ainda. — Georgina se desvencilhou dele. — Não consigo pensar quando você me toca.

Harry foi atrás dela.

— Essa é a ideia, milady.

O traseiro de Georgina bateu na cama. Ela ergueu as mãos para afastá-lo.

— Mas não é a *minha* ideia.

Ele se inclinou para a frente, sem tocá-la, o calor de seu peito nu era quase ameaçador.

— Da última vez que você fez isso comigo, eu quase morri.

— Quase.

Harry a observava sem parecer convencido.

— Confie em mim.

Ele suspirou.

— Você sabe que não consigo lhe negar nada, milady.

— Ótimo. Agora deite-se na cama.

Harry olhou para ela com expressão séria, mas obedeceu à ordem, deitando-se de lado. Seu pênis arqueou, quase tocando-lhe o umbigo.

— Abra o meu vestido.

Ela deu-lhe as costas e sentiu os dedos dele enquanto o vestido era aberto. Quando Harry terminou, ela se afastou e se virou, deixando o corpete cair. Ela não usava espartilho, e os olhos dele imediatamente baixaram para os mamilos, duros sob o tecido da combinação. Ela colocou as mãos na cintura e puxou o restante da roupa para baixo, fazendo o vestido deslizar pelo seu corpo.

Harry estreitou os olhos.

Georgina se sentou na cadeira, tirou a cinta-liga e as meias. Agora, usando apenas a combinação, caminhou até ele. Quando engatinhou sobre a cama até chegar ao lado de Harry, ele esticou a mão para tocá-la.

— Não, isso não vai dar certo. — Georgina franziu a testa. — Você não pode me tocar. — Ela olhou para a fileira de ripas entalhadas na cabeceira da cama. — Segure ali.

Ele se virou para olhar, então se deitou novamente e segurou uma ripa com cada mão. Com os braços acima da cabeça, os bíceps e os músculos do peito ficaram ressaltados.

Georgina lambeu o lábio inferior.

— Você não pode soltar até que eu mande.

— Seu desejo é uma ordem — rosnou ele, sem soar, de forma alguma, submisso. Harry deveria parecer fraco numa posição tão comprometedora. Em vez disso, fazia com que ela se lembrasse de um leopardo selvagem capturado e amarrado. Ele ficou deitado ali, fitando-a com ar especulativo, um vestígio de sorriso nos lábios.

Era melhor não chegar muito perto.

Georgina passou uma unha pelo peito dele.

— Talvez eu devesse amarrar os seus pulsos à cama.

As sobrancelhas de Harry se ergueram.

— Só para garantir — assegurou ela com um tom suave.

— Milady.

— Ah, não tem problema então. Mas você tem que me prometer que não vai se mexer.

— Juro que não me levantarei da cama até que você permita.

— Não foi isso que eu disse.

Mas aquilo bastava. Ela se inclinou sobre ele e lambeu a cabeça de seu pênis.

— *Ahhh.*

Georgina levantou a cabeça e franziu a testa.

— Você não mencionou nada sobre não falar — arfou Harry. — Pelo amor de Deus, faça isso de novo.

— Quem sabe. Se me der vontade. — Ela se aproximou mais, ignorando o xingamento que ele murmurou.

Dessa vez, Georgina levantou o pênis dele e deu uma série de beijos molhados e rápidos em sua barriga. Ela parou ao se aproximar da área de pelos escuros acima da ereção. Abriu a boca e arranhou a pele dele com os dentes.

— Merda. — Harry arfou.

O cheiro dele ali era pungente. Georgina empurrou as pernas de Harry para os lados e alisou seu saco. Ela podia sentir aquilo que os homens chamavam de *bolas* rolando em seu interior. Com muito, muito cuidado, ela apertou.

— *Puta* merda.

Ela sorriu ao ouvir o palavrão. Georgina segurou o pênis com o indicador e o polegar e olhou para Harry.

Ele parecia preocupado.

Ótimo. E se ela...? Georgina baixou a cabeça e lambeu a parte de baixo de sua masculinidade. Ela sentiu um gosto salgado e inalou o aroma. Ela segurou o pênis dele, deslizando os dedos para cima e para baixo e passou a língua ao redor da glande, exatamente onde ele começava a crescer. Harry gemeu. Então ela repetiu o processo e pensou em beijar o topo da glande, onde gotas de sêmen se acumulavam.

— Ponha na boca. — A voz de Harry era rouca e grave, obscura e suplicante.

Isso a deixou incontrolavelmente excitada. Ela não queria seguir as ordens dele. Mas, por outro lado... Georgina abriu a boca. Ele era bem grande. Sem dúvida, ele não estava querendo que ela colocasse tudo na boca, não é? Ela tomou a glande em sua boca, como um pequeno pêssego. Só que pêssegos eram doces, e o gosto de Harry era almiscarado. Ele tinha gosto de homem.

— Chupe.

Ela se surpreendeu. Sério? Georgina apertou os lábios, e o quadril dele saiu da cama, surpreendendo-a novamente.

— Ahhh. Que delícia!

A reação dele e seu prazer óbvio pelo que ela estava fazendo a deixaram excitada. Georgina sentia suas partes latejando. Ela apertou as coxas uma contra a outra e chupou o pênis de Harry. Ela sentiu o gosto do sêmen e se perguntou se ele ejacularia em sua boca. Queria que ele estivesse dentro dela quando isso acontecesse. Georgina lambeu o pênis dele uma última vez e montou no quadril de Harry. Ela guiou sua ereção para o local certo, mas agora ele parecia bem maior. Ela foi descendo nele e sentiu que ele começava a abri-la. Georgina olhou para baixo. A pele macia e vermelha do pênis desapareceu nos pelos femininos ela. Ela gemeu e quase perdeu o controle no exato instante.

— Posso me mexer? — murmurou Harry.

Ela não conseguia falar, então apenas assentiu com a cabeça.

Ele firmou o pênis com uma das mãos e colocou a outra no traseiro dela.

— Incline-se na minha direção.

Georgina obedeceu ao comando, e ele a penetrou subitamente, quase por completo. Ela prendeu a respiração e sentiu lágrimas inesperadas. *Harry.* Ele estava fazendo amor com ela. Georgina fechou os olhos e rebolou em cima do quadril dele. Ao mesmo tempo, sentiu o polegar dele tocar aquele ponto. Ela gemeu e recuou o quadril até que apenas a glande ficasse dentro dela, concentrando-se apenas em dar e receber prazer. Em seguida, ela desceu, se esfregando nele. Despois subiu, mal conseguindo se equilibrar só na glande. Desceu mais uma vez, sentindo o dedo de Harry pressionar a parte mais sensível de seu corpo. Subiu...

De repente, Harry perdeu o controle. Agarrou as nádegas dela com força e girou-a para baixo dele. Então apoiou as mãos na cama e a penetrou, com rapidez e fúria. Georgina tentou se mover, reagir, mas ele a prendia à cama com seu peso, dominando-a e controlando-a com seu corpo. Ela arqueou a cabeça e abriu as pernas, impotente. Permitindo a Harry acesso total. Georgina se entregou a Harry e seu movimento incansável. Ele gemia a cada vez que a penetrava, e aquele som soava quase como um choro. Será que ele sentia o mesmo que ela?

Então Georgina estremeceu e viu estrelas, um delicioso fluxo de luz preenchendo seu ser. Ao longe, ela ouviu o grito de Harry e sentiu que eles se separavam; aquilo parecia uma pequena morte.

Então ele deitou a seu lado, arfando.

— Eu queria que você não fosse embora. — Georgina acariciou o pescoço dele. Sua língua parecia pesada pela saciedade. — Queria que você ficasse comigo até o último dos dias.

— Você sabe que não posso fazer isso, milady. — A voz dele não soava nada melhor.

Georgina se virou e se aninhou nele. Sua mão acariciou a barriga suada até que ela encontrasse seu pênis novamente. Então o segurou. Aquela conversa poderia esperar até o dia seguinte.

Mas, quando ela acordou no dia seguinte, Harry tinha ido embora.

BENNET ESTAVA DEITADO com um dos braços sobre a cabeça e um pé para o lado de fora da cama. Sob a luz do luar, algo metálico brilhava ao redor de seu pescoço. Ele roncava.

Harry se esgueirou pelo quarto escuro, andando com cuidado. Ele devia ter saído do povoado na noite em que deixara a cama de Lady Georgina, uma semana atrás. Era esse o plano. Tinha sido mais difícil do que ele imaginara observar sua dama enquanto ela dormia, ver seu corpo relaxado depois de lhe dar prazer, e saber que precisava deixá-la. Simplesmente não havia outra opção. Lorde Granville não sabia que ele tinha se recuperado, mas era apenas uma questão de tempo até que Silas descobrisse. E, quando isso acontecesse, a vida de Lady Georgina estaria em perigo. Granville era louco. Harry vira isso com os próprios olhos durante sua estada na masmorra do lorde. O que quer que fizesse Granville querer ver Harry morto agora estava fora de controle. Nada impediria o homem de garantir que Harry estaria morto — nem mesmo uma mulher inocente. Seria muita irresponsabilidade da parte de Harry pôr a vida de sua dama em perigo por um relacionamento que não tinha futuro.

Ele sabia muito bem disso, e, ainda assim, alguma coisa o mantinha em Yorkshire. Consequentemente, Harry se tornara um mestre na arte de se esconder. Ele fugia dos olhos atentos de Granville e dos homens que começaram a vagar pelas montanhas nos últimos dias à sua procura. Naquela noite, ele praticamente não fazia barulho, apenas um leve estalido das botas de couro. O homem na cama nem se mexia.

Ainda assim, o garoto no colchão de palha ao lado abriu os olhos.

Harry parou e observou Will. O menino assentiu levemente com a cabeça. Harry o cumprimentou e foi até a cama. Por um momento, ele ficou olhando para Bennet. Então, inclinou-se sobre o jovem e cobriu-lhe a boca com uma das mãos. Bennet se agitou. Ele jogou os braços para a frente e conseguiu afastar Harry.

— O que...?

Harry tampou sua boca de novo num gesto brusco, resmungando quando Bennet lhe deu uma cotovelada.

— Pare, seu idiota. Sou eu.

Bennet lutou por mais um segundo e só então pareceu entender as palavras de Harry. Ele parou.

Cautelosamente, Harry ergueu a mão.

— Harry?

— Sorte sua que sou eu. — O som de sua voz não passava de um murmúrio. — Se fossem saqueadores, você estaria perdido. Até o garoto acordou antes.

Bennet se inclinou na cama.

— Will? Você está aí?

— Sim, senhor. — Will havia se sentado em algum momento durante a luta.

— Jesus. — Bennet se jogou de volta na cama, cobrindo os olhos com um braço. — Quase tive um ataque.

— Você tem uma vida muito mansa em Londres. — O canto da boca de Harry esboçou um sorriso. — Não é, Will?

— Be-em. — Era evidente que o garoto não queria dizer nada que não fosse do agrado de seu novo mentor. — Ficar mais atento nunca é ruim.

— Obrigado, jovem Will. — Bennet tirou o braço do rosto para olhar Harry com a expressão severa. — O que você está fazendo aqui no meu quarto em plena madrugada?

Harry se sentou com as costas apoiadas em uma das ripas ao pé da cama. Ele cutucou as pernas de Bennet com uma bota. O outro homem fitou o calçado com ar irritado antes de se mover.

Harry esticou as pernas.

— Estou indo embora.

— Então você veio se despedir?

— Não exatamente. — Ele baixou o olhar para as unhas da mão direita. Para o local onde faltava uma delas. — Seu pai está decidido a me matar. Ele não ficou nada satisfeito por Lady Georgina ter me salvado.

Bennet fez que sim com a cabeça.

— Ele estava descontrolado na semana passada. Ficou andando pelo casarão berrando que iria prender você. Ficou maluco.

— Sim. Só que ele também é o magistrado.

— O que eu posso fazer? O que qualquer pessoa pode fazer?

— Eu posso descobrir quem está matando as ovelhas. — Harry olhou para Will. — E quem matou a Sra. Pollard também. Talvez isso possa acalmá-lo. — E iria afastá-lo de sua dama.

Bennet se sentou na cama.

— Muito bem. Mas como você vai descobrir quem é o assassino?

Harry o encarou. Um pingente pendia de uma fina corrente em volta do pescoço de Bennet. Era um pequeno falcão entalhado grosseiramente.

Harry piscou, tomado pela lembrança.

Há muito, muito tempo. Era uma manhã tão clara e ensolarada que abrir os olhos e olhar para o céu azul e limpo chegava a doer. Ele e Benny estavam deitados no topo da colina, mastigando capim.

— Olhe só isso. — Harry tirou o entalhe do bolso e o entregou ao outro garoto.

Benny a revirou nos dedos sujos.

— Uma ave.

— É um falcão. Não dá para ver?

— Claro que dá. — Benny olhou para ele. — Quem foi que fez?

— Eu.

— Sério? Você que fez? — Benny o encarou, espantado.

— Sim. — Harry deu de ombros. — Meu pai me ensinou. Foi o primeiro que fiz, então não ficou tão bom.

— Eu gostei.

Harry deu de ombros mais uma vez e apertou os olhos, encarando o céu azul ofuscante.

— Pode ficar com ele, se quiser.

— Obrigado.

Os dois ficaram deitados durante mais algum tempo e quase caíram no sono sob o sol quente.

Então Benny se sentou na grama.

— Eu tenho uma coisa para você.

Ele revirou os bolsos mas não achou nada, então tentou de novo e finalmente encontrou um pequeno canivete sujo. Benny o esfregou na calça e o entregou a Harry.

Harry estudou o cabo de pérola e testou a lâmina com o polegar.

— Agradecido, Benny. Vai ser bom para entalhar.

Harry não conseguia se lembrar do que mais ele e Bennet fizeram no resto do dia. Provavelmente andaram de pônei, ou foram pescar no rio e voltaram para casa famintos. Eram essas coisas que os dois faziam quase todos os dias naquela época. Mas não tinha importância, na verdade. Na tarde seguinte, seu pai encontrou a esposa na cama com o velho Granville.

Harry ergueu a cabeça e viu olhos tão verdes quanto os seus.

— Eu sempre o usei. — Bennet tocou o pequeno falcão.

Harry assentiu com a cabeça e desviou o olhar por um momento.

— Eu andei investigando antes de ser preso e tentei conseguir alguma informação na semana passada, discretamente, para que seu pai não suspeitasse de nada. — Ele olhou para Bennet de novo, com o rosto sob controle agora. — Ninguém parece saber muita coisa, mas tem muita gente além de mim com motivos para odiar o seu pai.

— Provavelmente, a maior parte do condado.

Harry ignorou o sarcasmo.

— Eu pensei em desenterrar parte do passado para tentar descobrir alguma coisa.

Bennet ergueu as sobrancelhas.

— A sua babá ainda está viva, não está?

— A velha Alice Humboldt? — Bennet bocejou. — Sim, está. O chalé dela foi o primeiro lugar onde eu parei quando voltei para cá. E você tem razão, talvez ela saiba de alguma coisa. Ela era muito quieta, mas sempre prestou atenção em tudo.

— Ótimo. — Harry se levantou. — Então ela é a pessoa com quem devo conversar. Quer vir comigo?

— O que, agora?

A boca de Harry esboçou um sorriso. Ele tinha se esquecido de como era divertido provocar Bennet.

— Eu tinha pensado em esperar o nascer do sol — falou Harry, sério —, mas, se você está ansioso para ir...

— Não. Não. No nascer do sol está ótimo. — Bennet franziu o cenho.
— Suponho que você não possa esperar até as nove da manhã, não é?

Harry olhou para ele.

— Não, claro que não. — Bennet bocejou de novo, quase distendendo o pescoço. — Encontro você no chalé da velha Alice então?

— Eu também vou — declarou Will do colchão de palha.

Harry e Bennet fitaram o garoto. Ele quase se esquecera de Will. Bennet ergueu as sobrancelhas para Harry, indicando que era ele quem deveria tomar a decisão.

— Tudo bem, você também vai — concordou Harry.

— Agradecido — retrucou Will. — Tenho uma coisa para o senhor

O garoto remexeu debaixo do travesseiro e tirou de lá um objeto fino e comprido enrolado em um pedaço de pano surrado. Ele o estendeu para Harry, que pegou o embrulho e o desenrolou. Sua faca, limpa e lubrificada, estava na palma de sua mão.

— Eu encontrei a faca no riacho — explicou Will — depois que eles levaram o senhor. Fiquei tomando conta dela. Até o senhor estar bom de novo.

Harry nunca tinha ouvido tanto da boca do garoto.

O administrador de terras sorriu.

— Agradecido, Will.

GEORGINA TOCOU o pequeno cisne que nadava em seu travesseiro. Tinha sido o segundo entalhe que Harry lhe dera. O primeiro fora o cavalo empinado. Fazia sete dias que ele havia ido embora, mas ainda não deixara a vizinhança. Isso era óbvio pelos entalhes que, de alguma forma, iam parar na cama dela.

— Ele deixou outro entalhe, não foi, milady? — Tiggle se apressava pelo quarto, separando o vestido e juntando as peças sujas para lavar.

Georgina pegou o cisne.

— Sim.

Ela interrogara os criados assim que encontrara o primeiro entalhe. Ninguém tinha visto Harry entrar ou sair de Woldsly, nem mesmo Oscar, que tinha os horários irregulares de um homem solteiro. Tony partira para Londres, mas o irmão do meio havia ficado. Oscar dizia que queria fazer companhia para as irmãs, mas ela suspeitava de que o verdadeiro motivo tinha a ver com os credores dele em Londres.

— Romântico da parte do Sr. Pye, não é mesmo? — suspirou Tiggle.

— Ou irritante. — Georgina franziu o nariz para o cisne e colocou-o com cuidado na penteadeira, ao lado do cavalo.

— Ou irritante, acho, milady — concordou Tiggle.

A criada se aproximou e colocou uma das mãos no ombro de Georgina, conduzindo-a delicadamente à cadeira diante da penteadeira. Ela pegou a escova prateada e começou a escovar o cabelo da patroa. Tiggle começou pelas pontas e foi para a raiz, desembaraçando os nós. Georgina fechou os olhos.

— Os homens nem sempre veem as coisas como nós, se a senhora me permite dizer, milady.

— Não posso deixar de pensar que o Sr. Pye bateu a cabeça quando era bebê. — Georgina apertou os olhos com força. — Por que ele não volta para mim?

— Não sei dizer, milady. — Com os nós desfeitos, Tiggle começou a pentear do topo da cabeça até as pontas do cabelo.

Georgina suspirou, satisfeita.

— Mas ele não foi muito longe, não é? — observou a criada.

— Humm. — Georgina inclinou a cabeça para que Tiggle pudesse pentear aquele lado.

— Ele quer ir, a senhora mesma disse isso, milady, mas não foi. — Tiggle começou a pentear o outro lado, escovando delicadamente desde a têmpora. — Parece razoável dizer então que talvez ele não consiga.

— Você está sendo enigmática, e eu estou cansada demais para tentar interpretá-la.

— Só estou dizendo que talvez ele não consiga deixar a senhora, milady. — Tiggle pousou a escova na penteadeira com uma pancada e começou a fazer uma trança no cabelo de Georgina.

— Mas, se ele não fala comigo, de que adianta? — Georgina franziu a testa e olhou para o espelho.

— Acho que ele vai voltar. — A criada amarrou uma fita na trança de Georgina e se inclinou sobre o ombro dela para olhar em seus olhos pelo espelho. — E, quando ele voltar, a senhora precisa contar a ele, se não se importa que eu diga, milady.

Georgina corou. Ela tivera esperança de que Tiggle não notasse, mas sabia que a criada observava tudo.

— Não há como saber ainda.

— Há, sim. E a senhora sempre foi tão regular... — Tiggle lhe lançou um olhar antiquado. — Boa noite, milady.

Então a criada saiu do cômodo.

Georgina suspirou e deixou a cabeça cair nas mãos. Tomara que Tiggle esteja certa sobre Harry. Porque, se ele demorasse muito para voltar, não haveria necessidade de lhe contar que ela estava grávida.

Ele veria isso por conta própria.

Capítulo Dezessete

— Quem é? — O rosto envelhecido espiou pela fresta da porta.

Harry baixou o olhar. A cabeça da velha senhora não alcançava sequer o seu peito. A corcunda em suas costas a deixava tão inclinada que ela precisava olhar de lado e para cima para ver com quem conversava.

— Bom dia, Sra. Humboldt. Meu nome é Harry Pye. Eu gostaria de conversar com a senhora.

— Melhor entrar, então, não é, meu jovem? — A minúscula figura sorriu para a orelha esquerda de Harry e abriu mais a fresta. Somente então, sob a luz que entrou pela porta aberta, foi que ele viu as cataratas que enevoavam os olhos azuis dela.

— Obrigado, senhora.

Bennet e Will haviam chegado antes dele e estavam sentados perto das brasas ardentes da lareira, a única iluminação no cômodo obscuro. Will comia um bolinho e fitava outro em uma bandeja.

— Está atrasado, não? — Bennet estava mais alerta do que cinco horas atrás. Ele parecia bastante satisfeito por ter sido o primeiro a chegar.

— Alguns de nós precisam andar por caminhos mais discretos.

Harry ajudou a Sra. Humboldt a se sentar em uma cadeira com almofadas empilhadas. Um gato malhado se aproximou, miando. Ele pulou no colo da velha senhora e ronronou alto antes de ela começar a afagar suas costas.

— Coma um bolinho, Sr. Pye. E, se o senhor não se importar, pode servir o chá. — A voz da Sra. Humboldt era fina e sibilante. — Muito bem. O que os rapazes querem conversar comigo em segredo?

Harry esboçou um sorriso. Os olhos da mulher podiam estar se obscurecendo, mas sua mente certamente não.

— Lorde Granville e seus inimigos.

A Sra. Humboldt abriu um sorriso suave.

— O senhor tem o dia todo então, meu jovem? Porque, se eu for fazer uma lista de todos que já tiveram problemas com esse lorde, ficarei aqui até amanhã de manhã.

Bennet deu uma risada.

— A senhora tem toda razão — concordou Harry. — Mas o que quero descobrir é quem está por trás do envenenamento das ovelhas. Quem odeia tanto Granville a ponto de cometer esses crimes?

A velha senhora inclinou a cabeça e observou o fogo por um momento, os únicos sons no cômodo eram o ronronar do gato e Will mastigando o bolinho.

— Para falar a verdade — disse ela lentamente —, andei pensando no envenenamento dessas ovelhas também. — Ela deu um muxoxo. — É perverso e maldoso, pois isso prejudica muito o fazendeiro, mas é apenas um pequeno incômodo para Lorde Granville. Me parece que a pergunta que o senhor deveria estar fazendo, meu jovem, é quem teria coragem de fazer isso. — A Sra. Humboldt tomou um gole do chá.

Bennet começou a falar. Harry balançou a cabeça.

— Se você tem que prejudicar outras pessoas para atingir o lorde, é preciso ter um coração de pedra. — A Sra. Humboldt bateu no joelho com um dedo trêmulo a fim de enfatizar aquele ponto. — Um coração de pedra, mas corajoso também. Lorde Granville é a lei e o punho deste condado, e, seja lá quem for seu inimigo, está arriscando a própria vida.

— E quem se encaixaria nessa descrição? — Bennet se inclinou para a frente, impaciente.

— Só consigo pensar em dois homens que possam ter motivos para isso. — Ela franziu a testa. — Mas nenhum deles se encaixa completamente nessa descrição. — Ela levou a xícara de chá aos lábios com a mão vacilante.

Bennet se remexeu na cadeira, balançou uma das pernas para cima e para baixo e suspirou.

Harry se inclinou para a frente na própria cadeira e pegou um bolinho.

Bennet olhava para ele sem acreditar no que estava vendo.

O outro homem ergueu as sobrancelhas enquanto mordia o bolinho.

— Dick Crumb — disse a velha senhora, fazendo Harry abaixar o bolinho. — Há alguns anos, a irmã dele, Janie, que é fraca da cabeça, foi seduzida por Lorde Granville. Uma coisa terrível, ir atrás daquela menina-mulher. — Os cantos da boca da Sra. Humboldt se franziram. — E Dick, quando descobriu... ora, ele quase perdeu a cabeça. Falou que, se o homem que fez aquilo não fosse Lorde Granville, já estaria morto. E ele mesmo o teria matado.

Harry franziu o cenho. Dick não mencionara que havia ameaçado a vida de Granville. Mas, afinal de contas, quem admitira uma coisa dessas? Sem dúvida, isso por si só...

A Sra. Humboldt levantou a xícara, e Bennet serviu chá para ela em silêncio. Depois colocou a xícara na mão dela.

— Mas — emendou a senhora — Dick não é um homem mau. Duro, sim, mas não chega a ter um coração de pedra. Quanto ao outro homem — a Sra. Humboldt olhou na direção de Bennet —, talvez seja melhor deixar para lá.

Bennet pareceu atônito.

— Deixar o que para lá?

Will parou de comer. Ele olhava de Bennet para a Sra. Humboldt. *Droga*. Harry tinha a sensação de que sabia a quem a velha babá estava se referindo. Talvez fosse melhor mesmo esquecer o assunto.

Bennet percebeu que Harry havia ficado inquieto. Ele se inclinou para a frente, tenso, com os cotovelos apoiados nos joelhos e os calcanhares batendo no chão.

— Conte-nos.

— Thomas.

Merda. Harry desviou o olhar.

— Que Thomas? — Bennet demorou, mas entendeu o que sua velha babá queria dizer. Ele parou de se mexer por um segundo, então pulou da cadeira e começou a andar de um lado para o outro no minúsculo espaço diante do fogo. — Thomas, o meu *irmão*? — Ele deu uma gargalhada. — A senhora não está falando sério. Thomas é um... um *covarde*. Ele não questionaria o meu pai nem se ele dissesse que o sol nasce a oeste e que ele caga pérolas.

A velha senhora apertou os lábios ao ouvir o palavrão.

— Desculpe — falou Bennet à Sra. Humboldt. — Mas Thomas... Ele sempre foi manipulado pelo meu pai, desde que saiu das fraldas.

— Eu sei. — Ao contrário do jovem, a Sra. Humboldt estava calma. Ela provavelmente já esperava essa reação. Ou talvez simplesmente estivesse acostumada ao seu jeito inquieto. — Foi exatamente por essa razão que mencionei o nome dele.

Bennet a encarou.

— Não é normal que um homem da idade dele ainda seja manipulado pelo próprio pai. Seu pai implicava com Thomas desde que ele era bem pequeno. Eu nunca entendi isso. — Ela balançou a cabeça. — Lorde Granville odeia o próprio filho.

— Mas, mesmo assim, ele nunca... — As palavras de Bennet congelaram no ar, e ele abruptamente virou-se de costas.

A Sra. Humboldt pareceu triste.

— Ele seria capaz. Você sabe disso, Sr. Bennet. O modo como o seu pai o trata tem consequências. Ele é como uma árvore tentando crescer através de uma rachadura na pedra. Deformada. Um pouco anormal.

— Mas...

— Você se lembra dos camundongos que ele às vezes pegava quando era garoto? Uma vez eu o flagrei com um. Ele tinha cortado as patinhas do bicho e ficou observando-o tentar rastejar.

— Ah, Jesus — resmungou Bennet.

— Eu tive que matar o bichinho. Mas não consegui castigá-lo, pobrezinho. Seu pai bateu muito nele. E eu nunca o vi novamente com um rato, mas, mesmo assim, não acho que Thomas tenha parado. Ele só passou a esconder melhor isso de mim.

— Nós não precisamos investigá-lo — declarou Harry.

Bennet virou-se, os olhos desesperados.

— E se for ele que estiver envenenando as ovelhas? E se ele matar outra pessoa?

A pergunta pairou no ar. Ninguém poderia respondê-la a não ser Bennet.

E ele parecia se dar conta de que a decisão estava em suas mãos.

— Se for Thomas, ele é o responsável pelo assassinato de uma mulher. Eu preciso fazê-lo parar.

Harry fez que sim com a cabeça.

— Vou falar com Dick Crumb.

— Muito bem — retrucou Bennet. — Obrigado pela ajuda, babá. A senhora vê coisas que mais ninguém vê.

— Talvez não mais com meus olhos, mas sempre soube interpretar uma pessoa. — A Sra. Humboldt ergueu a mão trêmula para seu velho pupilo.

Bennet a segurou.

— Deus salve e proteja você, Sr. Bennet — falou ela. — Sua tarefa não é fácil.

Bennet se inclinou para beijar sua bochecha murcha.

— Obrigado, babá.

Ele se endireitou e deu um tapinha no ombro de Will.

— Melhor irmos andando, Will, antes que você coma os dois últimos bolinhos.

A velha senhora sorriu.

— Deixe o garoto levar o que sobrou. Faz muito tempo que eu não tenho alguém para alimentar.

— Obrigado, senhora. — Will enfiou os bolinhos nos bolsos.

Ela os acompanhou até a porta e ficou parada ali, acenando enquanto eles iam embora.

— Eu tinha me esquecido de como nossa antiga babá é esperta. Thomas e eu nunca conseguíamos esconder nada dela. — Bennet ficou sério quando falou o nome do irmão.

Harry o encarou.

— Se você quiser, pode adiar a conversa com Thomas até amanhã, depois que eu já tiver sondado Dick Crumb. Eu vou ter que esperar até o cair da noite para procurá-lo, de qualquer forma. A melhor hora para encontrar Dick é depois das dez da noite, na taberna Cock and Worm.

— Não, não quero esperar nem mais um dia para conversar com Thomas. Melhor fazer isso logo.

Eles cavalgaram por quase um quilômetro em silêncio, com Will agarrado atrás de Bennet.

— Então, assim que nós descobrirmos quem é o culpado — falou Bennet —, você vai embora?

— Isso. — Harry encarava a estrada à frente, mas podia sentir o olhar do outro homem nele.

— Eu tinha a impressão de que você e Lady Georgina tinham um... certo... envolvimento.

Harry lançou a Bennet um olhar que normalmente faria um homem se calar.

Mas não ele.

— Porque, quero dizer, é um tanto grosseiro, não? Um sujeito abandonar uma dama sem mais nem menos.

— Eu não sou da classe dela.

— Eu sei, mas isso obviamente não tem importância para Lady Georgina, tem? Se tivesse, ela nunca teria se envolvido com você, para começo de conversa.

— Eu...

— E, sendo bem direto, ela deve gostar muito de você. — Bennet olhou o outro homem de cima a baixo, como se examinasse um pedaço de carne estragada. — Quero dizer, você não tem exatamente o tipo de rosto pelo qual as mulheres se apaixonam. Eu tenho mais sorte.

— Bennet...

— Não quero me gabar, mas eu poderia lhe contar uma bela história de uma moça maravilhosa em Londres...

— *Bennet*.

— O que foi?

Harry fez um sinal indicando Will, que estava com os olhos arregalados e ouvia tudo.

— Ah. — Bennet tossiu. — Muito bem. Então nos vemos amanhã? Vamos nos encontrar e trocar informações.

Eles tinham chegado a um bosque que marcava o local onde a estrada principal cruzava a trilha que eles haviam percorrido.

— Certo. — Harry fez sua égua parar. — De qualquer forma, é aqui que devemos nos separar. E, Bennet?

— Sim? — Ele virou o rosto e o sol o iluminou completamente, contornando as pequenas rugas ao redor dos olhos.

— Tome cuidado — disse Harry. — Se Thomas for o responsável, ele poderá ser perigoso.

— Tome cuidado você também, Harry.

O administrador de terras fez que sim com a cabeça.

— Boa sorte.

Bennet acenou e seguiu seu caminho.

Harry passou o restante do dia escondido. Quando a noite caiu, ele foi até a Cock and Worm, em West Dikey. Quando entrou na taberna, estava de cabeça baixa, então examinou a multidão por baixo da aba do chapéu. Uma mesa de fazendeiros, que fumavam cachimbos de barro no canto, explodiu em gargalhadas. Uma garçonete com ar cansado se desviou habilidosamente de uma mão boba que seguia para suas nádegas e abriu caminho até o balcão.

— Dick está? — berrou Harry em seu ouvido.

— Desculpe, docinho. — Ela girou e apoiou uma bandeja de bebidas no ombro. — Talvez mais tarde.

Harry franziu a testa e pediu uma caneca de cerveja para o atendente no balcão, um rapaz que ele se lembrava de ter visto uma ou duas vezes antes. Estaria Dick escondido nos fundos ou será que realmente não estava na taberna? Ele se recostou no balcão de madeira enquanto pensava e ficou observando um cavalheiro, obviamente um viajante, a julgar pelas botas enlameadas, entrar e observar, confuso, o local. O homem tinha um rosto bonito, mas comprido e comum, parecido com o de um bode. Harry balançou a cabeça. O viajante deve ter passado direto pela placa que indicava White Mare. Ele não era o tipo de cliente habitual da Cock and Worm.

O rapaz entregou a caneca de cerveja a Harry, que jogou algumas moedas no balcão. Ele se virou e tomou um gole enquanto o sujeito se aproximava do balcão.

— Com licença, você sabe o caminho para a Mansão Woldsly?

Harry congelou por um segundo, com a caneca a caminho dos lábios. O estranho não tinha prestado atenção nele; estava debruçado sobre o balcão para falar com o atendente.

— Como é? — gritou o atendente.

— A Mansão Woldsly — repetiu o estranho, mais alto dessa vez. — A propriedade de Georgina Maitland. Sou amigo íntimo de sua irmã caçula, Lady Violet. Não estou conseguindo encontrar a estrada...

O rapaz olhou na direção de Harry.

Harry botou a mão no ombro do outro homem, assustando-o.

— Eu posso lhe mostrar o caminho, amigo, assim que terminar minha cerveja.

O homem se virou, e seu rosto se iluminou.

— O senhor faria isso?

— Sem problemas. — Harry acenou para o jovem. — Outra caneca para o meu amigo aqui. Desculpe, acho que não ouvi seu nome?

— Wentworth. Leonard Wentworth.

— Ah! — Harry disfarçou um sorriso feroz. — Vamos pegar uma mesa, não é melhor? — Quando o outro homem se virou, Harry se debruçou sobre o balcão e murmurou instruções para o atendente, entregando-lhe uma moeda.

Uma hora depois, quando o irmão do meio de Lady Georgina entrou na Cock and Worm, Wentworth estava na quarta caneca. Harry ainda estava na segunda havia algum tempo e sentia que precisava de um banho. Wentworth tinha falado abertamente sobre ter levado para a cama uma garota de 15 anos, suas esperanças de se casar com ela e o que faria com o dinheiro de Lady Violet assim que botasse as mãos nele.

Então, foi com certo alívio que Harry avistou o cabelo vermelho de Maitland.

— Aqui — gritou ele para o recém-chegado.

Ele havia falado com o irmão do meio de Lady Georgina uma ou duas vezes, e o homem nunca se mostrara amigável. Porém, naquele momento, toda a animosidade de Maitland estava reservada ao acompanhante de Harry. Ele abriu caminho até os dois com uma expressão que teria feito Wentworth correr, se estivesse sóbrio.

— Harry. — O ruivo acenou para ele com a cabeça; somente então Harry se lembrou de seu nome: Oscar.

— Maitland. — Harry o cumprimentou. — Gostaria de lhe apresentar um amigo meu, Leonard Wentworth. Ele diz que seduziu sua irmã caçula no verão passado.

Wentworth empalideceu.

— Ora, e-e-espere um...

— É mesmo? — perguntou Oscar lentamente.

— Pois é — retrucou Harry. — Ele me contou sobre as dívidas que adquiriu e como o dote de Lady Violet vai ajudar a pagá-las. Ele está pensando em chantageá-la para que a jovem se case com ele.

— Que interessante. — Oscar sorriu. — Talvez nós devêssemos discutir isso lá fora. — E pegou um dos braços de Wentworth.

— Posso ajudar? — perguntou Harry.

— Por favor.

Harry segurou o outro braço.

— Uhh! — Foi tudo o que Wentworth conseguiu emitir antes que o arrastassem pelas portas.

— Tenho uma carruagem esperando. — Oscar já não sorria mais.

Wentworth estava choramingando.

Oscar deu uma pancada na cabeça de Wentworth de repente, e o homem desmaiou.

— Vou levá-lo para Londres e entregá-lo aos meus irmãos.

— Você precisa da minha ajuda na estrada? — perguntou Harry.

Oscar balançou a cabeça.

— Você o fez beber bastante. Ele vai dormir na maior parte do caminho.

Os dois ergueram o corpo agora inerte de Wentworth e o colocaram dentro da carruagem.

Oscar limpou as mãos.

— Obrigado, Harry. Nós lhe devemos uma.

— Não, não devem.

Oscar Maitland hesitou.

— Bem, obrigado de qualquer forma.

Harry ergueu a mão num cumprimento, e a carruagem partiu.

A cabeça de Oscar surgiu pela janela aberta da carruagem.

— Ei, Harry!

— O que foi?

— Você é um de nós. — Oscar acenou e voltou para dentro.

Harry ficou observando a carruagem sumir numa curva.

GEORGINA NÃO CONSEGUIA mais dormir bem. Talvez fosse a vida crescendo dentro de si, indicando sua presença ao perturbar-lhe o sono. Ou quem sabe era por causa da decisão que em breve teria de tomar. Ou talvez era porque ela se perguntava onde Harry passava as noites agora.

Será que ele dormia sob as estrelas, sentindo frio, protegido apenas por sua capa? Será que havia conseguido abrigo com amigos em algum lugar? Ou estava aquecendo outra mulher naquela noite?

Não. Era melhor não pensar nisso.

Ela se revirou na cama e fitou a janela escura do quarto. Talvez fosse a friagem do outono. O galho de uma árvore chacoalhava com o vento. Georgina puxou as cobertas até o queixo. Ela havia encontrado o último presente de Harry mais cedo, quando se preparava para dormir. Uma enguia pequena e muito engraçadinha. Inicialmente, pensou que fosse uma cobra, mas logo se lembrou do conto de fadas. Então viu a minúscula nadadeira no dorso da criatura. Será que era a última peça da coleção? Ele tinha feito todos os animais que o Príncipe Leopardo conquistara para a princesa. Talvez fosse a maneira dele de dizer adeus.

Uma sombra moveu-se do lado de fora da janela, e a moldura deslizou suavemente para cima. Harry Pye passou uma perna pelo peitoril e entrou no quarto.

Graças a Deus.

— É assim que você anda entrando e saindo daqui?

— Na maioria das vezes, consegui entrar pela porta da cozinha. — Harry fechou a janela delicadamente.

— Isso não é nem de longe tão romântico quanto a janela. — Georgina se sentou e abraçou os joelhos no peito.

— Não, mas é muito mais fácil.

— Eu percebi que é uma queda de três andares até o chão.

— Com roseiras cheias de espinhos lá embaixo, milady. Espero que tenha notado isso também. — Ele se aproximou da cama.

— Humm. Eu vi as roseiras. É claro que agora que sei que você simplesmente usava a porta da cozinha...

— Não hoje.

— Não, hoje não — concordou Georgina. Ah, como ela o amava. Aqueles olhos verdes, tão observadores. Suas palavras, escolhidas com tanto cuidado. — Mas, mesmo assim, temo que isso tenha acabado com alguns dos meus sonhos.

Os lábios de Harry esboçaram um sorriso. Às vezes, sua boca o traía.

— Encontrei a enguia hoje à noite. — Ela indicou a penteadeira com a cabeça.

Ele não acompanhou o olhar de Georgina. Em vez disso, continuou a observá-la.

— Eu tenho mais um. — Ele esticou o braço e abriu os dedos.

Havia um leopardo na palma de sua mão.

— Por que ele está em uma jaula?

Georgina pegou a estatueta da mão dele e a olhou com atenção. O trabalho dele era inacreditavelmente impecável. A jaula inteira era feita de apenas uma peça, mas separada do leopardo em seu interior. Ele deve ter entalhado o animal dentro da jaula. O leopardo, por sua vez, usava uma minúscula corrente ao redor do pescoço; cada elo havia sido cuidadosamente esboçado. Uma coroa minúscula pendia da corrente.

— É incrível — elogiou ela. — Mas por que você entalhou o leopardo em uma jaula?

Harry deu de ombros.

— Ele é encantado, não é?

— Sim, mas...

— Eu pensei que você ia me perguntar por que estou aqui. — Ele caminhou até a penteadeira.

Muito em breve, ela teria de lhe contar, mas não agora. Não quando ele parecia prestes a fugir. Georgina apoiou a jaula com o leopardo em seus joelhos.

— Não. Só estou feliz por você estar aqui comigo. — Ela enfiou um dedo entre as grades e delicadamente mexeu no cordão do leopardo.

— Ficarei sempre feliz quando você vier me procurar.

— Ficará mesmo? — Harry estava olhando para os animais entalhados.

— Sim.

— Humm — murmurou ele, evasivo. — Eu mesmo me pergunto isto às vezes. Por que fico voltando se já me despedi?

— E você tem uma resposta para essa pergunta? — Georgina esperou, prendendo a respiração, esperançosa.

— Não. Exceto que não consigo ficar longe.

— Então talvez essa seja a sua resposta.

— Não. É simples demais. — Ele se virou para encará-la. — Um homem deve ser capaz de conduzir sua vida, de tomar as próprias decisões da forma mais racional possível. Eu falei que a deixaria, e deveria ter feito isso.

— É mesmo? — Ela colocou o leopardo sobre a mesinha de cabeceira e apoiou o queixo nos joelhos. — Mas, então, para que servem as emoções? Elas foram dadas aos homens pelo bom Deus, assim como o pensamento. Certamente Ele queria que usássemos também nossos sentimentos, não?

Ele franziu a testa.

— Emoções não deveriam dominar o pensamento racional.

— Por que não? — perguntou Georgina, baixinho. — Se o Senhor nos deu ambos, então certamente sua emoção, seu amor por mim, é tão importante quanto o que você pensa sobre o nosso relacionamento. Talvez seja até mais importante.

— Para você é assim? — Harry estava se aproximando da cama novamente.

— Sim. — Georgina ergueu a cabeça. — Meu amor por você é mais importante do que o medo que eu tenho de casamento ou de deixar um homem ter controle sobre mim.

— Que medo é esse, milady? — Ele estava ao lado da cama, ao lado de Georgina. Harry passou um dedo na bochecha dela.

— Que você possa me trair com outra mulher. — Ela descansou a bochecha na mão dele. — Que um dia nós dois possamos nos distanciar e até nos odiar. — Georgina esperou, mas ele não tentou acalmar seus temores. Ela suspirou. — Meus pais não tiveram um casamento feliz.

— Nem os meus. — Harry se sentou na cama para tirar as botas.

— Minha mãe traiu meu pai durante anos; talvez durante todo o casamento. Mesmo assim, ele a perdoou vezes seguidas. Até que um dia não conseguiu mais. — Ele tirou o casaco.

— Ele a amava — disse Georgina, baixinho.

— Sim, e isso o tornou fraco e acabou levando-o à morte.

Ela também não era capaz de tranquilizá-lo. Georgina nunca o trairia com outro homem, tinha certeza disso. Mas quem sabe ela não o destruiria de outro modo? Será que amá-la tornava Harry fraco?

Georgina analisou o leopardo na jaula.

— Ele se liberta, você sabe.

Harry parou de desabotoar o colete e ergueu as sobrancelhas.

Georgina apontou para o entalhe.

— O Príncipe Leopardo. No fim, ele se liberta.

— Conte-me. — Ele girou os ombros para tirar o colete.

Ela respirou fundo e falou lentamente:

— O jovem rei levou a Enguia Dourada para o rei-pai, assim como fez com todos os outros presentes. Mas a Enguia Dourada era diferente.

— Era feia. — Harry começou a tirar a camisa.

— Bem, sim — admitiu Georgina. — Mas, além disso, ela falava e era sábia. Quando o rei-pai ficou sozinho com ela, a Enguia falou: "Ora! Seria mais fácil o vento ter me roubado do que aquele fracote. Ouça, diga ao jovem rei que a bela princesa só vai se casar com o homem que usar a corrente de ouro com a coroa de esmeralda. Então o senhor conhecerá quem fez todas essas coisas maravilhosas. Esse homem e nenhum outro se casará com a princesa."

— Estou começando a suspeitar de que você está inventando algumas partes dessa história, milady. — Harry jogou a camisa em uma cadeira.

Georgina ergueu uma das mãos.

— Juro pela honra de uma Maitland. Foi exatamente isso que a tia da cozinheira me contou, na cozinha da minha casa em Londres, enquanto tomávamos chá e beliscávamos um bolinho.

— Humm.

Ela se recostou na cabeceira da cama.

— Então o rei-pai procurou o jovem rei e lhe disse o que a Enguia Dourada mandou. O jovem rei sorriu e falou: "Ah, isso é muito fácil!" Ele nem precisou voltar para casa, pois havia trazido o Príncipe Leopardo consigo. O jovem rei foi até ele e disse: "Me dê essa corrente que está no seu pescoço." — Georgina parou por um momento para observar enquanto Harry começava a desabotoar a calça. — E o que você acha que o Príncipe Leopardo respondeu?

Ele bufou.

— Enfie a corrente no seu — Harry a encarou — nariz?

— Não, claro que não. — Ela franziu a testa com ar severo. — Ninguém fala assim em conto de fadas.

— Talvez devessem.

Ela ignorou o resmungo.

— O Príncipe Leopardo disse: "Impossível, meu senhor, pois, se eu retirar a corrente, em breve, adoecerei e morrerei." O jovem rei retrucou: "Bem, é uma pena, pois eu o considero muito útil, mas preciso da corrente agora, então você tem que entregá-la a mim imediatamente." E, assim, o Príncipe Leopardo fez o que havia lhe sido ordenado. — Georgina olhou para Harry, esperando um protesto, um comentário, alguma coisa.

Mas ele simplesmente olhou para ela e tirou a calça. Isso a fez esquecer em que parte da história estava. Georgina observou Harry se sentar ao seu lado, nu em pelo.

— E? — murmurou ele. — É só isso? O Príncipe Leopardo morre, e o jovem rei se casa com a bela princesa?

Georgina esticou a mão e desamarrou a fita preta que prendia o rabicho dele. Ela passou os dedos pelo cabelo castanho, espalhando-o pelos ombros de Harry.

— Não.

— Então?

— Vire-se.

Harry arqueou as sobrancelhas, mas se virou, dando-lhe as costas.

— O jovem rei se apresentou ao rei-pai — continuou Georgina, falando mais baixo agora, conforme passava as mãos pelas costas dele, sentindo os nós da coluna vertebral. — E o rei-pai teve que admitir que ele estava usando a corrente descrita pela Enguia Dourada. Relutante, ele mandou chamar a filha, a bela princesa. — Ela fez uma pausa para afundar os polegares nos músculos que ligavam os ombros ao pescoço.

Harry deixou a cabeça cair para a frente.

— Ahhh!

— Mas a bela princesa lançou um único olhar ao jovem rei e começou a rir. Naturalmente, todos os cortesãos, as damas, os lordes, e as pessoas que frequentavam a corte real fitaram a bela princesa sem acreditar. Eles não entendiam por que ela estava rindo. — Georgina passou os dedos na parte de trás da cabeça dele.

Harry gemeu.

Georgina se inclinou para a frente e murmurou em seu ouvido enquanto lhe pressionava os músculos dos ombros.

— Finalmente, seu pai, o rei, perguntou: "O que é tão engraçado, minha filha?" E a bela princesa retrucou: "Ora, a corrente está grande nele!"

— Como pode uma corrente não caber? — resmungou Harry, olhando para trás.

— Shhh. — Georgina empurrou a cabeça dele para baixo. — Eu não sei. Provavelmente pendia até os joelhos ou algo assim. — Ela pressionou os polegares nas elevações ao longo da coluna. — De qualquer forma, a bela princesa olhou para a corte e falou: "Ali. A corrente pertence àquele homem." E, claro, era o Príncipe Leopardo...

— Como assim, ela simplesmente o escolheu na multidão? — Harry afastou as mãos dela dessa vez.

— Sim! — Georgina pôs as mãos no quadril. — Sim, ela simplesmente o escolheu na multidão. Lembre-se de que ele era um Príncipe Leopardo encantado. Tenho certeza de que era fácil distingui-lo.

— Ele estava morrendo. — Harry soava quase mal-humorado agora. — Provavelmente devia estar desfigurado.

— Bem, não depois que a bela princesa lhe devolveu a corrente. — Georgina cruzou os braços. Realmente. Os homens eram bem insensíveis às vezes. — Ele melhorou no mesmo instante, e a bela princesa o beijou, e os dois se casaram.

— Provavelmente foi o beijo que o reviveu. — A boca de Harry esboçou um sorriso. Ele se inclinou na direção dela. — E o feitiço foi quebrado? Ele nunca mais voltou a se transformar em leopardo?

Ela piscou.

— A tia da cozinheira não falou nada sobre isso. Eu acho que sim, não é? Quero dizer, é isso o que acontece nos contos de fadas; o feitiço é quebrado, e eles se casam.

Ela franzia a testa pensativamente e, por isso, foi pega desprevenida quando Harry a atacou e segurou seus pulsos. Ele levantou as mãos dela acima da cabeça e se agigantou de forma ameaçadora sobre Georgina.

— Mas talvez a princesa tivesse preferido que ele permanecesse um Príncipe Leopardo.

— Como assim? — perguntou Georgina, piscando.

— Quero dizer — ele deu uma mordidinha no pescoço dela — que talvez fosse mais interessante na noite de núpcias.

Ela se contorceu com as sensações que Harry despertava e abafou um risinho.

— Isso não seria bestialidade?

— Não. — Harry segurou os pulsos dela com uma das mãos e, com a outra, afastou as cobertas. — Sinto dizer que você se enganou nesse ponto, milady. — Ele puxou a camisola dela e expôs suas pernas nuas. Georgina abriu as pernas de modo convidativo, e Harry encaixou seu quadril ali, fazendo-a arfar com o contato. — Bestialidade — murmurou ele em seu ouvido — é a relação entre um ser humano e um animal comum, tal como um cavalo, touro ou galo. Por outro lado, a atividade sexual com um leopardo é meramente exótica. — Ele esfregou o quadril no dela, aconchegando o pênis entre as dobras dela e pressionando-a *lá*.

Os olhos de Georgina se fecharam.

— Um galo?

— Teoricamente. — Ele lambeu o pescoço dela.

— Mas como um galo poderia...?

Ele usou a mão livre para beliscar o mamilo dela.

Georgina gemeu e se arqueou sob ele, abrindo ainda mais as pernas.

— Você parece muito interessada em galos — ronronou ele. Harry esfregou o mamilo dela com o polegar.

Ele havia parado de mexer o quadril quando se encaixou nela. Georgina tentou mexer-se para encorajá-lo, mas Harry a prendia com todo o seu peso, e ela percebeu que ele não ia se mover até ter a intenção de fazer isso.

— Na verdade, eu diria que estou mais interessada nos *ovos*.

— Milady. — Ele ergueu a cabeça, e Georgina pôde ver os lábios franzidos em censura. — Eu não aprovo o uso de tal linguagem.

Ela sentiu uma onda de desejo.

— Lamento. — E baixou os cílios como se estivesse se desculpando. — O que posso fazer para obter sua aprovação?

Fez-se silêncio.

Georgina começou a se perguntar se havia ultrapassado algum limite. Mas então ela ergueu o olhar e viu Harry tentando reprimir um sorriso.

Ele baixou a cabeça até os dois ficarem com o nariz colado.

— Não vai ser fácil voltar a cair nas minhas graças. — Ele deu um peteleco no mamilo de Georgina com uma unha.

— Não?

— Não. — Como quem não quer nada, Harry segurou a fita de sua camisola e a puxou. Ele agarrou os seios dela. A palma da mão dele estava incrivelmente quente. — Você terá que se esforçar muito. — E empurrou o quadril para a frente, deslizando entre suas dobras.

— Hummmm.

Harry parou de se mexer.

— Milady?

— O que foi? — resmungou Georgina, irritada. Ela tentou se levantar, mas ele não se moveu.

— Preste atenção. — Ele beliscou novamente o mamilo dela.

— *Estou* prestando. — Ela arregalou os olhos para provar que estava.

Harry se moveu novamente. Numa lerdeza agoniante. Ela podia sentir a glande deslizando, quase em sua entrada, e então novamente para cima, beijando seu clitóris.

— Você quer obter a minha aprovação — lembrou ele.

— Sim. — Ela teria concordado com praticamente qualquer coisa que ele dissesse.

— E como vai fazer isso?

Georgina teve uma inspiração.

— Satisfazendo o senhor?

Harry pareceu refletir seriamente sobre aquilo. Durante todo o tempo, seu pênis se esfregava nela, e sua mão acariciava seu seio.

— Bem, sim, essa poderia ser uma maneira. Você tem certeza de que é essa a sua escolha?

— Ah, sim. — Georgina assentiu com convicção.

— E como você vai me satisfazer? — A voz de Harry baixara para aquele tom grave que indicava que ele estava muito excitado.

— Fodendo com o senhor?

Harry ficou imóvel. Por um breve momento, ela temeu ter exagerado. Então ele empurrou o quadril.

— Ótimo. — E ele arremeteu para dentro dela, rijo e rápido.

Ela sentiu um grito crescendo em sua garganta enquanto Harry a penetrava com tanta força que a pressionava na cama, e todos os traços de jovialidade sumiram de seu rosto. Georgina prendeu o quadril dele com as pernas, pressionando os calcanhares em suas nádegas. Ele soltou os pulsos da amada, e ela puxou o cabelo dele para beijá-lo. De um jeito profundo. Faminto. Desesperado.

Por favor, por favor, meu Deus, não deixe que esta seja a última vez.

Ele estava implacável, e Georgina podia sentir a explosão crescendo dentro de si, mas a manteve sob controle, forçando-se a abrir os olhos. Era importante que ela o visse, que os dois chegassem juntos ao fim. O rosto de Harry brilhava com o suor, suas narinas se abriam. Enquanto ela o observava, ele desacelerou o ritmo. Georgina soltou o cabelo dele e segurou seus ombros, e todo o seu ser se concentrou em mantê-lo junto de si.

E, no fim, ela sentiu.

Ele recuou, o quadril ainda preso ao dela. Ela sentiu o pênis dele latejando dentro dela. Sentiu o jorro de sua semente preenchendo-a. Georgina arqueou a cabeça e se entregou às ondas do seu próprio gozo, transbordando com seus líquidos e com os dele. Era uma sensação maravilhosa, algo que ela nunca havia sentido antes, ter Harry dentro dela. Lágrimas escorreram por suas têmporas até seu cabelo emaranhado. Como ela poderia deixá-lo partir depois disso?

De repente, Harry se mexeu e tentou se desprender dela.

— Desculpe. Eu não queria...

— Shhh. — Georgina pôs os dedos nos lábios dele, silenciando seu pedido de desculpas. — Eu estou grávida.

Capítulo Dezoito

A palavra *grávida* pareceu ecoar no quarto de Lady Georgina, resvalando pelas paredes azul-porcelana e nos reposteiros de renda delicada. Por um momento, Harry pensou que ela estivesse querendo dizer que tinha engravidado naquele minuto, quando ele a encheu com sua semente. Quando foi seduzido pela força de seu orgasmo e pela explosão subsequente de tudo o que ele sentia por ela.

Do amor por sua Lady Georgina.

Mesmo sabendo que tinha de se afastar dela, Harry simplesmente foi incapaz de resistir. Incapaz de resistir àquela mulher.

Então seu raciocínio voltou. Ele rolou para o lado de Lady Georgina e a encarou. Ela estava grávida. Harry sentiu uma onda ridícula de raiva e de mágoa pelo fato de que todo seu autoquestionamento e sua preocupação, no fim das contas, foram inúteis.

Ela estava grávida.

Ele teria de se casar com ela. Quisesse ou não. Conseguisse ou não superar seus medos e confiar no amor que sentiam um pelo outro. Fosse ou não capaz de se adaptar à vida dela, tão diferente de tudo o que já vira. Nada disso fazia diferença agora. Em outras palavras, nada era importante. Ele fora aprisionado por sua própria semente e pelo corpo de uma mulher. Harry quase sentiu vontade de rir. A parte menos inteligente de seu corpo tinha tomado a decisão por ele.

Harry percebeu que estava encarando sua dama por tempo demais. A expressão esperançosa dela se fechara num ar mais cauteloso. Ele abriu a boca para tranquilizá-la e captou uma centelha pelo canto do olho. Ele levantou a cabeça. Luzes amarelas e cor de laranja dançavam na janela.

Ele se levantou da cama e foi até a janela.

— O que foi? — perguntou Lady Georgina.

Ao longe, uma pirâmide de luz iluminava a noite, brilhando como algo saído do inferno.

— Harry. — Ele sentiu os dedos de Lady Georgina em seu ombro nu. — O que...?

— O Casarão Granville está pegando fogo. — *Bennet*. Pânico, puro e instintivo, inundou as veias dele.

Lady Georgina arfou.

— Ah, meu Deus.

Harry girou nos calcanhares, pegou a camisa e a vestiu rapidamente.

— Eu tenho que ir. Ver se posso ajudar de alguma forma. — Será que Bennet estava dormindo na casa do pai?

— Claro. — Ela se abaixou para pegar a calça dele. — Eu vou com você.

— *Não*. — Ele pegou a calça da mão dela e tentou controlar a voz. — Não. Você deve ficar aqui.

Lady Georgina franziu a testa daquele jeito teimoso dela.

Mas Harry não tinha tempo para discussão. Bennet precisava dele agora.

— Mas eu... — começou ela.

— Ouça. — Harry colocou a camisa para dentro da calça e segurou os braços de sua dama. — Eu quero que me obedeça. Granville é perigoso e não gosta de você. Eu vi o olhar que ele lhe deu quando você me resgatou.

— Mas sem dúvida você vai precisar de mim.

Lady Georgina não ouvia o que ele dizia. Ela se considerava invencível, sua bela dama, e simplesmente faria o que bem entendesse. Não importava o que ele pensava. Ela não estava preocupada com Granville.

Nem levava em consideração o fato de se colocar em perigo, de colocar o bebê em perigo.

Harry sentiu o medo crescer até um nível insuportável dentro dele.

— Eu não preciso de você lá. — Ele a sacudiu. — Você só vai me atrapalhar se for comigo. Talvez até morra. Entendeu?

— Eu entendo sua preocupação, Harry, mas...

Será que ela nunca desistia?

— Maldição! — Ele procurava suas botas freneticamente. — Eu não consigo combater o fogo e proteger você ao mesmo tempo. Fique aqui!

E lá estavam elas, meio escondidas pelos lençóis. Harry pegou as botas, as calçou e bateu os pés. Depois, pegou o casaco e o colete e correu para a porta. Não adiantava sair novamente pela janela. Em breve, toda a Inglaterra saberia que ele estivera na cama de Lady Georgina.

Ao alcançar a porta, ele se virou e repetiu:

— Fique aqui!

Na última olhada que deu para ela, Lady Georgina parecia estar fazendo biquinho.

Ele desceu a escada feito um raio enquanto vestia o casaco. Teria de pedir muitas desculpas quando voltasse, mas não tinha tempo para pensar nisso agora. Seu irmão precisava dele. Harry correu até a porta principal, acordando um lacaio que tirava um cochilo ao passar, e então saiu para a noite. Suas botas esmagavam os seixos. Ele contornou a Mansão Woldsly. Havia amarrado sua égua não muito longe da janela de sua dama.

Rápido. *Rápido*.

A égua estava parada nas sombras, cochilando. Harry pulou na sela, assustando o animal. Galopava a toda a velocidade. A céu aberto, o fogo parecia estender-se ainda mais pelo céu. Mesmo de longe, ele podia ver as chamas lambendo o firmamento. E achou que sentia cheiro de fumaça. Parecia um desastre. Será que engolira todo o Casarão Granville? A égua alcançou a estrada principal, e Harry diminuiu a velocidade apenas o suficiente para ter certeza de que não havia obstáculos à frente. Se Bennet e Will estivessem dormindo lá dentro...

Harry tentou não pensar naquilo. Ele não iria se preocupar até alcançar o Casarão Granville e ver os estragos.

Depois do riacho, luzes brilhavam nos chalés que salpicavam as colinas. Os fazendeiros que moravam nas terras de Granville e trabalhavam para ele estavam acordados e deviam saber do incêndio. Mas, estranhamente, Harry não viu ninguém correndo para ajudar. Será que já tinham ido ou estavam escondidos em seus chalés, fingindo que não tinham visto nada? Ele chegou ao alto da colina e avistou os portões do casarão, mas o vento soprou fumaça e cinzas que dançavam diante de seu rosto. A égua espumava, mas ele a impeliu caminho abaixo.

E então ele viu. O fogo tinha engolido os estábulos, mas o Casarão Granville ainda estava intacto.

A égua empinou ao ver o incêndio. Harry lutou para acalmá-la e a obrigou a se aproximar. Quando chegou mais perto, ele pôde ouvir os gritos dos homens e o terrível rugido das chamas consumindo os estábulos. Granville se orgulhava de seus animais e provavelmente tinha mais de vinte cavalos ali.

Apenas dois estavam do lado de fora.

Harry entrou no pátio, fazendo barulho mas sem chamar a atenção do lorde ou de seus criados. Os homens corriam, seminus, aparentemente confusos. Os rostos negros pela fumaça eram estranhamente iluminados pelas chamas; o branco dos olhos e dos dentes refletia seu brilho. Alguns poucos criados tinham formado uma fila e jogavam pequenos baldes de água no fogo, o que apenas deixava o monstro com mais raiva. No meio de tudo aquilo, Silas Granville era uma figura saída do inferno. Em seu camisolão, com as pernas nuas saindo dos sapatos de fivela, o cabelo grisalho arrepiado, ele rugia pelo pátio, balançando os punhos.

— Peguem-no! Peguem-no! — Granville deu um tapa em um dos homens, fazendo com que ele caísse sobre os paralelepípedos. — Bando de malditos! Expulsarei vocês das minhas terras! Mandarei todos para a forca, seus vira-latas nojentos! *Alguém traga o meu filho de volta!*

Foi somente ao ouvir a última palavra que Harry se deu conta de que havia um homem preso naquele inferno. Ele olhou para os estábulos queimando. As chamas lambiam as paredes, famintas. *Seria Thomas ou Bennet?*

— Não!

De alguma maneira, acima do rugido e dos gritos, ele ouviu o gemido. Harry girou na direção do barulho e viu Will nas mãos de um lacaio grandalhão que o erguera do chão. O garoto lutava e fazia um grande esforço para se libertar, o olhar fixo nas chamas o tempo todo.

— Não!

Era Bennet que estava lá dentro.

Harry pulou do cavalo e correu até a fila de homens que carregavam a água. Ele pegou um balde cheio e o ergueu acima da própria cabeça, arfando quando a água fria o atingiu.

— Ei! — gritou alguém.

Harry ignorou o grito e correu para dentro do estábulo.

Era como mergulhar no sol. O calor o envolveu e o dominou, puxando-o avidamente. A umidade em seu cabelo e em suas roupas sibilava ao se transformar em vapor. Uma parede de fumaça negra bloqueava seu caminho. Ao redor, cavalos relinchavam com medo. Ele sentiu cheiro de cinzas e, para seu desespero, de carne queimada. E por toda parte, pelo restante do lugar, as terríveis chamas devoravam o estábulo com tudo o que havia pela frente.

— Bennet! — Ele tinha fôlego para um único grito.

A respiração seguinte levou cinzas e um calor ardente para seus pulmões. Harry engasgou, incapaz de falar. Ele puxou a camisa úmida e cobriu o nariz e a boca, mas isso fez pouca diferença. Cambaleou para a frente, como um bêbado, tateando o caminho, desesperado. Quanto tempo um homem poderia viver sem ar? Seu pé bateu em alguma coisa.

Incapaz de enxergar, ele tropeçou e caiu, batendo em um corpo. Ele o tateou e sentiu cabelos.

— Harry. — Ele ouviu uma voz rouca e fraca. *Bennet.*

Harry procurou rapidamente com as mãos. Ele tinha encontrado Bennet. E outro homem.

— Preciso tirá-lo daqui. — Bennet estava de joelhos, lutando para puxar o homem, arrastando o peso morto por um ou dois centímetros.

Perto do chão, o ar era um pouco melhor. Harry arfou, enchendo os pulmões, e segurou um dos braços do homem inconsciente. Ele o puxou. Seu peito ardia e suas costas doíam como se os músculos estivessem se rasgando. Bennet segurava o outro braço do homem, mas era óbvio que ele chegara ao fim da linha. Não tinha forças para puxar. Harry torceu, *rezou*, para que eles estivessem indo na direção da porta do estábulo, para que ele não tivesse se perdido na fumaça, seguindo para os gritos, as cinzas e a morte. Se eles fossem na direção errada, morreriam ali. Seus corpos ficariam tão queimados que ninguém saberia distinguir um do outro.

Minha dama precisa de mim. Ele cerrou os dentes e lutou contra a agonia em seus braços.

Em breve, serei pai. Seu pé prendeu em algo, e ele cambaleou, mas logo conseguiu recuperar o equilíbrio.

Meu filho vai precisar de mim. Harry podia ouvir Bennet chorando atrás de si; se era por causa da fumaça ou do medo, ele não sabia.

Por favor, meu Deus, os dois precisam de mim. Deixe-me viver.

Foi então que Harry a viu: a porta do estábulo. Ele deu um grito seco e tossiu muito. Com um último e terrível puxão, eles passaram pelas portas do estábulo. O ar frio da noite envolveu-os como o beijo de uma mãe. Harry cambaleou para a frente, ainda agarrado ao homem inconsciente. Outros homens vieram acudi-los, gritando e ajudando-os a saírem das chamas. Harry caiu nos paralelepípedos, com Bennet ao seu lado. E sentiu pequenos dedos em seu rosto.

Abriu os olhos e viu Will diante de si.

— Harry, você voltou.

— Voltei, sim. — Harry riu e então começou a tossir, abraçando o menino, que se agitava incontrolavelmente. Alguém entregou-lhe um copo d'água, e ele bebeu, agradecido. Virou-se para Bennet com um sorriso no rosto.

Bennet ainda estava chorando. Ele tossia muito e apertava o homem inconsciente nos braços.

Harry franziu a testa.

— Quem...?

— É o Sr. Thomas — disse Will em seu ouvido. — Ele entrou nos estábulos quando viu o fogo. Por causa dos cavalos. Mas não voltou, então Bennet foi atrás dele. — O garoto afagou o rosto de Harry mais uma vez. — Ele me obrigou a ficar com aquele homem. Eu pensei que ele nunca sairia de lá. E então você entrou também. — Will passou os braços finos em torno do pescoço de Harry, quase o estrangulando.

Harry gentilmente se desvencilhou dos braços do garoto e olhou para o homem que os dois haviam tirado do estábulo. Metade de seu rosto estava vermelho e com bolhas, e o cabelo, chamuscado e queimado do outro lado. Mas a outra metade poderia ser reconhecida como o irmão mais velho de Bennet. Harry colocou as costas da mão debaixo do nariz de Thomas. Então moveu os dedos para o pescoço do homem.

Nada.

Harry tocou o ombro de Bennet.

— Ele está morto.

— Não — falou Bennet com voz rouca e receosa. — Não. Lá dentro ele agarrou a minha mão. Ele estava vivo. — O rapaz ergueu os olhos vermelhos. — Nós o tiramos de lá, Harry. Nós o salvamos.

— Eu sinto muito. — Harry se sentia impotente.

— Você! — Ouviu-se o rugido de Granville atrás deles.

Harry ficou de pé com um pulo e cerrou os punhos.

— Harry Pye, seu maldito criminoso, você começou o incêndio! Prendam-no! Eu farei com que seja...

— Ele salvou a minha vida, pai — falou Bennet e engasgou. — Deixe o Harry em paz. O senhor sabe tão bem quanto eu que não foi ele quem começou o incêndio.

— Não sei de nada disso. — Granville avançou, de modo ameaçador. Harry pegou sua faca e se agachou em posição de luta.

— Ah, pelo amor de Deus. Thomas está morto — disse Bennet.

— O quê? — Granville olhou pela primeira vez para o primogênito deitado a seus pés. — Morto?

— Sim — falou Bennet, amargurado. — Ele foi atrás dos seus malditos cavalos e morreu.

Granville fechou a cara de repente.

— Eu nunca o mandei entrar lá. Que coisa estúpida de se fazer, assim como tudo o que ele sempre fez. Uma tolice inútil.

— Jesus Cristo — murmurou Bennet. — Ele ainda está quente. E respirou pela última vez há apenas alguns minutos, e o senhor já está fazendo pouco dele. — O rapaz encarou o pai. — Os cavalos eram seus. Ele provavelmente correu até lá porque queria ganhar a sua aprovação, e o senhor não pode lhe dar isso nem depois de morto. — Bennet deitou a cabeça de Thomas nos paralelepípedos duros e se levantou.

— Você é um tolo também por ter ido atrás dele — balbuciou Granville.

Por um momento, Harry pensou que Bennet ia dar um soco no pai.

— O senhor não é humano? — perguntou Bennet.

Granville franziu a testa como se não tivesse ouvido a pergunta. E talvez não tivesse mesmo, pois a voz do filho estava quase inaudível.

Bennet se virou para Harry.

— Você conversou com Dick Crumb? — perguntou ele numa voz tão baixa que ninguém mais conseguiu ouvir. — Não creio que Thomas tenha começado o incêndio e depois corrido para os estábulos.

— Não — retrucou Harry. — Fui à Cock and Worm mais cedo, mas ele não apareceu lá.

A expressão no rosto de Bennet era de determinação.

— Então vamos descobrir onde ele está agora.

Harry assentiu com a cabeça. Não havia mais como adiar aquilo. Se Dick Crumb tivesse começado o incêndio, ele seria enforcado.

GEORGINA OBSERVOU O nascer do dia com resignação. Harry havia dito que não precisava dela, e não tinha voltado na noite passada.

A mensagem era bastante clara.

Georgina sabia que, quando ele disse *Não preciso de você*, no calor do momento, temia que Lorde Granville pudesse fazer mal a ela. Mas não conseguia deixar de sentir que havia uma verdade oculta naquela fala apressada. Harry media tanto suas palavras, era sempre tão cuidadoso para não ofendê-la. Será que ele lhe diria que simplesmente não queria ficar com ela se não tivesse sido obrigado?

Ela virou o pequeno leopardo entalhado nas mãos. Ele a encarava com o olhar vazio de dentro da jaula. Será que Harry se via naquele animal? Ela não queria prendê-lo numa jaula; só queria amá-lo. Mas não importava o que ela queria, nada poderia mudar o fato de que era uma aristocrata, e Harry, um plebeu. Suas posições sociais tão diferentes pareciam ser a angústia dele. E isso nunca iria mudar.

Ela se levantou cuidadosamente da cama, hesitando quando seu estômago se revirou de forma desagradável.

— Milady! — Tiggle irrompeu no quarto.

Georgina olhou para ela, assustada.

— O que aconteceu?

— O Sr. Thomas Granville está morto.

— Meu Deus. — Georgina se sentou novamente na beirada da cama. Em sua tristeza, ela quase se esquecera do incêndio.

— Os estábulos dos Granvilles pegaram fogo na noite passada — continuou Tiggle, sem saber dos sentimentos que afligiam a patroa. — Disseram que foi proposital. E o Sr. Thomas Granville correu até os estábulos para salvar os cavalos, mas não conseguiu sair de lá. Então o Sr. Bennet Granville entrou para salvá-lo, apesar de o pai ter implorado para que não fizesse isso.

— Bennet morreu também?

— Não, milady. — Tiggle balançou a cabeça, fazendo um grampo sair do lugar. — Mas ele ficou tanto tempo lá dentro que todos pensaram que os dois estivessem mortos. E então o Sr. Pye apareceu. Ele entrou lá...

— Harry! — Georgina ficou de pé em um pulo, aterrorizada. O cômodo girou ao redor dela, fazendo-a ficar enjoada.

— Não. Não, milady. — Tiggle segurou-a antes que a patroa pudesse correr para a porta. Ou cair. — Ele está bem. O Sr. Pye está bem.

Georgina desabou na cama com uma das mãos sobre o peito. Seu estômago já estava na garganta.

— Tiggle, que susto!

— Sinto muito se assustei a senhora, milady. O Sr. Pye retirou os dois de lá, o Sr. Thomas e o Sr. Bennet.

— Então ele salvou Bennet? — Georgina fechou os olhos e engoliu em seco.

— Sim, milady. Depois do que Lorde Granville fez com o Sr. Pye, ninguém acreditou no que aconteceu. O Sr. Pye salvou os dois filhos dele, mas o Sr. Thomas já estava morto. Ficou bastante queimado, na verdade.

O estômago de Georgina se revirou com o pensamento.

— Pobre Bennet. Deve ser horrível perder um irmão dessa maneira.

— Sim, deve ter sido terrível para o Sr. Bennet. Dizem que ele abraçava o corpo do irmão como se nunca fosse soltá-lo. Mas parece que Lorde Granville não moveu um fio de cabelo. Mal olhou para o filho morto.

— Lorde Granville deve estar louco. — Georgina fechou os olhos e estremeceu.

— Na verdade, tem muita gente pensando isso. — Tiggle olhou para ela com a testa franzida. — Meu Deus, milady, a senhora está pálida. Vou preparar uma bela xícara de chá quente. — Ela se apressou para a porta.

Georgina se deitou e fechou os olhos. Talvez se ela ficasse quieta por algum tempo...

Tiggle voltou, os saltos batendo na madeira do assoalho.

— Eu pensei que o vestido verde-claro seria uma ótima opção para quando o Sr. Pye viesse...

— Vou usar o de estampa marrom.

— Mas, milady. — Tiggle parecia escandalizada. — Esse não é o tipo de vestido que se usa para encontrar um cavalheiro. Pelo menos, não um cavalheiro em especial. Ora, depois da noite passada...

Georgina engoliu em seco e tentou reunir suas forças para pronunciar aquelas palavras.

— Não vou mais ver o Sr. Pye novamente. Estamos partindo para Londres hoje.

Tiggle respirou fundo.

O estômago de Georgina se revirou. Ela se abraçou.

— Milady — falou Tiggle —, praticamente todos os criados nesta casa sabem que ele veio lhe ver na noite passada em seus aposentos. E que depois ele foi corajoso no Casarão Granville! As jovens criadas passaram a manhã inteira suspirando pelo Sr. Pye, e o único motivo pelo qual as mais velhas não fizeram o mesmo foi por causa do ar reprovador do Sr. Greaves. A senhora não pode abandonar o Sr. Pye.

O mundo inteiro estava contra ela. Georgina se sentiu invadida por uma onda de autopiedade e náusea.

— Eu não estou abandonando o Sr. Pye. Nós simplesmente chegamos a um consenso de que é melhor não ficarmos juntos.

— Que bobagem. Desculpe, milady. Não costumo falar o que penso — retrucou Tiggle com aparente sinceridade —, mas aquele homem ama a senhora. O Sr. Pye é um bom homem, vai ser um bom marido. E a senhora está carregando o bebê dele.

— Eu sei muito bem disso. — Georgina deu um guincho abominável.

— O Sr. Pye me ama, mas ele não quer me amar. Pelo amor de Deus, Tiggle. Não posso ficar aqui me enchendo de esperança e me agarrando a ele. — Ela arregalou os olhos em desespero. — Você não entende? Ele iria se casar comigo por uma questão de honra ou pena e iria passar o resto da vida me odiando. Eu tenho que ir embora.

— Ah, milady...

— *Por favor.*

— Muito bem — disse Tiggle. — Acho que a senhora está cometendo um erro, mas vou arrumar suas coisas para irmos, se é o que a senhora quer.

— Sim, é isso que eu quero — afirmou Georgina.

E no mesmo instante vomitou no urinol.

Havia mais de uma hora que o sol iluminava o céu quando Harry e Bennet chegaram de cavalo ao pequeno chalé em péssimo estado. Eles haviam passado a maior parte da noite esperando na Cock and Worm, embora, depois da primeira meia hora, Harry suspeitasse de que aquilo seria inútil.

Primeiro, eles se asseguraram de que Will ficaria bem, levando o sonolento garoto para o chalé da Sra. Humboldt. Apesar da hora imprópria, a velha senhora ficara feliz em receber o menino, e eles o deixaram devorando bolinhos, satisfeito. Em seguida, partiram para a Cock and Worm.

Dick Crumb e a irmã moravam no andar de cima da taverna, em cômodos de teto baixo que eram surpreendentemente arrumados. Revirando os aposentos, com a cabeça roçando as vergas, Harry imaginou que Dick deveria se abaixar o tempo todo na própria casa para ir de um lado ao outro. Claro, nem Dick nem Janie estavam ali; na verdade, a taverna nem sequer abriu naquela noite, para insatisfação dos muitos grosseirões parados na porta. Dick e Janie tinham tão poucos bens que era difícil dizer se alguma coisa havia sido retirada dos cômodos. Mas Harry não acreditava que eles tivessem levado nada dali. O que era estranho. Sem dúvida, se Dick tivesse decidido fugir com a irmã, ele teria ao menos levado as coisas de Janie, não é? Mas suas poucas peças de roupa — um vestido extra, algumas camisolas e um patético par de meias cheio de buracos — ainda pendiam dos pregadores sob as calhas do cômodo. Havia até uma pequena bolsa com algumas moedas de prata escondida debaixo do fino colchão de Dick.

Então, pensando que o dono da taverna voltaria ao menos para pegar o dinheiro, Harry e Bennet ficaram de tocaia naquele lugar escuro. Eles tossiram e cuspiram fleuma escura uma ou duas vezes, mas não conversaram. A morte de Thomas deixara Bennet em choque. Ele fitava o espaço, com o olhar distante. E Harry considerava seu futuro com uma esposa, um filho e uma vida totalmente nova.

Quando a aurora iluminou o cômodo escuro e ficou evidente que Dick não voltaria, Harry se lembrou do chalé. O chalé dos Crumbs, o casebre onde Dick e a irmã foram criados e que havia muito se transformara em ruínas. Mas talvez Dick pudesse usá-lo como abrigo temporário. Era muito mais provável que, a esta altura, o proprietário da Cock and Worm já tivesse saído do condado, mas não custava checar.

Agora que estavam se aproximando do chalé, ele parecia deserto. Grande parte do telhado de palha caíra, e uma das paredes havia desabado, deixando uma chaminé apontando, descoberta, para o céu. Eles desmontaram de seus cavalos, e as botas de Harry afundaram na lama, sem dúvida a razão pela qual o chalé fora abandonado. O rio atrás do minúsculo casebre se espalhava por toda a margem, transformando a área num pântano. Toda primavera, o chalé provavelmente inundava. Era um lugar insalubre para se viver. Harry não conseguia imaginar por que alguém construiria qualquer coisa naquele local.

— Nem sei se adianta tentar a porta — falou ele.

Os dois olharam para a porta, inclinada para dentro sob uma verga torta.

— Vamos dar uma olhada nos fundos — sugeriu Bennet.

Harry caminhou tão silenciosamente quanto conseguia na lama, mas suas botas faziam barulho conforme o lodo grudava nelas a cada passo. Se Dick estivesse ali, já havia sido alertado.

Ele seguia na frente quando contornou o chalé e parou abruptamente. Plantas tão altas quanto um homem cresciam no terreno pantanoso atrás do chalé. Elas tinham frondes delicadas, que cresciam em ramos, e de algumas ainda brotavam flores.

Cicuta.

— Jesus — murmurou Bennet. Ele andava em volta de Harry, mas não era para as plantas que estava olhando.

Harry acompanhou o olhar de Bennet e viu que toda a parede dos fundos do chalé ruíra. De um dos caibros restantes, pendia uma corda amarrada e um pacote patético, que balançava na extremidade.

Janie Crumb havia se enforcado.

Capítulo Dezenove

— Ela não sabia o que estava fazendo. — Dick Crumb estava sentado com as costas apoiadas na pedra deteriorada do chalé. Ele ainda usava o avental manchado da taverna, e uma das mãos apertava um lenço amassado.

Harry olhou para o corpo de Janie, balançando a apenas alguns passos de onde o irmão estava. O pescoço estava grotescamente esticado, e a língua preta se projetava dos lábios inchados.

Nada podia ser feito pela moça agora.

— Janie nunca foi muito certa da cabeça, pobrezinha, não depois do que ele fez com ela — emendou Dick.

Há quanto tempo ele estava sentado ali?

— Ela costumava sair às escondidas à noite. Perambulava pelos campos. Talvez fizesse coisas sobre as quais eu não teria gostado de saber. — Dick balançou a cabeça. — Eu levei um tempo para perceber que talvez Janie estivesse aprontando alguma coisa. E então a Sra. Pollard morreu. — Dick ergueu o olhar. Seus olhos e suas pálpebras estavam avermelhados. — Ela apareceu depois que levaram você, Harry. Estava nervosa, com o cabelo todo desgrenhado. Falou que não tinha feito aquilo. Que não tinha matado a Sra. Pollard como havia matado as ovelhas. Ficava chamando Lorde Granville de demônio e o xingava.

— As sobrancelhas do homem grandalhão se juntaram como as de um garotinho confuso. — Ela disse que Lorde Granville matou a velha Sra. Pollard. Janie estava louca. Completamente louca.

— Eu sei — disse Harry.

Dick Crumb acenou com a cabeça, como se estivesse aliviado pelo fato de o outro homem ter concordado com ele.

— Eu não sabia o que fazer. Louca ou não, ela era minha irmã caçula. — Ele passou uma mão trêmula pelo alto da cabeça. — A única família que me restava. Minha irmãzinha. Eu a amava, Harry!

O corpo pendurado pela corda pareceu se contorcer numa resposta horrível.

— Então eu não fiz nada. E, na noite passada, quando soube que ela ateara fogo nos estábulos de Granville, vim correndo para cá. Este velho lugar sempre foi o esconderijo dela. Não sei o que eu teria feito... Eu simplesmente a encontrei aqui, assim. — Ele esticou as mãos para o cadáver como se estivesse rezando. — Desse jeito. Eu sinto muito. — O homem grandalhão começou a chorar, dando soluços que sacudiam seus ombros.

Harry desviou o olhar. O que se podia fazer diante de uma tristeza tão avassaladora?

— Não há motivo para se desculpar, Sr. Crumb — falou Bennet, ao lado de Harry.

Dick levantou a cabeça. O catarro brilhava debaixo de seu nariz.

— A culpa é do meu pai, não sua. — Bennet fez um breve aceno com a cabeça e saiu do chalé.

Harry pegou sua faca. Ele arrastou uma cadeira e a posicionou debaixo do cadáver, subiu nela e cortou a corda. Janie caiu, subitamente liberada do castigo que impusera a si mesma. Harry segurou o cadáver e delicadamente baixou-o até o chão. Ao fazer isso, notou que uma coisa pequena e dura havia caído do bolso de Janie. Harry se abaixou para olhar e viu que era um de seus entalhes: um pato. Rapidamente pegou a pequena ave. Será que todo esse tempo era Janie quem andara colocando os entalhes junto dos animais envenenados? Por quê? Será que queria colocá-lo contra Granville? Talvez ela o considerasse seu instrumento de vingança. Harry arriscou um olhar a Dick, mas o homem não tirava os olhos do rosto da irmã morta. Dick só ficaria mais triste se soubesse que Janie queria que Harry levasse a culpa pelos seus crimes. Ele guardou o pato no bolso.

— Obrigado, Harry — falou Dick. Ele tirou o avental e cobriu o rosto contorcido da irmã.

— Eu sinto muito. — Harry pôs a mão no ombro do outro homem. Dick assentiu, e mais uma vez a tristeza tomou conta dele.

Harry se virou para ir atrás de Bennet. A última visão que teve de Dick Crumb foi do grandalhão curvado, uma montanha de tristeza, acima do vulto frágil do cadáver da irmã.

Atrás deles, a cicuta dançava graciosamente.

— Essa família anda viajando muito ultimamente — murmurou Euphie, abrindo um sorriso simpático para todos na carruagem. — Indo e voltando... de Yorkshire para Londres. De Londres para Yorkshire. Ora, parece que mal temos tempo de respirar antes de alguém ir embora correndo de novo. Não me lembro de tanta movimentação desde... bem, desde nunca.

Violet suspirou, balançou a cabeça suavemente, e olhou pela janela. Tiggle, ao lado da jovem, parecia confusa. E Georgina, espremida ao lado de Euphie no mesmo banco, fechou os olhos e apertou a bacia de estanho que levara para o caso de alguma emergência. *Eu não vou vomitar. Eu não vou vomitar. Eu não vou vomitar.*

A carruagem balançou ao virar a esquina, empurrando-a contra a janela marcada pela chuva. Georgina subitamente decidiu que seu estômago melhoraria se ela ficasse de olhos abertos.

— Isso é ridículo — bufou Violet, cruzando os braços. — Já que você vai se casar, qual é o problema em se casar com o Sr. Pye? Afinal, ele gosta de você. Tenho certeza de que nós podemos ajudá-lo se ele tiver problemas com o sotaque.

Com o sotaque?

— Era você quem achava que ele era o assassino das ovelhas.
— Georgina estava ficando cansada de fato de todos desaprovarem suas atitudes.

Pela reação de choque dos criados à sua fuga, era de se pensar que Harry era um verdadeiro santo. Até Greaves ficara parado nos degraus de Woldsly, com a chuva pingando de seu comprido nariz, fitando-a com tristeza enquanto ela entrava na carruagem.

— Isso foi antes — defendeu-se a irmã caçula, mostrando uma lógica inquestionável. — Há pelo menos três semanas que eu não acho mais que ele seja o envenenador.

— Ai, Deus.

— Milady — exclamou Euphie. — Como damas que somos, jamais devemos usar o nome do Bom Senhor em vão. Tenho certeza de que foi um erro da sua parte.

Violet olhou para Euphie com espanto exagerado. Ao seu lado, Tiggle revirou os olhos. Georgina suspirou e apoiou a cabeça nas almofadas.

— E, além disso, o Sr. Pye é muito bonito. — Violet não daria aquela discussão por encerrada. Nunca. — Para um administrador de terras. Dificilmente você vai arrumar um melhor.

— Administrador de terras ou marido? — perguntou Georgina de forma maliciosa.

— A senhora está pensando em se casar, milady? — quis saber Euphie. Seus olhos se arregalaram como os de um pombo curioso.

— Não! — retrucou Georgina.

Que quase foi abafado pelo "Sim!" de Violet.

Euphie piscou rapidamente.

— Casamento é um estado sagrado, apropriado até para a mais respeitável das damas. É claro que eu mesma nunca experimentei essa comunhão celestial com um cavalheiro, mas isso não quer dizer que eu não endosse totalmente seus ritos.

— Você vai ter que se casar com *alguém* — falou Violet, fazendo um gesto grosseiro para a barriga da irmã. — A menos que pretenda fazer uma longa viagem pelo continente.

— Ampliar a mente com viagens... — começou Euphie.

— Não tenho intenção de viajar pelo continente. — Georgina interrompeu Euphie antes que ela começasse a tagarelar sobre viagens e só parasse quando elas chegassem a Londres. — Talvez eu possa me casar com Cecil Barclay.

— Cecil! — Violet ficou boquiaberta, como se a irmã tivesse anunciado que tinha a intenção de se casar com um peixe. Era de se imaginar que Violet seria um pouco mais solidária com a irmã, considerando sua própria situação. — Você ficou louca? Você vai colocar Cecil no cabresto como se ele fosse um cavalo.

— O que você quer dizer com isso? — Georgina engoliu em seco e colocou a mão na barriga. — Você faz com que eu pareça uma megera.

— Bem, agora que você mencionou...

A irmã mais velha estreitou os olhos.

— O Sr. Pye é muito calado, mas, pelo menos, ele nunca se deixou intimidar por você. — Os olhos de Violet se arregalaram. — Já pensou no que ele vai fazer quando descobrir que você fugiu? Os homens quietos são os que têm o pior temperamento, sabia?

— Eu não sei de onde você tira essas ideias melodramáticas. E, além disso, eu não fugi. — Georgina ignorou a irmã, olhando criticamente ao redor da carruagem, que, no momento, sacolejava seguindo para bem longe de Yorkshire. — E eu não creio que ele vá fazer alguma coisa. — Seu estômago se revirou ao pensar em Harry descobrindo que ela havia ido embora.

Violet pareceu desconfiada.

— O Sr. Pye não me parece o tipo de homem que simplesmente deixa a mulher que ele ama se casar com outro homem sem fazer nada.

— Eu não sou mulher do Sr. Pye.

— Não sei de que outra forma você poderia se referir...

— Violet! — Georgina apertou a bacia de latão debaixo do queixo. *Eu não vou vomitar. Eu não vou vomitar. Eu não vou...*

— A senhora está se sentindo bem, milady? — perguntou Euphie, com voz aguda. — A senhora está meio verde. Sabe que a sua mãe ficava assim quando estava — a acompanhante se inclinou para a frente e falou baixinho, como se um cavalheiro pudesse, de alguma forma, ouvi-la no interior da carruagem em movimento — *grávida* de Lady Violet. — Euphie recostou-se no assento e corou. — Mas é claro que esse não é o seu problema.

Violet olhou para Euphie como se estivesse hipnotizada.

Tiggle escondeu o rosto nas mãos.

E Georgina gemeu. Ela ia morrer antes de chegar a Londres.

— Como assim ela foi embora? — Harry tentou manter o tom de voz neutro. Ele estava parado no vestíbulo da Mansão Woldsly. Tinha ido ver sua dama, apenas para ouvir do mordomo que ela partira uma hora atrás.

Greaves recuou um passo.

— É exatamente isso, Sr. Pye. — O mordomo pigarreou. — Lady Georgina saiu bem cedo para Londres, acompanhada de Lady Violet e da Srta. Hope.

— O senhor não pode estar falando sério. — Será que ela havia recebido notícias urgentes de um parente, talvez de um de seus irmãos?

— Sr. Pye. — O mordomo se empertigou, ofendido.

— Eu tive uma noite muito difícil, Sr. Greaves. — E uma manhã pior ainda. Harry passou a mão por sua testa dolorida. — Será que milady recebeu uma carta? Ou um portador veio até aqui? Um portador trouxe alguma notícia?

— Não. Não que isso seja da sua conta, Sr. Pye. — Greaves olhou para Harry por cima do nariz fino. — Agora, se eu puder acompanhar o senhor até a porta.

Harry deu dois passos rápidos para a frente e agarrou o mordomo pelo colarinho. Mais um passo e ele fez o homem bater as costas na parede, rachando o gesso.

— Por acaso, o que milady faz *é* da minha conta, sim. — Harry se inclinou para cima dele, até ficar perto o suficiente para sentir o cheiro do pó da peruca de Greaves. — Ela está carregando o meu filho e em breve será minha esposa. Ficou entendido?

O mordomo fez que sim com a cabeça, jogando uma fina camada de pó nos ombros dele.

— Ótimo. — Harry soltou o homem.

O que a teria feito ir embora tão repentinamente? Franzindo a testa, Harry subiu a escada em curva de dois em dois degraus e cruzou o corredor comprido até o quarto de sua dama. Será que ele havia ignorado algum detalhe? Será que dissera alguma coisa errada? O problema com as mulheres é que poderia ser qualquer coisa.

Harry abriu a porta do quarto com força, assustando a criada que limpava a lareira. Ele foi até a penteadeira de Lady Georgina. O tampo fora esvaziado. Ele abriu as gavetas e as fechou tão rápido quanto. Estavam vazias, a não ser por alguns grampos e um lenço esquecido. A criada saiu correndo do quarto. Harry se empertigou, depois de mexer na penteadeira, e examinou o quarto. As portas do guarda-roupa estavam abertas e, o seu interior, vazio. Havia uma vela solitária em cima da mesa perto da cama de Georgina. A própria cama já estava sem lençóis. Não havia nada que indicasse aonde ela fora.

Ele saiu do quarto e desceu correndo a escada, ciente de que os criados estavam prestando atenção em seus movimentos. Sabia que devia parecer um louco, correndo pela mansão e dizendo que a filha de um conde era sua noiva. Bem, que fossem todos para o inferno. Ele não ia desistir. Fora Lady Georgina quem levara as coisas até aquele ponto. Ela que o desafiara e então fugira. Dessa vez, Harry não iria esperar que ela mudasse de ideia. Quem sabe quanto tempo levaria até que ela se acalmasse? Ele podia ser um plebeu, podia ser pobre, mas, por Deus, ele seria o marido de Lady Georgina, e sua esposa precisava aprender que não podia sair correndo cada vez que tivesse um problema.

Harry montou na pobre égua, quase adormecida, e a conduziu na direção de seu chalé. Ele levaria apenas itens essenciais. Se fosse rápido, talvez a alcançasse antes de Lincoln.

Cinco minutos depois, ele abriu a porta do chalé, pensando no que ia levar, mas todos os seus pensamentos congelaram quando olhou para a mesa. O leopardo estava ali. Harry pegou o animal entalhado. Estava exatamente igual à última vez que o vira na palma da mão de Lady Georgina. Exceto que agora ele não estava na jaula.

Ela o libertara.

Harry fitou a criatura de madeira mas mãos por um minuto, esfregando o polegar no dorso macio que talhara com tanto cuidado. Então olhou para a mesa mais uma vez. Havia um bilhete. Ele o pegou com a mão trêmula.

Meu querido Harry,

Sinto muito. Eu nunca pretendi aprisioná-lo. Vejo agora que não seria correto da minha parte forçá-lo a me aceitar. Vou cuidar das coisas sozinha. Deixo para você algo que eu solicitei da última vez que estive em Londres.
Georgina

O segundo papel era um documento. Lady Georgina havia doado a propriedade de Woldsly para ele.

Não.

Harry releu as letras delicadas. O documento ainda era o mesmo.

Não. Não. *Não*. Ele amassou o papel. Será que ela o odiava tanto assim? Seria possível que ela o odiasse o suficiente para abrir mão de parte de sua herança a fim de tirá-lo de sua vida? Ele afundou em uma cadeira e fitou a bola de papel em sua mão. Talvez Lady Georgina finalmente tivesse criado juízo. Talvez finalmente tivesse percebido o quanto ele era inferior a ela. Se fosse esse o caso, não haveria redenção para ele. Harry riu, mas a risada saiu como um soluço, mesmo para seus ouvidos. Ele passara as últimas semanas correndo de Lady Georgina, mas, mesmo quando fazia isso, ele sabia.

Ela era a mulher certa para ele.

A única dama para ele nessa vida. Se ela o deixasse, não haveria outra. E, para ele, estaria tudo bem. Sua vida fora boa até agora, não é? Ele poderia continuar vivendo sem ela. Mas, por alguma razão, nas últimas semanas, Lady Georgina havia se entranhado em sua vida. Nele. E as coisas que ela havia lhe oferecido tão casualmente — uma esposa e uma família, um lar — eram como carne e vinho servidos a um homem que passara a vida toda apenas a pão e água.

Harry olhou para o pedaço de papel amassado e percebeu que sentia medo. Medo de não poder consertar a situação. Medo de nunca mais se sentir inteiro novamente.

Medo de ter perdido sua dama e o filho deles.

Dois cavalos.

Silas bufou e chutou uma viga ainda quente. Dois cavalos de um estábulo com vinte e nove. Até mesmo o último ato de Thomas fora inútil; ele havia salvado apenas uma dupla de cavalos velhos antes de sucumbir às chamas. O ar estava denso por causa do cheiro de carne queimada. Alguns dos homens que retiravam as carcaças faziam ânsia de vômito, apesar dos lenços que usavam sobre a boca. Pareciam garotinhas, choramingando por causa do fedor e da sujeira.

Silas olhou para as ruínas dos grandes estábulos Granville. Tudo se resumira a um monte de destroços fumegantes agora. Tudo por causa de uma louca, segundo Bennet. Era uma pena o fato de ela ter tirado a própria vida. Teria sido um belo exemplo para os camponeses da região se ela tivesse sido entregue para o carrasco na forca. Mas, no fim, talvez ele tivesse de agradecer à vagabunda maluca. Ele havia matado seu filho mais velho, e, agora, Bennet era seu herdeiro. Nada de viagens a Londres mais. Como herdeiro, ele teria de ficar no Casarão Granville e aprender a administrar a propriedade. Silas franziu o lábio superior numa risada. Bennet era seu agora. O garoto podia chiar e reclamar, mas ele conhecia seus deveres. O herdeiro de Granville devia cuidar das propriedades.

Um cavaleiro entrou no pátio fazendo barulho. Silas quase engasgou quando viu quem era.

— Saia daqui! Saia daqui, seu miserável! — Como Harry Pye ousava entrar na terra dos Granvilles? Silas caminhou na direção do cavalo e do cavaleiro.

Pye desmontou do animal sem nem olhar na direção do homem.

— Saia do meu caminho, seu velho. — E seguiu para o casarão.

— Você! — A raiva obstruiu a garganta de Silas. Ele se virou para os trabalhadores estupefatos. — Peguem-no! Tirem-no das minhas terras, seus malditos!

— Tente — falou Pye baixinho atrás dele.

Vários homens recuaram, aqueles covardes. Silas se virou e viu que Pye tinha uma faca comprida e fina na mão esquerda.

O malcriado a girou em sua direção.

— Que tal agir por conta própria, Granville?

Silas ficou imóvel, abrindo e fechando as mãos. Se tivesse vinte anos a menos, não teria hesitado. Seu peito queimava.

— Não? — Pye riu. — Então você não vai se importar se eu der uma palavrinha com o seu filho. — Ele subiu correndo a escada até o Casarão Granville e desapareceu em seu interior.

Lixo plebeu, imundo. Silas deu um tapa no rosto do criado mais próximo dele. O homem foi pego de surpresa e caiu. Os outros trabalhadores observaram o companheiro chafurdar no lodo no pátio do estábulo. Um deles ofereceu a mão para o homem no chão.

— Todos vocês estão demitidos depois deste dia de trabalho — disse Silas, e não esperou para ouvir os resmungos atrás dele.

O homem subiu a escada da própria casa esfregando o fogo em seu peito. Ele mesmo tiraria o desgraçado de lá, mesmo que isso o matasse.

Mas ele não precisou ir longe. Ao entrar no grande vestíbulo, ouviu vozes no cômodo principal, onde fora posto o corpo de Thomas.

Silas empurrou a porta, fazendo-a bater na parede.

Pye e Bennet ergueram o olhar de onde estavam, perto da mesa na qual havia o corpo queimado de Thomas. Bennet deliberadamente deu as costas para o pai.

— Eu posso ir com você, mas, antes, preciso me certificar de que Thomas tenha um enterro apropriado. — Sua voz era um murmúrio rouco, como sequela do incêndio.

— Claro. De qualquer forma, meu cavalo precisa descansar depois da última noite — retrucou Pye.

— Ora, espere um minuto. — Silas interrompeu a dupla em amigável intimidade. — Você não vai a lugar algum, Bennet. Ainda mais com esse desgraçado.

— Eu vou aonde eu quiser.

— Não, não vai — rugiu ele. A dor ardente se espalhava pelo seu braço. — Agora você é o herdeiro da família Granville. Vai ficar bem aqui se quiser ter mais um centavo de mim.

Bennet finalmente levantou a cabeça. Silas nunca vira tanto ódio nos olhos de um homem antes.

— Eu não quero um centavo nem qualquer outra coisa do senhor. Vou para Londres assim que Thomas tiver um enterro decente.

— Com ele? — Silas apontou para Pye com a cabeça, mas não esperou pela resposta. — Então seu sangue de pobre começou a falar mais alto, é isso?

Os dois homens se viraram.

Silas sorriu, satisfeito.

— A mãe de vocês era uma puta, vocês sabem disso, não sabem? Eu não fui nem o primeiro com quem ela corneou John Pye. Aquela mulher tinha um fogo que simplesmente não podia ser saciado por um homem só. Se não tivesse morrido tão cedo, estaria abrindo as pernas na sarjeta apenas para sentir um pau.

— Ela pode ter sido uma puta mentirosa e infiel, mas era uma santa comparada a você.

Silas deu uma risada. Ele não podia evitar. Que piada! O garoto não tinha a menor ideia. Ele arfou, tentando recuperar o fôlego.

— Você não sabe contar, garoto? Não é algo que ensinam no abrigo, não é? — Outra risada o sacudiu. — Bem, deixe-me contar para você, bem devagar, para que você entenda direitinho. Sua mãe veio aqui antes de você ser concebido. Você tem tanta chance de ser meu filho quanto de John Pye. Mais até de ser meu, do jeito que ela se oferecia para mim.

— Não. — Estranhamente, Pye não demonstrou reação. — O senhor pode ter plantado sua semente em minha mãe, mas John Pye, e somente John Pye, foi meu pai.

— *Pai* — cuspiu Silas. — Duvido de que John Pye tivesse sequer a capacidade de fazer um filho em uma mulher.

Por um momento, Silas pensou que Pye fosse voar em seu pescoço, e seu coração deu um pulo doloroso. Mas o desgraçado virou-se para o lado e foi até a janela, como se Granville não valesse o esforço.

Silas olhou para ele com uma expressão severa e fez um gesto de desprezo.

— Você vê do que eu o salvei, Bennet?

— Salvou? — Seu filho abriu a boca, como se fosse rir, mas o som não saiu. — Salvou como? Trazendo-me para este mausoléu? Colocando-me aos cuidados da vaca da sua esposa? Uma mulher que deve ter se sentido humilhada toda vez que olhava para mim? Toda vez que via você me favorecendo, em vez de Thomas, para que não houvesse nenhuma maneira de termos uma relação normal? — Mesmo rouco, Bennet gritava agora. — Banindo Harry, meu *irmão*? Meu Deus, diga-me, meu pai, como exatamente o senhor me salvou?

— Se você sair por aquela porta, garoto, eu nunca mais vou recebê-lo de volta, herdeiro ou não. — A dor no peito havia voltado. Silas esfregou o esterno. — Você não terá mais dinheiro nem a minha ajuda. Vai passar fome em uma vala.

— Ótimo. — Bennet se virou. — Harry, Will está na cozinha. Estarei pronto em meia hora.

— Bennet! — O nome saiu como se tivesse sido arrancado dos pulmões de Silas.

O filho o estava deixando.

— Eu matei por você, garoto. — Droga, ele não ia se humilhar atrás do filho.

Bennet se virou, com uma mistura de horror e desprezo no rosto.

— O senhor *o quê*?

— Matei por você. — Silas pensou que estava gritando, mas as palavras não saíam tão altas quanto antes.

— Jesus Cristo. Ele disse que matou uma pessoa? — A voz de Bennet parecia flutuar ao redor dele.

A dor em seu peito havia se espalhado e se transformado em chamas que ardiam em suas costas. Silas cambaleou. Ele tentou se apoiar em uma cadeira e caiu, derrubando-a perto de si. Ele aterrissou de lado e sentiu as chamas ardendo, famintas, em seu braço e em seu ombro. Sentiu o cheiro de cinzas no corpo do filho e não conseguiu controlar a própria urina.

— Ajude-me! — Sua voz era um marulho ao longe.

Alguém havia parado acima dele. Botas cegaram sua visão.

— Ajude-me!

Então o rosto de Pye estava diante dele.

— Você matou a Sra. Pollard, não foi, Granville? Foi ela quem você matou. Janie Crumb nunca teria coragem para dar veneno à outra mulher.

— Ah, meu Deus — murmurou Bennet com a voz prejudicada.

De repente, a bile encheu a garganta de Silas, e ele vomitou, engasgando com o conteúdo de seu estômago. A lã do tapete roçou sua bochecha enquanto ele se convulsionava.

Silas viu Pye, como um borrão, se afastar dele, evitando a poça de vômito.

Ajude-me.

Os olhos verdes de Harry Pye pareciam perfurá-lo.

— Eu nunca implorei quando você ordenou que me surrassem. Sabe por quê?

Silas balançou a cabeça.

— Não foi por orgulho nem coragem. — Ele ouviu Pye dizer.

O fogo rastejou por sua garganta. O cômodo estava ficando escuro.

— Meu pai implorou quando você o açoitou. E foi ignorado. Não há piedade dentro de você.

Silas engasgou, tossindo carvão quente.

— Ele morreu — falou alguém.

Mas, naquele segundo, o fogo já havia alcançado os olhos de Silas, e ele não se importava mais.

Capítulo Vinte

— Você enlouqueceu. — Tony se recostou no canapé como se seu pronunciamento resolvesse a questão.

Eles estavam na elegante sala de estar da casa de Londres do conde. À sua frente, Georgina estava rígida, sentada em uma poltrona, com a bacia companheira a seus pés. Oscar andava de um lado para o outro na sala, mastigando um bolinho. Sem dúvida, do lado de fora, Violet e Ralph se revezavam encostando os ouvidos à porta.

Georgina suspirou. Assim que chegou a Londres, no dia anterior, ela parecia não ter feito nada além de debater sua condição com os irmãos. *Eu devia simplesmente ter fugido com Cecil*. Ela poderia ter deixado um bilhete para a família e ficado bem longe da comoção que a notícia geraria.

— Não, eu recobrei a razão — retrucou ela. — Por que todos vocês eram contra eu ficar com Harry antes e agora ficam me empurrando para ele?

— Antes você não estava grávida, Georgina — observou Oscar, gentilmente. Ele tinha um leve hematoma na bochecha, e ela observou o machucado de repente, perguntando-se onde ele o arrumara.

— Muito obrigada. — Ela se retraiu enquanto seu estômago se revirou. — Acho que estou bem consciente do meu estado. Não entendo por que isso importa tanto.

Tony suspirou.

— Não se faça de boba. Você sabe muito bem que seu estado é a razão pela qual você precisa se casar. O problema é o homem que escolheu...

— É um pouco idiota, você tem que admitir. — Oscar se inclinou para a frente de seu lugar na cornija e acenou com um bolinho para ela, espalhando as migalhas. — Quer dizer, você está carregando o filho do sujeito. Você deveria dar uma chance a ele.

Que maravilha. Oscar, entre todas as pessoas, estava lhe dando uma aula sobre comportamento adequado.

— Ele é um administrador de terras. Você me falou recentemente que não era *certo* eu me envolver com um administrador de terras. — Georgina engrossou a voz em uma imitação bem adequada do tom de voz do irmão. — Cecil é de uma família muito respeitável. E vocês gostam dele. — Ela cruzou os braços, convicta de seu argumento.

— Fico muito decepcionado com sua falta de ética, Georgie, minha irmã. Não posso lhe dizer o quanto me decepciona ter essa percepção. Talvez isso me torne cínico pelos anos vindouros. — Oscar franziu a testa. — Um homem tem direito à própria prole. Não importa de que classe ele venha, o princípio é o mesmo. — Ele mordeu o bolinho para dar ênfase.

— Para não mencionar o pobre Cecil — resmungou Tony —, tendo que engolir o filho de outra pessoa. Como você vai explicar isso?

— Na verdade, isso provavelmente não será um problema — resmungou Oscar baixinho.

— Não?

— Não. Cecil não se interessa tanto assim por mulheres.

— Não se inter... *ah*. — Tony pigarreou e ajeitou o colete para baixo. Ela notou, pela primeira vez, que os nós de seus dedos estavam em carne viva. — Muito bem. E essa é outra coisa para se pensar, George. Sem dúvida, você não pretende ter *esse* tipo de casamento, não é?

— Não importa o tipo de casamento que eu vou ter, importa? — O lábio inferior de Georgina começou a tremer. *Não agora.* Nos últimos dias, ela se via constantemente à beira das lágrimas.

— Claro que importa. — Era óbvio que Tony estava ultrajado.

— Nós queremos a sua felicidade, George — disse Oscar. — Você parecia feliz com o Pye antes.

Georgina mordeu o lábio. Ela não ia chorar.

— Mas ele não estava feliz comigo.

Oscar olhou para Tony.

Tony franziu as grossas sobrancelhas.

— Se Pye precisa ser persuadido a se casar com você...

— Não! — Georgina respirou fundo, com dificuldade. — Não! Vocês não conseguem ver que, se ele fosse obrigado a se casar comigo, seria muito pior do que se eu me casasse com Cecil? Ou se eu me casasse com qualquer outra pessoa?

— Não sei por quê. — Oscar olhou de cara feia para a irmã. — Talvez ele não gostasse no começo, mas acho que, depois de um tempo, mudaria de ideia.

— Você mudaria? — Georgina encarou Oscar.

Ele pareceu hesitar.

Ela se virou para Tony.

— Algum de vocês mudaria de ideia? Se os irmãos de uma mulher obrigassem vocês a se casarem com ela, algum vocês seria capaz de perdoar isso e esquecer depois?

— Bem, talvez... — começou Oscar.

Tony se antecipou.

— Não.

Ela ergueu as sobrancelhas.

— Veja bem... — tentou Oscar.

A porta se abriu, e Cecil Barclay enfiou a cabeça pela fresta.

— Ah, me desculpem. Não queria interromper. Volto mais tarde, está bem?

— Não! — Georgina baixou a voz. — Entre, Cecil, por favor. Estávamos justamente falando de você.

— Ah? — Ele olhou cautelosamente para Tony e Oscar, então fechou a porta atrás de si e avançou pelo cômodo. Sacudiu uma das mangas, espalhando gotas de água. — Está um tempo horrível lá fora. Não consigo me lembrar da última vez que choveu tanto assim.

— Você leu a minha carta? — perguntou Georgina.

Oscar resmungou alguma coisa e desabou em uma poltrona. Tony apoiou o queixo em uma das mãos, e dedos compridos e ossudos cobriam-lhe a boca.

— Li, sim. — Cecil olhou para Tony. — Parece uma proposta interessante. Suponho que você tenha discutido a ideia com seus irmãos e eles a aprovaram?

Georgina engoliu uma onda de náusea.

— Ah, sim.

Oscar resmungou, mais alto desta vez.

Tony arqueou as sobrancelhas peludas.

— Mas você a aprova, Cecil? — Georgina obrigou-se a perguntar.

Cecil se assustou. Ele olhava um tanto preocupado para Oscar, caído na poltrona.

— Sim. Sim, na verdade, eu aprovo. De fato, resolve um problema um tanto complicadinho. Por conta de uma doença infantil, eu duvido que seja capaz de, humm, ser pai de uma... uma... — Cecil se interrompeu e fitou a barriga de Georgina um tanto fixamente.

Georgina tocou a barriga, desejando desesperadamente que ela se acalmasse.

— Pois é. Pois é. Pois é. — Cecil tinha readquirido a capacidade de falar. Ele tirou um lenço do bolso e secou o lábio superior. — Só tem um problema, para falar a verdade.

— É mesmo? — Tony abaixou a mão.

— Sim. — Cecil sentou-se em uma poltrona ao lado de Georgina, e ela se deu conta, sentindo-se culpada, de que havia se esquecido de lhe oferecer uma cadeira. — Infelizmente, é o título. Não é tão importante assim, apenas um simples baronato do meu avô, mas a propriedade que vem com ele é bastante grande. — Cecil passou o lenço pela sobrancelha. — Imensa, se for para colocar em termos vulgares.

— E você não ia querer que a criança a herdasse? — perguntou Tony baixinho.

— Não. Quer dizer, *sim* — arfou Cecil. — É o objetivo da proposta, não? Ter um herdeiro? Não, o problema é a minha tia. Tia Irene, quero dizer. A maldita mulher sempre me culpou por ser o próximo na linha de sucessão. — Cecil estremeceu. — A verdade é que eu teria medo de encontrar essa velhota em um beco escuro. Talvez ela aproveitasse a oportunidade para deixar o próprio filho, Alphonse, mais próximo da sucessão.

— Por mais fascinante que seja a sua história familiar, Cecil, meu velho amigo, o que isso tem a ver com Georgina? — perguntou Oscar. Ele tinha se sentado enquanto Cecil falava.

— Ora, você não entendeu? Tia Irene pode questionar um herdeiro que chegar, humm, um tanto cedo.

Tony o encarou.

— E quanto ao seu irmão caçula, o Freddy?

Cecil assentiu com a cabeça.

— Sim, eu sei. Uma mulher sã veria que há muita gente entre Alphonse e a herança, mas a questão é justamente essa. Tia Irene não é uma mulher sã.

— Ah. — Tony se recostou, aparentemente refletindo.

— Então o que vamos fazer? — Georgina só queria ir para os seus aposentos dormir.

— Se é para fazer isso mesmo, é melhor que seja rápido — falou Oscar baixinho.

— O quê? — Cecil franziu o cenho.

Mas Tony se empertigou, e fez que sim com a cabeça.

— Sim. — Ele se virou para Cecil. — Em quanto tempo você consegue uma licença especial?

— Eu... — Cecil piscou. — Quinze dias?

Oscar balançou a cabeça.

— Tempo demais. Dois, três dias, no máximo. Soube de um sujeito que conseguiu uma no dia seguinte à requisição.

— Mas o arcebispo de...

— De Canterbury é amigo íntimo da tia Beatrice — disse Oscar. — E ele está em Londres agora. Ela estava me dizendo isso dia desses. — O rapaz deu um tapinha nas costas de Cecil. — Vamos, vou ajudar você a encontrá-lo. E parabéns. Tenho certeza de que você será um excelente cunhado.

— Ah, bem, obrigado.

Oscar e Cecil saíram do cômodo, batendo a porta.

Georgina olhou para Tony.

Ele baixou um dos cantos de sua ampla boca.

— É melhor você começar a procurar um vestido de noiva, Georgie.

E foi então que Georgina se deu conta de que estava noiva — do homem errado.

Ela pegou a bacia bem a tempo.

A CHUVA CAÍA copiosamente. Harry deu um passo cauteloso e afundou o pé na lama. A estrada inteira parecia mais um riacho do que terreno firme.

— Jesus Cristo. — Bennet arfou em cima do cavalo. — Acho que tem mofo brotando entre os dedos dos meus pés. Não consigo acreditar nessa chuva. Quatro dias inteiros sem dar uma trégua.

— Uma droga — resmungou Will indistintamente atrás de Bennet. Seu rosto estava quase todo escondido pela capa do cavaleiro.

Começara a chover no dia do funeral de Thomas, e a tempestade continuara durante o enterro de Lorde Granville no dia seguinte, mas Harry nada disse. Bennet conhecia muito bem os fatos.

— Sim, é uma droga. — A égua roçou o focinho na parte de trás do pescoço e soprou um hálito quente e bolorento contra a pele dele.

A égua começara a coxear dois quilômetros atrás. Ele olhou o casco, mas não encontrara nada de errado. Agora, estava condenado a caminhar com ela até a próxima cidade. A caminhar lentamente com ela.

— O que é que você pretende fazer quando encontrarmos Lady Georgina? — perguntou Bennet.

Harry se virou para encará-lo no meio do aguaceiro. Bennet estava com uma expressão tranquila.

— Vou me casar com ela — respondeu Harry.

— Humm. Eu imaginava que esse era o plano. — Bennet coçou o queixo. — Mas o fato de ela ter partido para Londres... Você tem que admitir que talvez a dama não seja, bem, muito *receptiva* à ideia.

— Ela está carregando um filho meu. — O vento soprou um respingo de gotas geladas no rosto de Harry. Suas bochechas estavam tão dormentes por causa do frio que ele mal sentiu.

— Essa parte me deixa muito confuso. — Bennet pigarreou. — Porque, normalmente, uma dama em tal estado viria correndo de braços abertos para você. Mas, em vez disso, ela parece estar fugindo.

— Nós já falamos sobre isso.

— Sim — concordou Bennet. — Mas, quero dizer, você falou alguma coisa para ela antes?

— Não.

— Porque as mulheres podem ficar sensíveis quando estão grávidas.

Harry ergueu as sobrancelhas.

— E como você sabe disso?

— Todo mundo... — Bennet abaixou o queixo, fazendo com que gotas de chuva caíssem do tricórnio em seu colo. — Droga! — Ele se endireitou. — Todo mundo sabe como as mulheres ficam quando estão grávidas. É de conhecimento geral. Talvez você não tenha prestado atenção suficiente nela.

— Ela teve bastante atenção da minha parte — resmungou Harry, irritado. Ele notou os olhos castanhos de Will fitando-o curiosamente por trás de Bennet e sorriu. — Sobretudo, na véspera de noite em que partiu.

— Ah. Humm. — Bennet franziu a testa, pensativo.

Harry tentou mudar de assunto.

— Obrigado por você ter vindo comigo. Sinto muito por você ter tido que apressar o funeral de Thomas. E do seu pai.

— Na verdade — Bennet pigarreou —, fiquei feliz por você estar lá, mesmo com pressa. Thomas e eu não éramos próximos, mas ele era meu irmão. E, além de tudo, foi difícil lidar com a sucessão. Quanto ao meu pai... — Bennet limpou uma gota de chuva que havia pingado em seu nariz e deu de ombros.

Harry chapinhou em uma poça. Não que isso importasse, pois ele já estava completamente encharcado.

— É claro que você é meu irmão também — falou Bennet.

Harry olhou para ele. Bennet forçava a vista para enxergar a estrada.

— O único irmão que eu tenho agora. — O rapaz se virou e lhe deu um sorriso surpreendentemente suave.

Harry abriu um meio-sorriso.

— Sim.

— Além do Will aqui. — Bennet indicou com a cabeça o garoto, que estava agarrado às suas costas como um macaco.

Os olhos de Will se arregalaram.

— O quê?

Harry não queria contar a Will, pois temia deixar a vida já complicada do garoto mais confusa ainda, mas parecia que Bennet não queria esperar para discutir o assunto.

— Parece que meu pai pode muito bem ser o seu também — disse Bennet para a criança. — Nós temos olhos parecidos, sabia?

— Mas os meus são castanhos. — Will franziu a testa.

— Ele está falando do formato — explicou Harry.

— Ah. — Will pensou sobre o assunto por um tempo, então deu uma olhadela para ele. — E quanto ao Harry? Sou irmão dele também?

— Nós não sabemos — falou Harry baixinho. — Mas, como não temos certeza, podemos dizer que sim. Se você não se importar. Você se importa?

Will balançou a cabeça vigorosamente.

— Ótimo — falou Bennet. — Agora que isso está resolvido, tenho certeza de que Will está tão preocupado quanto eu em relação ao casamento iminente.

— O quê? — O sorriso que havia começado a se formar nos lábios de Harry desapareceu.

— A questão é que Lady Georgina é irmã do conde de Maitland. — Bennet deu um muxoxo. — E, se ela decidir bater o pé... talvez seja um problema nós dois enfrentarmos um conde.

— É mesmo — concordou Harry. Não lhe ocorrera antes que talvez precisasse passar pelos irmãos da Georgina para falar com ela. Mas, se ela estava mesmo furiosa com ele... — Droga.

— Exatamente. — Bennet assentiu. — Seria bom se nós pudéssemos avisar alguém em Londres quando chegarmos à próxima cidade. Pedir que sondem o terreno, por assim dizer. Ainda mais se você demorar a encontrar outro cavalo. — Bennet olhou para a égua, que obviamente se arrastava pelo caminho.

— Tem razão.

— Além disso, seria bom ter alguém para nos dar um apoio quando formos confrontar Maitland — emendou Bennet. — Conheço uns sujeitos em Londres, claro. Talvez eles nos ajudem se nós conseguirmos convencê-los de que se trata de uma espécie de brincadeira. — Ele franziu o cenho. — Não são os homens mais sóbrios do mundo, mas, se eu explicar a seriedade da...

— Eu tenho alguns amigos — disse Harry.

— Quem?

— Edward de Raaf e Simon Iddesleigh.

— O conde de Swartingham? — Os olhos de Bennet se arregalaram. — E Iddesleigh também tem um título, não tem?

— Ele é o visconde Iddesleigh.

— E como diabos vocês se conheceram?

— Na Sociedade Agrária.

— Os Agrários? — Bennet franziu o nariz como se tivesse sentido um cheiro ruim. — Esse não é o grupo que gosta de discutir sobre nabos?

Harry contorceu a boca.

— É para cavalheiros interessados em agricultura, sim.

— Há gosto para tudo, suponho. — Bennet ainda parecia desconfiado. — Jesus, Harry. Eu não fazia ideia. Se você conhece esse tipo de gente, por que diabos está andando comigo e com o Will?

— Vocês dois são meus irmãos, não são?

— Sim! — gritou Will.

— Pois é. — O rosto de Bennet se abriu num amplo sorriso.

E então ele jogou a cabeça para trás e deu uma gargalhada, com a chuva caindo em seu rosto.

— Este tom de azul é muito bonito, milady. — Tiggle ergueu o vestido, abrindo as saias sobre o braço.

Georgina olhou para a peça exibida tão vistosamente e tentou demonstrar algum entusiasmo. Ou, pelo menos, parecer que se importava de alguma forma com aquilo. Era o dia de seu casamento. Ela e Tiggle estavam no quarto de sua casa em Londres, que, naquele momento, estava salpicado com as cores vibrantes dos vestidos rejeitados. Georgina estava tendo dificuldade de convencer a si mesma de que o casamento era real. Nem bem havia se passado uma semana que ela e os irmãos conversaram com Cecil e ela já estava se preparando para se casar com ele. Sua vida parecia um daqueles pesadelos tenebrosos nos quais uma terrível maldição era inevitável e ninguém ouvia seus gritos.

— Milady? — insistiu Tiggle.

Se ela gritasse agora, será que alguém ouviria? Georgina deu de ombros.

— Eu não sei. O decote não combina comigo, combina?

Tiggle deu um muxoxo e colocou o vestido azul de lado.

— Então que tal o brocado amarelo? O decote é quadrado e baixo, mas podemos colocar um fichu de renda, se a senhora quiser.

Georgina franziu o nariz sem olhar para o vestido.

— Não gosto dos babados na parte de baixo da saia. Vou ficar parecendo uma torta decorada com marzipã.

O que ela realmente deveria usar era um vestido preto. Um vestido preto com um véu preto. Ela baixou os olhos para a penteadeira e tocou com um dos dedos o pequeno cavalo empinado. O cisne e a enguia estavam ao seu lado. As estátuas pareciam um tanto abandonadas sem o leopardo para protegê-las, mas ela o havia deixado para Harry.

— A senhora terá que decidir logo, milady — falou Tiggle atrás dela. — O casamento será em menos de duas horas.

Georgina suspirou. Tiggle estava sendo incrivelmente generosa com ela. Normalmente, a essa altura, já se veria um pouco de azedume no tom de sua criada. E Tiggle tinha razão. Não fazia sentido prender-se a sonhos. Em breve, Georgina teria um bebê. O bem-estar da criança era muito mais importante do que as fantasias ridículas de uma mulher que gostava de colecionar contos de fada.

— Acho que o verde, aquele com lírios bordados — disse ela. — Não é tão novo como os outros, mas é bem bonito, e eu sempre achei que fico bem nele.

Tiggle deu um suspiro que parecia de alívio.

— Ótima escolha, milady. Vou pegá-lo.

Georgina assentiu. Ela puxou uma das gavetas no topo da penteadeira. Em seu interior, via-se uma caixa simples de madeira. Ela abriu a caixa e guardou o cavalo, o cisne e a enguia com todo cuidado.

— Milady? — Tiggle estava esperando com o vestido.

Georgina fechou a caixa e a gaveta, e se virou para se arrumar para o seu casamento.

— É AQUI QUE os Agrários se encontram? — Bennet olhou, incrédulo, para a entrada rebaixada do café. Ficava no primeiro andar, no porão se quisesse ser mais exato, de um edifício de madeira em um beco estreito. — Isso aqui não vai desabar, vai? — Ele olhou para o segundo andar, que se agigantava acima do beco.

— Não desabou até agora. — Harry se abaixou e entrou no cômodo enfumaçado, com Will colado ao seu lado. Ele havia pedido a De Raaf que o encontrasse ali.

Atrás de si, ouviu Bennet xingar ao bater a cabeça em uma verga.

— É melhor que o café seja muito bom.

— É.

— Harry! — Um homem grande, com marcas de varíola, o saudou de uma das mesas.

— Lorde Swartingham. — Harry se aproximou da mesa. — Obrigado por vir, milorde. Estes são meus irmãos, Bennet Granville e Will.

Edward de Raaf, o quinto conde de Swartingham, franziu a testa.

— Eu já lhe disse para me chamar de Edward ou de De Raaf. Esse negócio de *milorde* é ridículo.

Harry simplesmente sorriu e se virou para o segundo homem na mesa.

— Lorde Iddesleigh. Eu não esperava encontrar o senhor. Bennet, Will, esse é Simon Iddesleigh.

— Como vai? — Bennet fez uma mesura.

Will apenas baixou a cabeça.

— Encantado. — Iddesleigh, um aristocrata magrelo com olhos cinzentos, inclinou a cabeça. — Eu não fazia ideia de que Harry tinha família. Tinha a impressão de que ele brotara já adulto, a exemplo de Atena, de uma rocha. Ou talvez de uma beterraba. Isso mostra que nem sempre nossas impressões estão corretas.

— Bem, fico feliz que os senhores tenham vindo. — Harry ergueu dois dedos para um garoto que passava e se sentou, abrindo espaço para Bennet e Will.

Iddesleigh balançou o punho com a beirada de renda.

— Não tinha muita coisa acontecendo hoje, então pensei em passar por aqui. Era isso ou assistir à palestra de Lillipin sobre camadas de esterco, e, por mais fascinante que possa ser o tema da deterioração, eu não consigo pensar em como alguém aguentaria três horas inteiras do assunto.

— Lillipin aguentaria — resmungou De Raaf.

O garoto colocou duas canecas fumegantes de café em cima da mesa e se afastou com um giro.

Harry tomou um gole escaldante e suspirou.

— O senhor tem a licença especial?

— Bem aqui. — De Raaf deu um tapinha no bolso. — Você acha que haverá objeções por parte da família?

Harry assentiu com a cabeça.

— Lady Georgina é irmã do conde de Maitland... — Mas ele se interrompeu porque Iddesleigh se engasgou com o café.

— Qual é o problema com você, Simon? — reclamou De Raaf.

— Desculpe — arfou Iddesleigh. — A sua pretendente é irmã de Maitland?

— Sim. — Harry sentiu a tensão nos ombros.

— A irmã *mais velha*?

Harry simplesmente o encarou, e o temor tomou conta dele.

— Pelo amor de Deus, desembuche de uma vez — falou De Raaf.

— Você poderia ter me dito o nome da noiva, De Raaf. Só soube hoje de manhã, ouvi a notícia de Freddy Barclay. Nós nos encontramos por acaso no meu alfaiate, um sujeito excelente...

— Simon — rosnou De Raaf.

— Ah, está bem. — Iddesleigh ficou subitamente sério. — Ela vai se casar. Sua Lady Georgina. Com Cecil Barclay...

Não. Harry fechou os olhos, mas não conseguiu silenciar as palavras do outro homem.

— Hoje.

TONY ESPERAVA DO lado de fora, com as mãos cruzadas atrás das costas, quando Georgina saiu de casa. Gotas de chuva salpicavam os ombros de seu sobretudo de lã. Sua carruagem, que trazia o brasão dourado dos Maitland nas portas, esperava no meio-fio.

Ele se virou quando a irmã desceu os degraus e franziu as sobrancelhas, preocupado.

— Eu estava começando a achar que teria que ir atrás de você.

— Bom dia, Tony. — Georgina estendeu a mão para ele.

Ele a envolveu com a própria mão grande e a ajudou a entrar na carruagem.

Tony sentou-se diante dela, e o couro guinchou enquanto ele se ajeitava.

— Tenho certeza de que a chuva vai parar logo.

Georgina olhou para as mãos do irmão, apoiadas nos joelhos, e percebeu novamente os nós dos dedos feridos.

— O que foi que aconteceu com você?

Tony dobrou a mão direita, estudando os machucados.

— Não é nada. Nós demos uma lição em Wentworth na semana passada.

— Nós?

— Oscar, Ralph e eu — falou Tony. — Isso não tem importância agora. Ouça, George. — Ele se inclinou para a frente, com os cotovelos apoiados nos joelhos. — Você não precisa ir adiante com isso. Cecil vai entender, e nós podemos arrumar outra solução. Você pode ir para o interior ou...

— Não — interrompeu Georgina. — Não, obrigada, Tony, mas esta é a melhor maneira de resolver a situação. Para o bebê, para Cecil, e até para mim.

Ela respirou fundo. Não queria admitir, nem para si mesma, mas, só agora, Georgina conseguia encarar a questão: em seu íntimo, ela secretamente torcia para que Harry a impedisse de se casar com outro homem. Sua expressão era de pesar. Ela esperava que ele surgisse cavalgando em um garanhão branco e a salvasse. E talvez que fizesse seu cavalo girar enquanto lutava contra dez homens e partisse com ela, galopando em direção ao pôr do sol.

Mas isso não iria acontecer.

Harry Pye era um administrador de terras que tinha uma égua velha e uma vida independente. Ela era uma mulher grávida de 28 anos. Era hora de deixar o passado para trás.

Ela conseguiu sorrir para Tony. Não era um sorriso muito animador, a julgar pelo ar de dúvida no rosto do irmão, mas foi o melhor que ela conseguiu naquele momento.

— Não se preocupe comigo. Sou uma mulher adulta. Tenho que assumir as minhas responsabilidades.

— Mas...

Georgina balançou a cabeça.

Tony engoliu o que quer que fosse dizer e fitou a janela, tamborilando os dedos compridos no joelho.

— Droga, eu odeio isso.

Meia hora depois, a carruagem parou diante de uma pequena e mal-conservada igreja em uma parte feia de Londres.

Tony desceu os degraus da carruagem; em seguida, ajudou a irmã a descer também.

— Lembre-se de que você ainda pode mudar de ideia — murmurou ele no ouvido dela enquanto passava a mão da irmã pelo próprio braço.

Georgina simplesmente apertou os lábios.

O interior da igreja era escuro e um pouco gélido, e havia um leve odor de mofo no ar. Acima do altar, uma pequena rosácea pairava nas sombras, e a luz que vinha do lado de fora era fraca demais para que se distinguisse a cor do vitral. Tony e Georgina cruzaram a nave sem tapete, e seus passos ecoaram nas pedras antigas. Algumas velas iluminavam a parte da frente, próxima ao altar, complementando a luz fraca que vinha do trifório. Um pequeno grupo estava reunido ali. Ela viu Oscar, Ralph e Violet, bem como seu futuro marido, Cecil, e o irmão dele, Freddy. Ralph tinha um olho roxo, já perdendo a cor.

— Ah, a noiva, suponho? — O vigário espiou por cima dos óculos de meia-lua. — Muito bem. Muito bem. E seu nome é, humm — ele consultou um pedaço de papel colado em sua Bíblia —, George Regina Catherine Maitland? Não é? Mas que nome estranho para uma mulher.

Ela pigarreou, engolindo em seco uma risada histérica e a náusea súbita. *Ah, por favor, meu Deus, agora não.*

— Na verdade, meu nome de batismo é Georgina.

— Georgiana? — repetiu o vigário.

— Não. *Georgina.* — Isso tinha mesmo importância? Se aquele homem ridículo falasse o nome dela errado durante a cerimônia, então não estaria casada com Cecil?

— Georgina. Muito bem. Agora, todos já chegaram e estão prontos? — Os nobres reunidos assentiram. — Então vamos começar. Minha jovem, por favor, fique aqui.

O vigário trocou os presentes de lugar até que Georgina e Cecil ficassem lado a lado, com Tony ao lado da irmã, e Freddy, como padrinho, ao lado de Cecil.

— Ótimo. — O vigário piscou para eles, e, em seguida, passou um prolongado minuto remexendo em seu papel e na Bíblia. Ele limpou a garganta. — Prezados — começou com um estranho falsete.

Georgina estremeceu. O pobre homem devia achar aquele tom de voz mais imponente.

— Estamos aqui reunidos...

Bang!

O som das portas da igreja batendo na parede reverberou pelo local. O grupo se virou, ao mesmo tempo, para olhar.

Quatro homens marchavam soturnamente pelo corredor, seguidos por um garotinho.

O vigário franziu a testa.

— Que falta de educação. É muita falta de respeito. É impressionante o que as pessoas acham que podem fazer nos dias de hoje.

Mas agora os homens tinham alcançado o altar.

— Com licença, mas acho que o senhor está com a minha dama — falou um dos homens com uma voz tranquila e rouca que fez Georgina sentir calafrios na espinha.

Harry.

Capítulo Vinte e Um

O guincho de aço contra aço ecoou pelas paredes da pequena igreja quando cada um dos homens presentes na cerimônia desembainhou sua espada ao mesmo tempo. Seguidos imediatamente por Bennet, De Raaf e Iddesleigh puxaram suas armas. Bennet parecia muito sério. Ele tinha empurrado Will para um banco assim que se aproximaram do altar, e agora erguia alto a espada, curvando seu corpo. O rosto de De Raaf, pálido e marcado pela varíola, estava alerta; o braço estava firme. Iddesleigh tinha uma expressão entediada e manuseava a espada descuidadamente, os dedos compridos e envolvidos em renda quase moles. Sem dúvida, Iddesleigh provavelmente era mais perigoso do que qualquer um deles com uma espada.

Harry suspirou.

Havia dois dias que ele não dormia. Estava todo sujo de lama e, sem dúvida, fedia. Não conseguia se lembrar da última refeição que fizera. E tinha passado a última hora horrível, aterrorizante e agoniante pensando que eles nunca conseguiriam chegar a tempo de impedir sua dama de se casar com outro homem.

Chega.

Harry caminhou pela confusão de aristocratas com espadas em punho até chegar ao lado de sua dama.

— Podemos ter uma palavrinha, milady?

— Mas, quer dizer... — protestou o homem louro e magrelo ao lado dela, provavelmente o maldito noivo.

Harry virou a cabeça e encarou o homem.

O noivo recuou tão assustado que quase tropeçou.

— Muito bem! Muito bem! Sem dúvida é algo importante, não? — Ele embainhou a espada com a mão trêmula.

— Quem é você, meu jovem? — O vigário espiou Harry por cima dos óculos.

Harry trincou os dentes e repuxou os lábios em uma espécie de sorriso.

— Sou o pai da criança que Lady Georgina está carregando.

De Raaf pigarreou.

Um dos irmãos da dama murmurou:

— Jesus.

Lady Violet deu uma risadinha.

O clérigo piscou os olhos azuis e míopes rapidamente.

— Bem, então sugiro que o senhor dê mesmo uma palavrinha com a dama. Podem usar a sacristia. — Ele fechou a Bíblia.

— Obrigado.

Harry passou uma das mãos ao redor do pulso de Lady Georgina e puxou-a na direção da pequena porta lateral. Ele precisava chegar ao cômodo antes que sua dor explodisse. Atrás deles, um silêncio absoluto reinava.

Ele arrastou sua dama para o cômodo e fechou a porta com um chute.

— Que *diabos* significa isto? — Harry pegou o documento que lhe garantia a propriedade de Woldsly. Ele o ergueu diante do rosto dela e o balançou, mal conseguindo conter sua raiva, sua angústia. — Você achou que podia me comprar?

Lady Georgina recuou diante do papel, com o rosto confuso.

— Eu...

— Pense de novo, milady. — Harry rasgou o papel e o jogou no chão. Ele segurou os antebraços dela, afundando os dedos trêmulos em sua carne. — Eu não sou um lacaio que pode ser dispensado com um presente generoso demais.

— Eu só...

— Eu não vou aceitar ser dispensado.

Lady Georgina abriu a boca novamente, mas Harry não esperou que ela falasse. Não queria ouvir sua dama rejeitá-lo. Então cobriu os lábios dela com os seus. Ele se colou àquela boca cheia e macia, empurrando sua língua para dentro dela. Segurou o queixo dela e sentiu a vibração do gemido na garganta de Georgina. Seu pênis já estava rijo e dolorido. Harry queria socá-lo nela, socá-lo dentro dela. Penetrá-la e ficar lá até que ela dissesse por que tinha fugido. Até prometer que nunca mais faria isso.

Ele a comprimiu contra uma pesada mesa e sentiu o corpo dela se entregar. Essa submissão lhe trouxe um pouco de controle.

— Por quê? — gemeu ele contra os lábios dela. — Por que você me deixou?

Ela emitiu um som baixinho, e ele mordeu seu lábio inferior para silenciá-la.

— Eu preciso de você. — Ele lambeu o lábio machucado para aliviar a dor. — Não consigo pensar direito sem você. Meu mundo virou de pernas para o ar, e eu vivo sofrendo, querendo bater nas pessoas.

Ele a beijou novamente, com a boca aberta, para ter certeza de que ela realmente estava ali, em seus braços. A boca de Lady Georgina era quente, úmida e tinha gosto do chá da manhã. Harry poderia passar o resto de sua vida sentindo aquele gosto.

— Está doendo. Aqui. — Ele pegou a mão dela e colocou a palma em seu peito. — E aqui. — Ele puxou-a para baixo e empurrou o pênis rudemente nos dedos dela.

Era bom ter sua dama tocando-o novamente, mas aquilo não era o suficiente.

Harry ergueu Georgina e a pôs sentada na mesa.

— Você também precisa de mim. Sei que precisa. — Ele ergueu as saias dela e enfiou a mão sob o tecido, tateando entre as coxas.

— Harry...

— Shhh — murmurou ele em sua boca. — Não fale. Não pense. Apenas sinta. — Seus dedos encontraram a vagina, que estava molhada. — Ahh, pronto. Você está sentindo?

— Harry, eu não...

Ele tocou aquele pedacinho de carne protuberante, e Lady Georgina gemeu, de olhos fechados. O som o inflamou.

— Shhh, milady. — Ele abriu a calça e afastou bem as coxas dela, entrando no meio delas.

Georgina gemeu novamente.

Ele não se importava, mas talvez ela ficasse constrangida. Mais tarde.

— Shhh. Você tem que ficar quieta. Bem quietinha. — Sua carne comprimia a abertura molhada.

De repente, os olhos dela se abriram ao sentir o pênis dele.

— Mas, Harry...

— Milady? — Ele delicadamente a penetrou. *Ah, Deus, tão apertada.*

Ela o agarrou como se nunca fosse soltá-lo. E ele gostava daquilo. Harry ficaria mais do que satisfeito em permanecer ali pela eternidade. Ou talvez um pouco mais para dentro.

Ele estocou novamente.

— Ah, Harry — suspirou sua dama.

Alguém bateu à porta.

Ela deu um pulo, apertando-o lá dentro. Harry engoliu um gemido.

— Georgina? Você está bem? — Era um de seus irmãos.

Harry se afastou um pouco dela e empurrou novamente seu pênis com cuidado. Com carinho.

— Responda.

— Está trancada? — Sua dama arqueou as costas enquanto ele entrava mais nela. — A porta está trancada?

Ele trincou os dentes.

— Não. — Ele envolveu as nádegas expostas com as mãos.

As batidas recomeçaram.

— Georgina? Você quer que eu entre?

Ela arfou.

De alguma maneira, Harry conseguiu sorrir através de seu terrível desejo.

— Será que ele deveria? — Ele entrou completamente nela, enterrando-se em seu calor. Não importava o que acontecesse, ele não fugiria. Nem achava que um dia seria capaz de fazer isso.

— Não — arfou ela.

— O quê? — perguntaram do outro lado da porta.

— Não! — gritou Lady Georgina. — *Humm.* Vá embora, Tony! Harry e eu precisamos conversar mais um pouco.

Harry levantou uma sobrancelha.

— Conversar?

Ela o encarou com o rosto vermelho e úmido.

— Você tem certeza? — Tony aparentemente se importava muito com o bem-estar da irmã.

Harry sabia que, mais tarde, ele iria perguntar o que havia acontecido ali. Ele levou uma das mãos até onde seus corpos se uniam. E a tocou.

— Sim! — gritou ela.

— Está bem então. — Os passos recuaram.

Sua dama passou as pernas ao redor do quadril dele e se inclinou para morder sua boca.

— Termine.

Os olhos de Harry se estreitaram com a sensação, com a perfeição dela. Aquela era a sua dama e ele a tomaria para si. Seu peito se encheu de gratidão por ter ganhado uma segunda chance.

— Seu desejo é uma ordem. — Ele pressionou o polegar firmemente nela ao mesmo tempo que a penetrava com força e rápido, fazendo a mesa balançar.

— Ahhhh! — gemeu ela.

— Morda meu ombro — arfou ele, aumentando ainda mais o ritmo.

Harry sentiu a mordida mesmo através do tecido grosso do casaco. E então explodiu dentro dela, jogando a cabeça para trás e trincando os dentes para não gritar em êxtase.

— *Ahhhh!*

Seu corpo todo tremia, e ele teve de apoiar um braço sobre a mesa para sustentar o peso de ambos. Ele travou os joelhos para ficar de pé e arfou:

— Quer casar comigo, milady?

— Você está me perguntando isso *agora*? — A voz dela era fraca. Pelo menos ele não fora o único afetado.

— Sim. E não vou sair daqui até que você me responda.

— Sobre o que eles poderiam estar conversando por tanto tempo? — perguntou Violet a ninguém em particular. Ela estremeceu e desejou ter trazido um xale. A igreja estava gelada.

O vigário resmungou e afundou mais ainda em um dos bancos da frente. Seus olhos estavam fechados, e Violet suspeitava de que ele estivesse dormindo.

Ela bateu os pés no pavimento. Quando Harry e seus amigos apareceram, foi bastante tenso, empolgante, na verdade, com todas aquelas espadas sendo agitadas no ar. Ela podia jurar que haveria uma luta. E se preparara para rasgar as saias da forma deselegante caso algum sangue fosse derramado. Mas, conforme os minutos se passavam, os cavalheiros começaram a parecer, bem, *entediantes*.

O homem grandão com o rosto cheio de cicatrizes começou a cutucar as rachaduras no pavimento da igreja com a ponta da espada. O cavalheiro de aparência elegante olhava para o grandão de cara feia e lhe dava uma lição de moral sobre a manutenção apropriada das lâminas. O terceiro homem no grupo de Harry tinha cabelo castanho e usava um casaco terrivelmente empoeirado. Isso era tudo que ela sabia sobre o sujeito, porque ele estava de costas para todo mundo enquanto inspecionava os vitrais da igreja como quem não quer nada. Havia um garotinho ao seu lado e ele parecia estar apontando para as cenas bíblicas representadas nos vitrais.

Enquanto isso, Oscar, Ralph, Cecil e Freddy, os defensores da honra de Georgina, discutiam sobre a maneira correta de empunhar uma espada. O olho de Ralph estava inchado e tinha um tom amarelo-esverdeado, e Oscar mancava. Violet precisava descobrir o que havia acontecido com ele.

Ela suspirou. A situação toda não era nada empolgante.

— Você não é De Raaf? — Tony voltara da sacristia com uma expressão estranha, quase constrangida. Ele se dirigiu ao homem com cicatrizes. — Quer dizer, o conde de Swartingham?

— Sim? — O grandão franziu a testa ferozmente.

— Sou Maitland. — Tony esticou a mão.

Lorde Swartingham olhou para a mão oferecida por um momento e, em seguida, embainhou sua espada.

— Como vai? — Ele inclinou a cabeça na direção do homem elegante. — Este é Iddesleigh, o visconde.

— Ah, de fato. — Tony apertou a mão dele também. — Ouvi falar de você, De Raaf.

— É mesmo? — O grandão parecia desconfiado.

— Sim. — Tony não se perturbou. — Li um manuscrito seu há algum tempo. Sobre rotação de culturas.

— Ah. — O rosto do grandão se iluminou. — Você pratica rotação de culturas em suas terras?

— Começamos agora. Ficamos um pouco mais ao norte do que vocês, e as ervilhas são a principal cultura na região.

— E cevada e nabo-da-suécia — interveio Oscar. Ele e Ralph se aproximaram.

— Naturalmente — murmurou Lorde Swartingham.

Nabo-da-suécia? Violet os encarou. Eles estavam falando sobre agricultura como se estivessem em um chá da tarde. Ou melhor, neste caso, na taverna da vizinhança.

— Perdoem-me. — Tony indicou seus irmãos. — Estes são Oscar e Ralph, meus irmãos mais novos.

— Como vão?

Mais uma rodada de apertos de mão entre os cavalheiros.

Violet balançou a cabeça, incrédula. Ela nunca, nunca, *nunca* entenderia os homens.

— Ah, e estes são Cecil e Freddy Barclay. — Tony pigarreou. — Cecil ia se casar com a minha irmã.

— Temo que não vou mais — falou o rapaz de forma pesarosa.

Todos eles deram risadinhas. Tolos.

— E você deve ser a irmã caçula — disse uma voz masculina em seu ouvido.

Violet se virou e viu o terceiro amigo de Harry atrás dela. Ele tinha deixado o garoto sentado em um banco. De perto, os olhos do homem eram de um lindo verde, e ele era incrivelmente bonito.

Violet estreitou os olhos.

— Quem é o senhor?

— Granville, Bennet Granville. — Ele fez uma mesura.

Violet não o cumprimentou. Aquilo era muito confuso para ela. Por que um Granville estaria ajudando Harry?

— Lorde Granville quase matou o Sr. Pye. — Ela encarou Bennet Granville com a expressão severa.

— Sim, infelizmente ele era meu pai. — Seu sorriso diminuiu um pouco. — Isso não é minha culpa, juro. Eu tive muito pouco a ver com a minha concepção.

Violet sentiu a boca começar a relaxar em um sorriso e o suprimiu sem piedade.

— O que o senhor está fazendo aqui?

— Bem, é uma longa história... — O jovem Granville se interrompeu. — Ah, acho que eles estão vindo.

E as perguntas que Violet estivera prestes a fazer sumiram de sua mente. Ela se virou para ver se Georgina decidira com quem iria se casar.

Georgina suspirou com prazer. Ela poderia adormecer bem ali nos braços de Harry. Mesmo que estivesse apoiada sobre a mesa da sacristia.

— Então? — Ele a cutucou com o queixo.

Aparentemente, ele queria uma resposta naquele minuto. Ela tentou pensar, torcendo para que seu cérebro não tivesse se transformado em papa, como suas pernas.

— Eu amo você, Harry, você sabe disso. Mas e quanto às suas ressalvas? Será que as pessoas vão pensar que você é meu... — ela engoliu em seco, detestando dizer aquelas palavras — macaquinho de estimação?

Ele esfregou o nariz no cabelo na têmpora de Georgina.

— Não posso negar que isso vai me deixar incomodado. Isso e o que vão dizer sobre você. Mas a questão é que — ele levantou a cabeça, e Georgina viu que aqueles olhos de esmeraldas estavam calmos, quase vulneráveis — acho que não conseguiria viver sem você, milady.

— Ah, Harry. — Ela aninhou o rosto dele nas palmas das mãos. — Meus irmãos gostam de você, e Violet também. E, na verdade, eles são tudo que importa no fim das contas. O resto, por mim, pode ir para o inferno.

Ele sorriu e, como sempre, o coração de Georgina deu um pulo.

— Então você quer se casar comigo e ser minha dama pelo resto de nossas vidas?

— Sim. Sim, claro que quero me casar com você. — Ela sentiu as lágrimas surgirem em seus olhos. — Eu amo você desesperadamente.

— E eu amo você — falou ele, parecendo distraído na opinião de Georgina. E cuidadosamente se retirou de dentro dela.

— Ah, você tem que fazer isso? — Georgina tentou segurá-lo.

— Infelizmente, sim. — Harry abotoou a calça rapidamente. — Estão nos esperando lá fora.

— Ah, deixe que esperem. — Georgina franziu o nariz. Ele acabara de pedi-la em casamento da maneira mais romântica. Será que ela não podia saborear o momento?

Harry se inclinou para abaixar as saias dela e beijar seu nariz.

— Teremos muito tempo para ficarmos juntos depois.

— Depois?

— Depois do nosso casamento. — Harry olhou para ela, confuso. — Você acabou de concordar em se casar comigo.

— Mas não pensei que fosse agora. — Ela verificou o corpete do vestido. Por que não tinha um espelho ali?

— Você estava pronta para se casar com aquele almofadinha lá fora agora. — Harry fez um gesto com o braço aberto.

— Mas era diferente. — Será que parecia que ela andara fazendo o que andara fazendo? — E Cecil não é um almofadinha; ele é... — Georgina percebeu que a expressão de Harry se obscurecera de modo alarmante. Talvez fosse melhor mudar de assunto. — Não podemos nos casar agora. Precisamos de uma licença.

— Eu já tenho uma. — Harry bateu no bolso do casaco.

— Como...?

Ele a interrompeu com um beijo que poderia ser descrito como magistral.

— Você vai se casar comigo ou não?

Georgina apertou os braços dele. Realmente os beijos de Harry a deixaram enfraquecida.

— É claro que vou me casar com você.

— Ótimo. — Harry lhe deu o braço e a conduziu até a porta.

— Espere!

— O que foi?

Os homens podiam ser tão obtusos.

— Parece que eu acabei de ser seduzida?

Os lábios de Harry esboçaram um sorriso.

— Você parece a mulher mais bonita do mundo. — E a beijou com vontade novamente. Ele não tinha respondido à pergunta, mas agora era tarde demais.

Harry abriu a porta.

Os dois grupos tinham se misturado em um único grupo, amontoado ao redor do altar. Meu bom Deus, eles não estavam brigando, estavam? Todos se viraram para eles, cheios de expectativa.

Georgina pigarreou, tentando pensar nas palavras certas. Então ela notou algo e parou no mesmo instante.

— Harry...
— Milady?
— Veja. — Ela apontou.

Um tapete persa de luzes dançava no assoalho antes obscurecido: azuis-cobalto, vermelhos-rubi e amarelos-âmbar. Ela seguiu o raio de luz de volta à sua fonte, a rosácea acima do altar brilhava, iluminada pela luz do sol.

— O sol apareceu— murmurou Georgina, espantada. — Eu tinha quase me esquecido de como era um dia ensolarado. Você acha que está fazendo sol em Yorkshire também?

Os olhos verdes de Harry faiscaram para ela.

— Não tenho dúvida, milady.

— Humm. — Georgina ergueu o olhar e viu a irmã caçula fitando-os de maneira um tanto exasperada. — *Então?*

Ela sorriu.

— Eu vou me casar com o Sr. Pye hoje.

Violet deu um gritinho.

— Já era tempo — murmurou alguém, provavelmente Oscar.

Georgina ignorou o comentário e tentou parecer arrependida ao se virar para o pobre Cecil.

— Eu sinto muito, Cecil. Eu...

Mas ele a interrompeu.

— Não se preocupe, querida. Vou receber muitos convites por conta desta história no ano que vem. Não é todo dia que um noivo é abandonado no altar.

— Eh? — Um grito do banco da frente chamou a atenção de todos. O vigário ajeitava a peruca. Ele colocou os óculos de volta no nariz e examinou o grupo até que seus olhos pararam em Georgina. — Então, minha jovem, com qual desses cavalheiros a senhora vai se casar?

— Com este. — Ela apertou o braço de Harry.

O vigário inspecionou Harry.

— Não parece muito diferente do outro.

— E, no entanto — ela fez um esforço para permanecer com uma expressão sóbria —, este é o homem que eu quero.

— Muito bem. O senhor tem uma licença?

— Sim. — Ele pegou o pedaço de papel. — E meus irmãos serão meus padrinhos.

Bennet foi até o lado de Harry e se posicionou com Will um pouco atrás. O garotinho parecia assustado e empolgado.

— *Irmãos?* — sibilou Violet.

— Explico depois — falou Georgina. Ela piscou para afastar as lágrimas.

— Meu jantar está esfriando, então vamos começar. — O vigário pigarreou fazendo bastante barulho. Ele recomeçou na voz de falsete que usara antes — Prezados...

Todo o restante foi diferente.

O sol brilhava através da rosácea, iluminando e aquecendo a pequena igreja. Tony parecia aliviado, como se um terrível fardo tivesse sido tirado de seus ombros. Ao lado dele, Ralph sorria. Oscar piscou para Georgina quando o olhar dela encontrou o dele. Violet continuou lançando olhares confusos para Bennet, mas, no meio-tempo, sorria para a irmã. Bennet parecia um pouco constrangido ao lado de Harry, mas também parecia orgulhoso. Will dava pulinhos, nas pontas dos pés, por estar muito agitado.

E Harry...

Georgina olhou para ele e sentiu uma grande onda de alegria dentro de si. Harry a observava como se ela fosse o centro de sua alma. Ele não estava sorrindo, mas seus belos olhos cor de esmeralda eram carinhosos e serenos.

Quando o momento de fazer juras a Harry chegou, Georgina se inclinou para ele e murmurou:

— Eu esqueci uma coisa quando lhe contei o fim do conto de fadas.

Seu quase marido sorriu para ela e perguntou gravemente:

— E o que foi, milady?

Ela saboreou o momento e o amor que via em seus olhos, então, declarou:

— Eles viveram felizes para sempre!

— Viveram mesmo — murmurou Harry e a beijou.

Ao longe, ela ouviu o vigário resmungar:

— Não, não, ainda não! — E então: — Ah, deixem para lá. Eu os declaro marido e mulher.

E era assim que deveria ser, pensou Georgina ao abrir a boca sob a do marido. Ela pertencia a Harry.

E Harry pertencia a ela.

Leia a seguir um trecho de "O Príncipe Serpente", livro três da Trilogia dos Príncipes

Capítulo Um

Maiden Hill, Inglaterra
Novembro de 1760

O homem morto aos pés de Lucinda Craddock-Hayes parecia um deus caído. Apolo, ou mais provavelmente Marte, o que trazia a guerra, depois de assumir a forma humana e cair do céu para ser encontrado por uma donzela a caminho de casa. Só que deuses quase nunca sangravam.
Nem morriam, para falar a verdade.
— Sr. Hedge — chamou Lucy por cima do ombro.
Ela olhou ao redor da estrada solitária que ia de Maiden Hill até a casa dos Craddock-Hayes. Parecia a mesma de antes de sua descoberta: deserta, a não ser por ela, o lacaio, que a seguia sem fôlego, e o cadáver na vala. O céu estava pesado e cinzento. O dia já estava começando a escurecer, apesar de ainda não ser nem cinco horas. Árvores sem folhas ladeavam a estrada, silenciosa e fria.
Lucy estremeceu e enrolou mais o seu xale em volta dos ombros. O homem morto estava esparramado, nu, machucado e com o rosto virado para baixo. Suas costas longas eram marcadas por uma massa de sangue no ombro direito. Logo abaixo, quadris estreitos, pernas peludas e musculosas, pés ossudos e curiosamente elegantes. Ela piscou e voltou a olhar para o rosto dele. O homem era belo mesmo morto. A cabeça, ligeiramente virada para o lado, revelava um perfil aristocrático: nariz comprido, maçãs do rosto salientes e uma boca larga. Uma das sobrancelhas, pairando acima do olho fechado, era dividida por uma

cicatriz. O cabelo claro cortado bem curto se grudava à cabeça, a não ser pelo local onde estava embaraçado pelo sangue. Sua mão esquerda estava caída acima da cabeça, e, no dedo indicador, via-se a marca de onde antes havia um anel. Os assassinos provavelmente o roubaram junto com o restante de seus pertences. Por todo o corpo, a lama fora pisoteada, e uma marca profunda do salto de uma bota se encontrava ao lado do quadril do falecido. Além disso, não havia sinal de quem o havia jogado ali como se ele fosse lixo.

Lucy sentiu lágrimas bobas brotarem em seus olhos. Alguma coisa no modo como o homem havia sido deixado ali, nu e desonrado pelos assassinos, parecia um insulto terrível. Era tão triste. *Sua tola*, repreendeu-se ela e então se deu conta de um resmungo ficando mais alto. Rapidamente, ela limpou a umidade das bochechas.

— Primeiro, ela visita os Jones e todos os pequenos Jones, aqueles moleques catarrentos. Então, nós seguimos colina acima até a velha Hardy. Que mulherzinha terrível, não sei como ainda não bateu as botas. E pensa que acabou? Não, isso não foi nem metade. Então, *então*, ela precisa visitar as pessoas no vicariato. Enquanto eu carrego aqueles potes enormes de geleia.

Lucy controlou a vontade de revirar os olhos. Hedge, seu criado, usava um tricórnio seboso puxado sobre uma massa de cabelos grisalhos. O casaco e o colete empoeirados estavam igualmente surrados, e ele havia escolhido destacar suas pernas tortas com meias escarlates bordadas; sem dúvida, roupas velhas do pai dela.

Ele parou de supetão ao lado da patroa.

— Ah, Deus, se não é um defunto!

Em sua surpresa, o homenzinho se esquecera de se encurvar, mas, quando Lucy virou para ele, o corpo rijo se deteriorou diante de seus olhos. As costas se curvaram, o ombro que suportava o terrível peso da cesta agora vazia caiu, e a cabeça pendeu para o lado, apática. Como *pièce de résistance*, Hedge pegou um lenço quadriculado e laboriosamente limpou a testa.

Lucy ignorou toda a cena. Ela já vira aquele ato centenas, talvez milhares, de vezes em sua vida.

— Não tenho certeza se chega a ser um *defunto*, mas não deixa de ser um corpo.

— Bem, melhor não ficarmos aqui parados olhando. Os mortos devem descansar em paz, é o que eu sempre digo. — Hedge fez menção de passar por ela.

Lucy se colocou em seu caminho.

— Não podemos simplesmente deixá-lo aqui.

— Por que não? Ele estava aqui antes da senhorita o encontrar. E nós não o teríamos visto se tivéssemos pegado o atalho, como eu sugeri.

— No entanto, nós o encontramos. O senhor poderia me ajudar a carregá-lo?

Hedge cambaleou para trás, visivelmente chocado.

— Carregá-lo? Um sujeito desse tamanho? Não, a menos que a senhorita queira me deixar aleijado. Minhas costas já estão bastante ruins, faz vinte anos que sofro da coluna. Eu não reclamo, mas ainda assim...

— Muito bem — disse Lucy. — Teremos que pegar uma carroça.

— Por que não o deixamos em paz? — protestou o homenzinho. — Alguém vai encontrá-lo em breve.

— Sr. Hedge...

— Ele foi golpeado no ombro e está todo sujo de sangue. Isso não parece nada bom. — Hedge fez uma careta que o deixava parecido com uma abóbora podre.

— Tenho certeza de que ele não pretendia ser golpeado no ombro ou em qualquer outro lugar, então não creio que possamos culpá-lo por isso — repreendeu-o Lucy.

— Mas ele já começou a feder! — Hedge balançou o lenço na frente do nariz.

Lucy não mencionou que não sentia cheiro algum até ele chegar.

— Vou esperar aqui enquanto o senhor busca Bob Smith com a carroça.

As grossas sobrancelhas grisalhas do criado se juntaram em um iminente protesto.

— A menos que o senhor prefira ficar aqui com o corpo?

Então as sobrancelhas de Hedge se afastaram.

— Não, senhorita. A senhorita sabe o que está fazendo, tenho certeza. Eu vou até o ferreiro...

O defunto gemeu.

Lucy olhou para baixo, surpresa.

Ao lado dela, Hedge pulou e exclamou o óbvio:

— Jesus Todo-Poderoso! O homem não morreu!

Meu Deus. E ela estivera brigando com Hedge esse tempo todo. Lucy retirou seu xale e o jogou sobre as costas do homem.

— Me dê seu casaco.

— Mas...

— Agora! — Lucy nem se deu ao trabalho de olhar para Hedge. Ela raramente se irritava, o que tornava aquele tom de voz ainda mais efetivo quando empregado.

— Ahhh — gemeu o criado, mas jogou o casaco para ela.

— Vá chamar o Dr. Fremont. Diga que é urgente e que ele deve vir imediatamente. — Lucy encarou os olhos de conta do criado com uma expressão severa. — E, Sr. Hedge?

— Sim?

— Corra, por favor.

Hedge largou a cesta e partiu, andando surpreendentemente rápido e esquecendo as dores nas costas.

Lucy se abaixou e cobriu as nádegas e pernas do homem com o casaco de Hedge. Ela colocou a mão debaixo do nariz dele e esperou, praticamente sem respirar, até sentir o leve sopro do ar. De fato, ele estava vivo. Ela se agachou e refletiu sobre a situação. O homem jazia na vala, sobre lama semicongelada e ervas daninhas — ambas frias e duras. Aquilo não poderia ser bom para ele, levando em conta seus ferimentos. Mas, como Hedge observara, o homem era grande, e ela não tinha certeza se conseguiria movê-lo sozinha. Lucy puxou um pedaço do xale que cobria as costas dele. O sangue coagulado e seco formara uma casca sobre a ferida no ombro; para seus olhos inexperientes, a hemorragia já parecia ter parado. Hematomas se formavam nas costas e na lateral do corpo. Só Deus sabia como estava a parte da frente.

E ainda havia o ferimento na cabeça.

Lucy balançou a cabeça. Ele estava tão imóvel e pálido. Não era de admirar que ela o tivesse tomado por um cadáver. Hedge poderia ter ido buscar o Dr. Fremont bem antes, em vez de ficar discutindo sobre o pobre homem com ela.

Lucy colocou novamente a palma da mão sobre os lábios do homem, para verificar sua respiração, que era leve, mas constante. Ela roçou as costas da mão sobre a bochecha fria. A barba por fazer, quase imperceptível, arranhou seus dedos. Quem era ele? Maiden Hill não era tão grande a ponto de um estranho passar despercebido. Ainda assim, ela não ouvira qualquer fofoca sobre visitantes em seus passeios esta tarde. De alguma forma, ele aparecera ali na estrada sem que ninguém notasse. Além disso, o homem obviamente fora espancado e roubado. Por quê? Seria ele apenas uma vítima ou, de alguma forma, fizera por merecer aquele destino?

Lucy se abraçou ao ter este último pensamento e rezou para que Hedge se apressasse. A luz do dia estava diminuindo e, com ela, também ia embora o pouco de calor. Um homem ferido e deixado ao acaso por sabe-se lá quanto tempo... Ela mordeu o lábio.

Se Hedge não voltasse logo, não haveria necessidade de um médico.

— ELE ESTÁ morto.

As palavras duras, ditas ao lado de Sir Rupert Fletcher, soaram altas demais no lotado salão de baile. Ele olhou ao redor para ver quem estava perto o suficiente que pudesse ter ouvido; em seguida, se aproximou do locutor, Quincy James.

Sir Rupert pegou a bengala de ébano na mão direita, tentando não demonstrar sua irritação. Ou sua surpresa.

— Como assim?

— É isso mesmo. — James deu um sorriso irônico. — Ele está morto.

— Você o matou?

— Eu, não. Mandei meus homens fazerem o trabalho.

Sir Rupert franziu a testa, tentando compreender a informação. James bolara um plano por conta própria e tivera sucesso?

— Quantos? — perguntou ele abruptamente. — Dos seus homens?

O rapaz deu de ombros.

— Três. Mais do que o suficiente.

— Quando?

— Hoje cedo. Recebi a notícia pouco antes de sair. — James abriu um sorriso insolente que formava covinhas infantis em seu rosto. Com aqueles olhos azul-claros, os traços ingleses comuns e a forma atlética, a maioria das pessoas pensaria se tratar de um jovem calmo, até atraente.

Ideia errada.

— Imagino que a situação não possa ser conectada a você. — Apesar de seus esforços, a irritação deve ter ficado aparente na voz de Sir Rupert.

O sorriso desapareceu do rosto de James.

— Mortos não contam histórias.

— Humpf. — *Que idiota.* — Onde foi que aconteceu?

— Na frente da casa dele na cidade.

Sir Rupert xingou baixinho. Emboscar um nobre na porta de casa em plena luz do dia era uma estupidez. Aquela noite, a perna ruim já o estava infernizando, e agora James vinha com essa bobagem. Ele se apoiou mais pesadamente na bengala de ébano enquanto tentava pensar.

— Não fique aborrecido — falou James, nervoso. — N-n-ninguém viu os meus homens.

O homem mais velho arqueou as sobrancelhas. Que Deus o livrasse de aristocratas que escolhiam pensar — para não mencionar agir — por conta própria. Os lordes típicos vinham de linhagens preguiçosas demais para serem capazes de encontrar o próprio pênis para mijar, que dirá fazer algo tão complicado quanto planejar um assassinato.

James não tinha a menor ideia do que Sir Rupert estava pensando.

— Além disso, eles desovaram o corpo nu a meio dia de viagem de Londres. Ninguém o reconhecerá por aquelas bandas. Quando o cadáver for encontrado, não haverá muito o que reconhecer, não é? P-p-perfeitamente seguro. — O jovem levantou a mão, e, com um dedo, cutucou o cabelo dourado. Ele não o empoava, provavelmente por vaidade.

Sir Rupert tomou um gole do vinho Madeira enquanto refletia sobre os últimos acontecimentos. O salão de baile era um amontoado abafado de gente, com cheiro de cera queimada, perfumes fortes e odores corporais. As portas duplas que conduziam ao jardim foram abertas para deixar entrar o ar fresco da noite, mas tinham pouco efeito no calor do recinto. O ponche fora servido havia trinta minutos, e ainda restavam algumas horas pela frente. Sir Rupert franziu o cenho. Ele não tinha muita esperança de que haveria mais bebidas. Lorde Harrington, seu anfitrião, era conhecido por ser avarento, mesmo quando entretinha a nata da sociedade — e uns poucos arrivistas, tal como Sir Rupert.

Um espaço estreito tinha sido aberto no meio do cômodo para os dançarinos, que giravam em um arco-íris de cores. Damas com vestidos bordados e cabelos empoados. Cavalheiros com perucas e suas melhores roupas desconfortáveis. Ele não invejava os belos movimentos dos jovens. Debaixo das sedas e das rendas, devia estar pingando suor. Lorde Harrington ficaria satisfeito com a presença de tantos convidados tão cedo na temporada — ou melhor, Lady Harrington ficaria. A dama tinha cinco filhas solteiras e mobilizava suas forças como um soldado se preparando para a batalha. Quatro das cinco filhas estavam no salão, cada uma com o braço dado a um bom partido.

Não que ele pudesse julgar, com três filhas com menos de 24 anos. Todas já haviam finalizado os estudos, todas precisavam de bons maridos. Na verdade... Matilda chamou sua atenção a cerca de vinte passos de distância, onde conversava com Sarah. Ela arqueou uma sobrancelha e lançou um olhar significativo ao jovem Quincy James, que permanecia ao seu lado.

Sir Rupert balançou levemente a cabeça; seria melhor que uma das filhas se casasse com um cão raivoso. A comunicação entre os dois estava muito bem-desenvolvida após quase três décadas de casamento. Sua esposa virou-se graciosamente para conversar, toda animada, com outra matrona, sem revelar que trocara informações com o marido. Mais tarde naquela noite, ela poderia interrogá-lo sobre James e perguntar por que o jovem não servia, mas não sonharia em aborrecer o marido agora.

Se ao menos seus outros companheiros fossem tão circunspectos.

— Não sei por que o senhor está preocupado. — Aparentemente, James não aguentava mais aquele silêncio. — Ele nunca soube sobre o senhor. Ninguém sabe.

— E eu prefiro que continue assim — disse Sir Rupert em voz baixa. — Para o bem de todos.

— Aposto que sim. O senhor deixou que e-e-eu, Walker e os outros dois o caçássemos em seu lugar.

— Ele teria descoberto você e os outros de qualquer forma.

— Tem a-a-algumas pessoas que ainda gostariam de saber sobre o senhor. — James coçou a cabeça com tanta força que quase desfez o rabicho.

— Mas não seria do seu interesse me trair — falou Sir Rupert, sem emoção. E fez uma mesura para um conhecido que passava por ele.

— Não estou dizendo que eu abriria a boca.

— Ótimo. Você lucrou tanto quanto eu com os negócios.

— Sim, mas...

— Então está resolvido.

— É f-f-fácil para o senhor falar. — A gagueira de James estava se tornando mais frequente, um sinal de que o homem estava agitado. — O senhor não viu o corpo de Hartwell. A espada atravessou a garganta. Ele deve ter sangrado até a morte. Parece que o duelo durou dois minutos. Dois minutos, veja bem. T-t-terrível.

— Você é melhor espadachim do que Hartwell — falou Sir Rupert.

Ele sorriu para a filha mais velha, Julia, que começava um minueto. Ela usava um vestido com um tom vistoso de azul. Será que já o vira antes? Achava que não. Devia ser novo. Com sorte, o vestido não o levara à falência. O parceiro dela era um conde que já passara dos 40 anos. Meio velho, mas, ainda assim, um conde...

— P-p-peller era um excelente espadachim também, e ele foi m-m-morto primeiro. — A voz histérica de James interrompeu os pensamentos de Sir Rupert.

Ele falava alto demais. Sir Rupert tentou acalmá-lo.

— James...

— Desafiado à noite e m-m-morto antes do café na manhã do dia seguinte!

— Eu não creio...

— Ele perdeu três d-d-dedos tentando se defender depois que a e-e-espada foi arrancada de sua mão. Eu tive que procurar por eles na g-g-grama depois. Meu D-D-Deus! Não gosto nem de lembrar.

Algumas pessoas se viraram na direção dos dois. O tom do jovem ficava cada vez mais alto.

Hora de se separar.

— Acabou. — Sir Rupert virou a cabeça, olhou para James e tentou acalmá-lo.

O outro homem tinha um tique no olho direito. Ele inspirou e fez menção de começar a falar.

Sir Rupert se adiantou, com a voz calma:

— Ele está morto, você acabou de me dizer.

— M-m-mas...

— Portanto, não temos que nos preocupar com mais nada.

Sir Rupert fez uma mesura e saiu mancando. Ele precisava urgentemente de outra taça de vinho.

— Ele não vai ficar na minha casa — anunciou o capitão Craddock-Hayes, com os braços cruzados diante do peito imenso e os pés afastados, como se estivesse no convés de um navio em movimento. A cabeça com peruca estava erguida, e os olhos azuis da cor do mar fitavam o horizonte distante.

Ele estava de pé no saguão de entrada da casa dos Craddock-Hayes. Normalmente, o espaço era amplo o suficiente para a família. Naquele momento, porém, o cômodo parecia ter encolhido em proporção inversa ao número de pessoas que continha, pensou Lucy pesarosamente, e o capitão estava justamente no centro.

— Sim, papai. — Ela se esquivou dele e fez um sinal para que os homens que carregavam o estranho se aproximassem. — No quarto do meu irmão, no andar de cima, acho. Concorda comigo, Sra. Brodie?

— Claro, senhorita. — A governanta dos Craddock-Hayes assentiu com a cabeça. O babado de sua touca, que emoldurava as bochechas vermelhas, balançou com o movimento. — A cama já foi feita, e eu posso acender a lareira num piscar de olhos.

— Ótimo. — Lucy sorriu em aprovação. — Obrigada, Sra. Brodie.

A governanta subiu correndo a escada, o traseiro grande balançando a cada passo.

— Você nem sequer sabe quem é o sujeito — emendou o pai. — Talvez seja um mendigo ou um assassino. Hedge falou que ele foi esfaqueado nas costas. E eu lhe pergunto: que tipo de homem é esfaqueado? Hein? Hein?

— Eu não faço ideia — respondeu Lucy, automaticamente. — O senhor se importa de dar licença para que os homens possam passar com ele?

O pai, obedientemente, se encostou na parede.

Os trabalhadores arfavam com o esforço de entrar carregando o desconhecido ferido. Ele estava completamente imóvel, o rosto pálido como a morte. Lucy mordeu o lábio e tentou não demonstrar ansiedade. Ela não conhecia o homem, nem sequer sabia a cor de seus olhos; ainda assim, para ela era de vital importância que ele sobrevivesse. Ele fora posto sobre uma maca improvisada para facilitar o transporte, mas era óbvio que sua altura e seu peso dificultavam a manobra. Um dos homens soltou um palavrão.

— Não permitirei esse tipo de linguagem em minha casa. — O capitão encarou o culpado com expressão severa.

O homem corou e resmungou um pedido de desculpas.

Papai assentiu.

— Que tipo de pai eu seria se permitisse um cigano ou um vagabundo no meu lar com uma jovem solteira em casa, hein? Um pai horroroso, isso sim.

— Sim, papai. — Lucy prendeu a respiração quando os homens começaram a levar o ferido escada acima.

— É por isso que o sujeito deve ser levado para outro lugar; para a casa de Fremont. Ele é médico. Ou para o abrigo. Ou talvez para o vicariato. Assim Penweeble terá uma chance de demonstrar sua bondade cristã. Rá.

— O senhor tem toda razão, mas ele já está aqui — disse Lucy em tom tranquilizador. — Seria uma pena ter que movê-lo novamente.

Um dos homens na escada lhe lançou um olhar desesperado.

Lucy sorriu para acalmá-lo.

— Ele provavelmente não vai viver muito tempo, de qualquer forma. — O pai de Lucy fez uma cara feia. — Não faz sentido estragar bons lençóis.

— Prometo que os lençóis sairão dessa em bom estado. — Lucy começou a subir os degraus.

— E quanto ao meu jantar? — resmungou o pai atrás dela. — Hein? Alguém está cuidando disso enquanto todos correm para acomodar malfeitores?

Lucy se apoiou no corrimão.

— O jantar estará na mesa assim que eu deixá-lo confortável.

O pai resmungou.

— Que maravilha quando o senhor da casa é preterido ao conforto dos desordeiros.

— O senhor está sendo muito compreensivo. — Lucy sorriu para o pai.

— Humpf.

Ela se virou e subiu a escada.

— Boneca?

Lucy olhou mais uma vez para baixo, apoiada no corrimão.

O pai franzia o cenho para ela, com as sobrancelhas grossas e grisalhas unidas por cima do nariz bulboso e vermelho.

— Tome cuidado com esse sujeito.

— Sim, papai.

— Humpf — resmungou ele mais uma vez.

Então Lucy subiu correndo a escada e entrou no quarto azul. Os homens já tinham transferido o estranho para a cama. E saíram do quarto com passos pesados assim que ela entrou, deixando uma trilha de lama.

— A senhorita não deveria estar aqui, Srta. Lucy. — A Sra. Brodie arfou e puxou o lençol para cobrir o peito do homem. — Não com ele desse jeito.

— Eu o vi com menos roupa ainda há uma hora, Sra. Brodie, garanto. Pelo menos agora ele está enfaixado.

A Sra. Brodie bufou.

— Não nas partes importantes.

— Ora, talvez não — disse Lucy. — Mas eu acho difícil que ele possa me colocar em perigo na condição em que se encontra.

— Isso é verdade, pobre senhor. — A Sra. Brodie afagou o lençol que cobria o peito do homem. — Foi uma sorte a senhorita tê-lo encontrado. Ele teria morrido de frio durante a madrugada se fosse deixado naquela estrada. Quem poderia ter feito uma maldade dessas?

— Não sei.

— Ninguém de Maiden Hill, creio eu. — A governanta balançou a cabeça. — Deve ter sido a ralé de Londres.

Lucy não comentou que a ralé poderia ser encontrada até em Maiden Hill.

— O Dr. Fremont disse que voltaria aqui pela manhã para dar uma olhada nas ataduras dele.

— Certo. — A Sra. Brodie olhou com ar duvidoso para o homem ferido, como se avaliasse as chances de ele estar vivo no dia seguinte.

Lucy respirou fundo.

— Até lá, suponho que possamos apenas deixá-lo confortável. Vamos deixar a porta aberta, caso ele acorde.

— É melhor eu ir preparar o jantar do capitão. A senhorita sabe como ele fica se a comida atrasa. Assim que estiver tudo pronto, vou mandar Betsy subir para vigiá-lo.

Lucy assentiu com a cabeça. A família tinha apenas uma criada, Betsy, mas três mulheres deviam ser suficientes para cuidar do estranho.

— Pode ir. Vou descer em um minuto.

— Muito bem. — A Sra. Brodie olhou para ela. — Mas não demore muito. Seu pai vai querer conversar com a senhorita.

Lucy franziu o nariz e fez que sim com a cabeça. A Sra. Brodie sorriu em solidariedade e saiu.

Ela virou-se para o estranho na cama de David, seu irmão, e se perguntou mais uma vez quem seria ele. O homem estava tão imóvel que ela precisava se concentrar para ver que o peito subia e descia. As ataduras ao redor da cabeça apenas enfatizavam sua enfermidade e acentuavam o hematoma na testa. Ele parecia solitário. Será que alguém estava preocupado com ele, talvez aguardando com ansiedade o seu retorno?

Um dos braços dele estava fora das cobertas. Ela o tocou.

A mão dele se moveu rapidamente e tocou seu pulso, capturando-o e segurando-o. Lucy ficou tão chocada que só conseguiu soltar um gritinho assustado. E então estava fitando os olhos mais pálidos que já vira. Eram da cor de gelo.

— Eu vou matar você — falou ele com clareza.

Por um momento, Lucy pensou que aquelas palavras sinistras eram direcionadas a ela, e seu coração pareceu parar de bater no peito.

O olhar do homem foi além dela.

— Ethan? — Ele franziu a testa, como se estivesse confuso, e então fechou os estranhos olhos. Um minuto depois, o aperto no pulso dela se afrouxou, e o braço caiu de volta na cama.

Lucy respirou fundo. A julgar pela dor em seu peito, era a primeira vez que ela respirava desde que o homem a agarrara. Ela se afastou da cama e esfregou o pulso dolorido. O aperto do homem fora brutal; pela manhã, ela estaria com hematomas.

Com quem ele tinha falado?

Lucy estremeceu. Não importa quem fosse, ela não o invejava. A voz do homem não tinha vestígio de hesitação. Para ele, não havia dúvida de que mataria o inimigo. Ela deu outra olhada para a cama. O estranho respirava lenta e profundamente agora. Parecia dormir pacificamente. Não fosse pela dor em seu pulso, ela poderia ter pensado que todo o incidente não passava de um sonho.

— Lucy! — O grito no andar de baixo só poderia ser do seu pai.

Segurando suas saias, ela deixou o cômodo e desceu correndo a escada.

Papai já estava sentado à cabeceira da mesa de jantar, com um guardanapo enfiado no pescoço.

— Não gosto de jantar tarde. Atrapalha a minha digestão. Passo metade da noite acordado por causa disso. É pedir muito que o jantar seja servido pontualmente na minha casa? É, hein?

— Não, claro que não. — Lucy se sentou na cadeira à direita do pai. — Desculpe.

A Sra. Brodie entrou carregando um rosbife fumegante, acompanhado de batatas, alho-poró e rabanetes.

— Rá. É isso que um homem gosta de ver na mesa do jantar. — Ele estava radiante ao pegar o garfo e a faca, preparando-se para cortar a carne. — Um bom bife inglês. O cheiro está delicioso.

— Obrigada, senhor. — A governanta piscou para Lucy ao voltar para a cozinha.

Lucy sorriu para ela. Agradecia a Deus pela Sra. Brodie.

— Agora, coma isto. — O pai lhe entregou um prato cheio de comida. — A Sra. Brodie sabe como fazer um excelente rosbife.

— Obrigada.

— O mais gostoso do condado. Você precisa de um pouco de sustança depois de passar a tarde perambulando por aí, hein?

— Como foi com a autobiografia hoje? — Lucy tomou um gole do vinho, tentando não pensar no homem deitado no andar de cima.

— Excelente. Excelente. — O pai dela cortou o rosbife com entusiasmo. — Escrevi uma anedota escandalosa de trinta anos atrás. Sobre o Capitão Feather e três mulheres nativas de uma ilha. Ele é almirante agora, o maldito. Você sabia que essas garotas nativas não usam nem uma... *Humm!* — Ele tossiu e a fitou, aparentemente constrangido.

— O quê? — Lucy enfiou uma garfada de batatas na boca.

— Deixe para lá. Deixe para lá. — Ele terminou de encher o prato e o puxou até onde a barriga encontrava a mesa. — Vamos dizer que, depois de tanto tempo, o velho vai arrancar os cabelos. Rá!

— Que encantador. — Lucy sorriu. Se um dia o pai dela terminasse de escrever sua autobiografia e a publicasse, haveria uma infinidade de ataques apopléticos na Marinha de Sua Majestade.

— Pois é. Pois é. — O pai engoliu a comida e tomou um gole de vinho. — Agora, não quero você preocupada por causa do malfeitor que trouxe para casa.

O olhar de Lucy baixou para o garfo que ela segurava. O talher tremia levemente, e ela torceu para que o pai não notasse o movimento.

— Não, papai.

— Você fez uma boa ação, é uma boa samaritana e tudo o mais. Exatamente como sua mãe a ensinou com a Bíblia. Ela aprovaria sua atitude. Mas não se esqueça — ele espetou o garfo em um rabanete — de que eu já vi ferimentos na cabeça antes. Algumas pessoas sobrevivem. Outras, não. E não há nada que você possa fazer.

Ela sentiu o coração afundar no peito.

— Você acha que ele não vai sobreviver?

— Não sei — rosnou o pai, impaciente. — É isso que estou dizendo. Talvez sim. Talvez não.

— Entendo. — Lucy cutucou um rabanete e tentou não deixar as lágrimas rolarem.

O pai bateu a palma da mão na mesa.

— É justamente sobre isso que estou falando. Não se afeiçoe a esse vagabundo.

Um canto da boca de Lucy se ergueu.

— Mas você não pode evitar que eu tenha sentimentos — falou ela delicadamente. — Vou me afeiçoar, não importa se eu queira ou não.

O pai dela franziu a testa com ferocidade.

— Eu não quero que você fique triste se ele bater as botas no meio da noite.

— Eu vou fazer o possível para não ficar triste, papai — prometeu Lucy. Mas ela sabia que era tarde demais para isso. Se o homem morresse à noite, ela choraria na manhã seguinte, com ou sem promessa.

— Humpf. — O pai voltou para o prato. — Isso basta por enquanto. Mas, se o sujeito sobreviver, guarde minhas palavras. — Ele ergueu o olhar e a fitou com os olhos azuis-celestes. — Se ele pensar em tocar em um único fio de cabelo da sua cabeça, jogo o traseiro dele na sarjeta.

Este livro foi composto na tipologia Minion Pro Regular, em corpo 11/16, e impresso em papel off-white no Sistema Cameron da Divisão Gráfica da Distribuidora Record.